Manchmal bestraft das Leben den Richtigen – vor allem, wenn Dr. Bernhard Sommerfeldt die Fäden zieht.
Er ist Arzt in Norddeich, einer, dem die Menschen vertrauen. Ein Doktor aus Leidenschaft. Er behandelt seine Patienten umfassend. Kümmert sich rührend nicht nur um ihre Wunden, sondern nimmt sich auch ihrer alltäglichen Sorgen an. Entsorgt auch schon mal einen gewalttätigen Ehemann. Er ist ein Mann mit Prinzipien. Und er scheut vor Mord nicht zurück.
Keiner weiß, dass er ein Mann mit Vergangenheit ist. Eine gescheiterte Existenz. Die jetzt mit neuer Identität ein neues Leben lebt. Wer ist Dr. Sommerfeldt?

Klaus-Peter Wolf, 1954 in Gelsenkirchen geboren, lebt als freier Schriftsteller in der ostfriesischen Stadt Norden, im gleichen Viertel wie seine Kommissarin Ann Kathrin Klaasen. Wie sie ist er nach langen Jahren im Ruhrgebiet, im Westerwald und in Köln an die Küste gezogen und Wahl-Ostfriese geworden. Seine Bücher und Filme wurden mit zahlreichen Preisen ausgezeichnet. Bislang sind seine Bücher in 24 Sprachen übersetzt und über zehn Millionen Mal verkauft worden. Mehr als 60 seiner Drehbücher wurden verfilmt, darunter viele für »Tatort« und »Polizeiruf 110«. Mit Ann Kathrin Klaasen hat der Autor eine Kultfigur für Ostfriesland erschaffen, mehrere Bände werden derzeit prominent fürs ZDF verfilmt.

Weitere Informationen finden Sie auf www.fischerverlage.de

Klaus-Peter Wolf

TOTENSTILLE
im Watt –

Sommerfeldt taucht auf

Roman

FISCHER Taschenbuch

7. Auflage: November 2018

Erschienen bei FISCHER Taschenbuch
Frankfurt am Main, Juli 2017

© 2017 S. Fischer Verlag GmbH,
Hedderichstr. 114, D-60596 Frankfurt am Main

Satz: Dörlemann Satz, Lemförde
Druck und Bindung: CPI books GmbH, Leck
Printed in Germany
ISBN 978-3-596-29764-1

Gerahmtes Plakat im Wartezimmer
von Dr. Bernhard Sommerfeldt:

»Der Stamm ist nach außen frei, keinem anderen Herrn
unterworfen. Für die Freiheit gehen sie in den Tod und
wählen lieber den Tod, als dass sie sich mit dem Joch
der Knechtschaft belasten ließen. Daher haben sie die
militärischen Würden abgeschafft und dulden nicht,
dass einige unter ihnen sich mit einem militärischen
Rang hervorheben. Sie unterstehen jedoch Richtern, die
sie jährlich aus der Mitte wählen, die das Staatswesen
unter ihnen ordnen und regeln …«

Bartholomaeus Anglicus,
englischer Franziskaner um 1200 über die Ostfriesen

1

Es ist viel schwieriger, eine gute Fischsuppe zuzubereiten, als an eine neue Identität zu kommen.

Meine ist perfekt. Ich heiße neuerdings Bernhard Sommerfeldt.

Dr. Bernhard Sommerfeldt.

Und ich übe endlich meinen Lieblingsberuf aus: Ich bin praktischer Arzt.

Ich habe mich in dem schönen Städtchen Norddeich niedergelassen. Im Sommer behandle ich die Wehwehchen von Touristinnen, die am Strand zu viel Wind abbekommen haben und ihre Ohrenschmerzen für ein beginnendes Krebsleiden halten. Im Winter bin ich ganz für die einheimische Bevölkerung da, falls ich nicht dort Urlaub mache, wo die Sonne scheint.

Viele kommen gar nicht zu mir, damit ich sie gesund mache. Sie wollen, dass ich sie krankschreibe. Das tue ich sehr gern. Ich denke, jeder hat das Recht auf eine Auszeit ab und zu. Die Leute lieben mich dafür. Ich genieße das. Ja, ich mag es, gewollt und geliebt zu werden. Das ist vielleicht meine schlimmste Schwäche. Dadurch bin ich in viele üble Situationen geraten.

Wie ich an die neuen Papiere gekommen bin? Ich kann selbst kaum glauben, wie einfach es war. Alles per Mausklick aus dem Internet. Ein Onlinekonto, zwei Kreditkarten. Ausweis, Führerschein, Abiturzeugnis, Studienabschluss …

Ich habe natürlich selber ein Einserabitur, aber ich kann es nicht mehr gebrauchen, denn es steht der alte Name drauf. Ich bin nicht mehr Johannes Theissen. Johannes Theissen ist tot. Es war sowieso ein blöder Name. Und ein ebensolches Leben.

Sogar meine Kücheneinrichtung habe ich aus dem Internet und ein neues Auto. Falls hier irgendetwas schiefgeht, besitze ich noch andere Identitäten. Ich habe einen polnischen Pass und einen polnischen Führerschein und auch noch schwedische Papiere.

Beides war so günstig, da konnte ich einfach nicht widerstehen, glaube aber kaum, dass ich das wirklich einmal einsetzen kann, denn ich spreche kein Wort Polnisch, und ich sehe eher aus wie ein Schwede oder Schweizer. Bestimmt gehe ich auch als Franzose durch. Aber sicherlich nicht als Pole, es sei denn, man stellt sich Polen groß, blond und blauäugig vor.

Seit ich aufgehört habe, für mein Leben Spielregeln zu akzeptieren, nach denen ich nur verlieren kann, bin ich ein Gewinnertyp.

Ich bin ein besserer Arzt als die meisten, die sich durch ausbeuterische Ausbildungsverhältnisse gequält haben. Auch hier entscheidet der freie Wettbewerb.

Zu mir kommen die Leute. Mir vertrauen sie. Ich mache auch Hausbesuche. Man kann mich nachts herausklingeln, und ich steige bei Wind und Wetter aufs Rad und komme. Ich erledige fast alles mit dem Rad. Ärzte sollten zumindest in gesundheitlicher Hinsicht Vorbilder für ihre Patienten sein. Ich rauche nicht, bin sportlich, schlank und ich ernähre mich gut.

Ich behandle Kassenpatienten genauso wie Privatpatienten, und wenn einer gar keine Versicherung hat oder die Erbsenzähler in der Verwaltung etwas nicht bezahlen wollen, dann helfe ich dem trotzdem.

Schließlich ist die Medizin mehr mein Hobby als mein Beruf. Es geht heute in Krankenhäusern und Arztpraxen viel zu sehr ums Geld. Ärzte und Krankenhäuser sollten dazu da sein, Menschen gesund zu machen, und nicht zu Profitcentern degradiert werden, die Geld machen. Ich werde schon wütend, wenn ich das höre! Krankenkassen und Versicherungen wollen uns zu Buchhaltern machen, die keine Zeit mehr für ihre Patienten haben. Wir sollen mehr auf den Bildschirm gucken und Anforderungsprofile ausfüllen, statt uns unsere Patienten anzuschauen. Sie wollen aus Heilern Buchhalter machen.

Ich nehme mir Zeit für jeden und höre zu.

Was ich mache, wenn ich Geld brauche? Wie ich das alles finanziere? Nun, da habe ich ganz andere Methoden …

Mit ehrlicher Arbeit ist noch niemand wirklich reich geworden. Ich meine mit reich nicht, dass man ein Haus besitzt, jedes Jahr in Urlaub fährt und eine Bahncard erster Klasse hat. Für mich ist Reichtum etwas ganz anderes. Es heißt für mich, frei und unabhängig zu sein. Zu tun, was ich wirklich tun möchte, nicht was ich tun sollte, weil andere es von mir erwarten.

Ich ertrage keinen Chef über mir. Bürokratie engt mich ein. Ich brauche Freiheit zum Atmen.

Meine Sprechstundenhilfe nimmt mir viel von dem Alltagskram ab. Sie heißt Cordula. Sie ist klein, dick und fröhlich. Sie kann schweinische Witze erzählen und selbst darüber lachen, bis sie einen hochroten Kopf hat und einen Hustenanfall bekommt.

Die Sprechstundenhilfen heißen ja jetzt medizinische Fachangestellte. MFAs. Bekommen aber grauenhaft wenig Gehalt. Das ist mir peinlich. Wie soll jemand fröhlich in meiner Nähe arbeiten, nett und hilfsbereit zu den Patienten sein, wenn das Geld nicht ausreicht, um damit ein gutes Leben zu führen?

Meine Cordula erhält 14 Monatsgehälter. Das Dreizehnte ist Weihnachtsgeld und das vierzehnte Schmerzensgeld, sagt sie gern, weil sie ständig hinter mir herräumen müsse. Stimmt. Sie erzählt aber niemandem, dass sie bei mir den doppelten Tariflohn bekommt. Ich vermute, sie hat Angst, dieses Wissen könnte bei anderen Begehrlichkeiten wecken. Sie will sich die lästige Konkurrenz vom Leib halten. Aber ihr ausgeglichenes Bankkonto trägt sicherlich zu ihrer humorvollen Zufriedenheit bei.

Stundenweise haben wir auch eine Schreibkraft und natürlich eine Auszubildende:

Frauke Hinrichs. Ein ganz süßes Ding. Noch schrecklich unsicher. Alles Mögliche ist ihr peinlich. Vor allen Dingen ihre Zahnspange. Sie lispelt so herrlich. Sie wird später bestimmt mal eine wunderschöne Frau, die die Männer um den Verstand bringen wird. Noch geht sie lieber reiten und mistet an den Wochenenden Ställe aus.

Lange kann ich die Praxis nicht mehr mit so einer dünnen Personaldecke betreiben. Sie läuft einfach zu gut. Ich habe das am Anfang nicht ernst genug genommen. Jetzt habe ich eine Anzeige im Kurier und in der OZ aufgegeben.

Arztpraxis sucht medizinische Fachangestellte für sofort.

Von doppeltem Tariflohn schrieb ich vorsichtshalber nichts. Ich will ja keinen Ärger mit den Kollegen. Aber ich brauche schon eine sehr qualifizierte Kraft, nicht nur eine Abrechnungsassistentin. Nein, sie muss die Terminvergabe im Griff haben, damit keine unnötigen Warteschlangen entstehen. Und sie muss Verbände anlegen, Injektionen verabreichen und so weiter.

Cordula ist ganz stolz. Ich habe ihr die Auswahl und die Einstellungsgespräche überlassen. Am Ende muss sie ja mit der neuen Kraft klarkommen. Warum soll sie sie nicht aussuchen?

2

Ach, da ist er ja wieder, dieser kleine Idiot. Hermann Brandt. Er denkt, ich weiß nicht, dass er mir die Autoreifen zerstochen hat.

Ich fahre einen Renault. Ich mag französische Autos. Nie würde ich irgendeinen dicken Angeberschlitten fahren. Das bringt die Leute nur gegen einen auf. Man muss den Sozialneid ja nicht noch schüren. Hermann Brandt hat sich natürlich von seinem Resterbe einen Porsche gekauft. Protzig parkt er vor meiner Praxis in der Norddeicher Straße. Ich habe vier gut markierte Parkplätze vor meinem Haus. Er besetzt mühelos zwei davon, indem er seinen Wagen genau auf den weißen Streifen stellt, der zwei Plätze voneinander abgrenzen soll.

Hallo. Hier kommt Mister Wichtig. Genauso klingelt er auch.

Ich unterhalte mich nur über die Sprechanlage mit ihm. Dann muss er in einer gebückten Haltung stehen, und die ist gar nicht gut für seinen Rücken. Bei seinem Übergewicht ist die Wirbelsäule sowieso schwer belastet.

»Die Praxis ist geschlossen!«, sage ich.

Er brüllt gleich los: »Seien Sie doch vernünftig! Damit kommen Sie doch sowieso nicht durch. Ich fechte das Erbe an. Meine Großmutter war dement, und Sie haben ihre Abhängigkeit ausgenutzt!«

»Ja«, sage ich mit viel gespieltem Mitleid in der Stimme. »Das

Leben ist schon ungerecht. Kaum kümmert man sich fünf Jahre lang nicht um seine geliebte Großmutter, schon ist das schöne Erbe futsch.«

Es gefällt mir, ihn zu provozieren. Ich kann ihn über die Videoanlage sehen. Er bietet mir ein richtig schönes Schauspiel. Das Leben, denke ich, kann so prickelnd sein! Seine Wut tut mir gut. Ich will mehr davon.

»Ihre Großmutter war übrigens keineswegs dement oder verwirrt. Sie litt an schwerem Diabetes und war depressiv. Das hat bestimmt auch etwas mit Ihrem fürsorglichen Verhalten zu tun. Sie hat sich oft bei mir ausgeheult und mir erzählt, dass Sie sie zweimal beklaut haben.«

Hermann Brandt richtet sich auf und biegt sich durch. Sein Rücken schmerzt offensichtlich schon. Klasse. Ich frage mich: Ist es die Psyche oder die krumme Haltung? Das schlechte Gewissen wird es bei dem Typen ja wohl kaum sein.

»Passen Sie mit Ihrem Bierbauch eigentlich hinter den Lenker? Hätten Sie den Porsche nicht eine Nummer größer gebraucht?«

»Ich mach Sie fertig, ich …«

Ich lache demonstrativ laut: »Klar. Jetzt habe ich aber Angst. Ich bin schon ganz aufgeregt. Ich sehe, dass Sie Rückenschmerzen haben. Sie sollten dringend zum Orthopäden. Als Sie gestern Abend die Reifen an meinem Fahrzeug zerstochen haben, war das einfach zu viel für Ihr Kreuz. Sie bücken sich falsch. Ein guter Osteopath oder Physiotherapeut könnte ihnen da bestimmt weiterhelfen. Sie brauchen dringend Krankengymnastik. Ich schreibe Ihnen gerne eine Überweisung.«

Ich finde es wunderbar, wie er die geballte Faust reckt und vor meine Kamera hält, als könne er sie mir per Bildschirm ins Gesicht schlagen.

»Meinen Sie, die Kriminalpolizei interessiert sich für so etwas?

Ich habe die Videoaufzeichnung vorsichtshalber mal zu meinem Anwalt geschickt.«

Er sieht aus, als müsse er gleich heulen. Sein Blutdruck ist bedenklich hoch. Die Augäpfel treten hervor. Ein Bilderbuchgesicht, um die Basedow'sche Krankheit zu beschreiben.

Ich frage ihn, ob er an einer Schilddrüsenüberfunktion leidet. Das bringt ihn komplett zum Ausrasten. Er tritt gegen die Eingangstür meiner Praxis. Die sieht zwar freundlich aus, würde aber selbst Dum-Dum-Geschossen aus einer .45er Magnum standhalten. Jetzt tut ihm auch noch der Fuß weh. Er wird seine Gesundheit ruinieren, wenn er nicht aufgibt. Nur gewinnen wird er ganz sicher nicht gegen mich.

Das Testament seiner Großmutter – Gott hab sie selig – zu meinen Gunsten ist in Norden am Markt beim Notar gemacht worden. Ich habe noch ein gutes Wort für ihn eingelegt. Es hatte mal ein Testament zu seinen Gunsten gegeben. Das ist jetzt ungültig. Manchmal bestraft das Leben eben die Richtigen.

Ich überlege, ob ich die Polizei rufen soll oder ihn besser noch ein bisschen toben lasse, nur zu meinem Vergnügen. Dann schalte ich die Rasensprenkler-Anlage ein. Er kriegt die volle Dröhnung ab, und es spritzt bis auf seinen Porsche …

Herrlich, welchen Veitstanz er aufführt.

»Ja!«, rufe ich ihm zu. »Sport ist gut für Sie! Weiter so!«

Dann merke ich, dass ich die Lust verliere. Er beginnt, mich zu langweilen.

Ich hätte Lust, rauszugehen und ihn windelweich zu prügeln.

Es ist noch hell. Die Abendsonne scheint milde. Die Fähre aus Norderney ist gerade eingelaufen, und viele Urlauber bewegen sich auf der Norddeicherstraße.

Aber egal. Ich muss mich nicht verstecken. Ich werde jetzt rausgehen und ihm zeigen, wo der Hammer hängt.

Morgen frühstückst du mit der Schnabeltasse mein Freund, falls du überhaupt schon flüssige Nahrung zu dir nehmen kannst und nicht noch am Tropf hängst …

Ich gehe raus und rufe dem verdutzten Kerl zu: »Weißt du, was zu deinem Haarschnitt gut passt?«

Der Idiot schüttelt den Kopf.

»Ein doppelter Kieferbruch«, sage ich und hole aus.

Er reißt, genau wie ich's erwartet habe, beide Arme hoch, um sein Gesicht zu schützen. Genau das wollte ich. Jetzt habe ich freie Bahn, lande einen Schlag auf seiner kurzen Rippe und einen zweiten auf seinem Solarplexus. Das nimmt ihm die Luft. Seine Arme fallen wie leblos herunter, und er stiert mich aus seinem verquollenen Gesicht an. Er japst nach Luft.

»Ja«, sage ich, »jetzt bist du baff, hm? Du hast doch geglaubt, dass ich dir den Kiefer breche.«

Er nickt tatsächlich.

»Keine Sorge, genau das werde ich auch tun«, und knalle ihm eine Rechts-Links-Kombination an den Kopf.

Der letzte Schlag bringt ihn dazu, sich langsam um die eigene Achse zu drehen. Er taumelt zwei Schritte, dann bricht er zusammen. Sein Kopf scheppert auf seinen bescheuerten Porsche. Es macht kloing und klingt hohl.

Leere Dosen klappern laut, denke ich.

Ich gehe rein und rufe in der Polizeiinspektion an. Eine Marion Wolters meldet sich. Ich kenne sie ganz gut, ich habe sie mal wegen ihrer Magenprobleme behandelt. Sie ist im Grunde zuckersüchtig. Das hört sie aber nicht gerne.

Ich berichte ihr, dass ein Mann, der am Abend vorher meine Autoreifen zerstochen hat – das Video hatte ich an die Polizei geschickt –, jetzt wieder aufgetaucht ist und vor meinem Haus randaliert hat.

»Als ich die Wohnung verlassen wollte, hat er mich tätlich angegriffen. Das ist ihm aber nicht gut bekommen.«

Marion Wolters erkundigt sich, ob mir etwas passiert sei. Ich kann sie beruhigen, und sie verspricht, sofort einen Streifenwagen zu schicken.

»Ein Krankenwagen wäre auch nicht schlecht«, sage ich.

»Aber Sie sind doch Arzt«, flötet sie.

»Ja, das stimmt wohl, Frau Wolters. Aber diesen Patienten möchte ich nicht gern selbst behandeln.«

3

Die Polizeiinspektion am Markt in Norden ist von hier aus mit dem Auto in zwei Minuten zu erreichen, wenn man sehr langsam fährt. Eine gefühlte halbe Stunde später – Hermann Brandt wäre inzwischen geflohen, wenn ich ihm nicht mit einem kurzen Tritt den Oberschenkel gebrochen hätte – hielt ein Polizeiwagen bei mir. Den Krankenwagen zu rufen hatte Frau Wolters wohl vergessen, denn die sind normalerweise sehr schnell. Ich musste schon oft einen Krankenwagen zu meiner Praxis rufen, um einen Patienten, dem ich selbst nicht mehr weiterhelfen konnte, in die Ubbo-Emmius-Klinik bringen zu lassen.

Die Polizeiinspektion in Norden ist wohl sehr unterbesetzt. Hier in Norddeich gibt es ironischerweise im Haus, in dem sich auch das Informationszentrum für Touristen befindet, zu Ferienzeiten immer einen netten Beamten. Deshalb ist es so, wenn man in Norddeich den Notruf wählt, klingelt es nicht etwa in Norddeich, sondern in der Kooperativen Regionalleitstelle Ostfriesland in Wittmund.

Sie schickten mir einen Kommissar mit Minipli. Ich kenne ihn ganz gut. Er ist eine primitive Frohnatur, liebt Frauen und Bier. Matjes und Krabben sind so gar nicht sein Ding, dafür kennt er in jeder Stadt den Imbiss, der die beste Currywurst verkauft.

Er war mal bei mir, weil er befürchtete, Prostatakrebs zu haben, und behauptete, seine Eier würden ihm platzen, solcher Druck sei darauf. Ich konnte ihn erleichtern. Er hatte keine schwere, innere Krankheit, sondern lediglich Probleme mit seinem entzündeten Iliosakralgelenk. Ich verschrieb ihm Ibuprofen 800 und empfahl ihm Krankengymnastik. Seitdem bin ich sein bester Kumpel. Wenn ich ihn in der Stadt sehe, grüßt er mich mit: »Hallo, Doc Holliday!«

Als Hermann Brandt am Boden liegend eine Aussage gegen mich machen will, schnauzt Kommissar – ich glaube, er heißt Rupert – ihn an: »Wenn zwei ehrenhafte Männer miteinander reden, halten Verbrecher die Fresse!«

Ich liebe die Geradlinigkeit der Ostfriesen!

Natürlich will Rupert wissen, ob ich Anzeige erstatten möchte. Ich winke ab, der Mann sei ja schon gestraft genug.

Rupert versucht, mich zu überreden: »Mensch, Doc Holliday, wenn der Ihre Reifen zerstochen hat, dann sollten Sie sich aber schadlos an ihm halten!«

Ich grinse: »Ich wechsle sowieso alle zwei Jahre die Reifen, und ich war kurz davor. Im Grunde hat er mir einen Gefallen getan. Ich hätte es sonst vergessen, und der Winter kommt schneller, als man denkt. Erinnern Sie sich noch an letztes Jahr, als plötzlich Blitzeis das Fahren in ganz Ostfriesland unmöglich gemacht hat?«

Rupert nickt: »Ich bin auf den Treppenstufen zur Polizeiinspektion ausgerutscht und hab mich voll langgelegt. Aber Doc, Ihre Versicherung wird sich an den wenden und dann …«

»Ich bin nicht so ein Prozesshansel. Ich verbringe meine Zeit nicht gerne in irgendwelchen Gerichtssälen. Da fahre ich lieber Fahrrad am Deich.«

Rupert versteht mich und klopft mir auf die Schultern: »Wahre Worte.«

Er sieht aus, als wolle er mich umarmen. Zum Glück komme ich drum herum, denn er riecht nach einem scharfen Rasierwasser, das mir nicht gefällt.

Ich habe eine sehr sensible Nase. Gestank macht mich verrückt. Verschiedene Gerüche kann ich überhaupt nicht ertragen, andere wiederum ziehen mich an. Zwei meiner dümmsten Affären hatte ich mit Frauen, die einfach gut rochen. Eine davon, Miriam, habe ich Trottel sogar geheiratet.

Der Notarztwagen kommt. Ich kenne die Jungs. Nette Kerle. Wir spielen manchmal Bowling zusammen im Ocean Wave.

Weil Hermann Brandt einen aggressiven Eindruck macht, bekommt er erst einmal eine Beruhigungsspritze.

4

Das klingt jetzt vielleicht alles ganz easy. War es aber nicht von Anfang an.

Ich kam aus einem tiefen Loch nach Ostfriesland. Kurz davor, am Leben zu verzweifeln und mir die Pulsadern zu öffnen. Ich stand vor dem absoluten Nichts.

Ich hatte einen Beruf, für den ich völlig ungeeignet war und der mir keinerlei Spaß machte.

Augen auf bei der Berufswahl!

Ich war geworden, was meine Eltern von mir erwartet hatten. Ich bin nicht dem Ruf meines Herzens gefolgt, sondern irgendeinem Konstrukt aus Vernunft und dem Wunsch, es allen recht zu machen. Keine gute Strategie für ein glückliches Leben.

Meine Eltern hatten einen Textilbetrieb in Bamberg. Von Strandmoden bis zum Wintermantel und Dirndl haben wir alles hergestellt. Heißt, herstellen lassen. So billig, wie Klamotten in Deutschland verkauft werden, kann man sie im Grunde im Land kaum noch produzieren, außer als Werbegag.

Wir hatten eine Nähfabrik mit mehr als zweihundert Mitarbeitern im Königreich Marokko, in einem Viertel von Rabat, das ist die Hauptstadt. Und eine zweite in Casablanca. Gut fünfhundert Menschen in Marokko haben für unsere Firma gearbeitet.

Ja, ich spreche ein bisschen arabisch, schätze die arabische Küche, und noch heute koche ich lieber Couscous als Kartoffeln.

19

Ich habe meinen Vater oft nach Marokko begleitet, weil meine Mutter ihn nicht gerne allein in andere Kontinente reisen ließ.

In Deutschland hat meine Familie praktisch nur mit einem kleinen Team Modelle entworfen. Das waren natürlich alles ganz wichtige Leute, die zukünftigen Lagerfelds und Joops.

Ich verstehe nichts von Mode, und ehrlich gesagt, wenn mich irgendetwas im Leben nicht interessiert, dann Stoffe, Rüschen und Kleidung. Es sei denn, eine schöne Frau zieht sie gerade aus, um mir zu zeigen, wie sie darunter aussieht.

Diese Designer sind natürlich alle hochsensible Künstler, und nachdem ich den Laden auf Wunsch meines Vaters übernommen hatte, startete zunächst ein Wettbewerb um meine Gunst, und dann haben sich alle sehr viel Mühe gegeben, mir zu zeigen, dass sie die wichtigsten innovativen Köpfe sind und ich dankbar sein muss, dass sie für so ein popliges oberfränkisches Unternehmen arbeiten, statt nach Paris oder New York zu gehen, wo sie eigentlich hingehören.

Oh, wie ich es gehasst habe!

Wir wohnten in der Gärtnerstadt. Nicht zu verwechseln mit der Gartenstadt.

Neben uns gab es viele Gärtnereien und sogar einen Biobauern. Ja, ich wuchs – wenn ich zu Hause war und nicht im Internat – zwischen Vogelgezwitscher und Blumen auf. Mitten in der Stadt Bamberg, kurz hinterm Hotel National, gibt es eine ländliche Idylle.

Bei uns in Deutschland wurden die Modelle geschneidert, und meine Aufgabe bestand hauptsächlich darin, sie zu verkaufen. Das hat mein Vater auch immer gemacht. Er war gut vernetzt im Land, kannte Gott und die Welt, und als ich jünger war, hatte ich das Gefühl, die Arbeit meines Vaters bestünde daraus, mit Leuten essen zu gehen, ja, mit ihnen in Urlaub zu fahren, in Bars die Puppen tanzen zu lassen und dabei viel Geld zu verdienen.

Das alles mag auch eine Weile so gewesen sein. Aber sicherlich nicht mehr, als ich auf den Chefsessel gedrückt wurde. Ich stand gerade vor dem Physikum. Ich hatte in München und Erlangen Medizin studiert.

Mein Vater bekam kurz hintereinander zwei Schlaganfälle, konnte nicht mehr sprechen, und ab da redete meine Mutter für ihn, interpretierte seine Blicke und wurde zur Sachwalterin seiner Interessen. Für sie war völlig klar, dass ich ab sofort die Firma übernehmen müsste. Sie hatte vor, sich (mit drei Pflegekräften, einer Haushälterin und einem Gärtner) um Papa zu kümmern.

Die Modefirma, die so gut im Geschäft war und angeblich viele Millionen wert, wurde mir übertragen. Und damit auch die laufenden Bankkredite.

Ich war einfach ein zu guter Mensch, um so einen Betrieb zu führen, und mein Vater hat mir wohlweislich nie gesagt, wie der Hase wirklich läuft.

Gleich unsere erste Frühjahrskollektion nach Vaters Schlaganfall bin ich nicht mehr losgeworden. Ein Großkunde nach dem anderen sprang ab, dabei hatte ich unseren genialen Designern völlig freie Hand gelassen.

Ich fuhr mit einer fahrbaren Kleiderstange hinten im Auto, an der die schönen neuen Modelle hingen, zum Einkäufer einer Warenhauskette, die üblicherweise mit fünfhundert bis tausend Exemplaren pro Modell auf unserer Orderliste stand.

Ich dachte zunächst, das funktioniert garantiert. Der Einkäufer war höchstens zwei, drei Jahre älter als ich, salopp gekleidet, mit offenem Hemdkragen und Nikes an den Füßen. Er schien diesen ganzen Mode-Schnickschnack genauso zu verachten wie ich und verstand das Ganze als reine Geldmaschine.

Wir werden uns schnell einig, dachte ich. Und in der Tat liefen unsere Gespräche gut. Er stellte große Einkäufe in Aussicht. Vielleicht könne man das Volumen sogar bei einzelnen Dingen verdoppeln, zum Beispiel sei dieser Retro-Look für kleine Mädchen ein absoluter Knaller. Wir hätten den Farbenwechsel, weg von Pink hin zu gedeckteren Tönen, die ein ökologisches Bewusstsein ausdrücken sollten, bestens verstanden, sagte er.

Ganz nebenbei im Gespräch flocht er die Frage ein, ob ich vielleicht ein Auto kaufen wolle. Er winkte mich ans Fenster, zeigte nach unten, und dort auf dem Parkplatz stand ein geschätzt fünfzehn Jahre alter Opel.

Ich lachte und scherzte, ich fände Oldtimermodelle ja eigentlich auch ganz klasse, aber unser Fuhrpark sei gut bestückt und ich benötigte kein Auto.

Er schlug vor, ich solle mir das ruhig noch mal überlegen, und es klang wie ein Witz.

Als ich ihn verließ, bin ich unten auf dem Parkplatz noch mal an dem Opel vorbeigegangen und habe ihn mir angesehen.

Er hat sich einen Scherz erlaubt, dachte ich, das sollte nur ein Witz sein. Mit einem solchen Auto kann man sich in meiner Position doch nirgendwo sehen lassen.

Der rechte Kotflügel war eingebeult, und an den Türen rostete der Wagen. Er war nicht fünfzehn, sondern garantiert schon zwanzig Jahre alt.

Undenkbar, dass der Chefeinkäufer eines solchen Hauses mit so einer Schrottkarre morgens zum Dienst kam oder Kunden besuchte. Ich hakte das Ganze unter »Kuriositäten« ab.

Wenige Tage später besuchte mich eine äußerst attraktive Einkäuferin mit diesem bezaubernden, damenhaften Charme, den Frauen oft während oder kurz nach den Wechseljahren ausstrahlen. Die meisten ahnen gar nicht, wie hocherotisch sie dann wirken, wenn man ihnen das gelebte Leben ansieht und dieses girliehafte Getue Geschichte ist, sofern sie es jemals draufhatten.

Das Gespräch fand bei uns in der Bamberger Firmenzentrale statt. Es knisterte geradezu zwischen uns.

Ich lud sie danach noch ins Hotel Kaiserdom nach Gaustadt ein. Mein Vater behauptete immer: »Hier speist man seit vierhundert Jahren gut.«

Wir saßen im alten Teil des Hauses, nahe am Kachelofen. Sie bewunderte die Stuckdecke. Frauen haben manchmal einen Blick für merkwürdige Dinge. Wir redeten über Architektur und Denkmalschutz.

Sie entschied sich zu meinem Erstaunen nicht für die leichte italienische Speisekarte, sondern für die fränkische. Statt Salat mit Putenbrust – so hatte ich sie eingeschätzt – wählte sie deftige Hausmannskost. Ich zog gleich. Vorweg Leberknödelsuppe, dann Sauerbraten mit Klößen. Dazu tranken wir keinen Weißwein, sondern Weizenbier.

Wir hatten viel Spaß miteinander, lachten die meiste Zeit, und sie beflirtete mich nach allen Regeln der Kunst. Ich war mir sicher, dass in den nächsten Tagen ein Großeinkauf erfolgen würde. Ich empfand das Ganze als Triumph für mich. Ja, eine kurze Zeit lang dachte ich tatsächlich, ich könne die Firma meines Vaters in eine ganz neue Liga puschen.

Beim Essen, als es ums Bezahlen ging, lachte sie plötzlich und tupfte sich mit der Serviette Lippenstift ab: »Oje, ich habe meine Handtasche in Ihrem Büro liegenlassen.«

»Das macht doch nichts«, sagte ich.

Natürlich hätte ich das Essen ohnehin bezahlt.

Ich schlug ihr vor, ins Büro zu fahren, um ihr die Handtasche zu holen. Da sei garantiert niemand dran gewesen, versprach ich, unsere Angestellten seien absolut ehrliche Leute – man kann ja mal höflich lügen.

Aber sie hatte plötzlich gar keine Zeit mehr und bat mich, ich solle ihr die Handtasche doch in ihr Münchner Büro schicken, sie sei sowieso schon spät dran. Sie habe während des angeregten Gesprächs mit mir einen dringenden Termin völlig vergessen.

Sie verabschiedete sich mit Küsschen links und Küsschen rechts und flüsterte mir ins Ohr, das, was sie jetzt zu tun habe, sei lange nicht so angenehm und anregend wie das Gespräch mit mir.

Es kam mir fast vor wie ein Angebot, mir ihre private Telefonnummer zu geben und ein weiteres – privates – Date auszumachen. Und in der Tat schob sie mir eine Visitenkarte zu und bat mich, die Handtasche doch nicht in ihr Büro, sondern zu ihr nach Hause zu schicken.

Du cleveres Luder, dachte ich. Ich mag raffinierte Frauen, die wissen, was sie wollen. Ich dachte tatsächlich, sie sei scharf auf mich.

Ich schickte unseren Fahrer mit der Handtasche los und idiotischerweise wog ich noch ab, ob ich einen Strauß Blumen dazulegen sollte. Genau das tat ich auch. Mit lieben Grüßen.

Dann hörte ich wochenlang nichts mehr von ihr. Der Auftrag kam nicht. Kein Anruf.

Als ich es privat bei ihr versuchte, war sie am Telefon schnippisch. Das sei ihre private Nummer und warum ich sie da anrufe. Sie habe in letzter Zeit viel attraktivere Angebote bekommen als unseres, und sie wolle die Zusammenarbeit mit meiner Firma neu überdenken.

Ich stand wie unter Schock.

Ich fuhr von Bamberg nach Hamburg, um einem dritten Großkunden unsere Kollektion vorzustellen. Ich hätte die Kleider gar nicht alle in den Flieger gekriegt, außerdem wollte ich keine Falten in den wertvollen Stoffen, also bretterte ich die ganze Strecke hoch bis nach Hamburg.

Wir gingen zunächst ein paar Cocktails trinken und Billard spielen.

Er wollte auf den Kiez. Er fragte mich, was ich von Tabledance halten würde. Am Ende bin ich mit ihm durch Bars gezogen, und ich habe auch im Edelpuff für uns die Rechnung beglichen, weil die Situation so war, dass er völlig klar davon ausging, dass ich ihn eingeladen hätte, obwohl er mich doch dorthin gelotst hatte.

Danach war er noch viel gelöster. Wir standen zusammen an der Theke, jeder eine dieser Mulattinnen neben sich. Er zupfte ständig an den Dessous seiner Bardame herum und lästerte: »So was musst du mal machen, so was.«

Ansonsten redeten wir kaum über die Modebranche oder gar die Modelle, die ich mitgebracht hatte. Er erzählte mir von seinem nächsten großen Urlaub, den er plante. Ich glaube, es waren die Kapverden. Das Hotel sei sündhaft teuer, aber …

Er schilderte mir die Vorzüge, er hörte gar nicht auf zu reden, und ich Idiot kapierte mal wieder nichts.

Ich war in einen Sumpf geraten, und als auch der dritte Großkunde absprang, musste ich meiner Mutter, die immer noch über die Zahlen wachte, beichten.

Sie verzog nur spöttisch den Mund und sah mich mit diesem eiskalten Blick an, vor dem ich schon als Kind Angst hatte, weil so viel Verachtung darin lag.

Ich wusste sofort, dass ich alles falsch gemacht hatte. Dazu brauchte sie keine Worte. Sie schaffte so etwas gestisch und mit ihrer Mimik, schuf um sich herum eine Atmosphäre, in der man sich als Versager fühlen musste.

Wenn ich mit einem »Gut« aus der Schule nach Hause kam, dann hatte sie mich auch so angeguckt. Warum war es kein »Sehr gut«, fragte ich mich gleich selbst. Was hatte ich falsch gemacht? Wie konnte es sein, dass jemand anders eine bessere Arbeit geschrieben hatte als ich? Hatte ich mir nicht genügend Mühe gegeben?

Meine Mutter brauchte keine Argumente. Meine Mutter hatte ihren Blick. Und dann musste man sich selbst fragen, warum schaut sie mich gerade so an? Was stimmt mit mir nicht?

Und ich kam selbst darauf: »Ich hätte den Urlaub bezahlen sollen.«

Sie nickte nicht einmal, sondern forderte mich mit ihrem Blick auf, weiter in mich zu gehen. Nach noch mehr Fehlern zu suchen.

Ich überlegte schon, ob ich in meiner Panik, etwas falsch zu machen, vielleicht sogar von dem Bordellbesuch erzählt hatte – dafür hätte meine Mutter sicherlich kein Verständnis gehabt. Sie war eine sehr prüde Frau.

Weil ich so gar nicht darauf kam, benannte sie meine Fehler, indem sie langsam und überdeutlich sagte: »Dein Vater hätte seinen Fahrer geschickt, um der Dame die Tasche zu bringen. Und vorher hätte er zehn-, vielleicht zwanzigtausend Euro in bar reingelegt. Je nachdem, um welche Auftragsgröße es sich handelte.«

Ich war empört: »Hätte ich dann auch das kaputte Auto kaufen sollen?«

»So läuft so etwas heute, mein Sohn. Du kannst doch nicht einfach jemandem Geld über den Tisch schieben und sagen: *Ich möchte Sie gerne bestechen.* Nein, er bietet dir etwas völlig Wertloses an, und du kaufst es begeistert zu einem horrenden Preis. So werdet ihr Freunde, und er wird niemals über deine Waren oder deine Preisgestaltung meckern.«

Ja, ich weiß. Ich hätte die Näherinnen in Marokko entlassen müssen. Zumindest in Casablanca die Näherei schließen, denn es gab keine Arbeit mehr. So etwas wie Kurzarbeitergeld haben die da nicht. Ich habe es nicht getan, sondern stattdessen die Bankkonten überzogen, um weiter die Gehälter zahlen zu können.

Ich wollte neue, ehrliche Kunden für uns gewinnen. Ich fuhr herum, machte Besuche, war am Ende auch bereit, für jede erdenkliche Form von Bestechung, aber ich war nicht mehr schnell genug. Ich hatte eine ganze Saison in den Sand gesetzt.

Der Vorjahresumsatz von 12,4 Millionen ging auf knapp 1,3 Millionen zurück. Dann kamen die Steuernachzahlungen für die letzten zwei Jahre. Beim Finanzamt hatte mein Vater offensichtlich nie jemanden bestochen.

Die Designer machten mir das Leben zur Hölle. Die Großkunden ignorierten mich, aber ich trug doch die Verantwortung für die Familien in Marokko.

Ich verkaufte sämtliche Wertpapiere, belieh meine eigene Lebensversicherung bis zur Belastungsgrenze und nahm Hypotheken auf das Haus auf. Aber es reichte nicht.

Offensichtlich war ich noch nicht tief genug gesunken, um zu merken, dass mit meiner Lebenseinstellung grundsätzlich etwas falsch lief.

Ich beichtete meiner Frau Miriam – die so herrlich nach Vanille roch und mit der ich seit vier Jahren verheiratet war. Ich erhoffte mir Zuspruch, Trost, möglicherweise einen Plan, der uns aus der ganzen Misere rausführen würde. Doch wenn ich vor dem Gespräch schon am Rand des Abgrunds stand, so hat sie mich vollends hineingestoßen.

Ich bekam gleich die Breitseite. Ich sei ein Versager, und mein naiver Wunsch, Mediziner zu werden statt einen internationalen Konzern zu leiten, hinge nur damit zusammen, dass ich zu viele Arztserien geguckt hätte.

Ein Brummton in meinen Ohren schwoll zu einer Art Lärmschutz an.

Miriam warf mir vor, ich könne doch im Grunde kein Blut sehen und mir würde schon schlecht, wenn der Doktor mir eine Spritze setzte. Ich würde nur über meine eigenen Ängste reden, aber sie habe vor, Mutter zu werden, und da meine Spermien ja offensichtlich nicht aktiv genug seien, habe sie sich schon vor einem halben Jahr einen anderen Partner gesucht, mit dem sie im Bett Dinge erlebe, die mit mir undenkbar seien.

Sie brüllte mich an: »Ich will die Scheidung! Und jetzt bring, verdammt nochmal, deinen Scheiß-Betrieb in Ordnung! Du hast ihn ja doch nur runtergewirtschaftet, weil du über meine Affäre genau Bescheid wusstest! Glaub ja nicht, dass ich dir vor dem Scheidungsrichter solche Trauergeschichten abnehme. Du willst dich nur um eine Zahlung drücken! Die Hälfte von dem Laden gehört mir, mein Lieber. Wir haben keinen Ehevertrag. Unsere Ehe ist eine Zugewinngemeinschaft, und die Firma wurde dir übertragen, während wir bereits verheiratet waren.«

Das Rauschen in meinen Ohren wurde immer lauter. Ich sah sogar zum Fenster, weil ich dachte, draußen könnten vielleicht Bauarbeiter diesen Radau verursachen. Ich suchte eine Quelle für den Lärm, doch die lag wohl in mir.

Ich kapierte, dass Miriam sich längst anwaltlichen Rat geholt hatte. Das alles ohne mein Wissen. Ich kam mir vor wie der letzte Idiot, und das war ich vermutlich auch.

Ein Gläubiger stellte Konkursantrag, und als ich zum Rechtsanwalt ging, eröffnete der mir die Perspektive, ich habe mich einer verspäteten Konkursanmeldung schuldig gemacht beziehungsweise einer Konkursverschleppung. Ich war ein Schuldner, und ich war schuldig. Meine Ehe war im Arsch, und ich kapierte endlich, dass es so nicht weiterging. Ich musste mich von meinen Eltern lösen, und ich durfte mir nie wieder Frauen aussuchen, die so waren wie meine Mutter. Denn genau das hatte ich getan. Miriam war wie meine Ma. Berechnend. Kalt. Spießig und manipulativ.

Ich wollte wieder die Handlungsführung in meinem eigenen Leben zurück, sofern ich sie jemals gehabt hatte …

Es fiel mir nicht schwer, die alte Existenz zu verlassen. Nichts hielt mich.

Ich stellte fest, dass ich keine wirklichen emotionalen Bindungen besaß, außer vielleicht zu ein paar Trainingsfreunden im Judo-Verein, deren Nachnamen ich nicht mal wusste.

Schwer fiel es mir, mich von meinen Büchern zu trennen. Ich konnte ja schlecht einen Umzugswagen bestellen und meine Buchregale abräumen. Ich begriff, dass ich zu meinen Büchern eine tiefere Bindung hatte als zu den Menschen.

Wenn ich las, dann waren mir die Protagonisten der Romane nah. Es war wie ein Gespräch mit dem Schriftsteller über seine Figuren. Manchmal, als würden die Figuren selbst zu mir reden. Vielleicht war ich deswegen im Leben eher mundfaul. Die meisten Romane sagten mir mehr als Menschen.

Trotzdem ließ ich sie alle in der verhassten Enge meines alten Lebens zurück. Selbst den aktuellen Psychothriller, in dem ich mich gerade festgelesen hatte. Ich musste alle Spuren verwischen und ihnen die Chance nehmen, mich jemals wiederzufinden. Vermutlich war meine sogenannte Familie sogar froh, mich los zu sein.

Mein Vater hatte dem Euro nie getraut und immer prophezeit, die Währung würde irgendwann gegen die Wand fahren. Deswegen hatte er direkt nach Einführung des Euros Goldmünzen gekauft, meistens Krügerrand, aber auch American Eagle, kanadische Maple Leaf und australische Nugget, die er »Kanguruh« nannte. Das ganze Zeug war vielleicht hundertfünfzig-, hundertsechzigtausend wert und leicht zu transportieren.

Ich kannte sein Versteck gut. Nein, kein Bankschließfach. In seinem Getränkeschrank konnte man hinter den Whiskyflaschen die Glasscheibe herausnehmen. Er glaubte, da sei sein Geld sicher vor Bankenkrisen und auch vor Einbrechern. Ich wette, in seinem Zustand wusste er nicht mal mehr, dass er Goldmünzen besaß.

Ich nahm sie an mich plus 364 Euro in bar und verschwand nur mit den Klamotten, die ich am Körper trug. Ich nahm keine Zahnbürste mit, keine Unterwäsche, keinen von diesen dämlichen, gestreiften Pyjamas, die ich jedes Jahr zu Weihnachten geschenkt bekam – nicht einmal meine Lieblingsschuhe. Ich warf mein Handy in die Regnitz und stieg am Bahnhof in einen Zug. Egal, wohin. Hauptsache, weg. Erst mal bis Würzburg und dann nur noch Richtung Norden.

Meine Eltern und meine Frau würden auch in Zukunft jeden Urlaub im Süden verbringen. Meine Eltern in Österreich, Tirol, sie brauchten auf jeden Fall die Berge. Meine Frau am Mittelmeer oder am Atlantik. Der Norden war ihnen zu rau, zu kalt, zu flach. Was gab es also Verlockenderes für mich als Norddeutschland?

Ich lief durch den Zug wie ein Marathonläufer, der sein Training nachholen muss. Ich konnte überhaupt nichts mit mir anfangen. Ich musste mich beherrschen, sonst hätte ich mich besinnungslos besoffen. Ich fragte mich, wer ich überhaupt war. Was ich wollte vom Leben und was ich noch zu erwarten hatte. Es gab auch eine Stimme in mir, die verlangte, ich solle mich umbringen …

Es sah aus, als sei ich mit ganz tollen Karten auf die Welt gekommen: Gesund, begabt, von den Eltern gefördert, später mal Erbe eines funktionierenden Unternehmens. Wir hatten ein Ferienhäuschen an der italienischen Adria, südlich von Rimini, und eins in Südtirol, am Stadtrand von Meran mit Blick auf die Weinberge.

Meine Eltern liebten die Wärme, aber ich hatte meine Kindheit in Eiseskälte verbracht. Gefühlskälte.

Das alles wurde mir bewusst, und ich sah es plötzlich mit erschreckender Klarheit. Es tat weh, und ich hatte Lust, mich zu besaufen, tat es aber nicht.

Ich fuhr bis Bremen. Manchmal hatte ich das Gefühl, neben mir zu stehen. Aber ich wollte weiter. Weiter. Hauptsache weg.

Ich stieg in einen Regionalexpress ein. Keine Ahnung, wohin. Ich wollte das Meer sehen und mich vielleicht darin ertränken. Ja, das war eine durchaus verlockende Vorstellung. Über kurz oder lang würde man mich finden. Mich verantwortlich machen. Mich verspotten. Vermutlich wartete das Gefängnis auf mich, wegen Konkursverschleppung.

Das Dröhnen in meinem Kopf übertönte jedes Zuggeräusch.

Ich fürchtete, taub zu werden.

Was für ein Scheiß-Leben hatte ich mir da aufzwingen lassen? Diese quälenden Abende mit Geschäftsfreunden. Oder, noch schlimmer, im Kreise der Familie vor dem Flachbildschirm gemeinsam einen dieser schwachsinnigen Filme gucken! Belanglose Dialoge in zauberhafter Landschaft. Dazu Chips und Rotwein.

Am schlimmsten war es, wenn meine Mutter mal wieder ein neues Gericht ausprobiert hatte und wir als ihre Testesser den zu gepanschtem Abfall verkochten Mist essen und natürlich loben mussten.

Ein Vitaminmangel oder fehlende Spurenelemente wie Kupfer oder Zink können Geschmacksnerven beeinträchtigen. Ich fürchte, Vitamine hat meine Mutter mehr als genug zu sich genommen, aber Geschmacksnerven kann sie praktisch nicht gehabt haben. Sie roch ständig sauer aus dem Mund. An der Mundhygiene lag es sicherlich nicht. Eher an ihrem übersäuerten Magen.

Im Zug – wir waren kurz vor Oldenburg – gab es plötzlich diese Durchsage: Ob ein Arzt im Zug sei. Es handele sich um einen Notfall.

Da war so ein Prickeln auf meiner Haut zu spüren, und da waren Stiche in meinem Rücken. Meine Wirbelsäule schien zu brennen.

Was ich dann tat, entsprang keiner vorherigen Überlegung. Ich lief zum Schaffner, behauptete, ich sei Arzt, und sah die Erleichterung in seinem angespannten Gesicht.

Er führte mich zwei Abteile weiter zu einer Frau, die ohnmächtig geworden war. Sie hatte sich angezogen wie eine Oma, war aber vermutlich erst Anfang fünfzig. Sie trug eine Menge Goldschmuck. Das Zeug wirkte echt, für meinen Geschmack passte es aber gar nicht zu ihr. Manche Menschen sollten kein Gold tragen, sondern lieber Silber oder bunten Modeschmuck.

Sie roch nach Azeton. Ich nahm an, dass sie dehydriert war.

Ich begann mit einer Herzmassage. Nach einer Weile öffnete sie tatsächlich wieder die Augen und holte hektisch Luft. Ich beruhigte sie und sprach mit ihr.

Ich bat den Schaffner um Wasser und fragte die Dame, ob sie irgendwelche Medikamente nehmen müsse. Sie hatte die Namen vergessen, zeigte aber auf ihre Tasche.

Ich öffnete die Tasche, bat sie derweil, tapfer zu trinken, weil sie vermutlich dringend Wasser brauche.

Sie gab zu, nichts getrunken zu haben, weil es ihr so unangenehm sei, in Zügen auf die Toilette zu gehen, und sie sei seit sechs Stunden unterwegs.

Sechs Stunden nichts getrunken und nichts gegessen und dann wunderte sie sich, dass sie ohnmächtig wurde … Außerdem litt sie an Diabetes und war vermutlich schwer unterzuckert.

Andere Menschen, die die Rettungsaktion beobachtet hatten, lobten mich, sagten, zu so einem freundlichen, guten Doktor würden sie auch gerne gehen, wo ich denn meine Praxis hätte.

Ich lächelte nur verlegen.

Ein Kind bot mir ein Kaugummi an. Ich wäre mir schäbig dabei vorgekommen, wenn ich es abgelehnt hätte.

Ich begleitete die Dame im Zug bis Marienhafe, wo sie ausstieg und am Bahnsteig von ihrer Tochter abgeholt wurde. Sie schrieb mir ihre Adresse auf, wollte sich unbedingt bei mir bedanken und verlangte nach meiner Visitenkarte. Ich suchte in meiner Tasche, tat dann so, als hätte ich in der Eile alles zu Hause vergessen und erfand aus dem Stegreif einen Namen. Bernhard Sommerfeldt. Dr. Bernhard Sommerfeldt.

Meine neue Identität war geboren. Ein Name, mit dem ich mich wohl fühlte.

Ich fuhr noch ein bisschen weiter. Keine Ahnung, wie lange ich noch im Zug saß. Irgendwann war Endstation. Ich stieg aus. Norddeich-Mole.

Ich verließ den Bahnhof und sah aufs Meer. Es war Ebbe.

Das ist typisch für dich, dachte ich. Jetzt stehst du endlich am Meer, und es ist nicht mehr da. Aber nach der Ebbe kommt die Flut.

Hier am Meer, als ich aufs Watt sah, registrierte ich, dass der Lärm in meinem Kopf aufgehört hatte. Wohltuende Stille machte es mir möglich, den Wind zu hören und die Möwen.

Ich ging ein bisschen im Yachthafen spazieren und dann auf der Deichkrone. Ich kam im wahrsten Sinne des Wortes innerlich zur Ruhe.

Ich beschloss, mich hier breitzumachen. Dies hier sollte meine neue Heimat werden. Und ich wollte nicht mehr Johannes Theissen sein, sondern Dr. Bernhard Sommerfeldt.

Das ist jetzt vier Jahre her.

5

Alte Existenz hinter sich lassen und Neuanfang wagen hört sich klasse an, ist aber nichts, das man in der Schule lernt. Zum Glück interessieren die Leute in Ostfriesland sich erst mal überhaupt nicht für Papiere, Lebensberechtigungsscheine, Rechtfertigungsblätter, Zeugnisse oder den ganzen Müll. Hier fragt nicht einmal einer nach dem Ausweis. Die sind Touristen gewöhnt, und davon leben sie. Deshalb nehmen sie jeden Fremden erst einmal gerne auf, solange er genug Bargeld hat, um sich ein Zimmer zu leisten.

Ich mietete mich erst einmal in einer Ferienwohnung im Fischerweg ein, bei dem netten Ehepaar Manfred und Ulli Kern. Ich gab mich – sofern ich gefragt wurde – als Arzt aus, der sich hier niederlassen möchte, und niemand verlangte irgendeinen Beweis von mir.

Das Haus in der Norddeicher Straße wurde mir von einem Makler angeboten. Inzwischen hatte ich meine neue Identität dank Internet prächtig aufgebaut und mich auch mit den nötigen Papieren versorgt. Der Tag des Einzugs war der Hammer. Die Nachbarn in meiner Straße bekränzten meine Tür mit Tannen und von den Frauen selbst gebastelten Papierblumen. Dann hängten sie ein großes Willkommensschild auf, und alle Nachbarn unterschrieben. Nun ja, vielleicht nicht alle, aber insgesamt vierzehn.

Inzwischen weiß ich genügend über ostfriesische Bräuche. Man muss die Nachbarn zum Abkränzen einladen. Genau das tat ich. So wird man in die ostfriesische Gesellschaft aufgenommen. Dazu braucht es viel Bier und klaren Schnaps. Für die Damen darf es auch mal ein Sanddorn- oder ein Eierlikörchen sein.

Die bauen alles, was sie vorher aufgebaut haben, auch brav wieder ab und entsorgen es. Ich bekam von jedem einen guten Tipp zu den passenden Restaurants, den richtigen Handwerkern, wo man tunlichst nicht einkauft und wo es das beste Fleisch gibt. Es war alles viel, viel einfacher, als ich es mir vorgestellt hatte. Sie reichten mir echt die Hand, waren überhaupt nicht stur, sondern weltoffen, ja offenherzig. Aber ich war unfähig zu echten, neuen Kontakten oder zu Freundschaften.

Gerade erst hatte ich mich von allem getrennt, wovon ich glaubte, es sei mir etwas wert gewesen. Da war jetzt in mir so etwas wie ein Loch. Ich wollte es nicht gleich mit Neuem füllen. Ich war misstrauisch den Menschen und der Welt gegenüber. Und es war mir scheißegal, ob das ungerecht war oder nicht.

Ich baute mir als Erstes eine neue Bibliothek auf, um meine besten Freunde, die Bücher, wieder um mich zu haben. Ich mag an den Wänden keine Tapeten, ich will da Buchrücken sehen. Fernsehen gehört für mich zu den blödesten Beschäftigungen. Zeitvergeudung. Meine Eltern haben noch geglaubt, das Fernsehen könne die Buchkultur zerstören, nur weil die Menschen keine Zeit mehr zum Lesen hätten. Darüber jammerten sie oft, meinten aber eigentlich nur sich selbst, denn sie verbrachten jeden Tag ein paar Stunden vor der Flimmerkiste.

Mir dagegen erscheint das Fernsehen nicht als neumodische Konkurrenz zum Buch, sondern eher als altbacken, überholt und manchmal, wenn ich irgendwo zu Besuch bin und nicht drum herumkomme, mir etwas anzuschauen, geradezu verblödet.

Die ersten Wochen verbrachte ich damit, meine Bibliothek aufzubauen und mich darin zu verkriechen. Mit der ostfriesischen Art, Tee zuzubereiten, kann ich durchaus etwas anfangen. Ich mag es, das Geräusch zu hören, wenn der Kandis in der kleinen Tasse zerkracht. Ich schaue gerne zu, wenn die Sahnespritzer sich in Wölkchen auflösen, und ich gebe die Sahne gegen den Uhrzeigersinn dazu, um die Zeit anzuhalten. Solche Symbole gefallen mir. Normalerweise nehme ich kaum Zucker zu mir, aber in den Tee gehört ein großes Stück Kandis. Wenn dann die Bibliothek so herrlich nach Schwarztee duftet, sitze ich in meinem großen Ohrensessel und versinke in meinen Romanen, oder ich schreibe selbst …

Ich habe den kompletten Simenon. Nicht nur alle Maigrets, sondern auch seine Tagebücher: *Als ich alt war*. Seine biographischen Schriften und die *Nicht-Maigret-Romane* schenken mir großartige Stunden. Er hatte eine enorme Kenntnis der menschlichen Seele. Wenn ich Simenon lese, verstehe ich eine ganze Epoche.

Bücher stellen mir auch Fragen. Loten mit mir Abgründe der menschlichen Seele aus. Bei lebenden Gesprächspartnern ist mir das im Moment sehr unangenehm. Ich bin ein Mann ohne Geschichte. Ich muss sie mir neu erfinden.

Irgendwie ist das auch toll. Jetzt kann ich mir mein Leben selbst erfinden. Kann es so gestalten, wie ich es gerne gehabt hätte, aber wie es leider nicht war. Ich kann meine Biographie umlügen und zu einem durchsetzungsfähigen Sunnyboy werden. Ich kann meine Eltern früh sterben und mich selbst in Heimen groß werden lassen.

Noch habe ich mich nicht entschieden. Ich brauche zunächst einmal Zeit für mich ganz alleine.

Ich habe Sigmund Freud im Original gelesen. Nicht, was über ihn geschrieben wurde, sondern die Texte, die er selbst verfasst hat. Durch ihn wurde ich auf Shakespeare aufmerksam. Ohne Shakespeare und Ibsen hätte es vermutlich die ganze Psychoanalyse nicht gegeben.

Freud schreibt immer wieder über Theaterfiguren oder literarische Figuren, als seien sie lebende Menschen mit Problemen. Offensichtlich vertraute er dem Blick des Dichters in die menschliche Seele.

Bei ihm stieß ich auf Shakespeares Theaterstück Richard III. Ich konnte es nicht im englischen Original lesen. Das war mir zu öde. Aber die zweisprachige Ausgabe bei dtv gefiel mir. Frank Günther hatte den Text ins Deutsche übertragen. Beim Lesen erst wurde mir klar, dass ich die Verfilmung mit Laurence Olivier als Richard gesehen hatte, und damals hatte ich zu ihm gehalten: dem Bösewicht.

Ich wette, Schiller hätte ohne diese Vorlage niemals Franz Moor in seinem Stück »Die Räuber« erschaffen. Irgendwie war Shakespeare der Ursprung.

Damals schon, im Kino, wollte ich die ganze Zeit Richard sein, der, weil er glaubte, hässlich zu sein, sich entschloss, böse zu werden, um seine Ziele zu erreichen.

Hässlich war ich nicht. Doch das Leben hatte mir nicht gerade die besten Karten gegeben. Ich hatte sie nicht akzeptiert, sondern ein neues Spiel verlangt. Und jetzt zocke ich mit einem viel besseren Blatt …

Es erfüllt mich, durch die Buchhandlungen zu flanieren. Ich umkreise die Tische mit den Neuerscheinungen. Ich kann nicht anders. Ich muss Bücher in die Hand nehmen. Manche kaufe ich nur, weil sie sich so schön anfühlen. Bei anderen ist es ein Satz, der mich anspricht, wenn ich darin blättere.

Nicht allen Buchhändlern gefällt es, wenn jemand sich für ihre Waren so sehr interessiert, alles anfasst, unter Umständen auch wieder verwirft und zurückstellt. Aber die, die mich gewähren lassen, machen ein gutes Geschäft. Nur selten verlasse ich eine Buchhandlung mit weniger als fünf bis sechs gekauften Titeln.

Dieses Entdecken ist so toll. Die Zufälligkeit der Begegnung. Damit nicht am Ende ein Buchhändler durch seine Titelauswahl und -präsentation für mich entscheidet, besuche ich immer mehrere Buchhandlungen. Ich fühle mich dann frei und leicht. Ich gehe nicht zielgerichtet los, um ein bestimmtes Exemplar zu kaufen, ich bin offen für das, was geschieht, und ich habe Zeit. Danach sitze ich mit den gekauften Exemplaren irgendwo in der Nähe. Meist nachmittags mit einem Stück Kuchen, oft auch bei einem Kännchen Kaffee, denn nicht alle in Ostfriesland können guten Schwarztee zubereiten. Den mache ich nach einigen Enttäuschungen lieber selbst zu Hause. Manchmal wird er mir zu bitter und schlägt auf den Magen.

Ich wollte mich von neuen Freunden und speziell vom weiblichen Geschlecht erst einmal fernhalten. Wenn mich bestimmte Bedürfnisse überkamen, so ließ sich das auch anders regeln. Ich war ja nicht auf der Suche nach Liebe, sondern nach ein bisschen sexueller Entspannung, und die kann man kaufen.

Ich fuhr dafür nie weit, nach Bremen, Leer, Oldenburg oder Emden. Ein paarmal war es richtig gut mit Frauen, die zumindest so taten, als ob sie Spaß daran hätten. Ich vermute, sie wollten mich als Stammkunden gewinnen und gaben sich deswegen besonders viel Mühe. Einige waren zärtlich, so wie man sich eine Geliebte vorstellt, und da ich immer großzügig war, nahmen sie sich viel Zeit. Ich bin kein Typ für die schnellen Rein-raus-Nummern.

Aber trotzdem war ich danach immer merkwürdig traurig. Einmal war mir sogar richtig zum Heulen zumute. Ich fuhr im Auto schneller als erlaubt, wurde auf dem Rückweg gleich zweimal geblitzt – dabei hatte ich eigentlich vor, ein unauffälliges Leben zu führen, möglichst ohne Kontakt zur Justiz.

Ich musste an den Deich, ganz nahe ans Meer. Ich ließ mir vom Wind die Tränen trocknen.

Und da begriff ich, dass ich einsam war. Verdammt einsam, denn ich hatte niemanden, dem ich meine Geschichte erzählen konnte.

Als ich ein Junge war, mitten in der Pubertät, da schrieb ich Gedichte und plante, später Schriftsteller zu werden. Große Romane wollte ich verfassen, die ganze Welt in ihnen beschreiben, möglicherweise sogar erklären. Ich notierte mir schon mit vierzehn Jahren Eindrücke und Ideen, die ich später einmal verarbeiten wollte. Ich hatte so viele Träume … Aber dann kam das Leben, und der Alltag zertrampelt Träume gerne.

Ich begann wieder zu schreiben. Es war ein Anknüpfen an meine Jugend, als ich noch Träume hatte, und die Sehnsucht nach einem leidenschaftlichen, abenteuerlichen Leben in mir brannte. Genau das wollte ich mir zurückerobern, dieses Gefühl, dass alles möglich ist und ich Welten vor mir habe, die ich erobern werde. Außerdem konnte ich mit niemandem über meine Vergangenheit reden. Und ich hatte Angst, sie zu verlieren. Irgendwann nicht mehr zu wissen, wer man selber ist, das stelle ich mir schrecklich vor. Wie eine vorzeitige Demenz. Ich versuchte alles aufzuschreiben, aufzuhalten, mir selbst zu erklären. Ich machte Notizen, unsortiert, nur für mich. Ich erzählte ganze Romankapitel. Und dann musste ich irgendwohin mit diesem Zeug, es war ja verräterisch.

Ich hatte eine Putzfrau, der ich den doppelten Stundenlohn zahlte. Sie war so respektvoll, dass sie nicht einmal staubsaugte, wenn ich in einem Buch las. Trotzdem traute ich ihr nicht. Ich konnte niemandem trauen. Ich schrieb, was ich mir selbst zu sagen hatte, in Kladden auf kariertes Papier, und alle paar Wochen ging ich in die Sparkasse Aurich-Norden, wo ich ein Schließfach habe. Darin bewahre ich meine Goldmünzen und meine Schreibhefte auf. Dort lagert mein Fluchtgeld neben meinen tiefsten intimen Geständnissen.

Manchmal stelle ich mir vor, wie es wäre, meine Worte als gedrucktes Buch in der Hand zu halten. Es kribbelt dann auf der Haut. Es fühlt sich gut an. Wie leidenschaftlicher Sex, damals, als ich noch bei jedem Mädchen, das mich küsste, dachte, die große Liebe meines Lebens gefunden zu haben.

Der Dichter Wolf Wondratschek hat seinen neuen Roman, statt ihn an einen Verlag zu verkaufen, einem privaten Mäzen überlassen. Nur er darf ihn lesen. Angeblich hat der Mäzen dafür eine enorme Summe bezahlt.

Wäre das auch etwas für mich? Wer könnte, sollte oder dürfte mein Buch lesen? Vielleicht reicht es einem Schriftsteller, einen einzigen Leser zu haben. Einen, außer sich selbst.

Wondratschek hat öfter solche Sachen gemacht. Ich erinnere mich an eine Geschichte, da hat er einen Gedichtband über eine Geliebte an Bernd Eichinger, den großen Filmproduzenten, verkauft.

Es kommt nicht auf Millionenauflagen an.

Das Schreiben selbst ist das Eigentliche, worum es geht.

Die Welt in Worte fassen … Und dabei auf einen hoffen, der liest und sich davon berühren lässt …

Jeden Zettel beschreiben wie eine Flaschenpost.

Worte für einen unbekannten Finder – oder um an Riffen zu zerschellen und ungelesen im Meeresboden zu versinken.

6

Ich stand im *Lesezeichen Hasbargen* in Norden in der Osterstraße am Regionalkrimitisch. Ich hatte bereits drei Romane, die ich erwerben wollte, unterm Arm und blätterte in einem vierten. Ein neuer Roman von Peter Gerdes mit seinem knorzigen Kommissar Stahnke. Wenn man diese Romane liest, lernt man die Gegend besonders gut kennen.

Und dann sah ich sie und war sofort schockverliebt. Sie umflatterte die Büchertische wie ein bunter Vogel. Das Wort Kolibri schoss mir durch den Kopf, obwohl sie überhaupt nicht klein war, aber flink, als würde sie die Buchstaben schneller erfassen als andere Menschen. Als könne sie den Inhalt eines Buches in sich aufsaugen, indem sie nur wenige Sekunden darin blätterte, sich ein –, zweimal festlas – und schon wusste sie Bescheid. Hatte sie ein fotografisches Gedächtnis? Nein, ich habe mich nicht in ihre wundervollen Beine verliebt, nicht in ihren knackigen Arsch, ich hätte nicht gewusst, ob er apfel- oder birnenförmig ist. Nein, mich faszinierte die Art, wie sie die Romane berührte. Als würde sie die Bücher wirklich mit den Fingern begreifen. Hatte sie in ihren Fingerkuppen Sensoren, die andere Menschen nicht kannten? Zumindest hatte sie ein ebensolches erotisches Verhältnis zu Büchern wie ich.

Das war die Frau meines Lebens! Ich wusste es sofort.

Es war ein brennendes Gefühl. Drängend und befreiend zugleich.

Ich hoffte, dass sie noch solo war. Vielleicht hatte irgendein Idiot sie gerade verlassen und schrecklich verletzt. Aber selbst, wenn nicht: Sie war für mich geschaffen worden. Danke, Universum, dass du sie mir geschickt hast, dachte ich, ich nehme das Geschenk liebend gerne an.

Ich suchte ein Gespräch mit ihr anzufangen. Über Bücher, über was denn sonst?!

Sie lief mit einem Monika-Feth-Roman direkt zur Kasse. Monika-Feth-Thriller waren im Grunde Jugendbücher. Ich hatte auch zwei gelesen. Spannend – aber für Kids. War sie im Herzen vierzehn oder fünfzehn? Ein Mädchen im Körper einer erwachsenen Frau?

Sie wurde für mich immer mysteriöser und interessanter. Ich wollte einfach hinter ihr her, doch im Buchladen wurde ich aufgehalten. Schließlich hatte ich noch drei Romane unterm Arm und einen in der Hand und noch keinen bezahlt. Ich erledigte das so schnell wie möglich und beeilte mich, den Laden zu verlassen.

Auf der Osterstraße sah ich sie nicht mehr. Ich lief zunächst zur Schwanenapotheke, sah nach links und rechts. Auf dem Marktplatz konnte ich sie nicht entdecken. Dann lief ich in die andere Richtung, bis ich in den Neuen Weg schauen konnte. Keine Spur von ihr.

Ich schlenderte unschlüssig herum, und als ich die Hoffnung aufgegeben hatte, sie noch zu finden, setzte ich mich ins Café ten Cate, um mich bei einem Ostfriesentee – denn dort ist er hervorragend – und einem Stückchen Baumkuchen meiner neuen Kriminalromane zu erfreuen.

Ich wollte mich gerade setzen, da entdeckte ich sie hinten in der Ecke an der Tür zur Küche, wo ein kleiner Setzkasten die alte Bäckerei von früher zeigt. Sie hatte sich dorthin zurückgezogen, um zu lesen.

Sie ist wie ich, dachte ich. Sie ist meine weibliche Ausgabe. Aber ich konnte mich schlecht zu ihr in die Ecke quetschen und ihr das gestehen.

Ich veränderte meinen Platz noch einmal und wählte einen am Fenster, so dass ich sie von dort aus sehen konnte.

Ich bestellte mir eine Kanne Tee und den Baumkuchen und blätterte in meinem ersten Roman, doch ich konnte mich nicht darauf konzentrieren. Immer wieder sah ich zu ihr hin, versuchte sie zu verstehen, malte mir Situationen mit ihr aus.

Warum war sie hier? Warum las sie nicht zu Hause? War sie auch vor irgendetwas oder irgendjemand auf der Flucht, so wie ich?

Wenn sie kleine Kinder hätte, so dachte ich, würde sie hier nicht so ruhig sitzen, sondern wäre viel mehr auf Trab, würde ständig auf ihr Handy gucken. Sie saß aber sehr ruhig da, ganz vertieft in ihren Roman. Sie aß Apfelkuchen mit Sahne. Sie war schlank und hatte es nicht nötig, auf die Linie zu achten. Ihre Haare waren vom Wind strubbelig, sie fuhr ein paarmal mit der Hand hinein, als müsse sie überprüfen, ob die Haare noch da waren. Die Windfrisur gab ihr etwas Wildes und sagte gleichzeitig: Diese Frau gehört genau an diesen Ort. Ans Meer.

Ich musste sie ansprechen. Auf ihrem T-Shirt war ein Schattenriss der Insel Wangerooge. Wie ein auf die Nase gefallenes Seepferdchen. Man musste die Insel schon sehr gut von oben kennen, um das herauszufinden.

War es ein Signal? Konnte ich sie auf ihre Liebe zu Wangerooge ansprechen? Oder sah ich dann aus wie einer, der die ganze Zeit nur auf ihre Brust gestarrt hatte? Ich wollte auf keinen Fall irgendwie blöde oder sexistisch rüberkommen.

Jetzt sah ich den Aufdruck auf ihrer Jutetasche: *Niveau ist keine Hautcreme.*

Mein Gott, ich war so nervös … Meine Handflächen wurden ganz feucht. Ich hatte das Gefühl, auch unter den Armen zu schwitzen. Mein Gesicht wurde heiß.

Ich kam mir vor wie mit fünfzehn. Nein, wahrscheinlich bin ich damals viel cooler gewesen.

Ich bestellte mir Mineralwasser. Ich brauchte etwas Kühles. Am liebsten hätte ich mir mit meinem Buch Luft zugefächelt, aber das wirkt so überkandidelt. Ich wollte auch nicht aufgeregt oder überspannt erscheinen, aber verdammt, genau so war ich gerade.

Nein, ich war nicht einfach scharf auf diese Frau. Es war etwas anderes. So, als sei ich meinem weiblichen Gegenstück begegnet. Wir gehörten einfach zusammen.

Ich hielt mir das kalte Mineralwasserglas gegen die Stirn. Das tat gut. Diese Hitze in meinem Körper war einfach unangenehm.

Die Tür zum Café öffnete sich, und ein Windzug erfrischte mich. Vielleicht war das auch ein Grund, warum ich mich in Ostfriesland und speziell in Deichnähe so wohl fühlte. Ich brauchte diesen Wind. Er kühlte die Hitze meines Körpers runter und pustete meine Gedanken frei.

Der Wind am Deich durchlüftete meine miesen Gefühle. Es war, als würde er mich durch die Kleidung hindurch streicheln. Oft ging ich, nur mit Jeans und Hemd bekleidet, auf der Deichkrone spazieren. Ich setzte meinen Körper bewusst dieser Naturgewalt aus. Auch im Regen. Ohne Mütze und ohne Windjacke. Mit ausgebreiteten Armen stand ich gern gegen den Wind, während seine unsichtbaren Zungen mir die Feuchtigkeit von der Haut leckten. Das war viel besser, als morgens zu duschen.

Aber ich war jetzt nicht am Deich. Ich saß schwitzend im Café ten Cate und glotzte diese zauberhafte Frau an, die den Monika-Feth-Roman las.

Der kurze Luftzug hatte gutgetan, aber der Typ, der hereingekommen war, gefiel mir überhaupt nicht. Er machte einen sportlichen Eindruck, hatte einen teuren, asymmetrischen Haarschnitt und trug gute, braune Lederschuhe, aber ohne Socken. Die Schuhe waren teuer, hatten aber schon lange keine Schuhcreme mehr gesehen.

Nein, er hatte keine Sneakersocken an. Seine rechte Hacke schlappte beim Gehen aus dem Schuh. Sie war nackt.

Warum, fragte ich mich, trägt so ein Sunnyboy teure Schuhe, die ihm zu groß sind, ohne Socken?

Ein eingebildeter Pinkel. Ein kleiner Gernegroß.

Oh, meinetwegen bist du gebunden, meine Schöne. Das macht nichts. Was bedeutet das schon? Natürlich bleibt eine Frau wie du nicht lange allein. Zu viele Männer machst du verrückt, ohne es zu ahnen. Und natürlich willst du auch deinen Kopf mal anlehnen, sehnst dich nach Zärtlichkeit und Geborgenheit. Aber der muss es doch nun wirklich nicht sein! Wie konntest du so unter dein Niveau gehen? Guck mal auf deine Jutetasche! Eine Frau wie du fällt doch nicht auf so einen Blender rein!

Es war, als würde ich das nicht denken, sondern zu ihr sprechen, ohne den Mund zu bewegen. Als hätten wir eine emotionale Standleitung zueinander.

Sie konnte mich, so glaubte ich, wahrnehmen. Meine Gedanken erfassen.

Sie schielte einmal kurz zu mir rüber, als diese Don-Johnson-Imitation sich zu ihr bückte und ihr einen Kuss gab. War es ihr peinlich? Sah sie deshalb zu mir? Wollte sie sich davon überzeugen, ob ich das mitgekriegt hatte? Fürchtete sie meine Eifersucht, noch bevor wir uns einander vorgestellt hatten?

Sosehr ich sie bereits liebte, so sehr hasste ich ihn, vor allem für die Tatsache, dass er sich über den Tisch beugte, sich so wichtig nahm, um sie beim Lesen zu stören. Er redete auf sie ein. Ein Hektiker auch noch, vermutlich jähzornig.

Freudig nahm ich zur Kenntnis, dass es zwischen ihnen Konflikte gab. Er wollte offensichtlich irgendwohin mit ihr, stand unter Zeitdruck. Sie hätte lieber noch die Atmosphäre dieses Cafés genossen, vielleicht gar meine Anwesenheit …

Sie legte einen Autoschlüssel auf den Tisch und reckte sich. Er nahm den Schlüssel. Er hatte sich zum Glück immer noch nicht gesetzt.

Komm. Du hast den Schlüssel. Jetzt hau ab. Alter! Du bekommst den Wagen. Kannst ihn behalten. Ich nehm die Frau.

Aber er war noch nicht zufrieden, gestikulierte herum. Andere Gäste wurden schon aufmerksam.

Haust du jetzt endlich ab, oder soll ich dich gleich hier zum Duell fordern? Gern auf Leben und Tod. Dann wird es nämlich nicht einmal zu einem Schlagabtausch kommen. Du wirst meine Entschlossenheit spüren und dich daran erinnern, wie schnell du laufen kannst. Ja, mein Kleiner, zwischen Mut und Übermut verläuft nur eine ganz schmale Grenze. Fast unsichtbar. Aber wenn du sie überschreitest, werden deine Angehörigen für dich Pflegestufe 3 beantragen müssen. Glaub nicht, dass du das noch selbst schaffst, wenn ich mit dir fertig bin … Also hau endlich ab! Erspar uns beiden den Stress.

Er ging. Zum Abschied gab es noch einen flüchtigen Kuss, und weg war der Störenfried.

Sie konzentrierte sich aber nicht mehr auf ihr Buch. Sie sah betroffen aus. Er hatte ihr den Spaß verdorben. Die Ruhe genommen.

Ich tat, als müsse ich zur Toilette. So konnte ich ganz nah an ihr vorbeigehen. Ich ließ mir kaltes Wasser über die Handgelenke laufen. Meine blauen Schlagadern liegen direkt unter der Haut. Ich kann mich so rasch abkühlen. Wenn man sich Waser ins Gesicht klatscht, merkt das hinterher jeder. Man glänzt dann so komisch.

Ich tupfte mir das Gesicht mit einem Papiertuch ab und überprüfte kurz meine Frisur.

Ich war bereit, alles zu tun, um diese Frau zu bekommen. Aber ich konnte nicht einfach so ihren Typen verdreschen. Das wäre zu einfach gewesen. Die Sache wurde schwierig. Ich musste sie überzeugen.

Ich atmete durch und verließ den Waschraum auf leichten Füßen. Ich hatte Sorge, sie könne bereits gezahlt haben und gegangen sein. Ich nahm mir nicht die Zeit, in Ruhe nachzudenken. Ich handelte. Die Welt gehört nicht den Zauderern, sondern den Mutigen, die entschlossen zupacken und versuchen, ihre Chance zu nutzen, und sei sie noch so klein.

Sie guckte in ihren Roman. Trotzdem bezweifelte ich, dass sie las. Sie tat nur so. In Wirklichkeit war sie in Gedanken versunken.

Ich setzte mich einfach ganz selbstverständlich an ihren Tisch, als hätte sie mich dazu eingeladen.

Sie sah mich mit großen Augen an. Ihr Haar war kastanienbraun, wie ihre Augen.

Ich musste eine Verbindung schaffen. Sofort.

Ihr lag die Frage auf der Zunge, ob wir uns eigentlich irgendwoher kennen, das sah ich. Sie wollte höflich protestieren. Aber noch bevor sie etwas sagen konnte, begann ich:

»Entschuldigen Sie, ich komme mir ziemlich dämlich dabei vor, aber … Mein Name ist Bernhard Sommerfeldt. Ich bin Arzt. Meine Praxis ist in Norddeich.«

Sie klappte ihr Buch zu.

Beiläufig zeigte ich darauf und sagte: »Monika Feth. Das Buch da kenne ich noch nicht. Aber ich habe den *Erdbeerpflücker* gelesen.«

Sie nickte. »Ich auch.«

Ich fand, es lief nicht schlecht. Sie lächelte. »Und deshalb kommen Sie sich dämlich vor, Herr – Sommerfeldt?«

»Nein, deshalb nicht.«

»Was wollen Sie von mir?«

»Ich habe mir hier ein paar Köstlichkeiten bestellt, und nun stelle ich fest, dass ich mein Portemonnaie gar nicht dabeihabe. Ich dachte, vielleicht könnten Sie mich aus dieser dummen Lage befreien. Ich gebe Ihnen das Geld natürlich noch heute zurück, wenn Sie mir Ihre Adresse aufschreiben oder Ihre Kontonummer …«

Sie setzte sich anders hin und warf das nussbraune Haar mit einer Geste aus dem Gesicht, die jeden Mann echt hätte umhauen müssen.

»Aber wenn Sie hier Arzt sind, dann kennt man Sie doch bestimmt. Und gegenüber ist sogar die Sparkasse.«

»Ja«, stammelte ich bewusst hilflos, »stimmt. Aber … ich bin ja gerade erst hierhin gezogen, noch neu, und die Ostfriesen sind mit Fremden vorsichtig.«

»Und warum sprechen Sie dann ausgerechnet mich an? Außer mir sind mindestens noch ein Dutzend anderer Gäste im Café.«

Sie machte mich ganz wuschig mit ihren Fragen, und dann kombinierte sie: »Sie haben gerade drüben im Buchladen die vier Bücher gekauft, die auf Ihrem Tisch liegen. Wenn Sie Ihr Portemonnaie verloren haben, dann bestimmt dort. Es sind nur ein paar Meter …«

Ich hob die Hände, wie um mich zu ergeben. »Okay, Sie haben gewonnen, Frau Kommissarin. Ich gestehe.«

»Ich bin keine Kommissarin, sondern Grundschullehrerin.«

»Ich gestehe trotzdem.«

Sie stütze ihren Kopf demonstrativ auf ihre Hände, als müsse sie ihn daran hindern, vor Langeweile auf die Tischplatte zu fallen, während sie mir zuhörte.

Sie hatte mich also in der Buchhandlung bemerkt, dachte ich. Es war durchaus ein Triumphgefühl. Ich bin ihr also nicht so ganz gleichgültig.

»Als ich Sie gesehen habe, war es, als hätte sich mein ganzes Leben auf diesen Augenblick hin zubewegt. Plötzlich hängen keine losen Fäden mehr runter. Alles ergibt einen Sinn. Ich habe meine oberfränkische Heimat verlassen und bin hierher an die Küste gezogen, wo ich keinen Menschen kenne ... Nur, um Sie zu treffen.«

»Sie glauben an Schicksal?«

»An was denn sonst?«

Sie trank aus Verlegenheit einen Schluck Tee. Ich konnte sehen, dass ihre Wangen glühten. Sie kämpfte mit sich, ob sie empört aufspringen oder mir weiter zuhören sollte.

»Mir ist«, schwor ich mit drei andeutungsweise kurz erhobenen Fingern, »so etwas noch nie passiert. Offen gestanden, hatte ich keine Ahnung, dass es so etwas gibt. Sie haben mich einfach umgehauen.«

Meine Worte reizten sie zum Widerspruch, aber sie gefielen ihr auch. Sie schmeichelten ihrer Seele.

Ich sprach es aus: »Ich bin schockverliebt.«

Sie wischte sich durchs Gesicht und befeuchtete ihre Lippen mit der Zunge. Das sollte nicht lasziv wirken, war wohl eher eine Verlegenheitsgeste. Vielleicht bekam sie auch vor Aufregung einen trockenen Mund. Jedenfalls war es ungeheuer erotisch. Die wenigsten Pornofilme haben so viel Sex, und so viel Phantasie setzen sie ohnehin nicht frei.

»Ja, und ... also, was bedeutet das jetzt Ihrer Meinung nach? Sie setzen sich hier einfach hin, erzählen mir solche Sachen und ... Was ist das für eine Situation?«

Bevor sie sich weiter in diese Abwehrhaltung steigern konnte, schloss ich die Augen und zitierte Alfred Andersch aus dem Gedächtnis: »Sich an den händen fassen / die augen zumachen / und losrennen / daran / dass euch dieser wunsch überfällt / erkennt ihr / die ankunft der liebe / dann / dürft ihr nicht zögern / fasst euch an den händen / macht die augen zu / rennt los.«

Die letzten beiden Zeilen sprach sie leise mit. Dann seufzte sie: »Ein Mann, der Andersch zitiert …«

»Geben Sie uns eine Chance«, sagte ich eindringlich.

Die Kellnerin stand jetzt bei uns am Tisch und deutete auf den Platz, an dem ich vorher gesessen hatte. »Wird dort frei?«, fragte sie. »Soll ich Ihre Sachen hier rüberholen oder …«

Ich sah meine Traumfrau an und sie mich. Dann nickte sie der Kellnerin zu: »Ja, wenn es Ihnen nichts ausmacht. Wir gehen aber bestimmt gleich schon. Wir bleiben nicht lange.«

Sie suchte in meinem Gesicht Zustimmung. Ich war mit allem einverstanden.

Die Dinge liefen gut für mich in Ostfriesland und in Norden erst recht.

Monika Tapper, die Chefin des Cafés, kam aus der Küche. Sie nickte mir freundlich zu: »Moin, Bernhard.« Sie war auch eine Leseratte, und sie kannte mich, weil ich oft hier mit meinen Neu-erwerbungen saß.

Meine Angebetete grinste: »Klar, du kennst hier keinen. Bist neu zugezogen …«

»Wenn man um so einen hohen Einsatz pokert, wie ich es gerade tue, dann darf man bluffen, tricksen und …«

»Zocker!«, lachte sie.

Ich zahlte ganz selbstverständlich für uns beide und wusste immer noch nicht, wie sie hieß.

Als wir auf der Osterstraße standen, fragte sie: »Und was machen wir jetzt?«

Ich erinnerte sie an das Andersch-Gedicht: »Wir nehmen uns bei den Händen.«

Wir taten es.

»Und nun? Was jetzt, Bernhard? Kommt jetzt die Frage: Gehen wir zu dir oder zu mir?«, scherzte sie, aber halb war es ernst gemeint.

So profan wollte ich nicht werden.

»Wangerooge«, schlug ich vor. »Wir nehmen uns einen Flieger und verbringen das Wochenende auf Wangerooge.«

Ihre Hand lag ruhig in meiner. Es fühlte sich natürlich an, als sei es immer schon so gewesen. Es war ganz klar: Sie wollte es genauso sehr wie ich. Aber sie war vernunftgesteuert genug, um noch einen Einwand zu formulieren: »Mein Freund wartet zu Hause auf mich. Er wollte noch einkaufen und Getränke besorgen. Wir bekommen Besuch und …«

»Und du hast überhaupt keinen Bock darauf«, ergänzte ich.

Sie nickte. »Woher weißt du?«

»Na, du sitzt im Café ten Cate und liest, statt zu kochen und die Vorbereitungen für die Party zu treffen.«

»Party?!«, lachte sie. »Seine Mutter kommt mit ihrem neuen Lebenspartner zu Besuch. Erst essen wir, und dann spielen wir eine Runde Canasta.«

Wir gingen ein paar Schritte, beschwingt, wie frisch Verliebte es tun oder Lottogewinner.

»Lass mich raten: Er ist finanziell abhängig von ihnen und hofft, dass sie ihn bei irgendeiner dubiosen Geschäftssache unterstützen, von der du jetzt schon weißt, dass er sie nicht auf die Reihe kriegen wird.«

Sie stupste mich an. »Hellseher?«

Ich schlug vor, ein Taxi zum Flugplatz zu nehmen. »Wenn es dunkel wird, läuft nichts mehr. Die fliegen auf Sicht, ohne Radar.«

»Aber … Einfach so? Ohne Gepäck? Ich hab nicht mal eine Zahnbürste … Und du nur die Bücher.«

»Scheiß drauf«, sagte ich und zog sie in Richtung Markt, wo die Taxen standen.

Dass ihr Zögern überhaupt irgendwie ernst gemeint gewesen war, konnte ich mir nicht vorstellen. Es war vermutlich nur der Versuch, sich so darzustellen, als würde sie sich nicht allzu rasch ergeben.

Sie brachte den letzten, schon nicht mehr ernst gemeinten Einwand: »Und mein Freund?«

»Der ist doch sowieso ein Arsch!«, rief ich und ehe sie sich versah, hob ich sie hoch. Ich trug sie zwar über keine Schwelle, aber wenigstens vorbei an der Schwanenapotheke über den Zebrastreifen zu den Taxen.

»Stimmt genau!«, kreischte sie, und es klang wie ein Befreiungsschrei. Sie zappelte mit den Füßen.

Der erste Taxifahrer sah uns, hatte ein Herz für Verliebte, öffnete die hintere Wagentür und verbeugte sich in ironischer Übertreibung wie ein Butler in einer Komödie. »Wohin darf ich die Herrschaften bringen?«

»Zum Flugplatz«, sagte ich mit Grandezza und wuchtete meine Braut auf den Rücksitz.

Sie bekam einen Lachkrampf: »Wir sind verrückt! Völlig verrückt!«

Ich gab ihr recht: »Ja, vernünftig war ich lange genug. Wirklich glücklich gemacht hat mich das nicht.«

7

Ich sitze gern im Kaminzimmer und schreibe. Ich sehe die Tinte aus dem Kolbenfüller laufen, und das verbindet mich mit der Welt.

Ja, es war genau so, wie ich es aufschreibe. Es tut gut, richtige Erinnerungen zu haben. Am Ende ist der Mensch doch nur das, was er selbst von sich weiß.

Draußen fährt ein Polizeiwagen vor.

Mist! Meine Aufzeichnungen dürfen nicht gefunden werden. Ich klappe meine Kladde zu und lege den Füller daneben. Bei einem Arzt kann man nicht so leicht Unterlagen beschlagnahmen. Das sind unter Umständen ja sensible Patientenakten. Ich habe mir den richtigen Beruf ausgesucht.

Ich stehe schon hinter der Tür, und als es klingelt, kann ich sofort öffnen.

Rupert.

Der ostfriesische Wind hat seine Minipli völlig zerwühlt. Er sieht aus wie ein alternder Hippie, der zu viel Bier trinkt und in eine Uniform gesteckt wurde. In Ostfriesland feiert man zwar keinen Karneval, aber wenn, dann könnte Rupert genau so gehen, wie er jetzt aussieht.

»Ich hoffe, ich störe nicht«, sagt er. Ich bitte ihn herein.

»Der Typ liegt im Krankenhaus. Den hat's ganz schön erwischt. Kiefer gebrochen und Oberschenkel.«

Dann will er wissen, ob ich boxe. Ich nicke. »Ja, ich halte mich fit. In meinem Keller hängt ein Sandsack, und dort steht auch eine Kraftmaschine fürs Rückentraining. Außerdem bin ich aktiver Judoka.«

»Na, da ist er bei Ihnen ja wohl an die falsche Adresse geraten.«

»Kann man wohl sagen.«

Kommissar Rupert druckst merkwürdig herum. Er hat etwas auf der Seele, das ist ganz klar. Und es kommt mir nicht so vor, als hätte es viel mit dem Fall zu tun.

»Er hat sonderbare Aussagen gemacht. Er beschuldigt Sie, ihn angegriffen zu haben. Sie seien plötzlich auf ihn losgegangen.«

»Herr Kommissar«, lache ich, »bin ich in sein Haus gekommen und habe ihn attackiert? Habe ich seine Reifen zerstochen? Oder ist er zu mir gekommen und hat meine Reifen zerstochen? Wie würden Sie reagieren, wenn bei Ihnen ständig jemand auftaucht und Ärger macht? Ich habe ihn vielleicht ein bisschen zurückgeschubst, und dann ist er unglücklich gefallen …«

»Ja«, sagt Rupert, »die Welt sähe anders aus, wenn es mehr solcher Kerle gäbe wie Sie. Dann würden sich die bösen Buben das dreimal überlegen. Ähm … er … er spricht auch von Erbschleicherei. Können Sie sich das erklären?«

»Ja, kann ich. Er hat seine Großmutter schofelig behandelt, sie belogen und bestohlen. Er ist ein schlechter Mensch. Ich habe mich, seitdem sie meine Patientin ist, um sie gekümmert. Ich bin ins Altersheim gefahren, wenn es ihr schlechtging, nicht er … Wir müssen den freien Willen von Menschen respektieren, auch wenn es uns nicht passt, was sie entscheiden.«

Rupert nickt. »Wahre Worte.«

»Also, Herr Kommissar … ich habe noch viel zu tun. Wenn ich Ihnen allerdings noch irgendwie behilflich sein kann, dann …«

Sein Gesichtsausdruck verändert sich. Jetzt würde er mit der Sprache rauskommen. Er presst die Worte nur mühsam hoch: »Ich habe … also, ich weiß gar nicht, wie ich das jetzt so richtig sagen soll … also … ich war auch schon beim Urologen …«

»Potenzprobleme?«

Er zuckt zurück: »Ja, so würde ich das jetzt nicht unbedingt ausdrücken. Aber wir sind schon ziemlich lange verheiratet und … Außerdem habe ich eine Freundin, die ist zwanzig Jahre jünger als ich, und da will man ja nicht mit so einem Oldenburger Hänger dastehen.«

»Hat der Urologe Ihnen Viagra aufgeschrieben?«

»Nein, ich hab mich nicht getraut zu fragen. Meine Kollegen gehen doch auch alle dorthin. Wie stehe ich denn dann vor denen da?«

»Er wird ihnen das kaum erzählen.«

Rupert verzieht verächtlich den Mund und winkt ab. »Im Internet will ich so was auch nicht bestellen. Man sagt doch immer, da gibt es so viele Fälschungen, und dann liefern die das zu Hause bei uns an die Tür – um Himmels willen, was, wenn ich nicht da bin? Soll meine Frau das annehmen oder die Nachbarin? Und in die Polizeiinspektion kann ich es ja wohl auch schlecht liefern lassen. Also, ich brauche jemanden, dem ich vertrauen kann …«

Ich führe ihn durch in den Praxisraum, wo mein Rezeptblock liegt.

»Das bleibt unter uns, Herr Kommissar. Überhaupt kein Problem.«

Er sieht augenblicklich erleichtert aus.

Ich werde ihm nicht einfach nur ein Mittel verschreiben, sondern ihm einen ärztlichen Rat geben, für den er mich lieben wird. Eine gute Beziehung zur Polizei ist in meiner Situation ausgesprochen wichtig.

Also fasse ich ihn an der Schulter an, schaue ihm in die Augen und frage: »Sagen Sie, kann es sein, dass Sie im Sitzen pinkeln?«

Er öffnet langsam den Mund, als würde er die Frage nicht verstehen. Dann hält er meinem Blick nicht länger stand, schaut auf seine Schuhe und flüstert kaum hörbar: »Meine Frau besteht darauf. Sie macht mir echt die Hölle heiß. Seit ein paar Jahren mache ich das so. Also, zu Hause. Aber ich spreche nicht darüber …«

»Das ist keine gute Idee. Eine vergrößerte Prostata drückt beim Wasserlassen in Sitzhaltung auf die Harnröhre, und so kann sich die Blase nicht vollständig entleeren. Das ist eine ideale Brutstätte für Bakterien. Die führen rasch zu Entzündungen, können hochwandern bis in die …«

Er lässt mich nicht weiterreden. »Danke«, stöhnt er, »danke!« Er umarmt mich: »Sie ahnen gar nicht, wie sehr Sie mir geholfen haben. Ich werde meiner Frau sagen, der Arzt hat mir verboten, im Sitzen zu pinkeln. Sie haben mich gerettet, Doc Holliday! Sie sind der beste Arzt der Welt! Meine Frau macht immer alles so homöopathisch …« Rupert tippt sich mit dem Zeigefinger gegen die Stirn. »Sie können sich das gar nicht vorstellen. Sie schwimmt lieber mit Delphinen, statt Tabletten zu nehmen …« Noch einmal umarmt er mich und klopft mir auf den Rücken, dass es fast weh tut. »Danke, Doc. Danke!«

Schon ist er draußen, und ich setze mich wieder an meinen Text. Die Tinte im Kolbenfüller ist fast leer. Ich genieße den Moment, die Feder ins Fass zu halten und ihn aufzufüllen.

Tinte im Füller ist eine Möglichkeit: Sie birgt alles in sich. Ich kann damit Hasstiraden verfassen, eine Schmähschrift, Rechnungen schreiben, Unterschriften fälschen oder versuchen, die roten Fäden in meinem Leben zu verknüpfen und ihnen einen Sinn zu geben.

8

Der Flug in der sechssitzigen Islander war ein Ereignis. Außer uns gab es nur noch einen weiteren Passagier. Wir sahen aus den Fenstern und waren glücklich. Wir saßen eng nebeneinander. Die lauten Motoren störten uns nicht. Wir schwiegen die meiste Zeit, schwiegen und genossen.

Das Watt bei Ebbe. Die Priele wie verschlungene Flüsse im Meeresboden. Die Sonne verwandelte die vielen kleinen Wasserlachen in glitzernde Flächen, als würde der Wattboden vom Inneren der Erde aus beleuchtet.

Ein Segelschiff, das trockengefallen war, brachte uns zum Lachen. Ein Pärchen lief ums Boot. Sie winkten uns. Wir winkten zurück.

Unter uns flogen Vogelschwärme in drei sich ständig verändernden Flugformationen. Möwen waren das nicht. Eher Wildgänse.

Mit Vögeln kannte sie sich aus. »Kraniche«, sagte sie.

Ich konnte das Wort nicht hören, ich las es von ihren Lippen. Jetzt erkannte ich auch die langen Hälse und diesen typischen Ruderflug.

Ich brachte meine Lippen nah an ihr rechtes Ohr. Ich wollte, dass sie mich versteht.

»Kraniche werden in Japan Glücksvögel genannt. Sie sind ein Symbol für Glück. Sie begleiten uns.«

Sie drückte sich an mich, und alles war gut.

Der Flug in knapp zweihundertfünfzig Metern Höhe war dann viel zu schnell vorbei. Beim Aussteigen stieß sie sich an einer Tragfläche den Kopf. Es machte ihr aber nichts aus.

Auf Wangerooge war es ein wenig kälter, oder der Wind pfiff heftiger als auf dem Festland. Ich empfand es als wohltuend.

Wir nahmen uns ein Zimmer an der Oberen Strandpromenade mit direktem Meerblick.

Sie kannte sich hier aus, und ich tat so, als sei auch ich schon oft da gewesen. Deshalb kam nur die Obere Strandpromenade in Betracht.

Im Hotel wusste ich immer noch nicht ihren Namen. Es gab ja so viel Wichtigeres.

Nein, wir fielen nicht gleich wie ausgehungert übereinander her. Wir haben uns nicht die Klamotten vom Leib gerissen. Das Leben ist kein Kinofilm.

Es entstand sogar eine kurze Verlegenheit zwischen uns, als der Vermieter die Zimmertür hinter sich schloss und uns ein paar schöne Urlaubstage wünschte.

Wir standen dann einfach nebeneinander und sahen aufs Meer. Vor unserem Fenster ließ der Nordwestwind die Wangerooger Fahne flattern.

»Hier kreuzen sich drei Schifffahrtswege«, sagte sie, »deshalb sieht man immer …« Sie kicherte: »Ich höre mich an wie eine Reiseführerin.«

Vorsichtig legte ich meinen Arm um sie.

»Wie soll ich dich nennen?«, fragte ich.

»Ich heiße Beate Herbst.«

Ich konnte es kaum glauben. »Beate Herbst und Bernhard Sommerfeldt. Na, wenn das kein Zufall ist!«

Sie fand es auch komisch, und ich schlug vor: »Du bist eine Göttin für mich. Und so will ich dich auch nennen.«

»Du kannst in der Öffentlichkeit schlecht *Oh, du meine Göttin* zu mir sagen!«

»Warum nicht, o du meine Göttin?«

Sie stieß mich von sich, als wolle sie mit mir kämpfen. »Göttinnen heißen wohl nicht zufällig Beate, was?«

»Eher nicht. Aber wie gefällt dir der Name Sita? Das ist eine hinduistische Göttin.«

Zu meiner Überraschung kannte sie sich aus. »Ich, eine Göttin der Landwirtschaft? Sita heißt doch Acker oder so.«

»Nein, Sita bedeutet Ackerfurche. Und ich wette, meine Liebe, damit ist etwas ganz anderes gemeint als Landwirtschaft. Sita ist die Göttin der Fruchtbarkeit.«

Sie richtete beide Zeigefinger auf mich, und ihre Augen wurden zu Schlitzen. »Und dann bist du Rama? Und ich soll deine unterwürfige, hingebungsvolle Ehefrau werden? Immer treu und brav? Hast du dir das so gedacht?«

Ich wog den Kopf hin und her, als müsse ich mir das erst mal überlegen. »An solche Gedanken muss ein Mann sich heutzutage erst gewöhnen. Das fällt ein bisschen aus der Zeit. Ich kann dich aber auch gerne Mausi nennen oder Schatzi. Was denkst du? Wie hat dein dämlicher Freund dich genannt?«

»Fluse.«

»Was? Er hat dich Fluse genannt? Kann man dich so leicht umpusten?«

Sie entschied sich doch für Sita, und ich sagte *Meine kleine Ackerfurche* zu ihr.

Wir hatten uns noch nicht einmal geküsst. Es war klar, dass wir die Nacht in dem großen französischen Bett gemeinsam verbringen würden.

Wir waren durstig geworden und tranken jeder ein Glas Leitungswasser im Stehen.

Dann verließen wir die Ferienwohnung, um ein paar Sachen einzukaufen. Im Insel-Supermarkt fanden wir alles, und weil wir nicht vorhatten, den Abend unter vielen Menschen in einem Lokal zu verbringen, nahmen wir auch noch zwei Flaschen Rotwein mit und ein bisschen Käse.

9

Ich biege mich durch. Ich schreibe sehr gerne. Ich fühle mich dann frei.

Als ich ein Junge war, wollte ich Schriftsteller werden. Habe Autorenbiographien gelesen. Hemingway. Den großen Jäger bewundert. Wollte sein wie er. Ich stellte mir das Leben frei und wild vor.

Warum, frage ich mich noch heute, hast du dich umgebracht, alter Jäger? Konnte man noch mehr vom Leben erwarten, als du bekommen hast?

Vielleicht konnte er am Ende nicht mehr schreiben. Na und? Er hat ein Lebenswerk hingelegt. Den Nobelpreis erhalten. Geld ganz sicher auf ewig genug.

Warum, Meister, bist du nicht einfach von der Bildfläche verschwunden? Ein letzter Brief an alle: *Jetzt könnt ihr mich alle mal am Arsch lecken …*

Du hättest unter anderem Namen – irgendwo – vielleicht auf Kuba – ein neues Leben beginnen können.

Ich kann mir ein Lachen nicht verkneifen. »Es muss ja nicht Ostfriesland sein«, sage ich laut zu ihm, als stünde er im Raum. »Ostfriesland wäre vielleicht nicht so dein Ding gewesen.«

Ich rede oft mit den großen Autoren. Ich streite auch mit Sigmund Freud. Philosophiere mit Hemingway über Fischfang und Selbstmord oder über das Schreiben und zanke mich mit Dürrenmatt über Moral.

Aber jetzt ist Schluss für heute. Mein Rücken wird steif, wenn ich lange sitze und in ein Heft schreibe. Ich muss mich austoben.

Ich gehe in den Garten, um Holz zu spalten. Nie würde ich eine Kreissäge benutzen, um Kaminholz zu sägen. Erstens ertrage ich dieses Geräusch nicht, und zweitens hält Holzhacken mich fit.

Ich mache es mit freiem Oberkörper und schwinge das Beil hoch über meinem Kopf. Jede runde Baumscheibe wird mit einem einzigen Schlag gespalten. Manchmal stelle ich mir vor, auf dem Hauklotz läge kein Holz, sondern ein Kopf. Dann schlage ich besonders fest zu, um ihn vom Rumpf zu trennen. Ich köpfe die imaginären Delinquenten. Meistens sage ich ihnen noch etwas, bevor ich ihren Hals durchtrenne. Zum Beispiel: »Das ist für den Bestechungsversuch, du Drecksack!« Oder: »Du hast meine Firma ruiniert. Hier kommt der Dank!«

Ich weiß, dass die Frau drüben in dem Walmdachhaus mir beim Holzhacken zusieht. Sie benutzt sogar ein Fernglas. Kein Wunder. Wenn ich mir ihren Mann angucke, weiß ich, warum. Er ist Patient bei mir. Fettleber und Diabetes, gut dreißig Kilo Übergewicht.

Ich wette, sie kommt auch noch in meine Praxis. Noch traut sie sich nicht, schaut mir lieber beim Holzhacken zu, wenn mein verschwitzter Körper ihr zeigt, wie ein Sixpack aussieht und eine richtige Rückenmuskulatur.

Ihr Mann verwendet mehr Energie darauf, sein Geschäft und sein Auto zu pflegen als seinen Körper. Ich gebe ihm höchstens noch fünf Jahre, dann hat er einen Herzinfarkt. Vielleicht wird ihn das zur Vernunft bringen. Manche brauchen erst einen richtigen Schuss vor den Bug.

Es macht mir Spaß, Holz zu hacken und meine Muskeln spielen zu lassen, während sie mich beobachtet.

Es gefällt mir, den Frauen zu gefallen. Ich stelle mir vor, dass sie nachts von mir träumt und dabei an sich herumfingert, während ihr Mann neben ihr schnarcht.

Nein, ich werde nichts mit ihr anfangen. Keine kleine Affäre und auch kein One-Night-Stand. In diesem Fall wäre es wohl ohnehin eher ein One-Afternoon-Stand, denn jeden Tag zwischen 17 Uhr und 17.30 Uhr kommt ihr Mann von der Arbeit zurück. Im Grunde verlässt er dann das Haus nicht mehr.

Vormittags arbeitet sie irgendwo. Ich sehe sie vom Fenster meiner Praxis aus, wenn ich am Schreibtisch sitze. Sie hat eine gesunde Gesichtsfarbe und bewegt sich wie eine Sportlerin. Sie joggt aber nicht. Ich vermute, sie trainiert in den eigenen vier Wänden, wenn er außer Haus ist. Wahrscheinlich auf einem Rad oder mit einem Springseil. Sie besucht kein Fitnesscenter. Dafür ist sie zu scheu. Sie und ihr Mann schotten sich sehr ab.

Ich habe viel mehr Holz gespalten, als nötig ist. Ich muss mir noch einen Vorrat lassen. Ich brauche diese Tätigkeit. Das Doofe ist: Ich hacke immer mehr Holz, als ich verbrauche.

Abends sitze ich mit meiner Beate gern am Kamin. Wir lesen. Das Feuer knistert. Oft trinken wir nur klares Wasser. In seltenen Fällen mal eine Flasche Rotwein. Alkohol spielt in unserem Leben keine große Rolle. Das Fernsehen auch nicht. So bleibt viel Zeit für Spaziergänge am Deich, für gute Gespräche, für Zärtlichkeiten und ja, für unsere Bücher.

Sie liest immer noch viel Kafka und immer wieder Jugendbücher, die neuerdings *All-Age-Bücher* heißen, weil so viele Erwachsene danach greifen.

Mich interessiert Abgründigeres. Die Highsmith zum Beispiel. Auch Stephen King. Ich mag nicht alles von ihm, aber ich habe aus einigen seiner Romane mehr über die amerikanische Gesellschaft erfahren als aus der Tageszeitung.

Ich lese täglich zwei Zeitungen. Eine lokale und eine überregionale. Im Grunde langweilen mich beide Blätter.

Auf das Ostfriesland-Magazin würde ich nie verzichten. Am besten sind die Fotos und die Reportagen von Holger Bloem. Er ist ein echter Ostfrieslandkenner. Manchmal lese ich erst seine Artikel, und dann suche ich die Orte auf, die er beschrieben hat.

Zweimal pro Woche nehme ich mir vor, die Zeitung abzubestellen, aber dann ist mir immer die Zeit dafür zu schade.

Heute Abend will Beate uns Zanderfilet auf der Haut braten. Dazu Sauerkraut mit Sahne, und statt Kartoffelstampf gibt es ein Püree aus Blumenkohl und Linsen, verfeinert mit Kokosmilch, Chili und Knoblauch, denn mein Goldschatz achtet sehr auf gesunde Ernährung. Sie nimmt kaum Kohlenhydrate zu sich. Keine Nudeln. Keine Kartoffeln. Kaum Weizen. Aber sie kocht phantastisch. Alles immer sehr scharf, mit einem feinen Knoblauchhauch. Genau meine Kragenweite. Dazu eiskaltes, frisches Wasser, manchmal mit einem Spritzer Limone.

Ich bin verschwitzt und spüre meine Muskeln. Ich freue mich auf den Abend und dusche erst mal ausgiebig. Ich föhne mir gerade die Haare, als es an der Badezimmertür klopft: »Ich schließe das Bad nicht ab, Sita!«, rufe ich. »Hier gibt es nichts, was du nicht schon gesehen hättest. Komm ruhig rein!«

Das ist so eine Art *Running Gag* zwischen uns. Jeder ist redlich bemüht, die Intimsphäre des anderen zu wahren und dem Partner ungestörte Freiräume zu lassen. Wir sind sehr vorsichtig und respektvoll miteinander. Keiner will den anderen einengen oder dessen Grenzen verletzen. Es ist jeweils Aufgabe des Partners, dem anderen die Grenzzäune zu öffnen, sofern er es möchte. Das geschieht meist mit einem Scherz.

Aber sie lässt die Tür geschlossen und flüstert: »Ich glaube, es ist besser, wenn du kommst.«

Ich werfe mir rasch den flauschigen Bademantel über, den sie mir zum fünfunddreißigsten Geburtstag geschenkt hat. Eigentlich war es mein vierzigster, aber wenn man sich schon eine neue Biographie erfindet, warum soll man sich dann nicht fünf Jahre jünger machen? So fit und durchtrainiert, wie ich bin, glaubt mir die fünfunddreißig jeder. Tag und Monat habe ich in den Ausweispapieren gleich gelassen. Das kann ich mir dann besser merken.

Komisch – ich sage immer noch Ausweispapiere, dabei ist es ein Plastikkärtchen. Etwa so fälschungssicher wie die Mitgliedskarte für den Golfclub oder die TUI-Goldcard für treue Kunden.

Sita, meine Liebesgöttin, ist blass. Etwas hat sie wirklich erschreckt.

»Da ist Frau Ricklef mit ihrem Sohn«, flüstert sie. »Ich hab sie reingelassen. Ich weiß, die Praxis ist längst zu … aber …«

»Notdienst hat die Gemeinschaftspraxis in der Ubbo-Emmius-Klinik«, sage ich. Zum wievielten Mal eigentlich? Aber so ist das wohl zwischen vielen Paaren. Egal, wie sehr man sich liebt: Irgendwann beginnen die Dinge, sich zu wiederholen. Immer wieder spricht man die gleichen Sätze, gibt dieselben Antworten auf die immer gleichen Fragen.

Meine Sita ist einfach zu gutmütig. Sie schafft es nicht, jemanden wegzuschicken. Ich habe das inzwischen gelernt. Na ja, fast. Meine Patienten haben mich nämlich zum Fressen gern, fürchte ich. Einige wären am liebsten mit mir befreundet. Aber so nett ich im Dienst auch zu allen bin, privat zeige ich mich eher verschlossen. Es kann nicht jeder mein Freund sein.

Der schnellste Weg zum Herzen eines Arztes ist eine solide Krankheit, die am besten nur er diagnostizieren und heilen kann. Das nährt seinen Narzissmus, macht ihn stolz und gibt ihm das Gefühl, etwas Besonderes zu sein.

Ich habe Patienten, die werden rasch wieder gesund, um mir einen Gefallen zu tun. Bewusst oder unbewusst wollen sie mir ein Erfolgserlebnis verschaffen, weil sie mich mögen.

Irgendwann wird es bestimmt einmal eine Doktorarbeit zu dem Thema geben: »Gesund werden für den Arzt. Patienten betreuen ihre Heiler.«

Allerdings wette ich, dass es auch das Gegenteil oft gibt: Menschen, die aus Protest gegen ihren Doktor nicht gesund werden, weil sie ihm den Triumph nicht gönnen. Solche Koryphäen-Killer hatte ich auch schon in der Praxis. Sie erhöhen sich selbst dadurch, dass sie eine unheilbare Krankheit haben, an der jeder Spezialist am Ende ratlos scheitert. So werden sie zu Fachleuten des eigenen Selbst, die alles besser wissen. Sie boykottieren jeden Heilungsprozess, ja, empfinden den Versuch, sie zu heilen, im Grunde als Aggression, der scheitern muss.

Ich gehe mit Beate die Treppe runter. Da steht Frau Ricklef im Flur. Auf dem Arm ihren kleinen Sohn. Sie schaut mich durch die große Sonnenbrille an.

»Der Kleine ist ... die Treppe runtergefallen ...«, stammelt sie.

»Schon wieder?«, frage ich.

Sie hört den kritischen Unterton und zuckt zusammen.

»Ja, aber diesmal ist es ganz schlimm.«

Während wir das Kind auf die Untersuchungsliege betten, frage ich: »Warum kommen Sie zu mir? Der kleine Frithjof muss ins Krankenhaus. Ich habe nicht mal ein Röntgengerät.«

»Aber«, weint Frau Ricklef und spricht jetzt meine Frau an, »ich dachte, weil mein Sohn doch in Ihre Klasse geht.«

Meine Sita wird wieder ganz zu Beate. Sie sieht jetzt nicht mehr aus wie eine Göttin, sondern wie eine Grundschullehrerin. Der schimmernde Heiligenschein aber strahlt um so heller.

Sie hilft mir wie eine Krankenschwester.

Der Kleine sieht übel aus. Sein Atem rasselt. Er verliert immer wieder das Bewusstsein, ist kaum ansprechbar.

»Ich muss darauf bestehen, dass der Kleine ins Krankenhaus kommt. Und zwar sofort«, sage ich, und meine Stimme hört sich glashart an, hoffe ich.

»Aber … mein Mann hat gesagt …«

»Was hat Ihr Mann gesagt?«

Frau Ricklef nimmt die Sonnenbrille ab. Ihr rechtes Auge ist zugeschwollen. Sie beginnt, hemmungslos zu weinen: »Er sagt, wenn das rauskommt, sperren sie ihn ein.«

Ich bestätige das sofort: »Ja, und ich halte das auch für eine sehr gute Idee.«

Sie schüttelt den Kopf. Beate legt eine Hand tröstend auf den Unterarm der Frau.

»Wenn die Polizei kommt, bringt er uns alle um, hat er geschworen. Erst den Kleinen, dann mich und am Ende sich selbst.«

Beates Unterlippe zittert. Es ist zu viel für sie. Sie leidet zu sehr mit.

»Der Frithjof ist so ein Lieber …«, haucht sie, als sei dies ein verbotener Satz und sie dürfe ihn nicht laut aussprechen. Er ist höchstens für die Ohren Vertrauter bestimmt.

Ich spreche kurz mit den Kollegen von der Ubbo-Emmius-Klinik, und sofort wird eine Ambulanz geschickt.

Jetzt bekommt Frau Ricklef richtig Angst. »Er wird den Kleinen aus dem Krankenhaus holen! Der lässt den nie da! Was glauben Sie, was jetzt bei uns zu Hause los ist! Der rastet völlig aus!«

Beate wirft ein: »Und wenn wir die Polizei …«

Damit bringt sie Frau Ricklef noch mehr auf: »Um Himmels willen! Dann flippt er völlig aus! Das hatten wir schon mal. Die können doch sowieso nichts machen! Die halten ihn eine Nacht lang fest, und danach steht er wieder vor meiner Tür. Und was glauben

Sie, was dann los ist! Wir baden das doch alles aus, er und ich.« Sie zeigt auf ihren Sohn, dann auf sich selbst.

In meinem Kopf beginnt wieder dieses Dröhnen. Verflucht, wenn ich diesen Lärm nur abstellen könnte! Es wird so laut, dass ich ihr kaum zuhören kann.

Trotzdem frage ich: »Hat er sich übergeben?«

»Wer? Mein Mann?«

Ich lese es mehr von ihren Lippen, als dass ich es höre. Als ob in meinem Kopf Scherben gegeneinanderreiben.

»Nein, verdammt, es geht jetzt nicht um Ihren Mann *(um den kümmere ich mich später)*, sondern um Ihren Sohn!«

»Ja, hat er. Auf dem Weg hierher.«

»Er hat eine Gehirnerschütterung, Knochenbrüche, und ich hoffe nur, sein Kopf hat nicht zu viel abgekriegt.«

»O Gott, o Gott«, weint Beate. Sie holt sich Papiertücher aus der Box auf meinem Schreibtisch und putzt sich die Nase.

Ich reibe mir die Schläfen und schüttle den Kopf. Doch der Lärm kreist kreischend in mir.

»Es gibt«, sage ich betont sachlich, »bei uns in Ostfriesland zahlreiche Hilfsangebote für Frauen und Kinder in Ihrer Situation.«

Ich habe mehrere Faltblätter in einer Box auf der Fensterbank. So etwas passiert schließlich nicht zum ersten Mal.

»Wir können Sie nach Aurich oder Leer bringen. Da berät man Frauen, die häuslicher Gewalt ausgesetzt sind.«

Sie wehrt ab: »Ich geh nicht in ein Frauenhaus! Der findet uns da, und ich bringe die anderen Frauen auch noch in Gefahr! Mein Mann kann so ein Wüterich sein!«

Beate verlässt ihre jammernde Haltung, stellt sich anders hin. Gerade. Etwas hat die Lehrerin in ihr geweckt. »Die Polizei kann einen Platzverweis gegen ihn aussprechen. Dann darf er sich in der Nähe des Gebäudes nicht aufhalten.«

Frau Ricklef lacht bitter. »Jaja, die Polizei …«

Sie lebt wirklich in Angst, denke ich. Und sie hat das Gefühl, ihrem Mann schutzlos ausgeliefert zu sein.

Sie stoppt plötzlich mitten in der Bewegung: »Können Sie nicht mal mit ihm reden, Herr Doktor? *(Keine Sorge, das werde ich!)* Mein Mann«, erklärt sie, »der ist gar nicht so. Der kann ein ganz herzensguter Mensch sein. Aber er hatte eine wirklich schwere Kindheit. Da sind ganz schreckliche Dinge passiert. Und er verträgt keinen klaren Schnaps …«

»Ja«, sage ich, »und wenn dann auch noch Vollmond ist …«

Beide Frauen schauen mich an. Ich fühle mich unverstanden. Also haue ich es geradeheraus: »Ich wollte damit sagen, dass Sie aufhören sollen, Entschuldigungen für sein Verhalten zu suchen. Niemand anders ist da schuld. Nicht seine Eltern, nicht seine Kindheit, nicht der Alkohol und auch keine Sternenkonstellation oder irgendein anderer Scheiß. Die Menschen haben einen freien Willen. Ihr Mann ist ein Drecksack. Sie müssen sich von ihm trennen, um sich zu retten und Ihr Kind.«

Es tut mir gut, das so hart auszusprechen. In meinem Kopf beruhigt sich alles.

Ich kann die Dinge nicht so lassen, wie sie sind. Ich muss sie verändern.

Beate reicht der Frau ein Glas Wasser. »Ich bin jederzeit für Sie und Frithjof da, wenn etwas ist. Sie können auch gerne heute Nacht hier bei uns schlafen, wenn Sie wollen.«

Frau Ricklef staunt und verzieht ungläubig den Mund: »Wenn ich nachts nicht nach Hause komme, dann … O Gott, Sie kennen ihn wirklich nicht, Frau Herbst. Er ist rasend eifersüchtig.«

Ich stöhne demonstrativ. »Es geht aber nicht um ihn, Frau Ricklef! Es geht um Sie und um Ihren Sohn.«

Der Krankenwagen fährt vor. Der Rest läuft routiniert und

schnell ab. Während die Kollegen sich um Frithjof kümmern, zickt Frau Ricklef noch herum, weiß nicht, ob sie mitfahren soll und bittet, doch einfach alles wieder abzubrechen. Der Junge könne besser rasch hier untersucht werden. Dann will sie nach Hause zurückkehren, ehe ihr Mann wach wird. Es ist ein Trauerspiel.

»Wo ist Ihr Mann denn jetzt?«, frage ich.

»Zu Hause im Bett. Ich glaube, er schläft.«

»Dann fahren Sie jetzt mal mit Ihrem Sohn, und ich rede in Ruhe mit Ihrem Mann und erkläre ihm alles.«

Sie wirkt besorgt und gleichzeitig erleichtert: »Sie müssen ihm aber sagen, dass ich Ihnen gesagt habe, dass der Kleine die Treppe runtergefallen ist. Ich habe meinen Mann nicht beschuldigt, und ich werde auch nicht gegen ihn aussagen.«

Ich versichere ihr, dass ich das garantiert genau so tun werde, und dann zwinkere ich ihr auch noch zu.

Als der Notarztwagen weg ist, nehme ich Beate in den Arm. Sie zittert.

»Man merkt dem Kleinen in der Schule an, dass er zu Hause Stress hat. Besonders schlimm ist es montags. Am Wochenende ist bei denen wohl immer Horror angesagt. Frithjof ist dann blass, unausgeschlafen, verängstigt, aber im Grunde ist er ein ganz lieber, völlig normal begabter Junge. Viele Kinder sind wie er. Man merkt ihnen den Druck an, unter dem sie zu Hause stehen.«

Ich versuche sie zu küssen, doch sie dreht das Gesicht weg, als würde der Lärm in meinem Kopf sie abschrecken.

Schade, denn sie küsst wirklich umwerfend gut.

»Wir wollten uns doch einen schönen Abend machen«, sage ich. »Essen kochen und …«

Sie schüttelt sich: »Ich kann jetzt nichts essen, Bernhard.«

Es ist also noch schlimmer, als ich dachte. Wenn sie richtig gut drauf ist und es zwischen uns beiden fließt, nennt sie mich nämlich Rama, nach dem hinduistischen Gott, zu dem Sita das weibliche Gegenstück darstellt. Und wenn sie mehr im Alltag steckt, den aber mit der ihr eigenen spielerischen Leichtigkeit bewältigt, dann sagt sie Bernie zu mir. Wenn sie mich ermahnt oder leicht genervt erneut an etwas erinnert, das ich vergessen habe, dann nennt sie mich Bernd, mit der Betonung auf dem ›d‹ am Ende. Bernhard sagt sie nur bei sehr offiziellen Anlässen oder wenn sie sauer auf mich ist, was nicht oft vorkommt.

Sie erwartet, dass ich handle, und genau das werde ich auch tun.

Ich muss es, damit endlich Ruhe herrscht zwischen meinen Ohren. Es ist jetzt, als säße da ein kleiner Dämon, der mit seinen spitzen Krallen von innen gegen meine Schädeldecke kratzt und rauswill.

Ich drücke Beate einen flüchtigen Kuss auf die Wange und verspreche: »Ich werde hinfahren und mit ihm ein Gespräch unter Männern führen.«

»Ja«, sagt sie, »bitte tu das. Es gibt doch auch Hilfsangebote für Männer. Die Anonymen Alkoholiker oder …«

Das Problem mit den Frauen ist, sie wünschen sich einen heldenhaften Mann. Er soll die Dinge aus der Welt schaffen oder sie ordnen. Aber sie wollen es auf eine Art und Weise, die eben einfach nicht so funktioniert. Das Leben ist kein Streichelzoo.

Frauen wollen die Welt verändern, aber im Grunde alles dabei beim Alten belassen. Sie hoffen auf die Vernunft der Menschen, auf gute Argumente und auf Einsicht. In der besten aller Welten wäre das bestimmt auch so. Nur, dort leben wir leider nicht.

Wenn man bei uns etwas verbessern will, dann muss man das weniger Gute eliminieren. Oder wenigstens das Schlechte in seine Schranken weisen. Wer ein Omelette essen will, muss Eier in die Pfanne hauen und kann nicht darauf verzichten, die Schale zu zerbrechen, auch wenn sie noch so schön weiß ist. Und es gibt keine Steaks vom lebenden Rind.

»Genau, meine Schöne«, sage ich sanft. »Es tut ihm bestimmt auch gut, wenn er sich mal aussprechen kann. So von Mann zu Mann.«

Sie bemerkt die Ironie nicht mal, sondern schöpft Hoffnung und sieht mich wieder so herzzerreißend an.

»Vielleicht ist er froh, wenn er von dir lernen kann, wie man mit seinen Aggressionen fertig wird. Wie man seine Gefühle in den Griff bekommt, statt sie so unzivilisiert auszuagieren.«

Meine Süße … Ist sie nicht putzig? Sie ist so ein guter Mensch. Sie glaubt es tatsächlich, fürchte ich. Sie denkt immer, im Leben sei alles wie in der Schule. Sie erklärt dem kleinen Kevin, dass er aufzeigen soll, wenn er etwas sagen möchte und nicht einfach in die Klasse brüllen darf. Der merkt sich das und handelt ab sofort danach.

Ich muss grinsen. Ich stelle mir das bildlich vor. Ich halte Händchen mit diesem Arsch von Ricklef, und er weint sich bei mir aus, weil er manchmal so aggro wird, dass er Frau und Kind verprügelt, worunter er selbst natürlich viel mehr leidet als die beiden. Ich zeige ihm dann Atemtechniken, schenke ihm ein Beil zum Holzhacken *(lieber nicht)*, oder ich kaufe ihm einen Sandsack und einen Punchingball, damit er etwas hat, worauf er einschlagen kann, wenn der Frust kommt.

Ich ziehe mich an und nehme mein Arztköfferchen mit. Dann fahre ich auf dem Rad zum Haus der Ricklefs. Sita winkt mir hinterher. Welch ein Leben! Ich fühle mich wie der Lonesome Cowboy, nur statt Pferd ein Rad unter dem Hintern.

Die Menschen begrüßen mich unterwegs. Kinder winken mir. Bei Durchfall verschreibe ich Kindern Kohletabletten, Salzstangen und Coca Cola. Dafür bin ich ihr Held.

Johann Ricklef wohnt in Norden im Addingaster Weg. Ich biege von der Bahnhofstraße ab, rolle am Edeka vorbei. Dort auf dem Parkplatz spielen Kinder Fußball.

Ein Junge saust mit dem Rad in die Menge, sie schießen ihn um, er fällt und kracht gegen ein parkendes Auto. Ich schaue nach dem Rechten. So viel Zeit muss sein.

Er hat nur ein paar Hautabschürfungen, und ein Vorderzahn ist zur Hälfte abgebrochen. Die Lippe aufgeplatzt. Er heult und schreit und zetert.

Ich schaue mir jede seiner Verletzungen genau an und verspreche ihm, dass er in ein paar Jahren darüber nur noch lachen wird.

Der Vorderzahn war hoffentlich noch ein Milchzahn, da bin ich mir aber nicht so sicher.

Ich habe in meinem Notfallkoffer nicht nur dieses übliche Arztwerkzeug, das die Menschen von einem erwarten. Stethoskop. Digitales Fieberthermometer. Spritzen. Blutdruckmessgerät. Sondern auch Bonbons. Für Mädchen sogar immer eine kleine Barbiepuppe und einen Teddybären. Damit kann man viele Kinderkrankheiten heilen oder sie zumindest rasch lindern. Ich habe auch ein Clownsgesicht, eine Pappnase und eine schwarzrote Luzifer-Maske.

Ich schenke ihm eine Handvoll Kaubonbons und seinen Freunden auch. Es geht ihm gleich besser. Ein Freund bringt ihn nach Hause, und ich kicke mit den Jungs noch ein paar Bälle.

Sie haben Angst vor dem Besitzer des Autos, aber der lässt sich überhaupt nicht blicken.

Mir ist fast schlecht von dem Lärm im Kopf. Ich habe Angst, mich übergeben zu müssen, so sehr tobt der kleine Dämon unter meiner Schädeldecke.

Rasch fahre ich weiter bis zum Haus der Ricklefs. Ich stelle mein Rad am Zaun ab. Der Vorgarten ist auf sympathische Weise ungepflegt. Ein Maulwurf fühlt sich hier sehr wohl und hat aus der

Hälfte des Gartens einen Truppenübungsplatz gemacht, während er – völlig unverständlich – die andere Hälfte unberührt gelassen hat.

Schmetterlinge umflattern die Brennnesseln.

Unten sind die Rollläden runtergezogen.

Oben stehen die Fenster auf Kipp.

10

Ich schließe das Rad nicht ab. Mit meinem Arztköfferchen steige ich über den kniehohen Zaun und klingele an der Haustür. Nichts. Klar, der pennt. Saufen, Frau und Kind verprügeln und dann seelenruhig einschlafen ... *Ich werde dir ein schönes Erwachen bereiten. Warte nur, du Stück Scheiße. Unsere Selbsterfahrungsgruppe beginnt gleich.*

Ich gehe einmal ums Haus herum. Alles verrammelt, aber die Ricklefs haben eine Katze und für die hinten auf der Terrasse eine Katzentür.

Wer es einem Einbrecher schön einfach machen will, schafft sich eine Katze an. Wo die reinkommt, hat auch jeder Einbrecher, der seinen Hauptschulabschluss an der Schule für Diebe und Kleinkriminelle bestanden hat, immer freien Zutritt.

Ich breche einen Ast vom Kirschbaum ab und schiebe ihn durch das Katzenloch. Es ist ein Kinderspiel, so von innen die Türklinke runterzudrücken. Die Tür springt auf. Seit es diese neuen Brandschutztüren gibt, ist die Welt wieder in Ordnung. Man kommt zwar von außen nicht rein, aber von innen immer raus. Bei Feueralarm eine gute Regel und eine liebevolle Erleichterung für Einbrecher. Es reicht, innen die Klinke runterzudrücken.

Nun, ich breche ja nicht wirklich ein. Ich will ja nichts stehlen. Ich bin ein Arzt, der sich Zugang verschafft, um zu helfen. Wenn mich eine alte Dame anruft, die hingefallen ist und es endlich geschafft hat, sich bis zum Telefon zu schleppen, dann warte ich auch nicht vor der Tür auf den Schlüsseldienst.

Da drin liegt jemand und braucht Hilfe. Ob man Unfallopfer aus Autowracks schweißt oder hilflose Menschen aus ihren Wohnungen rettet … Wo ist denn der Unterschied?

Ich sehe unten im Haus nach ihm. Hier ist alles überkorrekt, ja fast steril. Schwer vorstellbar, dass hier ein kleiner Junge lebt. Nirgends liegen Spielsachen herum. Die Schlüssel in der Schranktür sind in geradezu militärischer Ordnung in einer Reihe ausgerichtet. Ich kapiere sofort: Dieser Säufer gehört zu der Sorte Mensch, die Unordnung um sich herum nicht ertragen können. Das Chaos in ihm selbst braucht eine klare Struktur und Ordnung im Außen, in der er sich dann wie eine Wildsau benehmen kann. Natürlich hat er hier nicht selbst aufgeräumt. Das ist der Job seiner Frau und der des kleinen Frithjof. Der Herr des Hauses begutachtet nur, ob die beiden alles zu seiner Zufriedenheit erledigt haben. Er spielt hier den Unteroffizier, der die Wachstube inspiziert.

Warte nur, denke ich, deinesgleichen kenne ich gut.

Das Kinderzimmer sieht aus, als hätte hier schon lange kein Kind mehr gelebt. Das Bett gemacht, die Bettdecke ohne jede Falte glatt gestrichen, wie mit einem Bügeleisen. Das Zimmer lässt mich an einen Raum denken, den mir eine Patientin gezeigt hat. Ihre Tochter ist vor ein paar Jahren bei einem Autounfall in Greetsiel tödlich verunglückt. Seitdem lässt sie das Kinderzimmer so, als könne ihre Kleine jeden Moment wiederkommen. Sie putzt es, wechselt sogar die Batterien in der Sprechpuppe und im bunten Kofferradio aus. Es ist ihre – vielleicht verrückte – Art, damit fertig zu werden. Sie hat den Raum in ein Museum verwandelt. Doch dieses Kind lebt hier. Wie kann Frithjof in so einem Zimmer sein, ohne sich als störend zu empfinden?

Im Buchregal stehen Taschenbücher aufrecht wie Zinnsoldaten.

Die Schuhe des Kleinen sauber geputzt auf einem Brett. Ja. Keine Frage: Hier herrscht erdrückende Ordnung.

Hier hat jemand Angst, den Überblick zu verlieren. Über sein Saufen hat er jede Kontrolle verloren, und mit seinen Aggressionen kommt er nicht klar. Darum will er diesen rigiden Perfektionismus. So entsteht eine kalte Wohnung.

Im Badezimmer hängen alle Handtücher auf gleicher Höhe. Eine starre Ordnung. Selbst die Zahnputzbecher mit den Zahnbürsten wirken unnatürlich hindrapiert, wie mit dem Lineal ausgemessen, alle im gleichen Abstand zueinander. Wer hat den Befehl gegeben: *Die Borsten nach links!* Die Zahnpastatube?

Ich begutachte eine Bürste und einen Kamm. Es hängt kein Haar darin. Bürste und Kamm sehen aus wie neu gekauft. Sind sie aber nicht.

Ich komme in viele Wohnungen. Solche Sterilität ist selten. Da ist mir jeder Messie lieber.

Ich höre sein besoffenes Schnarchen. Das Geräusch erinnert mich an meine alte Carrerabahn, wenn die Autos aus der Steilkurve flogen.

Innen vor der Haustür und im Flur Blutstropfen. Ich steige die Holztreppe hoch. Das Schnarchen wird lauter. Hier oben sieht es aus, als wäre die Wohnung von echten Menschen bewohnt. Geradezu wohltuend unordentlich liegen zwei Herrenschuhe herum. Ich schätze Größe 43 oder 44. Schon ziemlich abgelaufen. Innen mehr als außen. Ich vermute, er hat Haltungsprobleme und ständig Rückenschmerzen. Ich gönne es ihm.

Im Schlafzimmer riecht es nach Bierpisse, saurem Atem und abgestandener Zigarettenasche. Auf dem Nachtschränkchen eine Lampe. Daneben ein voller Aschenbecher. Blättchen und ein Tabakbeutel. Eine halbvolle Flasche Bier, und auf dem Boden neben dem Bett steht noch eine.

Er liegt rücklinks auf der Matratze. Sein Bauch ragt hoch wie eruptiertes Magma. Es hat sich zwischen T-Shirt und Boxershorts den Weg ins Freie erkämpft und ist nun erkaltet und faltig.

Ich stelle mir vor, wie es wäre, ein Messer aus der Küche zu holen und es ihm tief in den Bauch zu rammen. Der Gedanke gefällt mir. Ganz sicher würde es heftig aus ihm herausspritzen. Er hat ohne Zweifel Bluthochdruck. Aber er würde mich auch vollsauen. Ich kann nicht voller Blut auf dem Rad zurückfahren. Entweder muss ich mich vorher nackt ausziehen und danach duschen oder mir etwas anderes einfallen lassen.

Allein diese Gedanken reichen aus, und in mir verändert sich etwas. Ich habe nicht mehr das Gefühl, mir die Ohren zuhalten zu müssen. Ich weiß ja, es nutzt sowieso nichts, denn der Lärm ist in mir, aber unwillkürlich will ich mir immer wieder die Hände auf die Ohren drücken, wenn der Dämon in meinem Hirn anfängt zu kratzen.

Jetzt ist er still. Fast andächtig wartet er auf das, was geschieht.

Der Gedanke, dass Ricklef – schon mit dem Messer im Körper – die Augen aufreißt und vor sich einen nackten Mann sieht, gefällt mir. Aber Schlafende zu erstechen ist irgendwie nicht mein Ding.

Ich hole die Luzifer-Maske aus meinem Aktenkoffer und setze mich zu ihm aufs Bett.

Es geht mir gut. So müssen sich tibetanische Mönche während der Meditation fühlen. Ruhig, gelassen, in freudiger Erwartung dessen, was geschehen wird.

Kein Dämonentanz im Gehirn. Keine Glasscherben, die gegeneinander klirren.

Komisch, so eine Maske verändert sofort die Perspektive. Ich denke, das geht allen Menschen so. Mit einer Clownsnase bekommen sie Lust, Späße zu machen, sich danebenzubenehmen. Im schwarzen Beerdigungsanzug geht man anders als in Muskelshirt und Badehose.

Unsere Seele spielt die Rollen gern, die wir ihr durch Verkleidung anbieten. Ich fühle mich unter der Luzifer-Maske gleich erschreckend. Furchteinflößend. Ich bekomme Lust, böse und gemein zu sein.

Ricklef ist in Socken eingeschlafen. Sie sind zwar beide schwarz, passen aber nicht zusammen. Der linke ist kurz und glatt. Der am rechten Fuß ist lang mit einem Flechtmuster.

Ich fasse einen dicken Zeh an und schüttele ihn. Nichts passiert. Ich ziehe das ganze Bein am Zeh hoch und lasse es aufs Bett zurückplumpsen. Er greift sich mit der Hand ins Gesicht und rubbelt sich die Säufernase.

»Aufstehen, Arschloch«, sage ich sachlich.

Er öffnet die Augen. Er braucht einen Moment, dann zuckt sein ganzer Körper wie unter Strom. Mit weit aufgerissenen Augen krabbelt er im Bett rückwärts, bis sein Kopf gegen die Wand stößt. Er versucht, sich aufrecht hinzusetzen.

Ich nehme noch einmal einen dicken Zeh, und mit einem einzigen Ruck bringe ich ihn in die vorherige Lage zurück. Er zappelt mit Armen und Beinen.

»Du liegst da wie Gregor Samsa.«

Er zeigt mir ängstlich die geöffneten Hände, als würde er jeden Moment damit rechnen, dass ich ihn erschieße. Dabei sitze ich nur auf seinem Bettrand und richte keine Waffe auf ihn.

»Ich …«, stammelt er, »… ich bin nicht dieser Gregor. Sie verwechseln mich. Ich heiße …«, er verschluckt sich.

»Johann Ricklef heißt du. Ich weiß. Natürlich weißt du nicht, wer Samsa ist … Stimmt's?«

»Nein«, beteuert er, »ganz sicher nicht. Ich kenne ihn ganz sicher nicht. Was immer Sie von mir wollen, ich … ich kann Ihnen nicht helfen.«

»Gregor Samsa«, sage ich sanft, »ist eine Figur aus Franz Kafkas Erzählung *Die Verwandlung*. Samsa wacht eines Morgens auf und hat sich in ein Ungeziefer verwandelt. Nicht in so eine kleine Küchenschabe. Nein, in ein Monstervieh. Einen ungeheuren Käfer. Kannst du was damit anfangen, Arschloch?«

»Ich, ich kann Ihnen Geld geben …«, hustet er.

Ich habe ihm immer noch nicht weh getan, aber er macht sich jetzt schon fast in die Hose.

»Es ist die Geschichte einer Metamorphose«, fahre ich fort. »Du solltest mehr lesen statt zu saufen. In den Büchern kann man sich finden. Ja, guck nicht so blöd. Glaubst du, du findest dich in Bier wieder? Oder in dem billigen Fusel, mit dem du deine Leber zerstörst?«

Er versucht wieder, zurückzukrabbeln, soweit wie möglich weg von mir, und sieht dabei immer mehr aus wie ein auf den Rücken gefallener Käfer, der alleine nicht mehr auf die Beine kommt.

Ich frage mich, ob sein Junge genauso viel Angst vor ihm hat wie er jetzt vor mir.

»Wer … wer sind Sie?«, will er wissen und schiebt gleich die nächste Frage hinterher: »Was wollen Sie?«

Ich ziehe ihn wieder am Zeh zu mir heran. »Als Gott mich schuf, wollte er dem Teufel ein Problem machen. Ich komme direkt aus der Hölle. Weißt du, Arschloch, was der Teufel gesagt hat, als er mich zum ersten Mal sah?«

Er schüttelt heftig den Kopf und sieht aus, als sei er kurz davor, irre zu werden.

»Der Teufel«, verrate ich ihm, »ist von seinem Flammenthron gestiegen, hat sich vor mir verneigt und gesagt: *Willkommen, Meister!*«

Er wird kurzatmig, wendet das Gesicht ab, kriegt einen Husten-krampf.

»Werd jetzt bloß nicht ohnmächtig«, schimpfe ich. »Ich muss dir nämlich noch eine Botschaft übermitteln. Eine Nachricht direkt aus der Hölle.«

»Aber was ...«

Ich lege einen Zeigefinger über meine Lippen und mache leise: »Psssst.«

Er ist sofort ganz still, ja andächtig. Ich öffne meinen Doktor-koffer und ziehe meine Gummihandschuhe an. Das macht ihn panisch.

»Ich bin geschickt worden«, sage ich und zupfe das Gummi über den Fingern zurecht, »weil du das auserwählte Kind schwer miss-handelt hast. Das kann ich dir nicht durchgehen lassen.«

»Ich ... was ... nein! Frithjof ist die Treppe runtergefallen. Der passt nie auf, der kleine Tölpel. Denkt immer an was anderes.«

Er versucht zu lächeln, als sei er überzeugt, er könne in dieser Frage auf meine Zustimmung hoffen. Ja, er sucht meine Kumpa-nei. Ist der wirklich so blöd? Hält der mich für bestechlich? Glaubt er, zwischen uns könne eine Art Männerfreundschaft entstehen?

Ich mache hier erst mal einen ganz klaren, harten Schnitt. Ein-sicht ist der erste Weg zur Besserung. Ich kann ihm diese Lügerei nicht durchgehen lassen. Völlig unmöglich.

»Soso, die Treppe ist er heruntergefallen ...«, wiederhole ich und tue so, als müsse ich nachdenken.

Er nickt und guckt blöd. Ja, der ist tatsächlich so dumm. Hat sich so viel Verstand weggesoffen, dass er hofft, ich könnte ihm glauben.

Ich packe ihn und reiße ihn aus dem Bett. Ich zerre den plumpen Körper zur Tür. Er stolpert, wabert, aber er leistet praktisch keinen Widerstand.

Wo ist deine Aggressivität? Versuch es doch jetzt mal mit mir! Schlägst du nur Frauen und Kinder?

Ich werfe ihn die Treppe runter. Nein, ich schubse ihn nicht ein bisschen. Er soll nicht das Gleichgewicht verlieren und dann erschrocken nach unten taumeln. Nein, er soll sich richtig weh tun. Deshalb werfe ich ihn. Es ist ein einfacher O-Goshi. Auch der große Hüftwurf genannt. Jeder Judoka fängt damit an. Er ist wesentliche Grundlage für den gelben Gürtel.

Ricklef fliegt durch die Luft und überschlägt sich noch einmal, bevor er rückwärts die Treppenstufen runtersaust.

Diese einfachen Wurftechniken, die kaum Kraft erfordern und nur ein bisschen Geschicklichkeit und Hebeltechnik, sollten Frauen und Kindern beigebracht werden, denke ich. Am besten schon in der Schule.

Er ist so verdutzt, dass er nicht einmal schreit. Es kracht und rummst. Die Luft entweicht aus seiner Lunge. Er schrammt mit dem Kopf an der Wand lang. An dem weißen Rauputz kleben jetzt Haare und Blut.

Er liegt mit dem Oberkörper im Flur. Die Beine ragen noch merkwürdig verrenkt auf der Treppe nach oben. Sein linker Fuß kippt weg. Er hat wohl Probleme im Gelenk.

Ich gehe langsam Stufe für Stufe zu ihm runter. Er ist bei Bewusstsein. Er starrt mich aus irren Augen an. Ich hole mein Arztköfferchen und setze mich zu ihm auf die Treppe.

Ich stelle es neben ihm ab. Nein, ich helfe ihm nicht. Ich will nur ein kleines Schwätzchen halten. Ihm etwas klarmachen.

»Frithjof ist also die Treppe hinuntergefallen?«, frage ich, »etwa so wie du gerade? Weißt du, ich habe überlegt, ob ich dich einfach töten soll, um den Auserwählten von dir nichtsnutzigem Stück Fleisch zu befreien. Ich hätte dich einfach abstechen können. Ich hatte vor, dich als meinen Sklaven mit in die Hölle zu nehmen. Da gehörst du nämlich hin. Das wissen wir doch beide. Und über kurz oder lang wirst du sowieso dort landen.«

»Mein Rücken«, stöhnt er, »mein Rücken.« Es fällt ihm schwer zu sprechen. Er hat sich wohl beim Sturz ein paarmal auf die Zunge gebissen. Die schwillt jetzt an. Ich sehe ihre blaue Spitze. Daran klebt Blut.

»Bitte töten Sie mich nicht …«

»Ach, hast du Angst um dein bisschen Leben? Nee, komm, das glaube ich dir jetzt nicht. Du machst Witze mit mir, oder? Wenn ich dich nicht umbringe, dann machst du es doch selbst. Deine Leber ist vom Schnaps zerfressen. Deine Lunge vom Krebs. Aber was soll's? Heute ist dein Glückstag. Ich gebe dir nämlich noch eine Chance.«

Er lächelt unsicher, dabei öffnet er den Mund wieder und erinnert mich an den kleinen Jungen auf dem Edeka-Parkplatz. Auch bei unserem Wüterich Ricklef haben die Schneidezähne gelitten. Einer fehlt jetzt. Er hat garantiert keine Milchzähne mehr. Eher schon die Dritten.

»Hör zu, du Mistkäfer, hier meine Bedingungen. Erstens: Du hörst auf zu trinken. Zweitens: Du hörst auch auf zu rauchen.« Ich gebe mich großzügig: »Na gut, wollen wir mal nicht so sein. Du rauchst nicht mehr im Haus und auch nicht in Anwesenheit des auserwählten Kindes.«

Er glotzt mich an.

»Hast du mich verstanden?«, brülle ich. »Oder soll ich dich gleich hier und jetzt erledigen? In der Hölle sind ein paar Typen mächtig heiß auf dich. Da werde ich mit stehendem Applaus empfangen, wenn ich dich gleich mit runterbringe. Du hast den Auserwählten verprügelt, vergiss das nicht!«

»Nein. Bitte … Ich tue alles …«

»Verglichen mit der Bedeutung des Auserwählten bist du nicht mehr als ein Ungeziefer. Eine Stechmücke.« Ich klatsche gegen seinen Hals, als wollte ich eine von dort vertreiben. »Ein unnützer Parasit …«

Ich spreche wieder ganz ruhig weiter: »Also gut, du stinkendes Ungeziefer. Drittens: Du wirst Frithjof nie wieder anfassen. Hast du das kapiert? Er ist der Auserwählte. Das verstehst du mit deinem Erbsenhirn sowieso nicht. Aber wer ihm ein Leid zufügt, bringt die Mächte der Hölle gegen sich auf. Willst du das?«

Er schüttelt den Kopf. Es knirscht.

»Und viertens: Du wirst seine Mutter ehren. Du wirst sie behandeln wie eine Königin.« Ich drücke meinen Zeigefinger wie den Lauf einer Pistole gegen sein Hirn. »Wenn du gegen eine dieser Regeln verstößt, bist du tot. Wir überwachen dich Tag und Nacht. Eine Zigarette in seiner Nähe. Ein Bierchen nur so gegen den Durst, und ich grille dich persönlich auf dem Rost. Wenn du einmal die Hand gegen den Auserwählten erhebst, bist du nur noch ein totes, wabbeliges Stück Fleisch. Ein böses Wort zu seiner Mutter, und ich hole dich am gleichen Abend. Dies ist deine letzte Chance, Arschloch. Vergeig sie nicht.«

Ich erhebe mich und recke mich. Ich nehme mein Arztköfferchen. Er weint vor Erleichterung, weil er kapiert, dass er leben wird, oder weil sich der Schmerz langsam in seinem verrotteten Körper ausbreitet.

Ich gehe zur Tür und nehme die Maske ab. Mein richtiges Gesicht erschreckt ihn noch mehr.

Er jammert und fleht: »Bitte rufen Sie einen Arzt. Ich sterbe hier sonst, mit meinem Rücken stimmt etwas nicht. Ich …«

Ich bleibe noch einmal stehen und schaue auf ihn herab und sage: »Für so profane Scheiße bin ich nicht zuständig. Aber wenn ich beim nächsten Mal komme und nach dem Rechten sehe, dann kannst du *Kafkas Verwandlung* auswendig. Du wirst sie mir rezitieren. Üb schön. Das macht den Verstand klar und hält den Körper fit. Mit vernebelter Birne bist du lange genug herumgelaufen. Fang bald mal an zu lernen. Es ist keine lange Erzählung. Ich schätze, siebzig Seiten.«

Ich lache und stupse ihn mit dem Fuß an. »Mussten bei Euch in der Schule auch immer die bösen Jungs für ihre schlimmen Streiche oder weil sie unaussprechliche Worte gesagt hatten, Gedichte auswendig lernen? Die Rüpel, die üblen Haudegen, die waren am Ende bei uns die Gebildeten. Die Braven konnten nichts, außer brav sein. Aber die anderen, die waren wie ich, die hatten was drauf. *Schillers Glocke* habe ich auswendig lernen müssen, weil ich unseren Direx eine bescheuerte Pupsnase genannt habe. Welch ein Genuss! Ach ja, Schiller … *Der Handschuh!* Acht Strophen vom Missbrauch der Liebe, weil ich meine Aufgabe als Verteidiger beim Fußballspiel etwas zu ernst genommen hatte. Kennst du nicht, du Banause, was? Ich weiß, du trinkst lieber Bier. Das wird sich alles ändern. Ich sage es ja, heute ist dein Glückstag. Statt ein Säufer zu bleiben, wirst du ein Liebhaber der Literatur werden. *Der Handschuh* ist eine großartige Ballade. In der Arena sind Löwen und Tiger. Eine Prinzessin. Kunigunde hieß die Torte, lässt ihren Handschuh zu den Raubtieren fallen. Sie weiß, dass ein Ritter verliebt in sie ist. Sie will sehen, wie weit sie mit ihm gehen kann, die verrückte Kuh! Sie fordert ihn auf, ihr den Handschuh zurückzubringen. Der Ritter klettert hinunter zu den Raubtieren. Er riskiert sein Leben für den blöden Handschuh. Sie ist hin und weg, ganz verzaubert von seiner Heldentat.«

Ich zitiere Schillers letzte Zeilen: »*Aber mit zärtlichem Liebesblick / Er verheißt ihm sein nahes Glück / Empfängt ihn Fräulein Kunigunde / Und er wirft ihr den Handschuh ins Gesicht / Den Dank, Dame, begehr ich nicht. / Und verlässt sie zur selben Stunde.*

By the way … es wird auch Zeit für mich, zu gehen.«

Ich drehe mich noch einmal zu ihm um. Es fällt mir fast schwer, mich von ihm zu trennen.

»Weißt du, Arschloch«, sage ich, »mit der Literatur ist es anders als mit dem Alkohol. Erst trinkst du aus der Flasche, und dann trinkt die Flasche aus dir. Die Literatur hingegen, die gibt dir etwas. Die Poesie macht dich innerlich reich. Sie immunisiert dich gegen den Dreck der Welt. Sie hat etwas Erhabenes. Ein Buch saugt dir keine Energie ab. Es spendet dir welche. Also ... bei meinem nächsten Besuch will ich *Die Verwandlung* hören. Freier Vortrag! Das wirkt vielleicht jetzt noch wie eine Strafarbeit auf dich, aber du wirst es schon bald als Belohnung empfinden und mir dankbar sein.«

Ich drehe mich in der Tür noch einmal zu ihm um, wie Inspektor Columbo es immer gerne tat, bevor er die entscheidende Frage stellte. »Heute habe ich die Gestalt von Dr. Sommerfeldt benutzt, um zu dir zu kommen. Ich kann in jeder beliebigen Person auftauchen. Ich habe ein Auge auf dich, Arschloch! Schweig über all das, was du erleben durftest, und ändere dich, bevor ich es mir anders überlege.«

Ich fühle mich leicht, beschwingt, fröhlich. Als hätte ich gerade Champagner getrunken. In meinem Kopf ist es so ruhig, dass ich jedes Auto schon von weitem heranrauschen höre.

Die Außengeräusche tun gut. Sie sagen mir, dass in mir Stille herrscht.

11 Meine süße Göttin hat zu Hause immer noch nichts für uns gekocht. Sie ist so fertig mit den Nerven. Bin ich froh, dass sie Grundschullehrerin geworden ist. Sie kann kein Blut sehen. Schon als Zahnarzthelferin würde sie scheitern. Aber als Lehrerin ist sie ganz große Klasse. Behandelt die Kinder so liebevoll, als wären es ihre eigenen. Und genauso spricht sie auch über die kleinen Rotznasen. Wenn ich sehe, wie sie die Kids auf der Straße anschaut, dann weiß ich, dass sie sich eigene Kinder wünscht. Vermutlich mehrere. Aber noch sprechen wir nicht offen darüber. Noch probieren wir aus, wie das geht: zusammen leben.

Ich summe einen Text von André Heller, als ich ihr übers Haar streiche. Ich habe die Worte nicht gesungen oder gar ausgesprochen, doch sie erkennt sie an der Melodie.

Ich beginne zu beten / dass der Engel in dir / den Teufel in mir / nicht zu Tode langweilt.

»Hör auf!«, sagt sie. »Ich mag das nicht.«

»Aber das ist ein wunderschönes Lied.«

»Ich bin aber kein Engel, und du bist erst recht kein Teufel.«

Sie kuschelt sich an mich. Sie ist wunderbar, wenn sie so weich und verunsichert ist. Ich spüre dann den Helden in mir. Es ist, als würde sie den schlafenden Recken wecken. Und ich bin bereit, jeden Drachen zu töten.

Ich schlage vor, im Smutje essen zu gehen oder im Kontor. Auch der Reichshof wäre eine prima Alternative. Ich werde nämlich langsam wirklich hungrig. Wenn ich an den versoffenen Ricklef denke, der jetzt verrenkt wie eine Riesenmücke, die von einer Fliegenpatsche getroffen wurde, am Fuß der Treppe liegt, bekomme ich einen Bärenhunger. Ich will fressen! Ich pfeife auf gesunde Ernährung. Was soll das schon sein? Broccoli mit Spargelspitzen? Ich will Fleisch! Ich will meine Zähne in etwas hineinrammen. Stücke herausreißen und dabei den aasigen Geruch von totem Fleisch wittern. Eine Kauwut überkommt mich.

Ja, ich will in etwas reinbeißen! Es soll knacken, und ich will meine Kiefer spüren. Meine natürlichen Mahlwerkzeuge sollen etwas zerkleinern. Wie viel Last und Lust und Leidenschaft liegt im Essen?!

»Ich brauche ein ordentliches Stück Fleisch«, sage ich. Sie versteht mich, oder sie tut wenigstens so.

»Die Zanderfilets werden nicht schlecht, die können wir morgen machen«, verspreche ich, denn die Lust auf kohlenhydratreduzierten Blumenkohlstampf mit Linsen und Kokosmilch ist mir vergangen.

Sie willigt ein.

»Meinetwegen. Ich habe sowieso keinen Hunger mehr. Sei nicht böse, aber ich kann heute nichts essen.«

Wir nehmen den Renault. Ich lege das Arztköfferchen hinten auf den Rücksitz. Ich hau mir im Smutje ein Riesensteak rein. Englisch. Richtig blutig. Die Beilage könnten sie im Grunde behalten. Ich esse sie nur aus Höflichkeit. Beate nippt an einem Pfefferminztee. Sie gibt vor, Magenprobleme zu haben.

»Also erzähl schon«, drängt sie mich. »Wie war es? Hast du mit ihm geredet?«

Ich kaue und nicke. Sie ist blass. Ihre Lippen schmal. Ich möchte, dass es ihr wieder bessergeht. Ich mag sie, wenn sie leicht und fröhlich ist. Diese Sorgen und dunkle Gedanken lassen sie alt und gequält aussehen. Das tut mir richtig weh.

»Er ist ein kranker Mann an Geist und Seele«, sage ich, »und ein körperliches Wrack. Ich denke, er verlässt das Haus nicht oft. Er hat soziale Phobien. Früher hätte man gesagt, er ist menschenscheu. Ein im Grunde ängstlicher, unselbständiger Mann. Er führt ein armseliges, unpoetisches Leben. Er sitzt in seinem eigenen Gefängnis. Und wenn er Frau und Kind schlägt, dann sind das fehlgeleitete Ausbruchsversuche. Ich habe ihm eine Tür gezeigt. Eine Tür nach draußen. Raus aus dem eigenen seelischen Knast.«

Sie schaut mich so herrlich an. Sie will mir so gerne glauben. Sie bekommt mehr Farbe im Gesicht. Sie lächelt sogar.

»Was für eine Tür?«

Ich sehe sie demonstrativ staunend an, als könne ich nicht glauben, dass sie es nicht weiß. Ich hebe die Hände in die Luft und bewege sie, als hätte ich Kasperlefiguren über die Finger gestülpt. Das verunsichert sie. Sie setzt sich anders hin.

Ich sage ganz langsam: »Die Literatur, Liebste. Die Poesie!«

Sie lacht und wirkt erlöst. »Du hast mit ihm über Literatur diskutiert?«

»Kafka! Ich habe mit ihm über Kafka gesprochen. *Die Verwandlung.* Er ist das fette Ungeziefer, für das sich die Familie schämt … Und er hat nur eine Chance … Er muss sich dem Vorgang der Metamorphose bewusst stellen. Ohne Alk im Hirn. Er muss wieder Mensch werden.«

Sie legt ihre Hand auf meine. Ein Kribbeln durchläuft meinen Körper.

»Du willst ihn mit Kafka retten?«

»Ja, mit Poesie.«

»Ich liebe dich«, flüstert sie. »Ich liebe dich so sehr, Rama.«

Damit es nicht zu melancholisch wird, versuche ich einen kurzen Scherz.

»Es gibt für jeden das richtige Buch, ja, den richtigen Autor.«

Sie freut sich, weil ich eins ihrer Lieblingsthemen anspreche.

»Stimmt! Beim Lesen ist wirklich der Weg das Ziel. Die Suche nach dem Buch deines Lebens, dem Autor, der dich begleitet …«

»Ich hätte ihm schlecht mit Hemingway kommen können …«

»Aber echt!«, lacht sie. »Ernst Herhaus vielleicht«, überlegt sie und legt den Kopf schräg. »*Die Kapitulation.* Erinnerst du dich an das Buch?«

»Aber ja. Er hat über seine jahrzehntelange Säuferkarriere geschrieben. Das Buch war eine Weile in aller Munde. Vielleicht sein bestes Buch. Der Rest hat mir nicht mehr gefallen. In *Die Kapitulation* war er sehr bei sich selbst. *Gebete in die Gottesferne* war mir schon zu verbrämt religiös. Manchmal dachte ich, es liest sich, als hätte er sich den Verstand weggesoffen. Kann aber nicht sein, dann hätte er ja nicht *Die Kapitulation* schreiben können.«

Es geht ihrem Magen sofort viel besser. Sie überlegt, jetzt vielleicht doch etwas zu essen.

»Ich werde Ricklef gewissermaßen betreuen«, verspreche ich.

Sie stützt den Kopf auf ihre Hände und guckt mich verliebt an. Was will ein Mann mehr? Vor mir liegt ein zauberhafter Abend. Sie kann ein Engel im Bett sein, wenn sie gut drauf ist.

»Die Poesie«, sagt sie, »ist viel geeigneter als die Psychologie oder Soziologie, um dem Einzelnen seine Disposition zu erklären.«

Sie sagt das so erotisch, dass eine knisternde Atmosphäre zwischen uns entsteht. Andere brauchen Dessous und eine Stange, an der sie tanzen, und erzeugen dabei nicht halb so viel Wirkung wie sie, wenn sie solche Sätze sagt.

Trotzdem rücke ich das gerade: »Gute Dichter erklären uns die

Welt nicht. Sie erzählen uns die Welt. So beginnen wir uns beim Lesen als Teil von etwas zu begreifen.«

Ich wette, sie ist schon feucht.

Wir sitzen hier im Lokal an diesem Tisch wie in einem energetischen Schutzei. Die anderen Gäste sehen uns, manchmal fällt auch ein freundliches »Moin«. Die echten Schwätzer sagen »Moin Moin«, und ansonsten lässt man uns in Ruhe.

Sie spielt mit meiner Hand. Ihre Finger krabbeln wie eine kleine Maus an meinem Arm hoch. Dabei zieht sie einen Schmollmund. Ich bin mir sicher, dass sie es unbewusst tut. Vielleicht wird sie sich später nicht einmal mehr daran erinnern. Der Verstand, so hoffe ich, verlässt jetzt seine Kommandoposition und gibt die Führung an den Körper ab.

Now let your body go möchte ich sagen, englisch, weil es auf Deutsch irgendwie komisch klingt. Jetzt lass deinen Körper gehen. Bei »sich gehen lassen« denken Frauen ja immer gleich an Gewichtszunahme, schlampiges Aussehen … Na ja, es ist irgendwie negativ besetzt. Außerdem sitzen wir noch immer im Smutje. Die Gäste lassen uns zwar in Ruhe und sind ostfriesisch freundlich und doch distanziert. Aber auf dem Tisch sollten wir es nicht gerade treiben.

Dann blickt sie vor sich. Sie muss sich beherrschen. Am liebsten würde sie mich auffressen wie eine gute Tafel Schokolade, doch dann sagt sie:»Ich … bitte sei nicht böse … ich brauche noch etwas für mich.«

»Alles, was du willst, Göttin.«

»Ich muss immer an den kleinen Frithjof denken. Können wir nicht kurz in die Ubbo-Emmius-Klinik fahren und nach dem Kleinen sehen?«

Es gibt Wünsche, die sollte man einer Frau immer sofort erfüllen. Ich winke also der Bedienung. Ich gebe ein fürstliches Trinkgeld. Geiz kann ich nicht ausstehen. Geiz ist nicht geil. Geiz macht eng. Geiz ist etwas für Erbsenzähler. Geld ist auch nur eine Energie, die man fließen lassen muss.

Wir gehen zum Ausgang. Aber da muss meine Göttin vor Aufregung noch ganz schnell Pipi machen. Ja, so ist sie.

Ich nehme noch eine Nase voll guter Gerüche aus der Küche mit und grüße Frank Weiß, den erfindungsreichen Koch, der ein herrliches Pesto aus Grünkohl macht und so die ostfriesische Küche mit der italienischen verschmelzen lässt. Ein Künstler am Herd. Er gehört zu denen, die nicht krankgeschrieben, sondern rasch gesund gemacht werden wollen. Wenn er mal gesundheitliche Probleme hat, erwartet er von mir, dass ich sie wegzaubere, bevor der Abendbetrieb beginnt. Er ist für einen Koch erstaunlich schlank. Sieht eher aus wie ein Marathonläufer.

Beate ist wieder da, und wir fahren zur Ubbo-Emmius-Klinik. Dem Kleinen geht es überhaupt nicht gut. Er liegt auf Intensiv. Sein Gehirn schwillt an. Sie haben ihn in ein künstliches Koma versetzt. Die Drecksau hat wohl zu heftig zugeschlagen.

Frau Ricklef sitzt völlig verheult im Flur. Sie trinkt Wasser aus einem weißen Plastikbecher. Ich vermute, man hat ihr ein Sedativum gegeben. Jedenfalls ist sie nicht mehr ganz so flatterig. Sie bleibt natürlich dabei, dass ihr Sohn die Treppe heruntergefallen sei. Sie fragt mich zweimal, ob er überleben wird.

Was bist du nur für eine Mutter? Du befürchtest, dass dein Mann dein Kind totgeschlagen haben könnte – und du schützt den Drecksack immer noch!?

Während wir bei ihr sind, kommt eine vietnamesische Krankenschwester und informiert sie: »Ihr Mann ist soeben bei uns eingeliefert worden.«

Frau Ricklef bekommt sofort Angst und hält es für einen Trick von ihm, um zu ihr zu kommen.

»Wo ist er? Kommt er hier hoch?«

»Ich fürchte«, sagt die vietnamesische Krankenschwester, die perfekt Platt spricht, »er hatte einen Unfall. Da war wohl viel Alkohol im Spiel. Wir haben ihn hier notversorgt. Der wird wohl erst mal unten in die psychiatrische Abteilung kommen. Er macht einen verwirrten Eindruck. Er glaubt, sein Sohn sei ein Auserwählter und eine Kreatur der Hölle habe ihn besucht, um ihm das Kind wegzunehmen.«

»Unfall? Was für einen Unfall?«

Jetzt macht die blöde Torte sich auch noch Sorgen um ihn. Ja, geh doch runter und tröste ihn!

»Beruhigen Sie sich, Frau Ricklef. Es ist alles halb so wild. Zum Glück ist er in seinem Zustand ja nicht Auto gefahren. Er muss wohl unglücklich auf der Treppe ausgerutscht sein.«

Ja, die ist verdammt rutschig, da fallen ja andauernd Leute runter.

Die Krankenschwester macht auf mich einen sehr gebildeten Eindruck. Als habe sie eine akademische Ausbildung genossen. Sie bemüht sich aber, das niemanden merken zu lassen. Als sei es nicht erlaubt und könne die Menschen verletzen. Sie ist empathisch.

»Hat Ihr Mann so etwas öfter? Redet er komisch daher? Hört er Stimmen? Sieht er manchmal Personen, die gar nicht da sind?«

Frau Ricklef glotzt mich an. In ihrem Blick sehe ich so etwas wie scharfe Kritik. Sie ist nicht damit einverstanden, dass ich ihrem Mann weh getan habe.

Was ist bloß mit dieser Frau los? Co-Abhängigkeit in Reinform.

Ich antworte für sie: »Herr Ricklef ist alkoholabhängig. Er hat definitiv Wahnvorstellungen. Er sollte schon alleine deswegen hierbleiben, weil er sich und andere sonst gefährdet.«

Die Krankenschwester guckt mich irritiert an. Ich reiche ihr die Hand und stelle mich vor: »Dr. Bernhard Sommerfeldt. Wir kennen uns noch nicht … Meine Praxis ist auf der Norddeicher Straße.«

Sie schüttelt meine Hand und fühlt sich geehrt. Ich deute auf Beate: »Das ist Frithjofs Grundschullehrerin.«

Ich lasse die Damen ein bisschen alleine und suche in der Inneren nach Hermann Brandt. Ich finde ihn schnell. Freundliches Personal weist mir den Weg. Er hat ein Einzelzimmer. Wie praktisch. Aus einer Infusion tropft es in ein T-Stück, das an seinem Handgelenk befestigt ist. Ich wundere mich, dass sie den Zugang im Handgelenk und nicht in der Armbeuge gelegt haben, aber es ist mir egal.

Die Armbeuge ist blau. Ach, er hat wohl schlechte Adern. Oder hier kann jemand nicht spritzen. Vielleicht hat der Depp sich auch gewehrt. Jetzt schläft er jedenfalls.

Ich laufe runter und hole aus meinem Arztkoffer die Spritze. Niemand wird einen verdächtigen Einstich finden. Ich drücke die Nadelspitze meiner Spritze in den Infusionsbeutel und schieße meinen Giftcocktail dort hinein.

Jetzt wird der tödliche Mix ganz langsam in deinen Körper tropfen. Und wenn die Schwester kommt, um dich vom Tropf zu befreien, oder den Beutel auszuwechseln, dann bist du schon sanft entschlafen.

Niemand wird irgendeinen Verdacht schöpfen.

Du sagst nicht mehr gegen mich aus. Ich bin ein netter, freundlicher Onkel Doktor. Aber man sollte nicht versuchen, mich bei der Polizei anzuschwärzen. Ich bin nicht nachtragend. Ich verzeihe dir. Aber ich kann dich natürlich nicht weiterleben lassen. Du bist eine Beleidigung für unsere Zivilisation. Ja, für den ganzen Planeten.

Ich entsorge die Spritze in einer anderen Station im Medizinmüll. Eine Einmalspritze im Krankenhausmüll. Das fällt nicht mal dieser berühmten Kommissarin auf, über die die Zeitungen immer so gerne berichten, dieser Ann Kathrin Klaasen. Dieser Journalist

Holger Bloem hat neulich ein Interview mit ihr veröffentlicht. Da sagte sie: »Man kann einen Täter nicht am Aussehen erkennen. Die schlimmsten leben angepasst und durchaus angesehen unter uns. Haben eine Frau, Kinder, einen Beruf. Die bürgerliche Wohlanständigkeit ist der Dschungel, in dem sie sich verstecken. Und von dort aus schlagen sie zu. Die anderen, die offensichtlichen Psychopathen, die sich komisch benehmen, die rumstreunen, haltlos sind, die gehen uns eher in die Fänge. Sie werden auffällig.«

Wie wahr, Frau Klaasen! Wer vermutet hinter dem Doktor, der auch gerne Hausbesuche macht, schon das mordende Monster? Ich sehe mich übrigens selbst nicht so. Das hier ist reine Notwehr. Mehr nicht. Wenn ich eine bakterielle Infektion habe, schlucke ich Antibiotika und bin sie wieder los. Ich mache mir keine Gedanken um die armen Bakterien, die ja sterben müssen. Höchstens um meinen Magen, dem tut das nämlich gar nicht gut.

Ich gehe zurück zu meiner Göttin. Gevatter Tod wird sich Hermann erst in den frühen Morgenstunden holen. Dann liege ich – falls keine Notfälle versorgt werden müssen – längst mit meiner Süßen im Bett. Und noch bevor wir uns den ersten Kaffee schmecken lassen, wird Hermann vor seinen Schöpfer treten.

Ich wette, das wird nicht der beste Tag für ihn. Wenn er Rechenschaft ablegen muss über sein Leben, was kann er dann für sich ins Feld führen? Womit den göttlichen Richter gnädig stimmen? Dass er seinem Fußballverein die Treue gehalten hat, obwohl die Pfeifen abgestiegen sind, spricht zwar für ihn, ist aber insgesamt doch ein bisschen dünn.

Was gibt es sonst noch? Dass du dein Auto immer so klasse getunt hast, zählt vor Gott auch nicht ernsthaft. Dass du als Kind mal einen Klassenkameraden hast abschreiben lassen, hat deine Oma mir erzählt. Immerhin, das könnte dir ein paar Punkte bringen. Ein paar. Aber kaum genug. Du seist auch ein guter Schwimmer gewesen, hat sie gesagt. Na, ob das die Himmelspforte öffnet?

Jedenfalls wird dein Tod mein Glück sicherer machen. Weißt du, so bin ich. Ein netter, umgänglicher Kerl. Ich habe dir sogar das Geld für dieses Angeberauto gelassen. Es wäre ein Leichtes gewesen, es direkt zu nehmen. Deine Oma war Wachs in meinen Händen. Warmes, knetbares, weiches Wachs. Aber ich wollte fair sein. Das hast du nicht anerkannt und stattdessen versucht, mir Schwierigkeiten zu machen. Fehler! Böser Fehler!

Wer mir Probleme bereitet, bekommt keine Post vom Anwalt, sondern Besuch vom Sensenmann. Ich denke, das hast du jetzt kapiert. Leider ein bisschen zu spät.

Da der alte Ricklef nun wohl ein paar Nächte in der Geschlossenen verbringen wird (ich glaube, gut laufen kann er ohnehin nicht – kein Wunder bei dieser rutschigen Treppe), könnte seine arme Frau eigentlich getrost in ihre eigene Wohnung zurück. Aber wer will da schon sein? Da könnte man es sich ja genauso gut in einer JVA gemütlich einrichten. Sie möchte bei ihrem Sohn bleiben. Was ich gut verstehen kann.

Beate bietet ihr immer wieder unser Gästezimmer an. Und ich sehe schon, wie sich unser schöner Liebesabend verwandelt. Es wird zu einem Dreiergespräch im Wohnzimmer bei Kräutertee und ruhiger Instrumentalmusik kommen. Sie wird die ganze Zeit über ihren dämlichen Mann reden und dabei Papiertaschentücher vollschnupfen und heulen. Statt orgiastischer Schreie werde ich mir dieses Gejammer anhören müssen.

Ich darf mich der Idee, wir sollten ihr Unterschlupf gewähren, nicht widersetzen. Für Beates zarte Seele würde ich damit zum Hauklotz, und der Liebesabend wäre sowieso schwer in Gefahr. Stattdessen Beziehungsdiskussion.

Ich summe meinen Lieblingssong von Leonard Cohen. Mit seiner Lyrik kann ich viel anfangen. *First we take Manhattan, then we take Berlin.*

In der schlimmen Zeit, als ich ganz unten war, da hat mir das sehr geholfen. Als ich noch die Verachtung meiner Familie spürte und sie von oben auf mich herabgesehen haben. Da hat mich das Lied aufgerichtet.

You loved me as a loser but now you're worried that I just might win.

Ich war mir nicht sicher, ob das *you* eine Frau meinte, einen Mann oder ob es als Plural zu verstehen war und er eine Gruppe Menschen, zum Beispiel eine Familie oder gar eine Nation meinte. Ich habe es damals für mich als »ihr« übersetzt. *Ihr hattet mich gerne als Verlierer, doch jetzt habt ihr Angst, dass ich doch noch gewinnen könnte.*

Ja, lieber Leonard, in meinem Fall war es genau so. Ich habe zwar nicht zuerst Manhattan genommen und dann Berlin, sondern erst Norddeich und dann Ostfriesland. Hier habe ich die Herzen der Menschen erobert. Wer mich von hier vertreiben will, der tritt sehr schnell vor seinen Schöpfer, nicht wahr, Hermann?

Werdet damit fertig, dass ich kein Verlierer, kein Opfer mehr bin. Verbündet euch lieber mit mir oder lasst mich wenigstens in Ruhe. Schon als Junge hatte ich in einem Abenteuerbuch gelesen: Trete nie auf eine Giftschlange. Sie wird zubeißen und dich töten.

Ja, lesen kann hilfreich sein!

Ich beschließe, Beate und Frau Ricklef mit ein paar netten Sätzen wie »Ihr wollt bestimmt ein Gespräch unter Frauen führen« alleine zu lassen.

Das kommt schön rücksichtsvoll rüber, und ich schotte mich ein bisschen mit dem Kopfhörer in der Bibliothek ab und lese. Ich bin gerade mitten in Tilman Röhrigs Roman *Caravaggios Geheimnis*, über den großen Maler, der die römische Barockmalerei begründete. In einem einzigen Moment hat er seinen Ruhm, seine große Liebe und seine Heimat verloren. Er musste ab dann um sein nacktes Leben fürchten.

Ja, ich fühle mich ihm verwandt. Vom armen Künstler zum Liebling der römischen Kardinäle. Er hatte sogar Bodyguards. Die eifersüchtigen Maler – seine Konkurrenten – versuchten, ihm die Finger zu brechen, um ihm die Arbeit unmöglich zu machen, denn er hatte den Auftrag erhalten, für den sie sich ebenfalls beworben hatten. Der Kampf um die großen Kirchen war heftig.

Die Welt war schon immer schlecht. Ich weide mich daran, dass Huren Caravaggio für Heiligenbilder Modell saßen …

Die barocke Kirchenmalerei war ein genauso versautes Geschäft wie die Kunstszene heute.

Caravaggio schlug irgendeinen Konkurrenten tot. Worum ging es? Eine Kirche? Eine Frau? Eine Ehrabschneidung?

Wen interessiert das heute noch? Er ist Kunstgeschichte. Ein Heiliger. All die Kardinäle, um deren Aufträge er buhlen musste, sind längst vergessen.

Er war Gott näher, als sie alle ihm je kommen konnten. Aber auch er musste aus Rom fliehen, so wie ich aus Bamberg. Er schaffte es in Neapel erneut, ein anerkanntes Mitglied der bigotten Gesellschaft zu werden. Aber wieder gab es Streit, und er hatte sich nicht im Griff. Und immer wieder Inhaftierungen und Prozesse. Erneut musste er fliehen …

Tilman Röhrig erzählt das meisterhaft. Ich habe beim Lesen das Gefühl, mittendrin zu sein, ja, Caravaggio zu werden. Das tut mir gut. Er bestätigt mich. Ich lese zwischen den Zeilen: Du bist in Ordnung, so wie du bist, Bernhard Sommerfeldt oder Johannes Theissen oder wer immer du bist. Man ist doch sowieso nur der, der man sein möchte.

Im *Stern* habe ich gelesen, ein Caravaggio-Gemälde sei auf

einem südfranzösischen Dachboden in Toulouse entdeckt worden. Hundertfünfzig Jahre muss das Kunstwerk dort versteckt gewesen sein. Der geschätzte Wert beträgt nun 120 Millionen. Mehr Geld, als Caravaggio in seinem ganzen Leben je besessen hat.

Ich schätze Caravaggio sehr. Ich habe in Rom im Palazzo Barberini lange fasziniert vor seinem Gemälde *Judith enthauptet Holofernes* gestanden.

Holofernes ist sehr realistisch, ja, brutal dargestellt. Blut spritzt heftig, wie eine Inszenierung im Horrorfilm. Judith dagegen sieht aus, als wäre das alles keine große Anstrengung für sie. Sie tut etwas Gutes, ohne jede Reue. Sie befreit ihr Volk von diesem üblen Burschen, der mit seinen Leuten den ganzen Vorderen Orient terrorisiert hat. Sie macht dem Spuk ein Ende. Sie erfüllt Gottes Willen.

Sehet, dies ist das Haupt des Holofernes, des Feldmarschalls der Assyrer, und sehet, das ist die Decke, darunter er lag, als er trunken war. Da hat ihn Jahwe, unser Gott, durch Weibeshand umgebracht.

So steht es im Alten Testament im Buch Judith.

Caravaggios Bilder haben diese unglaublichen Licht-und-Schatten-Effekte. Hell und Dunkel wie im wirklichen Leben, fast sogar ein bisschen heftiger.

Das unbekannte Bild wurde entdeckt, weil ein Dach undicht war. Deswegen brachen die Hausbesitzer eine Tür am Ende des Dachbodens auf, zu einem Raum, den sie noch nie betreten hatten, und darin lag dieses Bild.

Frankreich hat das Gemälde sofort zum Nationalschatz erklärt. Es darf die nächsten drei Jahre nicht ausgeführt werden. Ist das nicht ein Treppenwitz der Geschichte?

Vielleicht wird man auch meine Aufzeichnungen irgendwann finden, meine mit Füller vollgeschriebenen Kladden. Es muss ja nicht noch hundertfünfzig Jahre dauern.

Werden dann meine Aufzeichnungen gedruckt werden?

Werden sie als Bestseller in den Buchhandlungen landen?

Wen wird es reich machen?

Mich sicherlich nicht mehr. Aber ich war nie hinter Geld her. Zum Glück habe ich meine Methoden, um immer flüssig zu bleiben.

Eine gute Beziehung zu gestalten, das ist, wie ein Kunstwerk zu erschaffen. Man muss ständig daran arbeiten, es verbessern.

Ich beschließe, meiner Beate eine Freude zu machen. Ich will sie ausführen. Frauen lieben so etwas. Ein Wellnesswochenende. Spaziergänge. Sauna. Massagen. Wir wohnen hier in Ostfriesland in einer Touristengegend. Es ist alles in Fülle da. Aber Frauen wollen ausgeführt, hofiert werden.

Ich kenne ein schönes Romantikhotel in Uslar. Ein Wellnesshotel. Menzhausen. Schöne Zimmer, ruhig gelegen. Sie kochen gut. Im südlichen Weserbergland kann man wunderbare Spaziergänge machen. Mich kennt dort außer dem Hotelpersonal niemand, und wenn man als Doktor mit seiner Frau in die Sauna gehen möchte, fährt man besser ein paar Meter, denn ich will ja nicht von Patienten auf ihre Wehwehchen angesprochen werden.

Ich habe schon einmal dort gewohnt. Ich hatte im Internet gelesen, dass mein Schwiegervater meinen Tod bezweifelte und eine Detektei auf mich angesetzt habe. Eine Weile wurde ich im ganzen Land gesucht. Ich hatte mein eigenes Bild im Internet entdeckt und war erschrocken. Ich bin aus Norddeich geflohen, so, wie ich damals davongelaufen bin. Ein paar Tage habe ich mich in Uslar verkrochen.

Ich habe das Wellnesshotel praktisch nicht verlassen. Später habe ich von dort aus meine Mitarbeiterin Cordula angerufen und sie gefragt, ob etwas Ungewöhnliches geschehen sei. Ich war mir sicher, es sofort an ihrer Stimme zu hören, wenn jemand hinter mir her wäre, wenn die Polizei nach mir gefragt hätte. Aber nein, es war alles in bester Ordnung.

Ich hatte die Praxis aus Krankheitsgründen für ein paar Tage geschlossen. Als ich zurückkam, hatte ich von einigen meiner Lieblingspatienten sogar Blumen und Genesungswünsche erhalten.

So ein Rückzugsort wie Uslar gefiel mir. Ich spielte sogar mit dem Gedanken, mir dort eine Eigentumswohnung zu kaufen. Es gab ein paar Angebote.

Wenn ich das tue, dachte ich, dann sicherlich nicht als Dr. Sommerfeldt, sondern mit meinem polnischen Pass oder meinem schwedischen. Identitäten kann man in meiner Situation gar nicht genug haben.

Ja, und diesmal werde ich Beate ausführen. Wir werden fürstlich essen. Es gibt ein Konzert im Kulturbahnhof und am Abend vorher eine Lesung im Rathaussaal. Aber ich denke, Beate hat keine Lust, unter viele Leute zu gehen. Sie will lieber mit mir alleine sein. Sie knutscht so gerne. Sie ist eine richtige kleine Schmusekatze.

Zum Glück sind wir im Shakespeare-Jahr. Vierhundert Jahre Shakespeare! Auf vielen Bühnen werden Aufführungen des Meisters geboten.

Neulich sah ich die Shakespeare-Company. Macbeth. Es waren nur sechs Schauspieler in zig verschiedenen Rollen.

Ich liebe Shakespeare! Macbeth ist ein wirklich großes Stück. Er schlägt erst für den König von Schottland einen Aufstand nieder, dann ermordet er den König, um selbst die Königskrone zu bekommen.

Vielleicht ist Macbeth sein größtes Stück. Ich mag Macbeths Skrupellosigkeit. Er weiß, was er will, und er zieht es durch. Er tötet seine Gegner, und selbst ehemalige Kampfesgefährten sind vor ihm nicht sicher … Seine Frau wird wahnsinnig und nimmt sich, von Schuldgefühlen zerfressen, das Leben.

Schuldgefühle sind Mist. Blendwerk. Ungesund. Vermutlich will Shakespeare mir das damit sagen.

Ich habe solche Sorgen nicht. Aber vor meiner Beate muss ich meine Taten geheim halten. Sie würde es nicht verstehen und leiden. Das Spannungsfeld zwischen Loyalität zu mir und ihrem angelernten, rechtsstaatlichen Verhalten könnte sie innerseelisch zerreißen. Das will ich nicht. Also erfährt sie nichts. So schütze ich sie und mich und unsere Liebe.

Nein, Macbeth ist nichts für sie. Dann schon lieber eine Komödie wie *Ein Sommernachtstraum*. Wer liebt wen warum? Liebeszaubermittel und Gefühlswirrwarr.

Viele Autoren hat das Stück beeinflusst. Botho Strauß' *Der Park* hätte es bestimmt ebenso wenig gegeben wie Woody Allens *Eine Sommernachts-Sexkomödie*. Aber mir gefällt das Stück nicht so sehr. Macbeth ist mir einfach viel näher. Oder Hamlet. *Sein oder Nichtsein, das ist hier die Frage.*

Solche Sätze gefallen mir:

Bereit sein ist alles.

Der Rest ist Schweigen.

Es ist etwas faul im Staate Dänemark.

Jeder Schnösel gebraucht diese Worte, ohne zu wissen, dass sie von Meister Shakespeare persönlich stammen.

Manchmal, wenn ich spüre, dass ich jemanden aus dieser Welt radieren muss, weil sie ohne ihn schöner wird, leichter, freier, dann habe ich so einen Brummton im Kopf. Er wird immer lauter. Wenn ich Pech habe, schwillt dieser Ton über Tage an. Dabei brauche ich Stille so sehr …

Ich habe als Arzt natürlich genügend Möglichkeiten, an Kopfschmerztabletten zu kommen. Ich behandle einige Patientinnen, die unter Migräneanfällen leiden. Aber ich habe auch eins begriffen: Manchmal ist es besser im Leben zu handeln, als ein Medikament zu nehmen und alles einfach nur auszuhalten.

Wie würde die Welt wohl aussehen, wenn Kopfschmerz- und

Beruhigungstabletten so wie Antidepressiva für eine Weile nicht mehr erhältlich wären? Vielleicht würden einfach nur ein paar Menschen mehr leiden. Aber möglicherweise käme es auch zu einem Aufstand … Keine Frage, viele Ehen würden geschieden werden. Bei so manchem Chef würden die Mitarbeiter schwer auf den Putz hauen, statt mal wieder alles zu schlucken und zu kuschen. Vielleicht würde eine richtige Revolution ausbrechen. Wer weiß …

Ich habe jedenfalls für mich die Entscheidung gefällt, die Dinge zu verändern, die mich stören, statt mich so lange medikamentös zu behandeln, bis ich sie erträglich finde.

Wenn ich es erledigt habe und das Brummen nachlässt, dann fahre ich nachts gern ganz allein zum Deich. Ich ziehe mich nackt aus und laufe bei Ebbe ins Watt.

Bei Niedrigwasser kann man hier in Norddeich weit rausgehen. Man kann zu Fuß nach Norderney, Wagemutige sogar bis Juist.

Es gibt je nach Wetterlage eine Stelle im Watt, da ist es ganz still. Dort bleibe ich stehen. Ich verharre. Ich spüre, wie ich langsam in den feuchten Boden immer tiefer einsinke, als ob der Meeresboden vorhätte, mich zu schlucken. Und ich genieße die Stille. Gibt es etwas Schöneres als diese Todesstille im Watt?

Die Autos aus Norddeich hört man hier nicht. Kein Zug, keine Fabriken. Es gibt Situationen, da schweigt auch der Wind. Keine Möwe kreischt. Die vollkommene Stille. Ich erlebe sie nur hier im Watt.

Es ist nicht die drückende Stille, die man in einem schalldichten Raum erfahren kann, sondern eine Stille, die Weite suggeriert. Ja, es gibt viele verschiedene Arten von Stille. Ich habe sie alle ausprobiert. Die Stille durch Ohrstöpsel finde ich unerträglich, denn es ist keine Stille. Ich höre dann mein eigenes Blut rauschen und ein Hämmern im Gehirn.

Hier im Watt ist das alles nicht da. Nackt, bis zu den Knien im Schlick versunken, über mir den Sternenhimmel, kann ich dort stundenlang stehen, bis die Flut das Wasser in die Priele zurückdrückt und mit dem Wasser auch wieder der Lärm kommt, die Vögel und der Wind.

Wenn ich in meinem Garten sitze, einen Roman auf den Knien, auf der Haut die warme Mittagssonne, und plötzlich ein Nachbar beginnt seinen Rasen zu mähen, dann weiß er nicht, wie nah er dem Tod ist.

Wenn man meine Ruhe stört, überfällt mich eine unglaubliche Mordlust. Ich will nur, dass der Lärm aufhört. Im Kopf oder draußen. Mehr will ich doch gar nicht. Nur meine Ruhe.

Nein, ich habe meinen Nachbarn noch nicht getötet, obwohl er sich einen neuen Rasenmäher gekauft hat. Einen, der noch lauter ist als der vorherige. Besonders schlimm wird es, wenn er seine Hecke schneidet. Ich habe ihm mal dabei zugesehen und mir vorgestellt, wie es wäre, wenn ich ihm mit ebendieser vollautomatischen Heckenschere den Hals durchschneiden würde: Sssss …

Seine Frau, die mir so gern beim Holzhacken zuschaut, hat sich für ihn, während er verschwitzt arbeitete, überhaupt nicht interessiert. Sein wabbeliges Fleisch glänzte in der Sonne. Sein Feinripp-unterhemd klebte am Bauch.

Sie hatte einen Kopfhörer auf und las in einem Fitnessratgeber.

Es tat mir weh, als würde seine Heckenschere mein Gehirn zerfetzen. Das Geräusch breitete sich in mir aus, ja, hallte in mir hin und her. Ich hätte ihn am liebsten umgebracht …

Nein, ich habe es nicht getan. Ich habe mich beherrscht. Ich will nicht, dass so nah um mein Grundstück herum Verbrechen geschehen.

Ich möchte hier noch eine Weile bleiben. Am liebsten für immer. Ich fühle mich hier zu Hause. Ich möchte ein angesehener Mann sein, ein beliebter Doktor, und ich will die Zeit mit meiner Beate genießen. Inzwischen hört sie sogar auf den Namen *Sita*, wenn ich ihn leise in ihr Ohr flüstere.

Es wird mich nie wieder so unvorbereitet treffen wie damals, als ich plötzlich aus Bamberg losmusste. Als ich begriff, dass ich alles verloren hatte und nur noch das Gefängnis für mich vorgesehen war. Diesmal sorge ich vor. Ich habe mir kleine Depots geschaffen. Ein Bankschließfach in Gelsenkirchen. Darin liegen Goldmünzen und zwanzigtausend Euro in bar. Wenn wir in Uslar sind, könnte ich vielleicht, während sie eine Kosmetikbehandlung genießt, mir auch dort ein Schließfach zulegen. Mein schwedischer Ausweis wird dazu reichen. Oder soll ich es als Pole versuchen?

Sollte ich mal als Dr. Sommerfeldt gejagt werden, wird niemand Verdacht schöpfen, wenn Marek Jablonski in Gelsenkirchen an sein Schließfach geht, anschließend in Uslar ein paar Tage Ferien macht, und dort kann ich mir dann den Rest von meinem Geld holen.

Alles in einem Schließfach zu deponieren scheint mir unklug. Man kann verraten und entdeckt werden. Nie wieder will ich so dastehen wie damals, als ich in Norddeich-Mole aus dem Zug stieg.

Es ist schon kurz vor Mitternacht, als ich noch mal eben nach meiner Liebsten und Frau Ricklef sehe. Die beiden sitzen auf dem Sofa unter einer Decke wie ein Liebespärchen und trinken Rotwein. Sie wirken wie ein altes Ehepaar, das sich über die ungezogenen Kinder unterhält. Auf eine Art vertraut miteinander, wie es Männer mit Frauen nur selten erleben.

Ich frage die zwei, ob ich ihnen einen Tee machen darf. Sie stimmen mehr zu, weil sie die Aufmerksamkeit zu schätzen wissen, als weil sie wirklich Tee wollen.

Ostfriesentee wäre jetzt viel zu aufputschend. Ich brühe ihnen einen Beruhigungstee auf. Ich mische Melisse, Hopfen, Baldrian, Lavendel und Johanniskraut. Gleich riecht der Raum wie eine Hexenküche. Ich kann schon verstehen, dass die Menschen an die Heilkraft von Kräutern glauben. Allein dieser zauberhaft verwirrende Geruch sorgt dafür, dass es den Frauen bessergeht.

Ich brauche so etwas gerade überhaupt nicht. Mir hat es gereicht, dem alten Ricklef richtig Angst zu machen und Hermann Brandt ins Jenseits zu befördern. Solche Taten haben etwas unglaublich Befreiendes für mich. Ich fühle mich leicht, durchtrieben, auf eine merkwürdige Weise glücklich. Eins mit mir selbst.

Ich sehe wieder Caravaggios Bild vor mir. Judiths Strahlen kommt von keiner Lichtquelle, sondern von innen. Sie hat getan, wovon alle träumten und was sich niemand traute: Sie hat die Welt schöner gemacht, indem sie, ja, so steht es im Alten Testament, die Welt von diesem Drecksack befreit hat.

Beate fragt mich, ob ich etwas dagegen hätte, wenn Frau Ricklef, die sie inzwischen Susanne nennt, heute Nacht bei uns schlafen würde.

O ja, verdammt, ich habe eine Menge dagegen. Ich könnte dich die ganze Nacht lieben und alle Stellungen des Kamasutra mit dir ausprobieren, Schönste. Ich bin so voller Leben und voller Gier. Andere müssen Viagra einwerfen, um solche Kräfte zu entwickeln, aber wirkliche Lust entsteht im Kopf. Und der muss erst frei sein, vom Alltagskram, Bürokratenunsinn und so lästigen Quälgeistern wie diesem Hermann.

»Aber natürlich, Liebste. Das ist doch gar kein Problem. Ich lass euch lieber alleine und fahre noch ein bisschen Rad«, sage ich und werfe ihr ein Küsschen zu. Frau Ricklef bekommt zumindest einen wohlwollenden Blick.

»Aber ich vertreibe Sie doch jetzt nicht?«, fragt sie in meine Richtung.

Beate antwortet rasch: »Nein, das macht er oft. Er fährt abends Rad, im Dunkeln, am Deich.«

»Das bläst mir den Kopf frei«, sage ich.

Ich will von niemandem gesehen werden. Ich radle zur Tunnelstraße und dann immer hinterm Deich lang, vorbei an der AWO, bis ich endlich an der einsamen Stelle bin. Ich nehme mein Rad mit auf die Seeseite des Deiches. Hier gibt es kein künstliches Licht mehr, nur noch den Mond und die Sterne. Ein paar Schafe weichen respektvoll vor mir zurück.

Ich ziehe mich aus. Ich genieße jedes Kleidungsstück, das ich fallen lasse. Es ist, als würde ich auch den Körper damit befreien. Eine unabhängige Seele in einem freien Körper!

Ich gehe langsam, jeden Schritt genießend, auf das Watt zu. Ich muss über ein paar Steine. Der Deichschutz kann hier zum rutschigen Hindernislauf werden. Aber es trainiert meine Sinne, wenn ich im Dunkeln über spitze, glitschige Steine laufe, an denen Muscheln und Schneckenhäuschen kleben.

Wenn unsere Füße nicht immer in den albernen Schuhen stecken würden, könnten wir uns vielleicht zurückentwickeln und wieder mit den Zehen greifen. Das habe ich an den Affen im Zoo immer am meisten bewundert. Sie schienen vier Arme zu haben. Bis ich kapierte, dass es bei uns Menschen genauso ist, nur sind unsere Beine verkümmert zu Gehpocken.

Endlich quatscht der feuchte, matschige Wattboden zwischen meinen Zehen. Der Wind ist wie ein Kokon, der mich einhüllt.

Es ist, als würde ich eins mit dem Wind werden und mich so ausbreiten. Meine Arme werden zu Flügeln. In der Ferne höre ich noch die Rotorblätter der Windräder – oder bilde ich mir das nur ein? Manchmal, wenn ich einsam und nackt im Watt stehe, habe ich das Gefühl, meine Sinne würden so sehr geschärft, dass ich Dinge hören kann, die kilometerweit weg geschehen. Zeit und Raum scheinen sich aufzulösen.

Ich atme ein und langsam wieder aus. Eins werden mit dem Wind.

Ich wate weiter Richtung Nordosten, auf die Lichter von Norderney zu. Ich sinke immer tiefer ein. Etwas krabbelt an meinen Beinen hoch. Ich suche die Stelle der Stille.

Ich breite die Arme aus und drehe mich langsam, als sei ich ein Sextant. Mein linker Arm zeigt jetzt nach Juist, mein rechter nach Norderney. Juist liegt dunkel da, als seien alle bereits schlafen gegangen. Auf Norderney hingegen ist noch eine Menge los. Ein goldener Streifen hüllt die Insel in künstliches Licht.

Möwen kreischen und irgendwo, sehr weit weg, tutet ein Schiffshorn. Merkwürdig um diese Zeit.

Die erwünschte Ruhe kommt noch nicht. Stille ist etwas so Zerbrechliches. Ein fallendes Blatt kann sie zerstören. Manchmal hält die Stille nur Bruchteile von Sekunden an und ist trotzdem wunderbar.

Vielleicht, denke ich, gibt es die Stille gar nicht außen, nicht mal im Watt, sondern nur in mir selbst.

Ich denke daran, wie ich mit einem O-Goshi diesen schrecklichen Säufer die Treppe hinuntergeworfen habe. Ich höre das Krachen seiner Knochen auf den Stufen. Ich sehe seine weit aufgerissenen Augen, sein ungläubiges, dummes Gesicht. Ja, er hat mich für den Teufel gehalten. Wie schön!

Lass mich dein Teufel sein. Teufel ist nur ein anderes Wort für den Lichtträger, der sich traut, ins Dunkel der menschlichen Seele vorzudringen, um dort mit seiner Fackel die düsteren, unheimlichen Stellen auszuleuchten. Ich werde dich mit dem Teufel in dir selbst konfrontieren. Du bist nicht mehr als ein atmendes Stück Scheiße. Nur die Selbsterkenntnis macht dich wieder zum Menschen.

Dann sehe ich Hermann Brandt vor mir, mit der tödlichen Infusion in den Adern und dem peinlichen Angeberauto vor der Tür.

Ich lege den Kopf in den Nacken, so dass der Wind direkt in

meine Nasenlöcher fahren kann. Und dann macht es endlich Klick im Kopf. Das Rauschen ist weg. All der Lärm ausgelöscht. Endlich Stille.

Die Stille im Watt.

Eine bessere Droge gibt es nicht.

Eine gefühlte Ewigkeit hält die Stille an. Meine Arme werden nicht schwer. Ich sinke tiefer im Watt. Ja, Meeresboden, komm! Friss mich! Tief unten in der Erde muss die Stille göttlich sein.

Ich stelle mir vor, wie es wäre, zwanzig Meter tief hier im Watt begraben zu sein. Vielleicht hört man dann nicht mal das Rauschen des Meeres, wenn die Flut kommt. Oder das Knacken der Krebschen, wenn die Möwen ihre Schalen zerbeißen.

Aber was so segensreich klingt, ist in Wirklichkeit doch ein Albtraum, denn verbunden damit wäre ja auch die Enge, und was ich brauche, ist die Stille in der Weite, in der Freiheit. Ja, verdammt, hier habe ich sie! Jetzt ist sie da, und ich genieße jede Sekunde.

Zu Hause dusche ich leise. Ich will die beiden ja nicht stören. Und als ich frisch gewaschen mit geföhnten Haaren nach ihnen sehen will, da schläft Susanne Ricklef schon. Sie ist nicht ins Gästezimmer gegangen, sie liegt auf dem Wohnzimmersofa unter flauschigen Wolldecken.

Ich husche zu meiner Beate unter die Bettdecke. Schlaftrunken sagt sie: »Du riechst schön, Liebster.« Ich drücke meinen Körper an sie und will sie lieben. Sie öffnet mir willig ihre Lippen. Wir küssen uns lange, dann flüstert sie: »Wir müssen aber ganz leise sein. Susanne schläft unten. Es ist mir sonst peinlich.«

So sehr ich ihr lustvolles Gestöhne sonst mag, sie ahnt gar nicht, wie lieb es mir jetzt ist, alles ganz ruhig still zu genießen.

12

Wie schnell sich die Dinge doch normalisieren und der übliche Trott wieder beginnt. Gerade noch ein Riesen-Trara, ein Aufstand ohne gleichen. Katastrophenmeldung! Und dann kommt einfach der Alltag.

Frau Ricklef wohnt wieder in ihrer Ehehölle, ihr Mann ist mit ein paar Tranquilizern ruhiggestellt aus der Psychiatrie entlassen worden. Dem Jungen geht es auch schon besser, und gemeinsam lügen sie das Jugendamt an. Irgendjemand in der Ubbo-Emmi-us-Klinik war wohl clever genug, dort Bescheid zu sagen und die Vermutung zu äußern, dass etwas nicht stimmt im Hause Ricklef.

Die Zeit in Uslar mit Beate war zauberhaft. Lange Spaziergänge mit guten Gesprächen. Ausschlafen, im Bett liegen und lesen, Frühstück mit endlos Zeit und dem besten Honig, den ich seit langem probieren durfte.

Ein Kaminzimmer. Eine ruhige Sauna, nicht diese lärmigen, öffentlichen Orte mit lachenden, kreischenden Jugendlichen, die sich benehmen wie im Biologieunterricht.

Was ich besonders mit Beate genieße – mit ihr kann man sich stundenlang in einer Bibliothek aufhalten. Sie gehört nicht zu diesen dummen Menschen, die so etwas als langweilig empfinden. Für sie ist es Abenteuer und Ruheort zugleich.

Die kleine Bibliothek in Uslar liegt hinter dem Rathaus. Wir waren dort vier, vielleicht fünf Stunden am Tag. Jedes Zeitgefühl ging verloren. Wozu auch? Reicht es nicht, wenn man Hunger und Durst bekommt und dann weiß, jetzt ist es Zeit, zu essen und zu trinken?

Ich mag dieses langsame Entlangflanieren an den bunten Buchrücken. Dann ziehe ich ein Buch raus, blättere darin, lese mich fest, setze mich hin, versinke im Text. Manchmal halten Romane mich nicht lange. Eine abgedroschene Phrase reicht aus und ich lege das Buch wieder weg, um direkt einem anderen eine Chance zu geben.

Beim Lesen ist echt der Weg das Ziel. So habe ich schon manch großartige Entdeckung gemacht, abseits vom Mainstream. Ich mag besonders Geschichten, bei denen eben nicht ein allwissender Erzähler mir die Welt erklärt, sondern ich liebe Perspektiven, wie ich sie nicht selbst kenne. Die Welt mit den Augen einer Frau zu sehen. Oder sie mit den Augen des Täters zu betrachten. Oder mit denen des Opfers. Das macht für mich Literatur aus, das ist es, was ich erleben will. Ich kenne die Welt. Ich weiß, wie sie ist. Ich will sie durch andere Augen sehen. Das macht mich frei und weit. Der Wechsel von einer Figur in eine andere.

Filme können das nicht leisten. Egal, wie toll die Verfilmungen waren, die ich von großen Romanen gesehen habe, nie habe ich dabei das gleiche innere Erlebnis wie beim Lesen.

Viele Menschen finden ja Lesen langweilig. Zum Glück ist es bei Beate anders. Sie gehört selbst zu dieser Spezies, die Bücher als Nahrungsmittel brauchen.

Wir haben viel Zeit in der Uslarer Bibliothek auf dem bequemen gelben Sofa verbracht. Danach sind wir dann noch über die Lange Straße in die Eisdiele San Marco und haben gemeinsam einen Pärchen-Becher genossen. Ich mehr als sie, aber es musste halt der Pärchen-Becher sein.

Wir redeten über unsere Leseerfahrungen und waren eins mit uns und der Welt.

Sie wollte noch zum Schmetterlingspark. Na, meinetwegen. Alles, was sie glücklich macht! Ich war froh, mich darauf eingelassen zu haben.

Sie trug eine bunte Bluse. Die Farben müssen auf die Schmetterlinge wie Blüten gewirkt haben. Meine Sita umflattert von diesen zarten, prächtigen Faltern, welch ein Anblick!

Sie traute sich nicht, etwas dagegen zu unternehmen. Sie wollte keinem Schmetterling schaden. Wie verletzlich müssen diese dünnen Flügel sein, die wie Seide glänzen …

Beate erklärte mir, der Name Schmetterling käme von dem ostmitteldeutschen Wort Schmetten, was wohl Schmand heißen sollte. Hexen verzauberten sich angeblich in Schmetterlinge, um dann den Rahm der Milch zu stehlen.

Ich lachte: »Deshalb heißen sie dann wohl auf Englisch Butterfly.«

Jedenfalls hatten sie meine Beate, oder zumindest ihre Bluse, zum Fressen gern. Einige verfingen sich auch in ihren Haaren. Noch am Abend fand ich den Flügelstaub der kleinen Hexen in ihren braunen Locken.

13

Beates Ex nervt. Dieser Typ kann sie einfach nicht loslassen. Verstehe ich ja irgendwie. Sie ist eine wunderbare Frau. Aber er ist halt nicht der passende Partner für sie. Wie konnte dieser Loser es überhaupt wagen, sich an diese Sahneschnitte heranzumachen?

Er versucht es jetzt auf die Mitleidstour. Irgendein Geschäft ist geplatzt oder gescheitert. Er hat Schulden und jammert ihr die Ohren voll.

Ich habe ihr ein neues Handy gekauft, mit einem anderen Vertrag und einer neuen Nummer, damit er sie nicht mehr ständig per WhatsApp verfolgt, aber diese nissige, kleine Ratte hat nur ein paar Stunden gebraucht, um ihre neue Nummer herauszufinden, und stalkt sie weiterhin.

Der kleine Idiot weiß genau, auf welchen Knopf er bei ihr drücken muss. Mit der Mitleidsmasche hofft er, bei ihr wieder zu landen. Er versucht, ihr Schuldgefühle zu machen, weil es ihm so schlechtgeht, nachdem sie ihn verlassen hat. Seine Mutter hat sich ebenfalls von ihrem Lover getrennt, und der schuldet ihm angeblich noch Geld. Er selbst ist mit irgendeiner Scheiße im Internet gescheitert, die ihn in kurzer Zeit reich machen sollte, aber die Idee hatten vor ihm wahrscheinlich schon ein paar tausend, und als er die Wiese erreichte, war sie bereits abgegrast.

Andere Männer versuchen Frauen zu gewinnen, indem sie ihnen Geschenke machen. Sie mit Theaterkarten umwerben, mit Blumensträußen oder Pralinen … Der, indem er versucht, sich Geld von ihr zu leihen.

Ich sehe, dass meine Beate richtig leidet. Sie kann keinen Spaß mit mir haben, weil sie immer daran denken muss, wie schlecht es ihrem Ex geht. Zweimal schon hat er auf dem Schulhof auf sie gewartet, um sie nach Schulschluss anzuquatschen. Das finde ich nun besonders peinlich. Die Kinder laufen herum und sehen, wie ihre Lehrerin versucht, ihren heulenden Exlover loszuwerden.

Gestern Nacht ist er einen Schritt zu weit gegangen. Ich war gerade zu einem Patientenbesuch, eine Geschäftsfrau aus Lütets-burg, die ziemlich taff im Leben dasteht. Sie wohnt nicht weit vom Schlosspark und hat eine Krankenhausphobie. Ja, das hört sich merkwürdig an, gibt es aber. Selbst Arztpraxen sind ihr unheimlich. Zu mir hat sie Vertrauen gewonnen, vielleicht, weil ich auch Hausbesuche mache.

Sie rief mich an. Sie glaubte, einen Schlaganfall bekommen zu haben. Ich fuhr also hin.

Ich wette, Beates dämlicher Ex – sein richtiger Name ist Michael Pelz – hat nachts vor unserem Haus gewartet und uns belauert. Ich gehe ganz klar davon aus, dass er wusste, dass ich nicht zu Hause war. Dann schickte er ihr eine SMS. Sein Leben sei sowieso für den Arsch, er würde sich jetzt umbringen.

Meine Beate, die sich eigentlich einen schönen Leseabend machen wollte, hechtete natürlich gleich in ihre Straßenklamotten und düste zu ihm hin.

Meine Lütetsburger Patientin hatte zum Glück keinen Schlaganfall, sondern lediglich eine Panikattacke. Allein meine Anwesenheit beruhigte sie schon. Aber als ich nach Hause zurückkam, war meine Beate nicht da.

14

Ich war so sauer! Niemand mag es, wenn sich seine Frau nachts bei ihrem Ex rumtreibt. Soll der sich doch trösten lassen, von wem immer er will. Und wenn er mit seinem Charme nicht in der Lage ist, eine dazu zu bewegen, sich mit ihm einzulassen, warum, verdammt nochmal, lässt er sich dann keine Hure kommen?

So pleite wird er doch wohl nicht sein. Für ein bisschen käuflichen Sex sollte es doch reichen …

Nein, ich bin nicht herumgefahren, um Beate zu suchen. Ich habe zwar den Impuls verspürt, mit dem Rad durch die Stadt zu jagen, ich hatte auch gleich so einen Verdacht, wo ich sie finden könnte, nämlich bei ihm, aber ich wollte mir die Blöße nicht geben.

Ich zwang mich stattdessen, ruhig zu bleiben, habe versucht, mich mit Gedichten zu trösten, ein wenig Lyrik von Wolf Wondratschek gelesen und dann – der totale Gegensatz – Rose Ausländers Gedichte. Aber die Poesie war mir zu kurzatmig, um mich abzulenken. Ich brauchte etwas Längeres, einen Text, in dem ich richtig versinken konnte. Ich nahm schließlich meine eigenen Aufzeichnungen zur Hand und schrieb. Das tat mir gut. Aber ich musste immer daran denken, dass sie gerade versuchte, diesen hoffnungslosen Typen zu trösten.

Wenn ich an sie und ihn denke, ist ein Knirschen in mir zu hören, so als würde ein rostiges Scharnier an einer Tür ein unangenehmes Geräusch verursachen. Der Wind bewegt die Tür. Manchmal schlägt sie zu, dann öffnet sie sich wieder mit diesem Quietschen und Reiben. Eisen auf Eisen.

Am liebsten hätte ich mir die Ohren ausgekratzt.

Ich stellte mir Szenen mit den beiden vor, und das war gar nicht gut für mich.

Ich fühlte mich schrecklich. Ja, verdammt, ich gestehe es ein, ich war eifersüchtig. Und wie!

Ich kannte das gar nicht an mir. Aber eine große Liebe tut eben auch weh. Man spürt sich so sehr.

Er hat sich natürlich nicht umgebracht, sondern nur ein Riesendrama um sich herum inszeniert, um sie zu sich zurückzuholen. Ich vermute mal, es hat ihr auch geschmeichelt, dass sie für jemanden so wichtig ist, dass er an Suizid denkt, weil sie ihn verlassen hat.

Als sie zurückkam, es war gegen zwei Uhr morgens, hat sie mir natürlich alles brühwarm erzählt. Ich habe es mir angehört, sie lag im Bett an meiner Brust und hat geweint. Ihre Tränen auf meinem T-Shirt. Letztendlich wegen eines anderen Mannes. Das war schon ein komisches Gefühl …

Ich kann ihm das nicht durchgehen lassen.

Ich werde ihn in die ewigen Jagdgründe schicken, obwohl ich bezweifle, dass dieser Versager sich dort durchsetzen kann. Zum Fischen zu nervös, zum Jagen zu blöd – wahrscheinlich wäre er nicht mal in der Lage, ein erlegtes Wild zu häuten und selber Feuer zu machen, um es zu braten. Nein, der kann mit den ewigen Jagdgründen gar nichts anfangen. Der braucht eine Mama, die ihm Taschengeld gibt und eine Fahrkarte für den Bus zum nächsten Burger King. Bestellen und essen schafft er dann schon alleine. Es muss allerdings jemand anders seinen Müll wegräumen.

Er ist ein typisches, verzogenes Produkt dieser bemutternden Mamis, die keine andere Aufgabe im Leben für sich sehen, als einen kleinen Prinzen großzuziehen, der später darunter leiden wird, keinen Hofstaat zu haben. Keine Ritter, die für ihn seine Feinde erledigen, keinen Hofkonditor und keinen Koch.

Eine ganze Generation lebensunfähiger, aber sehr anspruchsvoller Schmarotzer ist in diesem Land aufgewachsen. Sie sind es gewöhnt, morgens aufzustehen, und die frisch gebügelte Wäsche liegt auf dem Stuhl. Mami hat das Frühstück gemacht und fährt den Kleinen gleich in die Schule.

Ich könnte kotzen, wenn ich nur dran denke.

Ich frage mich, ob ich mit ihr zu seiner Beerdigung muss ... Der Gedanke, dass sie sich vielleicht verpflichtet fühlt, da hinzugehen, nervt mich schon jetzt.

Soll ich ihn leben lassen, nur damit meine Frau nicht zu seiner Beerdigung geht?

Langsam reift ein Plan in mir. Ich werde sie vor eine Alternative stellen. Ich werde etwas Schönes für uns vorbereiten, für exakt den Tag, oder am besten für die ganze Woche, so dass sie sich entscheiden muss. Begleitet sie diesen kleinen, verzogenen Prinzen auf seinem letzten Weg, oder macht sie sich mit mir einen schönen Tag?

Nein, das Henri-Nannen-Museum in Emden ist zu nah. Dann kommt sie auf die Idee, vorher oder nachher zur Beerdigung zu gehen.

Ich werde etwas suchen, das ihr richtig Spaß macht. Vielleicht ein großes Musical in Hamburg oder Wien. Ich buche erst die Karten und das Hotelzimmer, dann, mein Lieber, dann bist du reif.

Ich konnte ihr ja schlecht die wahre Geschichte meiner Herkunft erzählen. Ich musste etwas erfinden. Tote Eltern sind nicht gut, denn ich musste Angst haben, dass sie mit mir das Grab meiner Eltern besuchen will und tausend Fragen hat. Wer lügt, braucht ein sehr gutes Gedächtnis, sonst verstrickt man sich in Widersprüche.

Ich entschied mich für eine einfache Lösung: Ich bin in Heimen groß geworden, habe meine Eltern nie kennengelernt. Ein unge-liebtes Kind. Sie wollten mich nicht.

Das öffnet Frauenherzen wie das von Beate sofort und nimmt sie restlos für mich ein. Liebende Frauen besuchen auch schon mal gerne die Gräber der toten Schwiegereltern, selbst wenn sie sie nie kennengelernt haben. Zum Beispiel an deren Geburtstag. Aber wer hat schon Lust, eine Erziehungsanstalt zu besuchen oder ein Kinderheim? Und selbst wenn sie auf die Idee käme, so könnte ich sie leicht davon abbringen, indem ich ihr erzähle, welch schreckliche Erinnerungen ich an das Heim habe. Der Besuch käme einer Retraumatisierung gleich. Wer will das schon …

Nein, so bin ich fein aus dem Schneider, und ganz nebenbei hat sie viel Verständnis und Mitgefühl für mich. Sie versucht, mir jetzt all die Liebe zu geben, die ich als Kind vermisst habe. Wenn ich dann mal etwas mache, das sie komisch findet, oder wenn ich mich merkwürdig benehme, so weiß sie gleich, woher es kommt.

Kein Wunder, bei meiner verkorksten Kindheit.

Sie hat regen Kontakt zu Susanne Ricklef. Es ist nicht so intensiv, wie ich befürchtet hatte, dass sie jeden Tag zusammenglucken, aber sie telefonieren miteinander. So etwas können Frauen ja. Sich einfach anrufen und stundenlang am Telefon miteinander über ihre Probleme reden oder über Diäten und Abnehmstrategien. Dabei sieht Beate phantastisch aus und hat so etwas überhaupt nicht nötig.

Sie hat mir erzählt, dass Susanne inzwischen von einem Wunder spricht. Ihr Mann habe sich total verändert. Das Gespräch mit mir sei wohl sehr gut für ihn gewesen, obwohl er niemals darüber spricht. Er tue so, als habe es nie stattgefunden, als sei der Entschluss ganz in ihm selbst gereift. Er habe aufgehört zu trinken, er rauche angeblich nur noch draußen auf der Terrasse. Er sei sanftmütig geworden, auch verletzlich, ja nervös. Er habe Angst um sie und ihren Sohn, deswegen habe er an den Türen überall Sicherheitsschlösser anbringen lassen und Türketten. Gleich nachdem er aus der Psychiatrie entlassen wurde, habe er ihr sogar Blumen geschenkt. Sie konnte sich gar nicht daran erinnern, wann das zum letzten Mal geschehen sei.

»Es waren zwar«, lacht Beate, »Chrysanthemen, und Susanne kann Chrysanthemen nicht ausstehen, aber das war ihr völlig egal. Inzwischen liebt sie Chrysanthemen. Sie hat natürlich geheuchelt, diese Blumen großartig zu finden, und sich sehr dafür bedankt. Er hat schon zum zweiten Mal einen Strauß mit nach Hause gebracht. Selbst auf dem Norder Wochenmarkt gekauft, wie sie betonte.«

Ich erwähne, dass die Psychiatrie in der Ubbo-Emmius-Klinik einen sehr guten Ruf habe und seine Heilung wohl eher der Arbeit der Psychologen dort zuzuschreiben sei als meinem kurzen Besuch. Ich hätte ja einfach nur ein wenig mit ihm gesprochen.

»Ja«, betont Beate, »das merkt man wirklich. Susanne hat mir erzählt, dass er sich plötzlich für Literatur zu interessieren scheint. Er liest *richtige Bücher*, hat sie gesagt. Das Gesamtwerk von Franz Kafka hat er sich besorgt. Und er würde ihr abends sogar daraus vorlesen. Besonders *Die Verwandlung* habe es ihm angetan. Susanne selbst hält nicht viel von Kafka. Seine Texte sind ihr zu schwierig, zu umständlich, zu alt. Aber das ist wie mit den Chrysanthemen. Sie tut nun so, als sei sie immer schon Kafkas größter Fan gewesen, und beide sind Max Brod unendlich dankbar, dass er Kafkas Texte nicht, wie der von ihm verlangt hatte, nach seinem Tod dem Feuer übergeben, sondern sie der Nachwelt erhalten hat.«

Ich habe meinen Spaß an ihrem Bericht, und sie wiederum findet es ganz toll, dass ich meinen Anteil an der Sache so sehr schmälere und stattdessen die Norder Psychologen lobe.

»Ja, du bist eben zu bescheiden, Liebster«, sagt sie und sieht mich dabei an, dass mir ganz anders wird.

15

Auf meinem Schreibtisch in der Arztpraxis steht ein Computer. Nicht nur die Krankenkassen erwarten von mir, dass ich einen unsinnigen Datenwust eintippe und zur Abrechnung rübermaile, nein, die Patienten wollen auch, dass ihr Doktor immer wieder auf den Bildschirm schaut, so, als sei der Computer sein Ersatzgehirn.

Im Wartezimmer habe ich eine Kamera installiert, so dass ich vorher sehen kann, was mich erwartet.

Wer lebt wie ich, will keine böse Überraschung erleben. Bevor ich den nächsten Patienten hereinbitte, schaue ich immer einmal ins Wartezimmer.

Jetzt sehe ich auf meinem Bildschirm Ann Kathrin Klaasen, die berühmte Kommissarin. Ich erkenne sie sofort. Ihr Bild war häufig in den Zeitungen. Im NDR saß sie schon auf dem roten Sofa bei Ilka Schneider und berichtete über ihre Erfahrungen mit Serienkillern. Im Ostfriesland-Magazin habe ich ein großes Interview gelesen, das Holger Bloem mit ihr geführt hat. Auf den Fotos sah sie strahlender aus als jetzt im Wartezimmer. Das macht mir Mut. Es ist ja ein gravierender Unterschied, ob sie als Patientin zu mir kommt oder als Kommissarin.

Sind sie schon hinter mir her? Hat Hermann Brandts Tod sie stutzig gemacht?

Ich kann mir kaum vorstellen, dass sie überhaupt gemerkt haben, dass sein Tod nicht ganz natürlich war, sondern jemand ein bisschen nachgeholfen hat.

Oder ist dieser Trottel von Ricklef etwa so klar im Kopf, dass er inzwischen ahnt, dass ihn nicht der Teufel besucht hat, sondern nur der Hausarzt seiner Frau?

Ist jemand bei der Krankenkasse oder bei der Ärztekammer draufgekommen, dass mit meinen Papieren etwas nicht stimmt?

So viele Möglichkeiten. Eine schlechter für mich als die andere …

Doch wenn ich mir sie so richtig anschaue, dann sitzt da im Wartezimmer keine Kommissarin, die den Verdächtigen verhören will, sondern schlicht eine kranke Frau. Wie schön! Es geht ihr nicht gut!

Ich lasse sie noch eine Weile schmoren und google alles, was ich über sie in Erfahrung bringen kann. Es gibt zig Seiten über sie im Netz, meist im Zusammenhang mit Gerichtsprozessen und Fahndungserfolgen. Die hätte ich nicht gern als Gegenspielerin. Als Patientin ist sie mir dafür umso lieber.

Als sie vor mir steht, sieht sie noch viel elender aus als vorhin im Wartezimmer. Ihr Hausarzt, Dr. Wolter, ist zu einer Fortbildung, und ich bin seine Notfallvertretung.

Frau Klaasen ist blass um die Nase. Ihre Lippen wirken blutleer. Ich kann hören, dass mit ihrem Darm etwas nicht stimmt.

»Ich habe Magen- und Darmkrämpfe«, sagt sie, »erst Verstopfung, dann Durchfall.«

Sie gesteht mir gleich, sie wolle aber nicht krankgeschrieben werden. Auf ihrem Schreibtisch würden sich die Akten häufen, sie könne jetzt unmöglich ausfallen. Die Polizeiinspektion sei sowieso unterbesetzt.

Ich bitte sie erst mal, sich frei zu machen.

Sie duftet nach Lavendel und einem Spritzer Zitrone. Ihr Atem riecht nach Pfefferminz. Ich stelle mir vor, dass sie irgendein Parfüm benutzt hat, das sie mal geschenkt bekommen hat und normalerweise nicht benutzt, aber jetzt hat sie Angst, nach Krankheit zu riechen und nach Schweiß.

Sie steht zwar krank und geschwächt vor mir, aber sie ist trotzdem eine wunderschöne Frau. Ich muss an *Dr. Schiwago* denken. Wie fasziniert saß ich damals im Kino.

Der zwielichtige Lebemann Komarowsky hatte sowohl mit Lara als auch mit ihrer Mutter ein Verhältnis. Die siebzehnjährige Lara wurde von Julie Christie gespielt, in die ich mich sofort verliebt hatte. Die Mutter, dargestellt von der tiefgründigen Schönheit Adrienne Corri, versuchte, sich umzubringen. Komarowsky rief einen befreundeten Professor, damit er sie rettete.

Geoffrey Keen als Professor Kurt brachte seinen jungen Studenten Jurij Schiwago mit.

Schiwago schrieb Gedichte und wollte Mediziner werden. Sie pumpten Adrienne Corri den Magen aus, retteten ihr Leben. Schweißnass, leidend, am Rande des Todes lag sie vor ihnen. An ihrem Bett sagte der Professor: »So sehen Dichter die Frauen nicht. Nur wir Hausärzte sehen sie so.«

Vielleicht ist damals der Entschluss in mir gereift, Arzt zu werden. Nein, nicht gereift. Die Erkenntnis traf mich wie ein Blitz. Ja, ich wollte Arzt und Dichter werden!

Ich habe erst den Film gesehen und danach Boris Pasternaks Roman gelesen. Doch die Filmszene ging mir nie mehr aus dem Kopf.

Die Figuren im Buch sahen aus wie die im Film. Das gefiel mir nicht. Ich mag es nicht, wenn meine Phantasie dominiert wird. Filmbilder sind mir manchmal zu invasiv. Sie nehmen mir meine Möglichkeiten. Vielleicht liebe ich deswegen Bücher so sehr. Ich will die Regie im Kopf selbst führen.

Jetzt stelle ich mir vor, dass ich Professor Kurt bin, und Ann

Kathrin Klaasen ist Adrienne Corri. Zugegeben: Frau Klaasen gefällt mir besser. Wäre ich nicht so verknallt in meine Beate, ich würde versuchen, sie zu erobern.

Ich höre ihre Lunge ab.

»Ich hatte vor kurzem eine Erkältung«, sagt sie, »und daraus wurde dann eine Lungenentzündung.«

»Vermutlich, weil Sie sie nicht richtig auskuriert haben«, sage ich.

Sie nickt. »Ja, ich bin weiter zum Dienst gegangen. Wir hatten einen Mordfall, und ich konnte unmöglich …«

»Irgendwann sagt der Körper einem sehr hart, wann man aufhören soll, Frau Klaasen, wenn man nicht vorher die Notbremse zieht, kann es gefährlich werden.«

Ich bitte sie, sich hinzulegen und taste ihren Bauch ab. Patienten erwarten so etwas. Sie stöhnt, als ich unterhalb des Bauchnabels ins Gewebe drücke.

Sie sieht zwar sehr fraulich aus, ist aber trotzdem durchtrainiert. Sie hat diese Rundungen, die ich an Frauen liebe, und ist trotzdem muskulös. Ich staune, als sie ihre Bauchmuskulatur anspannt. Sie könnte einen Schlag in die Magengrube einstecken, ohne gleich zu Boden zu gehen.

»Sie haben vermutlich Antibiotika gegen die Lungenentzündung bekommen, und die sind Ihnen auf den Magen geschlagen. Sie haben im Darm ja nicht nur schlechte Bakterien, sondern auch eine Menge guter, die Sie brauchen, und die Antibiotika unterscheiden da nicht. Sie machen alles kaputt. Jetzt müssen wir erst Ihre Darmflora wieder langsam aufbauen.«

Ich mache noch einen Ultraschall, will mir auch ihre Leber anschauen. Am Bildschirm erkläre ich ihr die einzelnen Details. Sie guckt sich alles neugierig an. Dabei gluckert ihr Magen immer wieder.

»Vielleicht haben Sie einen Darmpilz. In letzter Zeit hatte ich einige Patientinnen mit Darmpilz. Besonders, wenn sie ein aufreibendes Leben führen, stressiger Beruf, unregelmäßige Mahlzeiten, zu viel Kaffee …«

Sie sieht aus, als könne sie damit eine Menge anfangen.

»Wenn man den Menschen als Ganzes betrachtet«, sage ich, »dann hat die Seele einen großen Anteil und vieles, was wir körperlich als Krankheitssymptom erleben, hat seelische Ursachen. Sie sollten sich im Beruf nicht so aufreiben, Frau Klaasen. Sie müssen sich Ruhezonen gönnen und, wenn ich mir die Frage erlauben darf, wie sieht es privat bei Ihnen aus? Schlägt Ihnen da etwas auf den Magen?«

Sie schaut mich nur an, antwortet aber nicht. Ich bin mir nicht sicher, ob sie meine Frage übergriffig findet. Sie liegt hier, nur mit einem Slip bekleidet, vor mir. Wir schauen uns gemeinsam ihre inneren Organe mit dem Ultraschall an, und ich stelle doch recht intime Fragen, wenn man bedenkt, dass wir uns gerade erst kennengelernt haben.

Wieder muss ich an Dr. Schiwago denken. Ich finde, dieses Privileg steht mir zu. Immerhin will sie, dass ich ihr helfe. Dann muss ich auch alles wissen.

»Privat«, behauptet sie, »ist bei mir alles in Ordnung. Aber beruflich, da haben Sie recht, da gehe ich gerade wirklich am Rand.«

Ich empfehle ihr Iberogast, täglich dreimal 30 Tropfen und bitte sie, auf Weißmehl und Zucker in den nächsten Tagen völlig zu verzichten (Ärzte müssen Patienten etwas verbieten, sonst fühlen die sich nicht ernst genommen). Ich gebe ihr ein Laborset mit, sie soll Stuhlproben einschicken. »Die werden dann«, erkläre ich, »im Labor getestet. Das Ergebnis kommt direkt zu mir. Dann sehen wir weiter.«

Ich glaube, sie ist ganz angetan von meinen Bemühungen, findet, dass ich sehr gründlich bin, mir Zeit nehme, zuzuhören. Genau das sollen meine Patientinnen von mir denken.

Während sie sich wieder ankleidet, erzähle ich ihr, dass ich eine Patientin hatte, deren Leberwerte hundsmiserabel waren, sie hatte behauptet, überhaupt keinen Alkohol zu trinken. Außerdem war sie schlank. Trotzdem entdeckte ich auf dem Ultraschall eine Fettleber.

Frau Klaasen sieht mich an. Sie weiß nicht, warum ich ihr das erzähle, glaubt, das alles habe etwas mit ihren Darmproblemen zu tun. Dann sage ich: »In seltenen Fällen produziert der Körper selbst eine Art billigen Fusel. Bei solchen Menschen kann man, wenn sie in eine Alkoholkontrolle geraten, Alkohol im Blut nachweisen, obwohl sie keinen Alkohol getrunken haben. Denken Sie daran, Frau Klaasen, wenn Sie die nächste Fahrzeugkontrolle durchführen.«

Sie lacht: »So etwas tue ich nicht. Dafür bin ich nicht zuständig. Ich arbeite bei der Mordkommission.«

»Ich weiß«, sage ich. »Hier kennt Sie doch jeder.«

Ich schlage vor, ihr noch Blut abzunehmen und auch das im Labor testen zu lassen. Sie ist einverstanden.

»Ich habe in einem Interview gelesen, dass Sie Kinderbücher sammeln, Frau Klaasen.«

Sie sieht zwar immer noch hundsmiserabel elend aus, lächelt aber erfreut: »Ja, das stimmt. Obwohl ich dafür immer weniger Zeit habe. Der Beruf frisst mich auf.«

»Nehmen Sie sich mehr Zeit dafür, Frau Klaasen. Ihr Magen wird es Ihnen danken, und es wird Ihre Därme beruhigen.«

Sie deutet auf das Buchregal hinter mir. Dort sind zwar ein paar Meter medizinische Fachbücher aufgebaut, aber darunter gibt es ein paar Reihen mit Romanen. Eine komplette Shakespeare-Ausgabe steht neben der Dürrenmatt-Kassette und Jörg Fausers gesammelten Werken sowie Wolf Wondratscheks Gedichten. Die Max-von-der-Grün-Gesamtausgabe aus dem Pendragon-Verlag.

Ganz unten die großen Bildbände. Gauguin. Gölzenleuchter. Picasso. Nolde. Miro. Van Gogh. Caravaggio.

»Ich sehe«, sagt sie, »der Lesevirus hat auch Sie gepackt. Normalerweise sehen Arztpraxen anders aus.«

Ich klopfe gegen die Fachliteratur. »So was habe ich ja auch. Aber im Grunde braucht man das nicht mehr. Das ist genau wie bei den Rechtsanwälten. Da stehen auch noch dicke Ordner mit Gesetzestexten und Auslegungen, dabei holt man sich doch alles längst aus dem Internet. Aber würden Sie sich bei einem Anwalt wohl fühlen, der so etwas nicht im Regal hat? Deswegen gehört Fachliteratur zur Ausstattung einer jeden Anwaltspraxis und natürlich auch in das Regal Ihres Hausarztes. Im Grunde ist das nur Tapete. Was ich lese, steht hier.« Ich zeige auf die Romane.

»Dachte ich mir«, sagt sie, und ich sehe, dass ich ihr dadurch noch sympathischer werde. Wir sind wie Seelenverwandte.

Inzwischen ist sie wieder komplett angezogen. Sie bückt sich ganz nach unten und schaut sich die Max-von-der-Grün-Gesamtausgabe an. »Sie lesen alte Arbeiterdichter? So hätte ich Sie nicht eingeschätzt, Herr Doktor.«

»Warum nicht?«

»Weil Sie jung sind und …« Sie spricht nicht weiter, zögert, zieht ein Buch aus dem Regal.

»Es ist gut, etwas über die Arbeitswelt zu erfahren. Er hat sie sehr sinnlich geschildert. Wenn ich *Irrlicht und Feuer* lese oder *Männer in zweifacher Nacht,* habe ich das Gefühl, ich stehe unten im Pütt vor Kohle. Aber wissen Sie, was sein bester Roman ist? Ein Spätwerk. *Späte Liebe.* Eine wunderbare Erzählung.«

Ich bücke mich zu ihr und fische das Buch aus dem Regal. »Eine Liebesgeschichte. Unverschämt, gerade für die damalige Zeit. Viel-

leicht war er der Erste, der die Liebe zweier alter Menschen zueinander erzählt, wie sie sich magisch anziehen, es ausprobieren …«
Ich reiche ihr den Roman. »Ich leihe ihn Ihnen gerne.«

Wir richten uns beide auf, stehen nah beieinander und schauen
uns an.

»Ein Kinderbuch ist das nicht gerade«, sagt sie.

»Stimmt«, gebe ich zu. »Aber ich denke, Sie werden jetzt ein paar
Tage freinehmen und Zeit haben, zu lesen. Es wird Ihnen guttun.
Solche Bücher helfen einem, die Angst vor dem Alter zu verlieren.«

Ann Kathrin Klaasen hat meine Praxis längst verlassen, aber sie
geht mir nicht aus dem Kopf. Was für eine Frau …

Ich gestehe mir zu, dass sie mich nicht nur fasziniert, sondern
ich habe durchaus auch Angst vor ihr. Wenn mich in Norddeich
jemand zu Fall bringen kann, dann sie.

Sie hat die Max-von-der-Grün-Ausgabe mitgenommen. Wie
schön! Sie wird sie mir wiederbringen, wir werden darüber reden,
ich werde ihr Vertrauen gewinnen. Und vielleicht muss ich dem
guten Dr. Wolter eine Patientin stehlen. Nun, er wird es mir nicht
übelnehmen. Seine Praxis läuft sowieso gut.

In der Mittagspause fahre ich mit dem Rad nach Norden, um
im Smutje am Burger-Buffet teilzunehmen. Manchmal ist mir einfach danach, die Burger sind dort einsame Spitze. Ich esse einen
Lamm-Burger. Nein, ich esse ihn nicht, ich fasse ihn mit den Händen und grabe meine Zähne rein. Ich fühle mich wie ein Steinzeit-
mensch, archaischen Riten verbunden. Es ist, als würde ich mich
über ein gejagtes Tier beugen und meine Zähne hineinschlagen.
Dazu trinke ich ein Glas Weißwein. Das Leben an der Küste gefällt
mir!

Ich werde von vielen Leuten, die hier zum Mittagstisch kommen,
freundlich gegrüßt. Ich nicke zurück. Das mag ich an den Ostfriesen. Sie erkennen einen, sie grüßen, sie zeigen, wir kennen dich,

wir schätzen dich, aber sie lassen einen in Ruhe. Kein Patient setzt sich zu mir und labert mich voll. Vielleicht auch, weil ich mir ein Buch mitgenommen habe.

Ich lese noch einmal in Dr. Schiwago und suche die Stelle. Gibt es sie im Roman gar nicht? War sie nur im Film? Es ist alles so lange her …

Am Abend liebe ich Beate vor dem Kamin auf dem Schafsfell. Wir hören die Scheite dabei im Feuer knistern. Buchenholz und Tanne. Eine wunderbare Mischung, wenn man Feuer nicht nur sehen, sondern auch hören will.

Ich begehre einen Stellungswechsel, aber Beate bittet mich: »Bleib so.« Sie nennt mich Rama.

Ich tue ihr natürlich den Gefallen. Ich spüre, dass sie kurz vor dem Höhepunkt ist. Ich genieße es, das bewusst mitzuerleben. Ich schließe die Augen, sehe Ann Kathrin Klaasen vor mir, die Kommissarin. Ich höre das Blubbern in ihren Gedärmen, fühle ihre trockene Haut.

Ich reiße die Augen auf, um das Bild zu verscheuchen und schaue meine Beate an. Ich nenne sie Sita. Jetzt gefällt es ihr.

Danach sitzen wir nackt zusammen vorm Kamin. An der Seite, die vom Feuer angestrahlt wird, glänzt ihre Haut, als würde sie von innen glühen.

Sie erzählt mir von dem kleinen Frithjof, der jetzt in der Schule mehr Selbstbewusstsein habe. Sie nennt ihn einen ganz reizenden, süßen Jungen. Man könnte fast eifersüchtig werden.

Ich weiß, sie wünscht sich eigene Kinder. Ist es für jemanden in meiner Situation verantwortungsbewusst, Kinder zu zeugen? Vielleicht wird das alles gutgehen. Vielleicht werden wir hier alt werden, als angesehenes Paar an der Küste. Die Lehrerin und der Hausarzt. Aber vielleicht wird irgendwann auch ein Polizeiwagen mit Blaulicht vor der Tür stehen, um mich abzuholen.

Darf man einem Kind so etwas antun? Der Gedanke zerreißt mich fast, und ich leide daran, dass ich es ihr nicht mitteilen kann.

Ja, verdammt, ich hätte gerne Kinder mit ihr. Am liebsten zwei, einen Jungen und ein Mädchen. Ich könnte ihnen vorlesen, Fahrradfahren beibringen, mit ihnen zum Fischen gehen. Aber auch sie dürften nie erfahren, wer ich wirklich bin.

Ich würde so gerne mit jemandem über alles reden. Dafür habe ich nur dieses Buch.

Gern wüsste ich zum Beispiel, ob Beate auch, wenn wir uns lieben, plötzlich einen Flash hat und dann ihren Michael vor sich sieht.

Nein, je länger ich darüber nachdenke, will ich mir das eigentlich gar nicht vorstellen. Ich finde den Gedanken schrecklich. Aber vielleicht hat sie gerade jetzt, während wir uns vor dem offenen Feuer geliebt haben, an ihn gedacht, denn sie fragt mich plötzlich, als würde es sich ganz natürlich aus dem ergeben, was gerade geschehen ist, ob wir Michael nicht helfen könnten. Sie habe so ein schlechtes Gewissen, weil sie ihn verlassen habe, und es sei ja für uns kein großes Problem. Wir hätten ja nun wirklich genug. Sie mit ihrem Lehrerinnengehalt und ich mit der gut laufenden Arztpraxis …

Ich staune sie an und höre ihr zu. Sie fragt mich tatsächlich, ob wir ihrem Ex nicht kurzfristig ein paar tausend Euro leihen könnten. Er stecke in einer tiefen Krise.

»Für so etwas gibt es doch Banken«, erwähne ich beiläufig.

Sie winkt ab, da bekäme er keinen Kredit, er habe ja keine Sicherheiten.

Ach, und ich soll dem Mistkerl ohne Sicherheiten Geld leihen? Leihen heißt in dem Fall doch, dass ich es verschenke. Wir werden es nie, nie wiedersehen. Das Geld ist nur so etwas wie die letzte Brücke zu dir. Dann könnten wir ständig hinter ihm herlaufen, um unser

Geld zurückzukriegen. So hat er einen wunderbaren Kontakt zu dir. Vielleicht wird er ab und zu bei uns auftauchen und mit einem Strauß Blumen ein paar Euro vorbeibringen oder zumindest mit einer müden Erklärung aufwarten, warum es mal wieder nicht geklappt hat. Aber wir können ja trotzdem Freunde bleiben ...

Nee, meine Liebe, dich kann der vielleicht so an die Angel legen, aber mich nicht. Jetzt ist sein Tod erst recht beschlossene Sache.

Ich will ihr gegenüber natürlich nicht hartherzig erscheinen. Frauen mögen keine hartherzigen Männer.

»Natürlich«, sage ich, »wenn wir ihm mit ein paar Euro aus der Klemme helfen können ... Hauptsache, er lässt uns dann in Ruhe. Soll ich das mit ihm regeln?«

Sie schüttelt den Kopf. »Nein, ich glaube, es wäre besser, wenn ich das mache. Dir gegenüber schämt er sich. Das ist so ein Ding unter Männern, weißt du. Er fühlt sich dir unterlegen. Immerhin, du hast seine Frau, du hast Geld, du hast ein schönes Auto und ...«

In meinem Kopf knirscht schon wieder Metall auf Metall.

»Nun reicht's, Sita! Soll ich mich schuldig fühlen, weil es mir gutgeht? Ich habe das erarbeitet! Jeder Euro ist ehrlich erworben.«

Ich wundere mich über mich selbst, dass ich nicht bei den Worten *ehrlich erworben* grinsen muss.

Ich weiß schon genau, wann er sterben wird. Meine süße kleine Beate bekommt Ferien, und der erste Ferientag wird sein Todestag sein. Ich werde einen Flug für uns buchen und sie damit überraschen.

Na, glauben Sie nicht, dass Flüge ein Problem sind. Meine falschen Ausweise sind echter als die echten. Ich hätte keine Schwierigkeiten, damit in einen Flieger nach New York zu steigen. Dr. Sommerfeldt ist ein angesehener Bürger. Ich erwarte keinerlei Probleme. Ich suche nur noch die richtige Reise für uns aus. Am besten so etwas, das man gar nicht verschieben kann.

Am nächsten Tag rufe ich bei Ann Kathrin Klaasen an, um zu fragen, wie es ihr geht. So etwas wissen Patientinnen zu schätzen. Ein Arzt, der anruft und sich nach ihnen erkundigt, das ist meist mehr, als sie von ihren Partnern, Freunden, Eltern und Verwandten erwarten.

Neulich hat es eine Frau zu Tränen gerührt. Sie fing am Telefon an zu weinen, als ich anrief und mich nach ihrem Befinden erkundigte. Sie sagte, ich wäre wohl der einzige Mensch auf Erden, dem sie nicht völlig egal sei.

Nun, man darf so etwas nicht überbewerten. Kranke Menschen haben oft nah am Wasser gebaut, werden innerlich wieder zu kleinen Kindern und sehnen sich danach, dass die Mama mit einer Wärmflasche kommt und ihnen eine Geschichte vorliest.

Ann Kathrin Klaasen hat tatsächlich auf mich gehört und ist nicht zum Dienst gegangen. Sie fühlt sich wohl deswegen nicht gut und behauptet, sie liege zwar im Bett, habe sich aber Akten mitgenommen. Sie könne schließlich auch ein paar Dinge zu Hause in Ruhe bearbeiten.

Die Laborwerte der Blutuntersuchung habe ich schon. Auf die Untersuchungsergebnisse der Stuhlprobe müssen wir noch ein wenig warten. Das Verschicken der Proben per Post dauert immer. Aber ich kann ihr bereits sagen, dass ihre Leberwerte erhöht sind.

Damit erschrecke ich sie. Das ist immer so, wenn man mit Leuten über erhöhte Leberwerte redet. Sie haben gleich Angst, für Säufer gehalten zu werden und rechtfertigen sich sofort.

Genau das tut sie auch. Sie beginnt mir aufzuzählen, wie wenig sie eigentlich trinke, höchstens mal ein Glas Wein am Abend.

»Na gut«, räumt sie dann ein, »nach einem ganz stressigen Tag auch schon mal einen Doornkaat, aber höchstens alle vierzehn Tage, denn im Grunde mag ich das Zeug gar nicht. Aber mein Vater hat es früher immer getrunken, deswegen habe ich immer eine Flasche im Eisfach. Der Schnaps erinnert mich einfach an ihn.«

»Erinnern Sie sich, was ich Ihnen erzählt habe, Frau Klaasen? Manchmal entwickelt der Körper selber Fusel als Abbaustoff. Vor ein paar Jahren wären Ihre Leber und Cholesterinwerte auch noch völlig in Ordnung gewesen, aber man hat jetzt die Standardwerte verändert. Das ist im Grunde der Versuch der Industrie, Medikamente zu verkaufen, wissen Sie. Dadurch werden plötzlich Millionen Menschen, die gerade noch gesund waren, krank. Die Fachgremien haben den Zielwert im Blut von 260 über 240 und 220 bis auf 200 Milligramm pro Deziliter verringert, weil das angeblich Herz und Gefäße schont. Den Wunschgrenzwert von 193 Milligramm pro Deziliter haben sie allerdings nicht durchgekriegt, weil dann drei Viertel aller Erwachsenen krankgeredet und für potentiell therapiebedürftig erklärt worden wären.«

Am Nachmittag besuche ich sie. Ich kündige den Besuch vorher nicht an. Das finden die Menschen besonders verblüffend. Ich fahre in der Mittagspause mit dem Rad in den Distelkamp. Ich klingle, obwohl ich mir sicher bin, dass sie mich schon vorher gesehen hat. Rund ums Haus herum hat sie Videokameras installiert.

Sie öffnet mir in einem flauschigen, weißen Bademantel. Sie ist barfuß, strubbelig, mit fettigen Haaren, roter Nase und glasigen Augen.

Ärzten öffnen Frauen auch so. Ich mag es, sie ungeschminkt zu sehen.

Sie ist ohne jeden Argwohn mir gegenüber. Sie staunt über meinen Besuch, trottet gleich voran, nimmt mich mit in ihr Schlafzimmer und legt sich wieder in das zerwühlte Bett. Am Fußende sehe ich den Laptop, auf dem Nachttischschränkchen Akten und einen großen Pott Tee.

»Sie arbeiten ja wirklich im Bett«, sage ich.

Sie lacht. »Ja, ich laufe zwischen Bett und Toilette hin und her. Die Krämpfe sind noch nicht ganz weg, es wird aber schon ein bisschen besser.«

Ich sitze auf ihrer Bettkante, fühle ihren Puls und messe anschließend ihre Temperatur. Ich mache mir keinerlei Sorgen um sie. Das alles ist völlig harmlos. Wahrscheinlich ein Magen-Darm-Virus. Das grassiert im Moment an der Küste.

Aus meinem Arztköfferchen hole ich ein paar Proben, die ich vom Vertreter der Arzneimittelfirma bekommen habe. Angeblich neue Wundermittel gegen übersäuerten Magen und Reizdarm. Ich schenke sie ihr. Menschen stehen auf Geschenke.

»Sie sind einfach so vorbeigekommen?«, fragt sie, als würde sie an ihrem Verstand zweifeln, so als hätte ich mich angekündigt, und sie hätte es nur vergessen.

»Ja, ich war gerade in der Nähe. In der Mittagspause radle ich immer ein bisschen rum, und wenn es sich ergibt, schaue ich nach meinen Patienten.«

Sie schüttelt ungläubig den Kopf. »Sie sind mir einer«, sagt sie, und es klingt wie eine Mischung aus Tadel und Lob.

Ihr Kreislauf ist völlig in Ordnung. Ihre Temperatur nur leicht erhöht. Ich empfehle ihr, mehr zu trinken. »Das Leitungswasser hier in Ostfriesland ist ganz hervorragend«, sage ich. »Zwei, drei große Gläser am Tag zusätzlich helfen bestimmt. Aber wenn Sie Durchfall haben, dann ist auch immer ein alkoholfreies Weizenbier gut für den Körper. Darin sind viele Mineralien enthalten. Oder eine Apfelschorle, die ist sogar isotonisch. Nach langen Radtouren trinke ich auch immer gerne einen halben Liter alkoholfreies Weizenbier, das ist eine richtig gesunde Erfindung.«

Ich gehe zum Fenster und öffne es, um frische Luft hereinzulassen. Sie ist gleich ein bisschen peinlich berührt, weil sie das Gefühl hat, es sei mir bei ihr zu stickig.

Ich gebe den Verständnisvollen: »Nein, nein, das mache ich immer, wenn ich auf Hausbesuch bin. Sauerstoff und Frischluft, etwas Besseres gibt es doch nicht. Gerade hier an der Küste haben wir ja glücklicherweise genug davon.«

Vor ihrem Bett auf dem Boden sehe ich die aufgeschlagene Erzählung von Max von der Grün, *Späte Liebe*.

»Und?«, frage ich. »Gefällt Ihnen das Buch?«

Sie nickt. »Ja. Das ist sehr einfühlsam geschrieben. Ich bin aber noch nicht durch. Darf ich es noch behalten?«

»Aber sicher doch.«

Sie deutet auf einen Stuhl an der Tür, der vollgepackt ist mit Büchern. Über der Lehne hängt ein Bademantel.

»Ich möchte Ihnen auch ein Buch leihen, obwohl ich sonst sehr vorsichtig mit so etwas bin. Gute Bücher kriegt man oft nicht zurück.«

»Mir können Sie vertrauen«, lache ich.

»Es ist das oberste. ›Asmoduin‹ von Jens Schumacher.«

Ich sehe mir das Buch an. Der Untertitel heißt: ›Nervensäge aus der Hölle‹.

»Ein Kinderbuch?«

»Die meisten Erwachsenen waren ja früher selbst mal Kinder, und einige können sich sogar noch daran erinnern. Versuchen Sie es«, lacht sie. »Lesen Sie dem Kind vor, das noch in Ihnen schlummert.«

Als ich draußen bin und das Kinderbuch von Jens Schumacher aufschlage, lese ich vorne einen vorangestellten Satz von William Shakespeare:

»*Die Hölle ist leer,*
und alle Teufel sind hier!«

Sie hat mit einem Bleistift ein großes Ausrufezeichen hinter die Zeilen gemalt. Will sie mir damit etwas sagen? Ist das ein Signal an mich? Weiß sie, wer ich bin? Will sie mich verunsichern?

Im Buch kauft Bob, ein Mathe-Ass, auf dem Flohmarkt eine alte Holzmaske, enträtselt eine Zahlenfolge, und schon bekommt er Besuch aus der Hölle. Bob will Asmoduin, den Teufelsspross, in die Hölle zurückschicken, doch dem gefällt es in der Oberwelt ausgesprochen gut.

Ist das alles eine Anspielung? Bin ich der Teufelsspross, der es sich in der ostfriesischen Welt gemütlich gemacht hat, in die er eigentlich nicht hineingehört? Oder überinterpretiere ich das alles, und die Kommissarin hat mir einfach nur ein originelles Kinderbuch geliehen?

16

Über Beate, die ja einen sehr guten Draht zu Frau Ricklef hat, weiß ich, dass Johann Ricklef heute nach Bedekaspel zum Nachtangeln fahren will. Ich finde, das ist eine hervorragende Gelegenheit, um ihn zu besuchen. Ich sollte mal nach ihm schauen, wie sich alles entwickelt hat.

Bedekaspel liegt zwischen Aurich und Emden am Großen Meer. Eine schöne Tour mit dem Rad. Am Südteil des Großen Meeres darf nicht gefischt werden. Er steht unter Naturschutz.

Am Nordteil finde ich Ricklef nicht, aber ich vermute ihn bei den umliegenden Kanälen.

Zuerst sehe ich die Knicklichter auf dem Wasser. Die phosphoreszierenden Stäbchen führen mich ganz sicher zu den Anglern.

Ricklef hat sich einen guten Platz gesucht. Die nächsten Angler sind fünfzig, wenn nicht gar hundert Meter entfernt. Hier, wo er steht, jagen vermutlich große Hechte. Es ist Bewegung im Wasser. Zweimal sehe ich kleine Fischchen wie in einem Regenbogen aus dem Wasser springen und wieder darin verschwinden. Hier jagt ein großer Räuber.

Johann Ricklef sitzt auf seinem Angelkoffer. Daran hängt ein finnisches Fischmesser. Mir gefallen diese Messer. Wenn man sie gut pflegt, sind sie sauscharf.

Er hat zwei Angeln ausgelegt. Die leuchtenden grünen Knicklichter markieren, wo jeweils der Köder im Wasser hängt.

Er hat bereits zwei Barsche gefangen und ausgenommen. Schöne Tiere, wunderbar gemasert, jedes vier-/fünfhundert Gramm schwer. Der Aal im Eimer bewegt sich noch.

Mit einer dritten Angel versucht er zu blinkern. Immer wieder zieht er den Drillingshaken vergeblich durchs Wasser.

Ich glaube, er ist einfach zu ungeduldig und dreht den Blinker zu schnell ran. Aber was mich viel mehr interessiert – welcher Angler steht schon mit einer Flasche Mineralwasser am Teich? Mein Verdacht bestätigt sich: Er hat neben seinen Füßen eine offene Flasche Bier stehen.

Ich bin nicht weit von ihm im Gebüsch und schaue ihm zu. Er hat mich nicht bemerkt. Er ist ganz auf das Fischen konzentriert. Das Schilf knistert im Wind.

Ein Knicklicht beginnt zu wackeln, taucht dann ganz unter. Mit einem surrenden Geräusch läuft Schnur von seiner Angel. Der verfluchte Mistkerl hat tatsächlich wieder einen Biss!

Er springt auf, greift nach der Angel, hebt sie aus dem Ständer, lässt die Spule zuschnappen und setzt einen harten Anschlag. Viel zu früh und viel zu heftig. Er reißt dem Fisch den Köder praktisch aus dem Maul.

Enttäuscht dreht er die Schnur wieder ein. Er betrachtet den Köder und den Haken. Er hat es mit Fischfetzen versucht. Er nimmt einen Schluck aus der Flasche, dann bestückt er den Haken erneut. Er zieht einen Wurm auf.

Jetzt trete ich von hinten vor. Die Maske brauche ich nicht mehr.

»Na, da warst du wohl zu eilig, was?«

Er zuckt zusammen.

»Beim Angeln ist Geduld eine sehr wichtige Eigenschaft.«

Er erkennt mich an meiner Stimme. Ich denke nicht, dass er mein Gesicht sehen kann. Ich stehe günstig. Der Mond beleuchtet sein Gesicht, nicht meins.

»Weißt du, warum ich gekommen bin?«

Er antwortet mir mit Zittern in der Stimme: »Ich … ich habe alles genau so gemacht. Ich hab den Jungen nicht angerührt. Ich bin ein besserer Mensch geworden. Ich hab meiner Frau Blumen gekauft. Ich …«

Ich zeige auf die Bierflasche. »Und das da? Ist das Frischmilch?«

Er zuckt mit den Schultern. »Es ist die erste Flasche seit … seit … seit unserer Begegnung. Ich kann doch nicht beim Angeln … Meine Kumpels lachen mich doch aus …«

»Deine Kumpels interessieren mich einen Scheiß.«

»Ich könnte um Hilfe rufen«, droht er.

Ich bücke mich und nehme aus seinen Angelutensilien das lange Fischmesser an mich. Ich zeige ihm sein eigenes finnisches Fischmesser. Die lange Klinge wird vom Mond beleuchtet.

»Ja, ruf sie nur, deine Freunde. Glaubst du, einer von denen wird sich für dich wirklich einsetzen? Wenn ich dem ersten ein Stückchen Haut herausgeschnitten habe, laufen sie alle *Mama* schreiend davon. Wollen wir wetten?«

»Ich … ich …«, er zeigt mir die Flasche, »ich hab wirklich nur einen kleinen Schluck …«

»Meine Kumpels in der Hölle sagen mir, dass ich sowieso viel zu nett mit dir umgegangen bin. Typen wie du lernen nicht durch Nachdenken, dafür haben sie viel zu wenig Verstand. Die lernen nur durch Schmerz, stimmt's?«

Er geht einen Schritt zurück.

Ich warne ihn: »Bleib lieber stehen, bevor du ins Wasser fällst. Ich kann dir beim Angeln helfen … Was hältst du davon, wenn wir es mal mit einem deiner Finger versuchen statt mit einem Fischfetzen? Und wir wollen doch nicht noch mal so einen armen Wurm umbringen, oder?«

Ich strecke die Zunge heraus, lege die Klinge mit der breiten Seite auf meine Zunge und lecke daran entlang. Das macht ihm Angst. Wahrscheinlich hat seine Mama es ihm verboten, als er klein war. Kleine Jungs lecken gerne an Messerklingen entlang. Da ist er bestimmt nicht anders gewesen als alle anderen auch.

»Ich …«, stammelt er.

Ich wette, er macht sich gleich in die Hose.

»Was hatte ich dir gesagt? Was solltest du tun, statt Alkohol zu trinken?«

»L… l… lesen. Ich sollte lesen.«

»Brav«, sagte ich sanft, »aber nicht irgendwas, sondern …«

»Kafka. Franz Kafka sollte ich lesen. Die Verwandlung. Ich hab das auch gelesen! Immer und immer wieder.«

Mit großzügiger Geste zeige ich ihm, dass er jetzt die Gelegenheit hat, den Text aufzusagen. Aber er beginnt nicht.

Ich ermuntere ihn mit der Messerspitze tippe ich gegen seinen Bauch. »Na los. Kafka. Die Verwandlung.« Ich helfe ihm: »*Als Gregor Samsa eines Morgens aus unruhigen Träumen erwachte, fand er sich in seinem Bett zu einem ungeheuren Ungeziefer verwandelt. Er lag auf seinem panzerartig harten Rücken und sah, wenn er den Kopf ein wenig hob, seinen gewölbten, braunen, von bogenförmigen Versteifungen geteilten Bauch, auf dessen Höhe sich die Bettdecke, zum gänzlichen Niedergleiten bereit, kaum noch erhalten konnte.* –* So, jetzt bist du aber dran.«

»*S… s… seine … vielen …, im Ver… Ver… gleich zu seinem … sonstigen … Um… fang kläglich dünnen Beine flimmerten … flimmerten … flimmerten … ihm hilflos vor den Augen.*«

Ich schüttle missbilligend den Kopf. »Nee, du. Noch mal von vorne. Das kann's ja wohl nicht gewesen sein. Willst du Kafka beleidigen?«

Ich stelle mich anders hin und zeige ihm, dass er nun sprechen soll. Er überlegt und beginnt den ersten Satz: »*Als … Gregor Samsa …* ähm …«

Ich packe seine rechte Hand, knalle sie auf den Angelkoffer und drücke die Spitze des finnischen Fischmessers zwischen Ring- und kleinen Finger. »Du willst also doch mit dem Finger angeln?«

»Nein, ich … ich …«

»Wonach stinkt es denn hier so? Hast du dir etwa in die Hose geschissen?«

Er schüttelt den Kopf. Seine Lippen zittern. Ich sehe Tränen in seinen Augen.

Wie schön, denke ich. Jetzt heulst du. Nicht deine Frau und auch nicht dein Kind.

»Wem hast du von unserer Begegnung erzählt?«

»Niemandem. Niemandem, ich schwöre!«

»Du kannst mich nicht belügen. Meine höllischen Freunde sind jederzeit bei dir. Du kannst sie nur nicht sehen, weil du ein bisschen blöd bist. Ein blinder Mensch, der keine Geistwesen erkennt, der glaubt, dass die Toten in den Gräbern liegen. In Wirklichkeit sind sie alle um uns herum. Zunächst haben sie mir Gutes von dir berichtet, dass du dich wirklich bemühst, aber weißt du, schon im Krankenhaus hast du angefangen herumzulabern, hast deinen Therapeuten und Ärzten von mir erzählt.«

»Ja, ja, ich stand unter Schock, aber sie haben mir ja sowieso nicht geglaubt!«

»Siehst du«, lache ich, »niemand wird dir glauben. Und wenn du beim nächsten Mal auf die Idee kommst, mich zu verraten oder jemandem von unserer Beziehung zu erzählen, dann schau einfach auf den fehlenden kleinen Finger. Den Ringfinger lasse ich dir, weil du ja verheiratet bist. Wenn du aber kein liebevoller, treuer Ehemann bist, dann brauchst du den auch nicht mehr. Dann hole ich ihn mir. Das hast du doch kapiert, oder?«

Er nickt und fleht mich gleichzeitig an, ihm den kleinen Finger zu lassen.

»Warum?«, frage ich. »Du brauchst ihn sowieso nicht. Lass uns versuchen, damit zu fischen. Du wirst heute Angelkönig. Die Hechte stehen auf abgeschnittene Finger und die Zander sowieso. Du willst doch Raubfische fangen. Wozu sonst der Drillingshaken?«

Er kniet sich hin, nicht, weil ich es von ihm verlange, sondern, weil seine Knie weich werden. Er kann nicht länger so gebückt stehen. Er starrt das Messer zwischen seinen Fingern an.

»Du sollst deiner Frau nicht immer Chrysanthemen schenken. Kauf ihr Rosen, wie es sich gehört.«

Er nickt. Dann wird er ohnmächtig.

Okay, denke ich. Das rettet dich.

Ich nehme einen Schluck aus seiner Bierflasche, den Rest gieße ich über ihm aus. Ich denke, der hat genug für heute.

Ich werde ihm den Finger lassen. Ja, ich kann auch großzügig sein.

Ich nehme die beiden Barsche mit und steige auf mein Rad, ohne mich noch mal nach ihm umzudrehen.

17

Ich sehe Beate die Verzweiflung an. Sie weint.

Mein Gott, ich kann das nicht mit ansehen!

Was ist los? Hast du Krebs?, denke ich, frage sie aber nicht, sondern nehme sie einfach nur in den Arm. Es ist, als würde sie sich dagegen wehren. Sie scheint zu gefrieren.

»Was ist mit dir?«, frage ich.

Sie schüttelt sich. »Bitte, wir können das jetzt nicht mehr auf die lange Bank schieben. Wir müssen Michael aus der Klemme helfen.«

»Und deswegen heulst du?«

Sie wendet sich von mir ab, steht mit dem Rücken zu mir, macht ein paar Schritte in Richtung Wand. Warum will sie nicht, dass ich ihr Gesicht sehe? Schämt sie sich ihrer Tränen? So kenne ich sie gar nicht.

»Ist es so schlimm für dich, dass dieser Blödmann Schulden hat?«, frage ich.

Ich versuche mich so hinzustellen, dass ich ihr wieder ins Gesicht sehen kann, doch sie weicht mir aus und kehrt mir erneut den Rücken zu.

Ich berühre sie vorsichtig mit der Hand an der Schulter. Sie macht einen Schritt nach vorn, als würde ihr meine Bewegung weh tun oder zumindest überhaupt nicht gefallen. Dann spricht sie mit einer Stimme, die mir fremd ist, als würde jemand anders reden: »Er hat Fotos.«

»Fotos? Was für Fotos?«

Jetzt dreht sie sich um. Ich sehe die Furchen in ihrem Gesicht. Sie sieht völlig verunsichert aus und um Jahre gealtert.

»Er hat Fotos von mir«, sagt sie. Nein, sie sagt es nicht, sie presst es hervor. Dabei hält sie die Lippen praktisch geschlossen.

»Fotos? Was für Fotos?«

Sie hebt die Arme, fuchtelt damit in der Luft herum, als müsse sie die Worte suchen und von der Decke greifen, findet sie dort aber wohl nicht.

»Ja, wir haben halt Bilder gemacht. Es war dumm von mir!«

Ich ahne, worauf das alles hinausläuft, will es aber nicht wahrhaben und weigere mich, es selbst auszusprechen.

»Ich war verliebt, und ich dachte, wir bleiben für immer zusammen. Ich kannte schon seine Eltern, seine Mutter und … wir wollten heiraten und … Er sagte, dass ich so toll aussehe. Welche junge Frau hört das nicht gerne?«

Da hat das Arschgesicht ausnahmsweise mal recht gehabt.

Ich muss mich irgendwie beschäftigen. Ich bekomme Lust, mit dem Messer zu schneiden. Zum Glück habe ich die Barsche. Während wir uns unterhalten, halte ich sie unter fließendes Wasser.

Beate sucht nach Entschuldigungen: »Du musst das verstehen, Bernd. Er hat mir erzählt, irgendwann würden wir alt sein, meine Schönheit würde verblassen, dann wäre es toll, solche Fotos zu haben. Irgendwie war es auch witzig, und wir haben viel gelacht dabei.«

Also gut, wenn du es nicht schaffst, werde ich halt doch genauer nachfragen.

»Was für Fotos, Liebste?«

»Nacktfotos.«

Tut mir leid, ich kann dir das nicht ersparen.

»Heißt das, erotische Bilder oder richtige, harte Pornographie?«

Das Knirschen in meinem Kopf nimmt jetzt die Lautstärke von Flugzeugmotoren an. Ich erwische mich dabei, dass ich mit dem kleinen Finger in meiner Ohrmuschel herumwische. Zum Glück bemerkt Beate es nicht.

»Das spielt doch jetzt überhaupt keine Rolle«, weint sie. »Er hat diese Bilder, und ich wäre als Grundschullehrerin erledigt, wenn er sie …«

»Hat er dir gedroht, damit irgendwas zu machen? Sie zu verschicken oder …«

»Er sagt, er braucht diesen Kredit, und wenn ich ihm den gebe, dann löscht er die Fotos.«

Ein Verdacht keimt in mir auf. »Du hast ihm schon Geld gegeben, stimmt's?«

Sie beißt auf ihrer Unterlippe herum und nickt. Dabei schafft sie es nicht, mich anzuschauen.

»Und jetzt will er immer mehr.«

Sie nickt erneut. Dann wiegelt sie plötzlich ab: »Aber er sagt, es wäre das letzte Mal. Es ist wirklich das allerletzte Mal. Er würde das ja nicht tun, wenn er nicht selber so in Not wäre.«

Oh, der Arme! Ich krieg ja richtig Mitleid mit dem Typen.

»Wie viel?«

»Noch mal zehntausend.«

»Na, das ist ja direkt preiswert«, sage ich. »Wie viel hat er denn schon?«

»Einmal sechs und einmal acht«, antwortet sie. »Das ist ja nur, weil er doch geschäftlich so ein Pech hatte und wohl auch reingelegt wurde«, antwortet sie.

Ja, entschuldige ihn noch!

Plötzlich löst sich ihre starre Haltung. Sie flüchtet in meine Arme.

»Ich schäme mich so … Ich schäme mich ja so … Es ist so schrecklich …«

Ich tröste sie. Wir reden sehr lange. Ich mache ihr keine Vorwürfe, ich zeige mich verständnisvoll und biete ihr an, die Sache für sie zu regeln. Doch das möchte sie nicht. Sie will ihm einfach nur das Geld geben.

Ihr Konto ist bereits überzogen, sie will mich nicht anlügen.

Wie rührend.

Später gebe ich ihr ein paar Baldriantabletten zur Beruhigung und eine Ganzkörpermassage. Dazu hören wir Musik. *Laway.* Sie mag diese ostfriesische Band. Das Plattdeutsche gibt ihr vermutlich die Geborgenheit eines Heimatgefühls zurück.

Ich brate uns die Barsche auf der Haut in Butter. Ich mag sie ganz einfach, nur mit Pfeffer, Salz und ein bisschen Zitrone.

18

Obwohl ihr Ex meine Beate so schofelig behandelt hat und sogar mit erotischen Aufnahmen erpresst, fürchte ich, dass Beate bei seiner Beerdigung dabei sein möchte. Ich würde das als grauenvolle Niederlage empfinden. Ich will mir das nicht zumuten und baue deshalb vor.

In Dithmarschen gibt es ein paar wunderschöne Orte. Kleine Hafenstädte, weit genug weg von Ostfriesland, aber doch mit zauberhaftem Flair. Büsum oder Brunsbüttel. Nicht weit entfernt, in dem kleinen Städtchen Heide, gibt es eine Ausstellung von Manfred Schlüter, den ich sowohl als Maler wie auch als Lyriker sehr schätze. Er hat die schönsten Illustrationen zu den Michael-Ende-Büchern gemacht, die ich kenne.

Ich bin froh, von den alten Meisterwerken noch ein paar zu besitzen. Ich habe sie, nachdem ich ja meine alte Bibliothek komplett zurücklassen musste, aus einem Nachlass erworben, von Erben, die zu dämlich waren zu verstehen, welche Schätze ihr Großvater angesammelt hatte. Tranquilla Trampeltreu, signiert von Michael Ende und Manfred Schlüter. Ich glaube, wenn ich nicht gekommen wäre, wäre alles im Papiermüll gelandet. Sie hielten die Buchregale für wertvoller als die Bücher, diese Banausen!

Ja, ich habe mit dem Gedanken gespielt, für meine Göttin Sita und mich ein paar Tage in Dithmarschen zu buchen. Aber so sehr es mir dort gefallen würde, es ist nicht weit genug. Man kann es zu schnell absagen. Auch ein Flug nach Mallorca – herrjeh, was bedeutet das schon?

Ich sehe sie schon vor mir stehen und mich bitten, den Flug zu verschieben oder die Reise abzusagen, weil Michael Pelz beerdigt wird. Nein, ich brauche etwas, gegen das sein Tod nicht anstinken kann. Es muss teuer sein, und es muss weit sein. Ich will nicht von einem Toten besiegt werden. Und ich finde im Reisebüro in Norden genau, was ich suche.

Man sollte seine Reisen nicht im Internet buchen. Ich besuche Reisebüros, so, wie ich auch in Buchhandlungen kaufe. Wenn wir nicht wollen, dass die Innenstädte veröden und aussterben, müssen die Läden dort schließlich etwas verdienen. Wer bummelt schon gerne durchs Internet, wenn draußen die Sonne scheint, die Mädels in den Straßencafés sitzen und Eis essen? Nein, ich will, dass die Welt bunt bleibt, darum kaufe ich beim örtlichen Einzelhandel ein.

Ich habe also in Norden fünf Tage New York gebucht. Drei Musicals am Broadway: *Romeo and Juliet*, *The Present* und *Les liaisons dangereuses*. Natürlich nur die besten Plätze.

Ich stelle mir vor, dass wir über die Brooklyn Bridge schlendern werden. Einen Tag brauchen wir mindestens fürs Guggenheim-Museum und einen fürs Museum of Modern Art.

Nein, New York kann man nicht absagen. Und da gibt es auch kein »schnell abends zurück und nach der Beerdigung wieder hin«.

Haha ... Mein Schlachtplan ist perfekt.

Ich lasse mir alles als Geschenk verpacken, in einem wunderschönen Briefumschlag, der mit einem roten Schleifchen an einer Champagnerflasche baumelt. Dazu wird es einen Strauß Blumen geben und natürlich eine Liebeserklärung von mir. Ich werde ihr diese Reise als Geschenk zu Füßen legen.

Es ist alles vorbereitet. In der Garage unter einem Handtuch ist der Champagner versteckt mit dem Briefchen daran. Die Blumen werden in einer Vase frisch gehalten. Eine langstielige rote Rose für jeden Monat, den wir uns kennen.

So, Michael Pelz – heute Nacht wirst du sterben.

19

Beate ist gerührt von meinem Geschenk. Frauen können so herrlich emotional sein! Ja, sie hat Tränen in den Augen. Die Art der Präsentation ist fast noch schöner als die Reise an sich. Sie wirkt wie ein kleines Mädchen, höchstens vier Jahre alt, das einen Teddy geschenkt bekommen hat, der größer ist als sie selbst und den sie nicht tragen kann.

»Aber das ist ja schon in vier Tagen!«, stammelt sie.

Ich nicke. »Genau. Der letzte Schultag, und dann geht's los.«

Sie ist auf eine so herrliche Art verwirrt. Gerade noch standen diese Probleme zwischen uns – ich glaube, sie befürchtete, ich könne wegen der Fotos schockiert sein, beleidigt, vielleicht gar mit ihr Schluss machen.

Sie kann so herrlich spießig sein und dann wieder völlig ausgeflippt. Mit ihr habe ich das pralle Leben.

Natürlich habe ich Karten für *Romeo und Julia*. Auch sie ist nicht unbeeindruckt von Shakespeare, hat das Stück schon dreimal gesehen. Einmal im Kino mit Leonardo di Caprio und Claire Danes. Aber natürlich noch nie am Broadway. Und jetzt erwartet sie eine besonders glanzvolle Aufführung.

»Wenn man mit dem Mann seines Lebens *Romeo und Julia* sieht und dabei Händchen halten kann, was gibt es Schöneres? Wir haben«, lacht sie, »zum Glück all diese schrecklichen Probleme nicht.«

Und wenn, dann räume ich sie aus dem Weg, Liebste. Und zwar, ohne dich lange damit zu belästigen. Wir werden uns nicht töten, weil die Welt zwischen uns und unserer Liebe steht. Wir werden das Leben in vollen Zügen genießen. Andere werden vielleicht sterben. Diesmal gewinnen Romeo und Julia. Dafür sorge ich. Notfalls mit meinem Messer.

In ihren Augen leuchtet glanzvoll das Versprechen eines Liebesabends, aber da schwingt auch Traurigkeit mit. Sie schafft es kaum, mir das zu sagen. Sie wühlt mit ihren Fingern dabei in meinen Haaren: »Du bist so lieb«, sagt sie. »So lieb … Ich würde das gerne mit dir feiern, aber … Heute ist Elternabend.«

Elternabend. Vier Tage vor den Ferien. Wie behämmert ist das denn?

Ich versuche gar nicht mehr, Schule zu verstehen. Ich lasse es einfach geschehen. Ich mache keine bissige Bemerkung. Ich weiß, sie ist Lehrerin aus Leidenschaft. So, wie ich Hausarzt geworden bin, so ist sie Grundschullehrerin geworden. Nur hat sie im Gegensatz zu mir richtige Abschlüsse und muss nie befürchten, dass die Polizei plötzlich im Klassenraum auftaucht, um sie mitzunehmen. Sie hält sich an die Regeln dieser Gesellschaft. Ich dagegen bin der Outlaw.

»Aber das macht doch nichts, Liebste«, sage ich. »Ob du einen Elternabend hast oder nicht – wie lieben uns trotzdem.«

Sie strahlt mich an. »Und jeder Elternabend ist doch irgendwann auch zu Ende.«

»Ich wollte heute Abend eine Radtour machen. Natürlich gern mit dir gemeinsam. Ich will an den Rapsfeldern vorbei, wenn die Abendsonne sich in den gelben Blüten spiegelt, leuchtet das Land so gülden …«

Ich werde deinen Ex ins Jenseits befördern, während du mit den Eltern über Leseförderung sprichst und versuchst, ihnen nahezu-

bringen, dass Kinder eigene Bücher brauchen. Ich kenne dein Ziel. Du hast es oft formuliert. Pro Monat soll jedes Kind mindestens ein eigenes Buch bekommen. O ja, Liebste, ich weiß, du hast deswegen Briefe ans Kultusministerium nach Hannover verschickt, du hast sogar einen Verteilungsplan vorgeschlagen. Damit das Geld nicht für andere Dinge ausgegeben wird, sollten Kinder in der Schule einen Gutschein bekommen, einzulösen in einer örtlichen Buchhandlung. Was bist du nur für ein Schatz, was bist du für eine Träumerin … Wie schön wäre die Welt, gäbe es mehr von deiner Sorte.

Bei jedem Elternabend gibt es bei ihr einen Sonderpunkt. Sie stellt ein Kinderbuch vor, von dem sie glaubt, dass es für die Kinder ihrer Klasse geeignet sei. Sie empfiehlt es den Eltern zum Kauf. Heute Abend werden es »Die Nordseedetektive« sein.

Das Buch spielt in Norddeich, es geht um das Walskelett im Waloseum, das von Dieben gestohlen wird, aber Kinder verhindern das Verbrechen. Die Gangster sind blöd und die Kinder schlauer als die Gangster.

Beate hat mir die witzigsten Stellen vorgelesen. Auch beim Elternabend wird sie ein, zwei Stellen zum Besten geben, um die Eltern zu überzeugen.

»Wenn es mehr Grundschullehrerinnen wie dich gäbe«, sage ich, »die ihre Lesebegeisterung auf die Kinder übertragen, würde ich für unser Land als Kulturnation nicht so schwarz sehen. Wenn die Kinder erst aufhören, Bücher zu lesen, geht unwiederbringlich eine Ära zu Ende. Bei dem, was dann kommt, möchte ich nicht mehr gerne dabei sein.«

Ich weiß, dass meine Worte ihr guttun. Sie hat heute nah am Wasser gebaut. Ich reiche ihr ein Taschentuch. Selbst das rührt sie.

Hoffentlich heult sie nicht beim Elternabend.

»Du machst das schon. Wenn im Fernsehen statt *DSDS – Deutschland sucht den Superstar – DSDTL – Deutschland sucht die tollste Lehrerin* – käme, mit den schönsten Aktionen zur Leseförderung, dann wärst du ein Superstar, meine Liebe.«

»Ich habe schon zweimal die Kinderliedermacherin Bettina Göschl in meine Klasse geholt. Die wohnt ja praktisch um die Ecke. Beim nächsten Mal hätte ich gerne Simak Büchel. Ich habe ihn schon angeschrieben. Er hat ein klasse Piratenbuch verfasst, das passt ja auch an die Küste, so wie Bettinas Songs. Jetzt muss ich nur noch die Eltern überzeugen, dass sie mir ein bisschen Geld zur Verfügung stellen. Der Bödeckerkreis in Hannover übernimmt einen Teil der Finanzierung, aber eben nicht alles …«

Meine Beate und ihr Engagement für den Bödeckerkreis!

»Jede Klasse«, sagt sie, »soll wenigstens einmal mit einem lebenden Künstler im Unterricht konfrontiert werden.«

Sie nennt das *Autorenbegegnung*, und ich bin voll und ganz ihrer Meinung.

Sie riecht noch einmal an den Blumen.

»Geh heute in diesen Elternabend und kämpfe für die Dinge, die dir wichtig sind, Liebste«, sage ich. »Wenn die Klügeren immer nachgeben, beherrschen die Schwachköpfe die Erde. Das kann nicht unser Ziel sein. Und wenn die Eltern nicht einsehen, wie wichtig so eine Autorenbegegnung ist, dann kann ich ja mal eine Anschubfinanzierung machen.«

Ich greife nach rechts hinten zu meinem Portemonnaie, aber sie hält mit liebevoll-strengem Griff meinen Arm fest.

»Nein, Liebster. Das wäre nicht richtig. Ich will, dass die Eltern es tun. Es ist eine Entscheidung für Kultur. Fürs Lesen. Für ihre Kinder. Und wer zu etwas Ja sagt, sagt damit oftmals gleichzeitig zu etwas anderem Nein.«

Ich schaue sie fragend an.

Überlegt fährt sie fort: »Nein zu verrohenden Ballerspielen, Interesselosigkeit und Langeweile.«

Am liebsten würde ich sie gleich hier und jetzt lieben, und genau das sage ich ihr auch. Wenigstens ein Kuss ist noch drin, und verdammt, küssen kann sie! Ja, auch das!

Es wird ein Super-Sex-Dauerbrenner, doch bevor sich mehr daraus entwickeln kann, schiebt sie mich sanft von sich.

»Ich habe heute Abend noch etwas zu erledigen, Liebster – du weißt.«

Ich auch, mein Engel, ich auch.

»Und ich weiß, du wirst es gut machen.«

20

Eine kleine Stärkung für Beate vor dem Elternabend und für mich, bevor ich mir ihren Ex-Arsch greife, scheint mir ganz sinnvoll. Ich mache es einfach und schnell. Ein paar Spaghetti, nicht zu viel, das geht mächtig auf die Hüften, ein Gericht, das aber dafür besonders schmackhaft ist.

Das gute Bio-Olivenöl aus Kreta, dazu istrische Trüffel aus dem Motovun-Wald. Einen Hauch frischen Knoblauch – wirklich nur einen Hauch, angeröstet im Öl … Ich habe immer Parmesan im Haus. Beate streut sich mächtig viel über ihre Spaghetti, so dass die Trüffel gar nicht mehr zu sehen sind. Eigentlich ein Sakrileg, aber warum soll ich ihr den Spaß verderben? Sie liebt halt Parmesan.

Ich glaube kaum, dass sie die Trüffel noch schmeckt, doch der intensive Geruch zieht von der Küche durchs ganze Haus. So soll es sein!

Der Lärm in meinem Kopf ist so heftig, dass ich kaum hören kann, was sie mir erzählt. Meine Kau- und Schluckgeräusche werden wie durch Verstärker in meine Ohren übertragen.

Nach dem Essen brechen wir beide auf, um zu tun, was wir tun müssen.

Sie nimmt das Rad, genauso wie ich. Wir fahren nur in unterschiedliche Richtungen.

Vor einer derartigen existentiellen Auseinandersetzung fahre ich gern noch ein bisschen durch die Gegend, lasse mich treiben, die Landschaft auf mich wirken, spüre den Wind auf der Haut, trample, bis ich schwitze und mein Atem mir erzählt, dass ich einen Körper habe, der auf Hochtouren läuft.

Jetzt bin ich noch aufgeregt. Bald schon werde ich sehr ruhig werden. Ich wette, wenn ich meinen Blutdruck während der Tat messen würde, läge er nicht über 120 zu 80. Niedrig, aber nicht zu niedrig.

Michael Pelz ist zu seiner Mutter gezogen. Der arme Kerl braucht jemanden, der seine Wäsche wäscht, bügelt und hinter ihm herräumt. Kochen, so hat Beate behauptet, kann er sowieso nicht.

Das Warmmachen eingefrorener Gerichte nenne ich nicht Kochen, sondern Aufwärmen. Selbst das hat er nicht immer richtig hingekriegt, wie ich von ihr weiß. Wer nicht kochen kann, dem fehlen meist einfach Geschmacksnerven. Er kriegt gar nicht mit, welche Pampe er da isst. Raffiniert gewürzte Speisen bemerkt er überhaupt nicht.

Wie konnte sie, die Genießerin, mit so einem zusammen sein?

Ich fahre an der Meerseite am Deich entlang nach Greetsiel. Seine Mutter hat dort ein kleines Haus in der Nähe des Hafens. Vermutlich hat es mal einen Appel und ein Ei gekostet und ist jetzt ein Vermögen wert. Greetsiel, dieses zauberhafte Fischerdörfchen. Eine Touristenattraktion. Die alten, schrägen Häuser, die historischen Schiffe – falls die Welt jemals in Ordnung war, hier kriegt man ein Gefühl davon, wie es gewesen sein muss. Ja, falls es das jemals gab und nicht immer schon Augenwischerei war. Manchmal denke ich, es hat die gute alte Zeit nie gegeben.

Ein einsamer Mann in einer Wohnung ist leicht zu erledigen, aber die Mutter könnte zum Problem werden.

Ich habe nichts gegen seine Mutter. Sie hat zwar einen Mistkerl großgezogen, aber ich denke, dafür trägt sie nur einen Teil der Verantwortung. Inzwischen ist er erwachsen genug, um sein Leben selbst zu meistern.

Als ich angeradelt komme, verlässt seine Mutter gerade das Haus.

Ich sehe hoch zum Himmel und bedanke mich bei meinen Schutzmächten im Universum.

Alles geben Götter, die unendlichen,
Ihren Lieblingen ganz,
Alle Freuden, die unendlichen,
Alle Schmerzen, die unendlichen, ganz.

So schrieb der alte Goethe. Wie wahr, wie wahr!

Ich wette, sie fährt eine Freundin besuchen. Sie hält es nicht mehr aus mit ihrem bekloppten Sohn. Nun, ich werde sie bald von ihm erlösen.

Der Lärm, den diese Kreatur in mir auslöst, ist ganz anders als die Geräusche, die Ricklef macht. Ich habe im Laufe der Zeit gelernt, zwischen den verschiedenen Tönen in meinem Kopf zu unterscheiden. Menschliche Ruhestörer lösen unterschiedlichen Krach in mir aus. Ich weiß genau, wem ich das Geräusch zuordne. So, wie man einen Menschen am Gesicht erkennt, so erkenne ich am Ton in meinem Kopf, wer mir den Stress macht.

Ich steige nicht ins Haus ein. Keine Umstände. Ich ziehe meine Fahrradhandschuhe aus und meine mit Talkum gepuderten Vinyl-Einweghandschuhe an.

Ich klingle einfach. Um auf gar keinen Fall auf dem Klingelknopf Spuren zu hinterlassen, drücke ich vorsichtshalber den Knopf mit dem Ellenbogen.

Mein Rad steht nicht weit weg am Straßenrand an eine Laterne gelehnt. In Ostfriesland fallen Fahrräder nicht auf. Ein Auto, ein Nummernschild, das alles ist verräterisch. Aber so ein Rad – herr-jeh …

Ich habe noch den Rhythmus von Goethes Versen in mir, das beschwingt mich.

Arglos, aber mit mies gelauntem Gesicht öffnet er die Tür. Vermutlich hat er erwartet, dass seine Mutter zurückgekommen ist, weil sie irgendetwas vergessen hat, und er ärgert sich, weil sie klingelt, statt ihren eigenen Schlüssel zu benutzen.

Ich haue ihm sofort auf die Nase.

Das tut gut. Für einen Moment wird es still in mir.

Es ist nur eine Sekunde der Erleichterung, dann ist der Lärm wieder da.

Ich schlage noch einmal zu.

Er taumelt zurück. Er blutet. Er greift sich ins Gesicht, sieht das Blut an seinen Händen. In vielen Menschen würde das den Kampfgeist wecken, nicht so in diesem Jammerlappen. Vorwurfsvoll sagt er: »Ich blute aus der Nase! Spinnst du?«

Das betrachte ich mal als Einladung. Ich trete ein, schließe die Tür hinter mir und platziere gleich noch einmal meine Faust in seinem deckungslosen Gesicht.

Er fällt auf den Boden, krabbelt rückwärts und fragt: »Was soll das? Was willst du?«

»Was ich will? Hm … lass mich mal überlegen.« Ich greife mir gespielt erstaunt an den Kopf. »Vielleicht eine Runde Canasta spielen? Mit dir zusammen *Tatort* gucken? Den Keller aufräumen? Eine neue Partei gründen? – Ach nein, warte! Ich hab's! Ich will die Bilder, die du von Beate gemacht hast. Und zwar alle. Sofort.«

»Bilder? Was für Bilder?«

Ich wiege den Kopf hin und her und spreche ganz langsam. »Oh, das ist nicht nett. Das ist gar nicht nett. Du belügst mich? Ich dachte, ich hätte eine gute Gesprächssituation geschaffen. Reicht dir eine platte Nase nicht aus? Was muss ich dir brechen, damit du mir die Wahrheit sagst?«

»Ich … ich hab ihr die Bilder zurückgegeben …«

Ich zeige mich wenig beeindruckt. »Ach, weißt du, das ist mit den Bildern heute so eine Sache. Ja, früher, da konnte man einen Farbfilm vernichten, und das war's. Eine Flamme an die Negative, die Abzüge ließen sich einsammeln und verbrennen. Aber heute, in diesen digitalen Zeiten … Wo hast du die Bilder gespeichert? Gibt es Speicherchips? Sticks, auf denen sie sind? Festplatten?«

Er kriecht rückwärts. »Ich … ich geb dir die Chips. Es ist sowieso nur ein einziger. So viele Bilder sind es ja gar nicht.«

Ich fordere ihn auf, sich zu beeilen. »Lass uns das erledigen, bevor deine Mama zurückkommt, Kleiner. Es wird ihr doch bestimmt nicht gefallen, dass ihr Junge solche schmutzigen Fotos auf dem Computer hat, oder?«

»Die Sachen sind nicht hier unten. Ich hab sie oben in meinem Zimmer.«

»Oh, du hast ein Kinderzimmer bei deiner Mama? Dann lass uns mal gemeinsam da hingehen.«

Die Treppe ist schmal und aus Holz. Die Stufen knarren unter unseren Füßen.

Er krabbelt vor mir hoch, auf allen vieren.

Vielleicht wäre ich gnädig mit ihm gewesen, hätte ihm nur Angst eingejagt, mir die Bilder geben lassen und ihm das Leben geschenkt, so wie ich Ricklef die Finger gelassen habe. Vielleicht. Ich kann ja durchaus großzügig sein, wie ich bei dem alten Ricklef bewiesen habe. Aber als ich sein Zimmer sehe, gibt es kein Zurück mehr.

Mir platzt fast der Kopf, als würde eine Kreissäge zwischen meinen Ohren wüten.

Er hat die Bilder meiner Göttin nicht einfach auf einem Stick, um sie zu erpressen, er guckt sie sich nicht abends heimlich unter der Bettdecke auf seinem PC an, um sich einen runterzuholen, damit

Mami es nicht merkt. O nein. Er hat sie als Din-A-3-Poster an der Wand.

Für einen kurzen Moment verliere ich ihn aus den Augen, kümmere mich gar nicht um ihn, sondern stehe in seinem, aus Schlimmer-Wohnen-Ideen zusammengewürfeltem Zimmer und starre die Bilder an der Wand an.

Ja, ich wusste, dass er Fotos von meiner Beate gemacht hat, aber das zieht mir jetzt doch die Schuhe aus.

Sie ist in ihrer ganzen Schönheit da, vom Kopf bis zu den Zehenspitzen. Das Schlimme ist, diese Bilder gefallen mir sogar, und gleichzeitig widern sie mich an.

Ich will nicht, dass er sie anschaut. Ich will nicht, dass sie hier hängen, und all seine Kumpels, die ihn besuchen – sofern er so was hat –, glotzen auf die lesefördernde Grundschullehrerin, wie sie sich in halterlosen Strümpfen auf einem versifften Sofa räkelt.

Warum, verdammt, sitzt sie dort auf dem mittleren Bild breitbeinig auf einer Waschmaschine? Die Wäschetrommel ist geöffnet, daraus hängt ein durchsichtiger BH in Zartrosa. Plakativer geht's ja wohl nicht!

»Das sind«, sagt er, »künstlerische Bilder. Ich wollte mal Fotograf werden. Ich habe eine Spiegelreflex und … Sie hat das Zeug für den Playboy, hab ich ihr gesagt, aber sie wollte nicht. Sie bestand darauf, dass die Bilder nur für mich sind.«

Ich schieße den Satz ab wie einen Giftpfeil. »Halt's Maul, Idiot!«

Er schweigt sofort. Er merkt, dass ich nicht gerade begeistert bin. Er ahnt wahrscheinlich, warum, und versucht, meine Wut zu mildern: »Hier kommt niemand rauf. Meine Mutter hat es in den Knien. Die schafft es gar nicht die Treppe ganz hoch …«

Ich schaue mich kurz um und brülle ihn an: »Und wer hat dann hier aufgeräumt, Staub gewischt, den Teppich gesaugt? Du etwa,

Versager? Erzähl mir doch nichts! Und deine Mutter interessiert mich am allerwenigsten. Jetzt gibst du mir die Fotos!«

Er öffnet eine kleine Schachtel auf seinem blauen Kinderschreibtisch und sucht darin nach den Speicherkarten. Es befinden sich gut zehn oder fünfzehn darin.

Ich knalle die Schachtel zu. Er reißt seine Finger zur Seite, ich erwische aber noch ein Stück von seinem Mittelfinger. Er jault.

»Sei still!«, sage ich streng. »Ich habe gesagt, du sollst still sein! Ich kann Lärm nicht ausstehen. Deine Stimme ist ganz fürchterlich. Das macht mich aggressiv. Wenn du nicht willst, dass ich dir den Kehlkopf rausschneide und durch die Toilette spüle, dann bist du jetzt ruhig und antwortest nur, wenn du gefragt wirst. Hast du das kapiert?«

Er nickt und kramt in seiner Tasche nach einem Tuch, weil sein Mittelfinger blutet. Auch aus seiner Nase tropft es noch. Ich hoffe, dass er mich noch nicht vollgesaut hat.

Ich nehme die ganze Schachtel an mich, mit allen Chips. Sicher ist sicher. Dann hole ich die Fotos von der Wand.

»Sind die auch auf deinem Handy?«

Er schüttelt den Kopf und presst die Lippen fest zusammen, weil er Angst hat, zu reden.

»Gib's mir!«

Er reicht mir sein Handy. Seine Hand zittert.

Ich überprüfe erst gar nicht, was auf seinem Handy drauf ist und was nicht. Ich stecke es einfach ein. Später werde ich es in die Nordsee werfen. Auf Salzwasser ist Verlass.

Dann ziehe ich mein Einhandmesser aus der Tasche. Die Klinge ist schwarz, nur an den geschliffenen Stellen glänzt das Silber.

Er sagt noch: »Du willst mich doch jetzt nicht ...« Er kriegt das Wort nicht einmal raus.

»Doch«, sage ich, »genau das will ich.«

Ein Stich ins Herz beendet seine jämmerliche Existenz.

Das Blut pulst aus ihm heraus. Mit weit aufgerissenen Augen starrt er mich fast dankbar an.

»Gleich wirst du vor deinen Gott treten oder vor den Teufel. Mir ist es egal. Hauptsache, du störst meine Kreise nicht mehr.«

Er steht noch eine Weile. Gefühlte zwei, drei Sekunden. Dann bricht er zusammen. Erst fällt er auf die Knie, und schließlich stürzt er mit dem Gesicht nach unten.

Das Knirschen in meinem Kopf wird leiser. Es ist, als wolle es sich noch einmal aufbäumen, und dann stirbt er, so wie er.

Ich wische die Klinge ab, gehe ins Bad, säubere sie, hänge die Poster von meiner Frau ab und rolle sie zusammen. Ich bringe es nicht übers Herz, sie zu zerreißen. Ich weiß noch nicht, was ich damit tun werde.

Ich habe vor, es wie einen Raubüberfall aussehen zu lassen. Ich durchsuche seine Schränke, mache ein paar Schubladen auf, drehe sie um, so dass sein Plunder auf den Boden fällt, und bin entschlossen, noch irgendetwas Wertvolles mitzunehmen. Seine Armbanduhr sieht aus wie aus dem Kaugummiautomaten. In seinem Portemonnaie hat er 14 Euro 71. Immerhin gibt es einen Fotoapparat. Nun, den soll er ohnehin nicht behalten. Wer weiß, was sich auf dem Speicherchip darin noch so befindet. Ich habe ja keine Ahnung, wann er die letzten Fotos von meiner Liebsten gemacht hat.

Dann nehme ich auch seinen Laptop. Ich denke, jetzt habe ich alles.

Sein rechtes Bein zuckt noch, als ich die Wohnung verlasse.

Ich fahre in einen wunderbaren Abend hinein. Die Stimmung am Deich ist friedlich. Wildgänse rauschen schnatternd an mir vorbei. Hinter Juist geht glutrot die Sonne unter. Welch ein Tag!

Ich halte an, denn hier stimmt alles. Diese friedliche Stille. Hier bin ich noch nie ins Watt gelaufen. Es ist noch nicht ganz dunkel, aber die Stimmung gefällt mir, und ich fühle mich gerade so danach.

Ich ziehe mich aus, lasse meine Kleidung auf dem Deich liegen. Das Handy von dem Blödmann, der so dumm und so tot ist, nehme ich mit. Der Wind lässt das Gras in den Salzwiesen rascheln. Mir läuft ein Schauer über den Rücken.

Ich durchwate einen Priel und versenke das Handy dort auf ewig.

Der andere Kram liegt noch bei meinen Sachen, aber das fürchte ich nicht. Ich bin ein angesehener Arzt, der hier nackt ins Meer läuft. Wenn mich jemand beobachtet, wird der sich mehr für meinen knackigen Arsch interessieren als für meinen Rucksack mit den Klamotten, der am Deich neben dem Fahrrad liegt.

Nein, ich habe keine Angst, entdeckt zu werden. Ich fürchte die Polizei nicht. In diesem Moment, im Watt, wenn die Stille zu hören ist und ein Klicken in meinem Kopf alle inneren Geräusche ausschaltet, da fühle ich mich unbesiegbar. Göttergleich. All die Kripoleute hier, selbst Ann Kathrin Klaasen, vor der ich großen Respekt habe, werden zu winzigen Witzfiguren. Ich habe Macht über Leben und Tod. Sie nicht.

Später wasche ich mich im Priel, so dass ich nur mit matschigen Füßen aufs Fahrrad steige. Ich radle mit hochgekrempelter Hose nach Hause zurück. Ich spüre den Frieden in mir.

Ich muss mir eine Geschichte für Beate überlegen. Sie darf nicht wirklich wissen, was ich getan habe. Ich denke, es wird gar nicht so schwer werden. Sie vertraut mir. Wie schön. Ich muss sie nicht mit dem Dreck dieser Welt belasten.

In Norddeich, zwischen Hunde- und Drachenstrand, dort, wo man eigentlich Strandentgeltgebühren zahlen müsste, was aber kein Mensch tut, gibt es Wasserhähne, die fast immer laufen. Die

Möwen denken wohl, das alles sei für sie gemacht, es ist aber für die Touristen, damit die, wenn sie aus dem Watt kommen, nicht mit schmutzigen Füßen in ihre schönen Schuhe steigen müssen.

Hier spüle ich mir den Sand von den Füßen, ziehe meine Turnschuhe an und fahre weiter, zurück zu meiner Geliebten in mein schönes ostfriesisches Zuhause an der Norddeicher Straße.

21 Als ich Beate zum letzten Mal sah, wirkte sie glücklich, fröhlich, beschwingt, in Vorfreude auf New York. Der Elternabend hat ihrer Laune nicht gutgetan. Im Gegenteil. Sie macht auf mich einen gequälten Eindruck. Die Art, wie sie Rotwein trinkt – sie hat ihn sich achtlos in ein Weißweinglas gegossen, statt eins unserer schönen, bauchigen Rotweingläser zu nehmen. Die Flasche ist halb leer, der synthetische Korken steckt noch im Korkenzieher des Sommeliermessers. Der Kapselheber steht ab. Auf der Tischdecke neben dem Korken hat sich ein roter Fleck gebildet. Sie trinkt den Wein, ohne ihn zu genießen. Sie schüttet ihn in sich rein, wie man bei großem Durst kaltes Wasser trinkt.

Ich dränge ihren Ex gleich aus meinem Kopf und wende mich ihr und ihren Problemen zu. »Was ist schiefgelaufen, Liebste?«, frage ich.

Sie winkt nur ab.

Ich hole zwei richtige Rotweingläser aus dem Schrank. Ich entscheide mich doch nicht für die dicken, bauchigen, sondern für zwei edle Römer, die ich mal auf dem Flohmarkt in Norden erstanden habe. Sammlerstücke!

Ich stelle sie auf den Tisch und besorge uns dazu eine Flasche St.-Ansgari-Mineralwasser medium, frage, ob sie Weißbrot möchte und vielleicht ein paar Oliven. Als Antwort schüttelt sie nur den Kopf, als sei mein Gedanke völlig abwegig.

Da sie noch nicht rauskommt mit dem, was sie bedrückt, gehe ich in die Küche, schneide ostfriesischen Bauernkäse in Würfel, den ich vor ein paar Tagen in der *Milchkanne* besorgt habe, lege noch schwarze Oliven dazu, mache kurz einen Fladen Weißbrot heiß, würfle auch das und trage alles auf einem Teller schön angerichtet zu ihr ins Wohnzimmer. Kommentarlos nehme ich ihr das Weißweinglas weg und schenke ihr erneut ein, in ein Römerglas aus hellblauem, geschliffenem Kristall.

Sie trinkt zunächst von dem Mineralwasser, dann sieht sie die Gläser an, als würde sie erst jetzt begreifen, was ich getan habe, nimmt jetzt doch Oliven, Käse und Weißbrot, ja, sie kriegt einen richtigen Fressanfall und stopft immer mehr in sich hinein. Ich selber nasche nur einmal kurz davon und probiere dann den Wein. Es ist ein Muri Gries aus Südtirol, nicht schlecht, aber auch kein großer Wein. Eine Patientin hat ihn mir geschenkt, weil ich sie so liebevoll durch eine schwierige Zeit begleitet habe.

Sie wollte eine Magenverkleinerung oder ein Magenband. Die Krankenversicherung hatte ihre Anträge schon zweimal abgelehnt. Man machte ihr unsinnige Auflagen. Sie litt unter ihrem Gewicht und stand meiner Meinung nach kurz vor einem Schlaganfall. Sie gehörte nicht zu diesen lebensfrohen Genussmenschen, die mit ihrem Körpergewicht auch ausdrücken, wie gern sie leben, nein, sie litt daran, war verzweifelt, und ich tat alles Nötige, um ihr zu helfen.

Ja, ich nahm auch ein paar Unterlagen nicht ganz so genau und füllte halt die Dinge so aus, wie die Versicherung es brauchte, um die Operation zu bezahlen. Denn darum ging es ja schließlich.

Sechs Flaschen Muri Gries in einer schön verpackten Kiste brachte die Glückliche mir. Sie hat inzwischen fünfunddreißig Kilo abgenommen. Sie wird keine Ballerina mehr werden, aber sie sagt, sie sei wieder ein glücklicher Mensch.

Ich würde gern das Glas auf sie heben, doch das könnte Beate falsch verstehen. Ich will nicht von ihr ablenken.

Wieder stopft sie sich den Mund voll. Sie weiß nicht, wohin mit den Olivenkernen. Sie hält sie in der Hand. Solche kleinen Gesten erzählen mir, dass ein Mensch Angst hat, etwas falsch zu machen und dann kritisiert zu werden.

Nur ist sie so etwas von mir überhaupt nicht gewöhnt. Ich ahne, dass sie bei diesem Elternabend attackiert wurde.

Sie trinkt aus dem Römer ganz anders als vorher aus dem Weißweinglas. Sie macht es mir nach, zu nippen, den Wein über die Zunge rollen zu lassen und einzuatmen.

Es will ihr nicht wirklich gelingen, zu genießen. Je weniger Menschen genießen können, umso größere Mengen stopfen sie in sich hinein. Egal, ob Alkohol oder Oliven, Käse oder Brot.

Plötzlich legt sie los: »Erst ist alles ganz prima gelaufen, aber dann ... Die Eltern hatten auch nichts dagegen, dass ich Simak Büchel einlade. Sie kannten ihn zwar nicht, aber wer beschäftigt sich von denen schon mit Kinderliteratur? Die haben Kinder, interessieren sich aber nicht für das, was sie lesen.« Sie winkt ab. »Ach, fürs Lesen überhaupt nicht. Ich habe ein paar Sätze von ihm vorgetragen. Schon das reichte aus. Eine Mutter fragte sogar, ob wir nicht mal Achim Bröger einladen könnten, sie kannte sein Buch *Flocki*. Ich war richtig begeistert, ich dachte, das Ganze geht ja jetzt in die richtige Richtung.«

Sie schweigt und versinkt ein bisschen in sich selbst.

»Sie haben dein Leseförderungsprogramm abgelehnt?«, frage ich mit Empörung in der Stimme, damit sie merkt, dass sie von mir Unterstützung erhält.

»Nein, nein. Ich kann weitermachen. Das ist in Ordnung. Aber die haben einen neuen Elternsprecher gewählt. Ausgerechnet diesen Tido Lüpkes, so einen Sektenvertreter. Vorher habe ich mit den

Elternvertretern immer wunderbar zusammengearbeitet. Aber der ist so ein engstirniger Typ und will bei allem mitreden. Er spielt sich in den Vordergrund.«

»Ein Zeuge Jehovas? Die sind ja in Norden recht stark«, sage ich. »Sie haben einen Königsreichssaal in Lütetsburg.«

»Nein«, sagt Beate, »der ist nicht von den Zeugen Jehovas. Aber er legt die Bibel wohl sehr streng aus oder orientiert sich an einer sehr rigiden Ausrichtung. Ich habe selber nicht ganz kapiert, was er will. Jedenfalls will er jetzt erst die Bücher überprüfen, ob die Autoren denn auch pädagogisch geeignet sind.«

Bei dem Wort *pädagogisch* malt sie mit den Fingern Anführungszeichen in die Luft. Und so, wie sie es ausspricht, verbirgt sich dahinter etwas anderes.

»Er will auch nicht, dass Bettina Göschl wiederkommt, weil die eine CD mit dem Titel *Die kleine Hexe Hexefix und ihre zauberhaften Freunde* gemacht hat.«

Ich muss lachen. »Aber bitte, das sind doch wunderbare Kinderlieder, die mit Sprache spielen. Die Hexe zaubert Buchstaben weg. Aus dem Wort *Brot* wird das Wort *Rot*, aus dem Wort *Brett* ein *Bett*. Das ist Kinderlyrik vom Feinsten!«

»Ja, ja. Aber für ihn ist das irgendwie Blasphemie, wegen der Hexe! Ich fürchte, der wird mir noch eine Menge Schwierigkeiten machen. Er hat die ganze Stimmung am Ende runtergezogen. Es traute sich kaum noch einer, was zu sagen.«

Ich pruste demonstrativ. »Ein Spinner beherrscht so einen Elternabend?«

»Nein, so meine ich das nicht, und er ist ja eigentlich auch ganz in Ordnung. Und er darf glauben, was er will. Aber er will uns alle irgendwie missionieren und bekehren. Und das ist furchtbar anstrengend.«

Wenn Beate sagt »eigentlich ganz in Ordnung«, dann drückt sie damit auf ihre liebevolle Art aus, dass der Typ richtig einen Hau weghat. Sie verurteilt ja keine Menschen. Sie findet immer noch Entschuldigungen, relativiert alles. Sie möchte so gerne, dass alle Menschen Freunde sind und sich gut verstehen. Sie ist harmoniesüchtig, ganz im Gegensatz zu mir. Mir reicht es, wenn wir beide uns gut verstehen, und der Rest der Welt kann mich mal.

Jetzt langt es mir auch. Ich finde, wir haben genug über diesen Schwachkopf geredet. Schließlich gibt es noch andere Dinge.

Ich lege den Laptop und die Schachtel mit den Speicherkarten auf den Tisch. Sie kapiert noch nicht, aber als ich den Fotoapparat aus meinem Rucksack hole, schnallt sie es sofort.

»Du warst bei Michael!«

»Ja«, bestätige ich, »und ich habe dir etwas zu sagen: Er ist tot.«

Sie zuckt zurück, als habe sie einen Stromschlag erhalten. Sie schaut mich ungläubig an. Nein, sie kommt gar nicht auf die Idee, dass ich ihn getötet haben könnte. Dafür bin ich ein viel zu lieber Mensch.

»Tot?«, fragt sie. »Und das sagst du mir erst jetzt?«

»Na ja, ich wollte mich erst für dich und deine Dinge interessieren.«

»Aber ich bitte dich, Bernhard! Das kannst du doch nicht machen!«

»Machen? Ich habe nichts gemacht. Ich dachte, du freust dich. Hier sind die Fotos. Ich habe auch die Poster von der Wand geholt.«

So, wie sie mich anschaut, hat sie keine Ahnung davon. Ich packe die Poster aus und zeige sie ihr. Sie kriegt den Mund nicht mehr zu.

»Ich vermute, es war ein Raubüberfall oder so. Ich bin in letzter Sekunde gekommen, Liebste. Die Wohnung sah aus wie ein Schlachtfeld. Er lag tot oben in seinem Zimmer. Ich habe dann ganz schnell die Poster von der Wand geholt und versucht, jeden

Hinweis auf dich zu beseitigen. Kannst du dir vorstellen, was passiert wäre, wenn ich eine Stunde später gekommen wäre? Die Polizei hätte dann jetzt all das hier.« Ich deute auf die Schachtel und die Poster. »Du wärst ab morgen in aller Munde und hättest sicherlich ein größeres Problem als diesen Sektenheini.«

Ich nehme einen Schluck Wein und will ihr mit dem Glas zuprosten. Sie greift aber wieder zum Wasser, leert das Glas mit einem Zug. Sie ist jetzt sehr blass im Gesicht und wirkt fahrig.

Ich erzähle ihr: »Ich bin hingegangen, um mit ihm zu sprechen. Ich dachte, bevor wir nach New York fliegen, sollte diese Geschichte aus der Welt sein, damit wir innerlich frei davon sind. Ich wollte klingeln, habe ich auch, aber die Tür war offen. Ich bin dann hineingegangen und habe ihn gefunden. Das hier habe ich dann schnell zusammengerafft. Ich hoffe, er hat nicht noch mehr.«

»Mein Gott – hast du die Polizei gerufen?«

»Ich bin doch nicht wahnsinnig! Wie hätte ich denen das denn erklären sollen?«

Wieder zeige ich auf die Poster.

Ihre Unterlippe zittert: »Was sollen wir denn jetzt machen?«

»Gar nichts«, antworte ich. »Überhaupt nichts. Die Polizei wird ihn irgendwann finden. Er wohnt ja bei seiner Mutter.«

»Hat der Mörder ihr auch etwas angetan?«

»Keine Ahnung. Ich hab nicht das ganze Haus durchsucht.«

Plötzlich will sie alles ganz genau wissen. Ob er erschlagen wurde oder erschossen.

Du machst dir ernsthaft Sorgen um den Drecksack? Na gut. Dann erlöse ich dich. Je schneller es geht, umso weniger musst du an ihn denken.

»Ich glaube nicht, dass er viel leiden musste. Ich habe geschaut, ob ich ihm helfen kann. Man hat als Arzt ja schließlich einen Eid geleistet. Aber er wurde durch einen Stich ins Herz getötet.«

»Womit denn?«

»Keine Ahnung. Ich bin kein Kriminalist. Wir sollten uns viel mehr Sorgen darum machen, ob wir auch alles von dem Zeug ausgeräumt haben, damit dein Name sauber bleibt. Das wäre für deinen Tido Lüpkes nämlich bestimmt ein gefundenes Fressen, oder? Du in Strapsen!?«

Sie schüttelt sich. »Ich darf gar nicht dran denken.«

Ich merke, dass ich sie anders anschaue als jemals zuvor: misstrauisch.

Bist du traurig, dass der Drecksack tot ist?

Ich nehme jeden Gegenstand in die Hand. »Ich habe das hier. Den Fotoapparat. Den Laptop. Ich vermute mal, alle Speicherkarten und die Poster. Falls er irgendwo im Keller noch mehr Poster hat oder andere Speicherkarten …«

»Sein Handy«, sagt sie erschrocken und hält den Mund offen, bis sie meine Antwort hört.

»Kein Problem. Sein Handy habe ich. Da man es orten könnte, habe ich es vorsichtshalber im Watt versenkt. Das überlebt kein Handy.«

»Gut«, sagt sie. »Das ist gut.« Dann druckst sie herum.

»Was ist denn?«, frage ich.

Sie kann gar nicht mehr still im Sessel sitzen, als sei er heiß geworden.

»Es tut mir so leid. Es ist mir so peinlich. Ich mülle dich hier die ganze Zeit mit meinem blöden Elternabend und meinen Schullesungen zu und du, du hast gerade einen Mord erlebt.«

Ich winke ab. Helden werden umso größer, je kleiner sie ihre Taten machen. »Ich habe den Mord ja nicht miterlebt. Als ich kam, war alles vorbei. Ich habe nur Schadensbegrenzung betrieben und ganz schnell die Sachen an mich genommen. Das hätten wir schon viel, viel früher machen sollen. Es sagt im Grunde alles über diesen

Mistkerl, dass er die Fotos behalten hat und diese Poster von dir an der Wand hatte.«

Sie schluckt schwer.

Ich sehe es ihr an. Sie verschweigt mir doch etwas …

»Was ist?«, frage ich. »Raus mit der Sprache. Hat er noch mehr?«

»Es muss«, sagt sie, »noch ein Album geben.«

Ich reagiere, als würde ich das Wort gar nicht kennen und ärgere mich über mich selbst: »Ein was?«

»Er hat die schönsten – aus seiner Sicht schönsten – Fotos zunächst entwickelt. Alle etwa so groß.« Sie deutet mit den Fingern Schulheftgröße an. »Später hat er ein Album gestaltet. Das sah aus wie ein richtiges gedrucktes Buch. Schön gebunden, zum Album gemacht, das geht ganz einfach im Internet. Das machen doch heutzutage viele mit ihren Urlaubsfotos, und sogar Firmen haben sich darauf spezialisiert … Ich könnte im Boden versinken … Das ist garantiert noch irgendwo in der Wohnung.«

Sie wendet den Kopf von mir ab. »Ich bin«, sagt sie gegen die Wand, »erledigt.«

Ich trete von hinten an sie ran und umarme sie.

»Du hast dir solche Mühe gegeben, Liebster, dich so einer Gefahr ausgesetzt. Aber die Polizei wird die Bilder oder dieses Album garantiert finden und dann … Hoffentlich verdächtigen sie nicht noch dich am Ende, weil er Nacktfotos von mir hat. Immerhin leben wir zusammen, und du hast diese Sachen aus der Wohnung geholt.«

»Du meinst«, empöre ich mich, »sie könnten mich verdächtigen, ich hätte ihn …«

Sie sieht sehr besorgt aus: »Aber natürlich. Hast du Fingerabdrücke hinterlassen? Gibt es irgendwo DNA-Spuren von dir? Vielleicht hast du ein Haar verloren oder so etwas … Es geht hier um Mord, nicht um Fahrraddiebstahl. Da werden die Himmel und Hölle in

Bewegung setzen, um den Täter zu kriegen. Haben dich Leute kommen sehen?«

»Ja«, sage ich, »so gesehen, habe ich mich wohl verdächtig gemacht.«

Ich merke, dass ich wieder eiskalt werde. Mein Puls schlägt nicht schneller, sondern langsamer. Ich hatte mir den Rest des Abends anders vorgestellt, aber jetzt ist es eben so. Ich werde handeln.

»Dann muss ich, Liebste«, sage ich, »noch mal los.«

»Wie, noch mal los? Du willst doch nicht noch einmal nach Greetsiel in dieses Haus?«

»Aber natürlich. Was denn sonst? Vielleicht gibt es noch ein winziges Zeitfenster, bevor die Leiche entdeckt wird. Und das kann ich nutzen, um das Fotoalbum aus seiner Wohnung zu holen.«

Sie schüttelt den Kopf. »Nein, nein, das will ich nicht. Wenn dich die Polizei dort erwischt, dann …«

»Wo hat er dieses Album normalerweise aufbewahrt?«

Sie zuckt mit den Schultern. »Ich weiß es nicht.«

»Aber bis vor kurzem habt ihr noch zusammengelebt.«

»In der Wohnung seiner Mama habe ich ihn natürlich nicht mehr besucht, seit wir getrennt sind …«

Ich weiß, dass das gelogen ist, aber ich erspare es dir, dich jetzt darauf anzusprechen.

»Das meine ich nicht«, sage ich. »Als ihr noch zusammengewohnt habt, wo war das Album da? Menschen ändern ihre Gewohnheiten meistens nicht.«

Ohne nachzudenken gibt sie mir die Antwort: »In seiner Nachttischschublade.« Dann beißt sie in ihren Handrücken. »O mein Gott.«

Der Gedanke widert mich an, aber immerhin ist das ein guter Hinweis. Ich überlege kurz, ob ich mit dem Rad fahren soll, dann verliere ich wichtige Zeit, oder mit dem Auto, aber dann werden sich vielleicht Menschen an mich erinnern.

Das ist so eine typische Situation. Man muss sich entscheiden. Jede Entscheidung kann falsch sein. Und alles muss ganz schnell gehen.

Schließlich verlasse ich mich schlicht und einfach auf meine Intuition. Andere würden es vielleicht Bauchgefühl nennen. Und ich tue etwas, das ich eigentlich nicht vorhatte: ich beziehe sie ein. Ich mache sie zu meiner Komplizin.

»Okay«, sage ich. »Wir haben keine Zeit. Wir fahren gemeinsam mit dem Auto.«

»Ich kann nicht mehr fahren«, sagt sie.

»Natürlich nicht«, bestätige ich. »Ich fahre.«

Innerlich muss ich grinsen. Ich habe gerade jemanden umgebracht, aber ich finde es unverzeihlich, wenn jemand betrunken Auto fährt.

Wir lassen alles stehen und liegen und rennen zum Renault. Auf dem Beifahrersitz zittert sie jetzt. Es sind die Nerven. Sie ist so etwas einfach nicht gewöhnt.

Ich muss ihr helfen, sich anzuschnallen. Allein kriegt sie das nicht mehr hin, und dieser Piepston im Auto ist für mich wie Körperverletzung.

Ich muss aufpassen, dass sich das nicht in meinem Kopf festsetzt. Ich wäre in der Lage, den Wagen vor die Wand zu fahren, nur damit dieser Scheiß-Piepston aufhört.

Unterwegs erkläre ich ihr die Situation: »Wir werden auf dem großen Parkplatz am Ortseingang von Greetsiel parken. Ich glaube kaum, dass da jetzt jemand ist. Um diese Uhrzeit sind da die Bürgersteige praktisch hochgeklappt. Falls wir von der Polizei angehalten werden, brauchen wir eine Geschichte, warum wir ausgerechnet jetzt nach Greetsiel gekommen sind.«

Sie bebt immer noch vor Aufregung: »Wir können denen doch nicht die Wahrheit sagen, Bernhard.«

»Nein, das werden wir auch nicht.«

»Ja, und warum stehen wir nachts in Greetsiel auf einem Parkplatz?«

»Warum machen Menschen die größten Dummheiten? Der Liebe wegen. Wir haben uns dort kennengelernt. In Greetsiel. Ist das klar? Auf dem Parkplatz haben wir uns im Auto zum ersten Mal geküsst. Und jetzt sind wir seit einem Jahr zusammen. Es ist unser großer Liebestag, und wir wiederholen, was wir damals erlebt haben. Wir stehen auf dem Parkplatz, knutschen dort rum und gehen gemeinsam im nächtlichen Dorf spazieren.«

Zunächst befürchte ich, dass sie versucht, mir ins Lenkrad zu greifen, aber ihre Bewegungen sind einfach nur so unkoordiniert. Sie will meine Hand streicheln, und die ist nun mal am Lenkrad.

»Du bist so klug«, sagt sie. »Du handelst so bedächtig. Das ist eine Superidee von dir. Wie kommst du auf so etwas?«

»Habe ich alles aus Romanen gelernt«, antworte ich. »Erzähle den Menschen eine Geschichte, die sie gerne hören, und sie glauben sie dir, weil sie sie glauben wollen.«

»Und wenn die Polizei schon im Haus ist?«

»Dann haben wir Pech gehabt. Aber das Glück ist mit den Mutigen und den Entschlossenen.«

Ich spüre mich so sehr. Es kribbelt auf der Haut. Es geht mir großartig, ganz im Gegensatz zu Beate. Sie schrumpft zum kleinen Mädchen zusammen. Sie ist froh, dass ich Entscheidungen fälle und sage, wo es langgeht.

Man muss nicht den gesamten Sigmund Freud gelesen haben, um zu verstehen, warum. Natürlich will sie, falls etwas schiefgeht, so wenig wie möglich daran schuld sein. Und wer sagt, was geschehen soll, trägt am Ende auch die Verantwortung dafür. Im Positiven wie im Negativen.

Jetzt kann ich richtig Mann sein. Held oder Loser.

Es ist, als würden die Räder des Wagens gar nicht die Straße berühren. Als würden wir fliegen.

Wir kommen in Greetsiel an. Der große Parkplatz ist fast leer, lediglich ein Lieferwagen steht dort. Ich könnte das Auto direkt am Eingang abstellen, das mache ich aber nicht. Ich fahre so weit wie möglich nach hinten, so dass vorbeifahrende Fahrzeuge nicht unbedingt mitkriegen, wer da parkt.

Dann laufen wir gemeinsam, Händchen haltend, an der alten Mühle vorbei in Richtung Hafen. Wir sind die einzigen Menschen. Auf dem Kopfsteinpflaster hallen unsere Schritte. Der Ort sieht nicht gerade nach einem Großeinsatz der Polizei aus.

Ich hoffe, dass die Mutter noch nicht zurückgekommen ist. Vielleicht schläft sie bei einer Freundin. Sie hat das Haus sehr spät verlassen, vermutlich nicht, um einkaufen zu gehen. Die Geschäfte hatten alle längst zu.

Die Mutter ist der gefährliche Faktor. Wenn sie ein paar Tage wegbleibt, kann der kleine Drecksack von den Maden gefressen werden, bevor sie zurückkommt. Der Gedanke gefällt mir.

Die Luft tut gut. Ein frischer Nordwestwind pustet uns die Köpfe frei. Beate ist so nah bei mir, dass ich ihre verschwitzte Haut spüre. Wohin meine Hand auch greift, ihre Kleidung ist feucht.

Wir können das Haus von weitem sehen. Es ist niemand da. Keine Polizei.

»Und wenn«, fragt sie, »das eine Falle ist?«

Ich lache: »Eine Falle? Wer sollte uns jetzt eine Falle stellen? – Ich werde jetzt reingehen. Bleib du hier. Du musst dir das nicht angucken.«

»Und dann?«

»Ich werde dieses verdammte Fotoalbum suchen und dann komme ich so schnell wie möglich wieder raus.«

»Und was mache ich in der Zeit?«

»Geh auf und ab. Atme tief durch. Alles wird gut, Liebste. Eine Göttin hat keine Angst, Sita. Eine Göttin beherrscht das Chaos.«

»Ich bin keine Göttin. Ich bin Grundschullehrerin, und im Moment fühle ich mich nicht mal als Lehrerin, sondern mehr als Schülerin …« Sie schaut in den Nachthimmel. »Lass diesen Albtraum nur schnell vorbeigehen«, sagt sie, und ich weiß nicht, ob sie mich damit anspricht, einen Schutzengel oder einen Gott.

Schon bin ich im Gebäude. Ich laufe die Treppe hoch und gehe in sein Schlafzimmer. Das Bett sieht zerwühlt aus. Ein paar Socken liegen auf dem Boden, halb unterm Bett.

Nein, in seinem Nachtschränkchen finde ich kein Album. Nur eine batteriebetriebene Plastikvagina und Gleitcreme.

Was bist du für eine erbärmliche Witzfigur? Wo ist das Album, verdammt?

Ich sehe ein Fotobuch in seinem Bett, halb unter der Bettdecke. Darin sehr freizügige Bilder. Aber nicht von meiner Beate, sondern von einer zehn Jahre älteren und vermutlich fünfzehn Kilo schwereren Wasserstoffblondine. Der Ansatz ihrer Haare ist schwarz. Ihre Lippen sind hysterisch geschminkt, ihr Lachen auf den Fotos ist maskenhaft.

Ist das seine Neue?

Ein paar postkartengroße Fotos sind locker ins Album gelegt. Wahrscheinlich war nicht mehr Platz für alle, oder er hat sie nach Fertigstellung des Albums noch mal geknipst.

Ich nehme das Album an mich und suche weiter. In seinem ehemaligen Kinderzimmer habe ich ja sowieso schon die meisten Schubladen umgedreht.

Wo hast du mieses Schwein das Album mit Beates Fotos versteckt?

Hast du es ausgeliehen? Dann müsste leider noch jemand sterben, nämlich dein Freund, falls du so etwas überhaupt hast ...

Ich durchwühle seinen Kleiderschrank. Alles sauber, frisch gebügelt und in geradezu militärischer Ordnung aufeinandergestapelt.

Das hast du doch nicht selber gemacht, sondern garantiert deine Mutter. Musst du das Album vor ihr verstecken? Vielleicht unter deiner Wäsche? Aber warum? Die Poster hingen doch auch an der Wand. Sie weiß, was für ein kleines Ferkel du bist.

Unten höre ich Schritte. Kommt Beate etwa hoch? Soll ich ihr zeigen, was ich hier gefunden habe?

Ich höre eine Stimme. »Bärchen? Du hast die Tür offen gelassen!«

Seine Mutter. Mein Gott, sie nennt ihn Bärchen!

Mein Verstand rast und spielt schnell alle Möglichkeiten durch. Das Beste und Einfachste wäre, sie umzubringen. Man nennt so etwas eine Verdeckungstat. Eigentlich habe ich überhaupt kein Interesse daran, sie zu töten, aber bevor ich auffliege, tue ich es natürlich. Sie könnte hochkommen, ihren Sohn finden, anfangen zu schreien, mich sehen ...

Aber draußen wartet meine Beate. Der kann ich das nicht antun. Ich könnte ihr nie erklären, warum ich die Mutter umgebracht habe. Nein, dafür ist sie ein viel zu sensibler, mitfühlender Mensch. Ich würde das Bild zerstören, das sie von mir hat, und das will ich nicht.

Ich höre schwerfällige Schritte auf der Treppe. Die Frau keucht. Es fällt ihr nicht leicht, hier hoch zu kommen. Sie strengt sich wirklich an.

Sie bleibt auf der Hälfte stehen, verschnauft und spricht schon: »Bärchen?! Ich bin wieder zurück. Es geht doch nicht. Ich habe ja gehofft, wir könnten einen Neuanfang machen, aber er ist einfach der gleiche Ignorant geblieben, der er immer war. Er hat mich nicht angerufen, um sich bei mir zu entschuldigen. Er wollte eigentlich nur … Männer sind doch alle gleich!«, schimpfte sie. »Du natürlich ausgenommen, Sohnemann! Warum falle ich immer wieder auf die gleichen Typen rein? Er ist im Grunde genau wie dein Vater.«

Wenn ich ein Stimmenimitator wäre, würde ich jetzt ihr blödes Bärchen nachmachen und rufen: »Mama, ich schlafe schon!« Aber in so etwas bin ich nicht gut.

Bitte komm nicht hoch. Ich muss dich sonst kaltmachen.

Ich öffne das Fenster. Der Nordwestwind pfeift sofort durchs Haus. Irgendwo schlägt eine Tür zu.

Ich steige aufs Fensterbrett werfe erst das Album nach unten. Der ostfriesische Wind blättert die Seiten auf und zwei beigelegte Fotos fliegen heraus.

Ich springe so weit, wie ich kann. Ich versuche, die Äste vom Kirschbaum zu greifen, um meinen Fall abzumildern. Die Zweige sind dünn und brechen, aber mein Fall wird gebremst, und ich lande relativ weich im Vorgarten.

Beate steht nicht weit von mir. Mit ein paar Schritten ist sie bei mir.

»O mein Gott«, sagt sie, »o mein Gott. Sie ist gekommen. Seine Mutter ist zurückgekommen. Ich hoffe, sie hat mich nicht gesehen. Hast du dir etwas gebrochen?«

Ich beantworte ihre Frage nicht, sondern schlage nur vor: »Lass uns abhauen. Hier wird es gleich vor Polizisten nur so wimmeln.«

Beate hebt das Fotoalbum auf und glaubt zunächst, damit sei unsere Mission erfüllt. Sie blättert ja nicht darin. Sie schaut nicht rein. Sie hält es nur fest, als würde ihr Leben davon abhängen.

»Wir müssen die Bilder suchen. Da sind Fotos aus dem Album geflogen.«

»Egal«, sage ich und ziehe sie mit mir.

Sie ist völlig anderer Meinung. »Aber man wird sie finden. Wir können doch unmöglich …«

»Komm einfach«, bitte ich sie, und wir versuchen, auf dem schnellsten Weg zum Parkplatz zu kommen.

Hinter uns hören wir im nächtlichen Greetsiel noch einen jämmerlichen Schrei. Dann hallen Klagelaute durch das touristische Fischerstädtchen.

Wir erreichen den Parkplatz, bevor irgendwo ein Blaulicht zu sehen ist. Als ich die Wagentür öffne, zögert Beate noch mal. »Da fliegen Fotos von mir durch den Garten. Lass mich zurücklaufen. Niemand wird glauben, dass ich ihn ermordet habe …«

»Ach nein?«, spotte ich. »Warum auch? Du bist ja nur seine Ex. Wann hat jemals eine Ex ihren Typen umgebracht?«

Meine Sätze entmutigen sie sofort. Im Auto beginnt sie hemmungslos zu weinen.

»Es sind nicht deine Fotos, die da durch die Nacht flattern«, sage ich.

»Aber sie sind doch aus dem Album gefallen.«

»Guck es dir mal an …«

Sie schlägt es auf und kreischt: »Aber das bin ich ja gar nicht!«

»Ja, da widerspreche ich nicht. Du bist eine wunderschöne Frau, davon ist die da meilenweit entfernt.«

Zunächst ist sie erleichtert, weil sie weiß, dass jetzt keine Nacktfotos von ihr durch Greetsiel flattern. Aber dann wird ihr klar, dass das richtige Album noch irgendwo sein muss und ich es nicht gefunden habe …

22 Frauen sind wirklich völlig anders als Männer. Sie haben selbst mit dem größten Schweinehund noch Mitleid. Beate ist ganz aus dem Häuschen. Von wegen Sita, die Göttin der Fruchtbarkeit. Statt heißen Sex als Belohnung für meine Heldentat erwarten mich Stunden voller selbstquälerischer Vorwürfe.

Also, nicht ich werfe mir etwas vor. Das wäre ja noch schöner! Nein, sie sich selbst. Sie ist ja eine so schlechte Frau … Sie hat mich, beteuert sie, gar nicht verdient, und ich sei, so behauptet sie, viel zu gut für sie. Mit diesen lächerlichen Fotos, diesen gestellten Peinlichkeiten, hätte sie mich in diese schreckliche Situation gebracht, jammert sie. Sie befürchtet, ich könnte nun verdächtigt werden.

»Wenn dich jemand gesehen oder gehört hat, Bernd, dann werden sie dich für den Mörder halten. Du wärst nicht der Erste, der zu Unrecht hinter Gitter wandert. Neulich habe ich noch eine Dokumentation gesehen über Justizirrtümer. Da wurden Fälle aufgerollt von zu Unrecht Hingerichteten in den USA. Nach ihrem Tod kam raus, dass sie es gar nicht gewesen sein konnten.«

Ich trockne mit einem Papiertaschentuch ihre Tränen und versuche, sie zu beruhigen. »Die Todesstrafe«, erwähne ich beiläufig, »ist bei uns abgeschafft.«

Sie schnieft: »Aber sie können dich für Jahrzehnte einsperren.«

Lebendig kriegt ihr mich nie …

Wenn sie wüsste, wie süß sie aussieht, wenn sie so verheult ist.

Viele Jahre jünger. Wie ein pubertierender Teenager. Ihre Unterlippe zittert, und die nasse Spur der Tränen lässt ihr Gesicht glänzen. Winzige Härchen über der Lippe, die sonst praktisch unsichtbar sind, aber durch Feuchtigkeit oder besondere Lichteinstrahlung wie goldenes Gras wirken.

Miriam war da anders. Sie hat immer so getan, als ob. Hat mich reingelegt, betrogen, und ich Idiot habe es geschehen lassen. Ich war blind und doof. Ein ideales Opfer, das man straflos belügen und betrügen kann. Sie und ihr Lover haben mich ausgenommen und vorgeführt. Ich wette, sie haben mich viehisch ausgelacht, weil ich so blöd war.

Heute würde das alles anders ablaufen, denke ich. Damals mit Miriam in Bamberg, da war ich noch ein anderer. Ich habe mich als Opfer praktisch angeboten. Diese Zeit ist endgültig vorbei. Jetzt bin ich nicht mehr Johannes Theissen. Jetzt bin ich Dr. Bernhard Sommerfeldt!

23

Ich habe Beate einen Mix aus Beruhigungs- und leichten Schlaftabletten geben müssen. Sie drehte einfach zu sehr am Rad.

Heute Morgen sitzen wir beide in der Küche. Beate sieht zerzaust aus. Sie erinnert mich an die alte Werbung: *Entknittern Sie sich*.

Küchen sind die geeigneten Orte, wenn es darum geht, Probleme zu besprechen. Wenn man echte Lösungen sucht. Man richtet sich in Küchen selten gemütlich im Selbstmitleid ein. Dazu brauchen die meisten Menschen Wohn- oder Schlafzimmer. Tiefe Sessel. Weiche Couchen. Matratzen. Kissen. Für das Streben nach Veränderung eignen sich harte Küchenstühle besser. Man kann zwischendurch aufstehen, einen Tee kochen, im Kühlschrank etwas zu naschen suchen. Sich ein Leberwurstbrot schmieren. Es mit Senf bestreichen, mit Gürkchen garnieren und dabei gucken, wie die Dinge sich entwickeln.

Auf den Küchentisch gehören alle Probleme und natürlich auch alles, was man braucht, um sie zu lösen. Ich packe den Computer, die Chips und den Fotoapparat auf den Tisch. Der Teeduft hüllt uns ein.

Obwohl es warm ist heute Morgen und die Sonne schon heftig brennt, hat Beate einen Pullover an. Sie sitzt in Strumpfhosen und Pullover, mit an den Körper gezogenen Beinen auf dem Stuhl. Sie verkriecht sich ganz in den Pullover. Zieht ihn auch über ihre

Hände und Knie. Sie wirkt wie ein Kind, das sich verstecken will. Schutzbedürftig und ein bisschen krank.

Ich spiele also bewusst den Papa. Sie braucht jetzt einen Fels in der Brandung. Genau der will ich für sie sein.

Als ich noch in Bamberg lebte, da hatte ich Leute um mich, die taten, als seien sie der Fels in der Brandung für mich. In Wirklichkeit, als ich sie gebraucht hätte, stellte sich heraus, dass sie mehr die Sandbank bei Ebbe waren.

»Wir müssen dieses verdammte Album finden. Ich glaube nicht, dass er es noch irgendwo im Haus versteckt hat. Ich habe nichts übersehen«, behaupte ich.

»Ich bringe uns in Teufels Küche«, sagt sie und sieht mich mit ihren rehbraunen Augen an.

Ich winke ab, verharmlose alles gestisch und schlage vor: »Lass uns lösungsorientiert denken, Liebste. Ich muss in diesen Computer hineingucken. Seine E-Mails lesen, seine Kontakte auswerten, und dann finden wir garantiert die Person, die das Album jetzt hat. Ich wette, der Weg führt über diese Wasserstoffblondine.«

Ich klappe den Laptop auf. Als Startmelodie erklingt: *Je t'aime moi non plus* von Serge Gainsbourg und Jane Birkin. Dann erscheint die Aufforderung, ich solle mein Passwort eingeben.

Ich frage Beate, ob sie es kennt. Sie schüttelt den Kopf.

Ich ermuntere sie: »Komm, denk nach. Warst du nie an seinem Computer? Ich meine, man lebt zusammen, man teilt Tisch und Bett, da hält man doch nicht das Passwort voreinander geheim, oder?«

Sie weint. »Vielleicht hat er es mir mal gesagt. Aber ich konnte doch nicht ahnen, dass ich es mal brauchen würde ... Ich habe es mir einfach nicht gemerkt.«

»Denk nach. War es lang? Ein Tier? Ein Name? Zahlen?«

Ihre Finger kriechen wie kleine Insekten aus den langgezogenen Ärmeln. Sie kämmt sich durch die Haare. »Ich weiß es nicht.«

Ich recke mich. »Also gut. Dann spielen wir jetzt Versuch und Irrtum.«

Sie guckt mich nur an.

Ich frage: »War er Fußballfan?«

»Ja. Werder Bremen.«

Ich tippe ein: *Werder*. Falsch. *Bremen*. Falsch.

»Hat er mal einen Namen von einem Lieblingsspieler erwähnt?«

»Ich glaube nicht. Doch! Warte! Pizarro! Glaube ich …«

Ich probiere nacheinander die Namen der Spieler des SV Werder Bremen aus. Ich beginne mit dem Stürmer Claudio Miguel Pizarro Bossio. Aber damit komme ich nicht weiter.

Ich tippe ihr Geburtsdatum ein und so dumme Kombinationen wie *12345*.

Alles ergebnislos.

Ich mache uns ein Krabbenbrot mit Spiegelei und Zwiebeln, dazu kleine Gürkchen. Während ich am Herd stehe, frage ich sie: »Wofür außer Fußball hat er sich noch interessiert? Die Menschen haben ja mit Passwörtern alle ein Problem. Man soll sie nicht aufschreiben, sie sich aber sehr wohl merken. Also wählt jeder etwas, das er garantiert nicht vergisst. Wie hat er dich genannt?«

»Beate.«

Ich klatsche in die Hände. »Aber bitte! Hätte er keinen Kosenamen für dich?«

Es ist ihr unangenehm. »Hasi«, sagt sie und zieht sich den Pullover bis über die Nase.

Hasi öffnet das Tor ins Geheimnis nicht. Also weiter. Name seiner Mutter. Seines Vaters. Nichts.

Fast brennen die Spiegeleier an. Wir essen erst einmal. Beate haut so richtig rein. Der Appetit ist ihr jedenfalls nicht vergangen.

Sie lobt meine Kochkünste, was ich bei einem Krabbenbrot übertrieben finde.

Mit vollem Mund frage ich: »Hatte er Lieblingsbücher?«

Sie schüttelt den Kopf. »Er war nicht so der große Leser … Ich glaube, er konnte mit Romanen einfach nichts anfangen, weil in seinem Kopf keine Bilder beim Lesen entstanden.«

Es gefällt ihr offensichtlich, jetzt mit mir übers Lesen zu reden, denn das fällt ihr leichter, als Gespräche über ihren Ex und ihre Beziehung mit ihm zu führen.

»Wenn ich einen Satz lese«, sagt sie, »dann entsteht in meinem Kopf sofort ein Bild.«

Ich stimme ihr zu: »In meinem auch. Ich liebe die Autoren, die mir die besten klaren Bilder liefern. Viele davon und schnell.«

Sie freut sich. »Genau. Zu viele Adjektive schränken meine Phantasie ein. Zu genaue Beschreibungen nehmen meiner Phantasie die Freiheit«, sagt sie. »Bei anderen Menschen ist das anders. Die brauchen ganz viele Informationen, sonst bekommen sie kein stimmiges Bild. Ihre eigene Bilderwerkstatt funktioniert nur sehr eingeschränkt, und bei Michael war das, glaube ich, so: Er hatte einfach keine eigenen Bilder, deshalb war er auch kein Leser. Er hat lieber Filme geguckt, weil er fertige, vorgegebene Bilder brauchte.«

»Also gut«, sage ich, »Filme, Filmstars und -sternchen!«

Ich ziehe den Computer nah an meinen Teller und zerknacke ein Senfgürkchen.

Sie steht auf und holt uns zwei Gläser Leitungswasser. Wie sie jetzt so am Spülbecken steht, sieht der Pullover wie ein äußerst kurzes Minikleid aus. Die Strumpfhose hat Streifen, die sich um ihre Beine ringeln wie Schlangen.

Wenn sie wüsste, wie sexy sie ist!

Sie stellt die Gläser auf den Tisch.

»Also«, ermuntere ich sie, »welche Schauspieler mochte er?«

So, wie sie *Brosnan* sagt, glaubt sie selbst nicht daran, dass der Name als Passwort zieht. Ich versuche dann gleich noch ergebnislos *James Bond*.

Sie hält etwas zurück. Das ist klar. Sie spürt, dass ich es merke. Sie stöhnt: »Also gut. Linda Lovelace. Teresa Orlowski. Dolly Buster.«

Ich spiele den Unwissenden, obwohl es mir heiß und kalt den Rücken runterläuft.

»Er stand«, behauptet sie, »auf Pornofilme.«

Die Bilderflut, die jetzt durch meinen Kopf schießt, bringt mich in eine äußerst miese Stimmung: Beate mit diesem Kretin auf dem Sofa. Sie schauen gemeinsam Pornofilme, und dann probieren sie aus, was sie gesehen haben.

Nein, das tut mir überhaupt nicht gut. Ich will mir das nicht vorstellen. Es beschmutzt das Bild, das ich von ihr habe.

»Versuche *Deep Throat*«, fordert sie. »Das war sein absoluter Lieblingsfilm. Er nannte ihn *den Klassiker*.«

Soll ich sagen, was ich weiß, oder halte ich besser den Mund und spiele den Unschuldigen?

Ich vertippe mich, so sauer bin ich. Deshalb sagt sie: »Deep Throat, das heißt Tiefer Schlund.«

Nein, den Trottel will ich hier auch nicht geben.

»Ich weiß«, sage ich, »ich kann Englisch. Und im Gegensatz zu deinem Ex bin ich zwar kein Pornofachmann, aber das ist wohl der berühmteste Pornofilm der Welt. Das ganze Drama dieser Scheiß-Branche ist darin sichtbar. Linda Lovelace hat für den Film 1200 Dollar bekommen. Er hat 600 Millionen eingespielt.«

Beate staunt, und ich drehe voll auf. Ich will es nicht, aber ich kann nicht anders. Es sprudelt nur so aus mir raus: »Linda Lovelace hieß in Wirklichkeit Boreman. Ich habe ihre Biographie gelesen. Sie trägt den aufschlussreichen Titel: *Martyrium*. Sie hat darüber berichtet, dass ihr Ehemann, Chuck Soundso hieß der Drecksack – glaube ich –, sie zu alldem gezwungen hat. Er war ein übler Bursche. Er hat sie immer wieder misshandelt. Sie war eine Art Sklavin. Sie hat mit ihrem mutigen Buch vielen Menschen die Augen geöffnet.«

Beate wehrt sich. Sie habe schließlich diesen Film nicht gucken wollen, sondern ihr Ex. Sie könne nichts dafür, und überhaupt würde sie jetzt lieber schweigen, bevor ich sie restlos verachte.

Ich verachte weder dich noch Linda Boreman. Aber ich bringe Typen wie diesen Chuck und deinen Michael Pelz um. Ich befreie die Welt von diesem Dreck. Und weißt du was? Es macht mir Spaß. Ich fühle mich gut dabei.

Deep Throat ist dann tatsächlich der Schlüssel. Alles öffnet sich. Die digitale Welt des Michael Pelz liegt vor mir. Von den Kontobewegungen über seine E-Mails bis zu seiner Foto- und Filmsammlung. Alle Adressen habe ich, und den Verlauf seiner letzten Aktionen am Computer kann ich auch sehen. Es gibt kaum ein Pornoportal, bei dem er nicht angemeldet ist.

Beate ist gar nicht erleichtert, sondern eher besorgt. Sie hat Angst, dass ich jetzt Dinge über sie finde, die ich aus ihrer Sicht besser nicht wissen sollte.

Um sie zu beruhigen, schlage ich vor: »Ich werde jetzt in seinen E-Mails suchen. Ich muss das Album finden. Ich werde jeden Weg, der zu dir führt, abschneiden. Nur zu deinem Schutz, Liebste. Nur deshalb.«

»Aber jeder weiß«, erwidert sie zögerlich, »dass wir mal zusammen waren.«

»Stimmt. Aber niemand weiß von den Nacktfotos. Und damit das auch so bleibt, muss ich jetzt …«

Sie wehrt ab: »Jajaja, schon gut. Tu, was du für richtig hältst.«

Der erste Schock kommt sofort. Ich gebe den Suchbegriff *Foto-*

album ein und sehe die Rechnung, mit der er das Fotobuch bezahlt hat. Hier steht: *Anzahl der Exemplare: 3.*

Beate japst nach Luft. »Er hat mir gesagt, er hat nur eins, für uns ...«, sie korrigiert sich rasch, »für sich bestellt.«

»Wann war das?«

»Letzten Sommer.«

Es zerrt an mir. Es ist alles noch gar nicht lange her. Vor knapp einem Jahr hat sie sich noch für diesen Schmierlappen sexy-hexy in Pose gebracht.

Diese Gedanken sind nicht gut für mich. Sie ziehen mich runter. Wenn ich ihn nicht längst getötet hätte, dann wäre er spätestens jetzt reif. Er hat Glück, dass ich ihn schon erledigt habe, denn nun würde das alles für ihn viel schmerzhafter ausfallen. Von wegen, ein gnädiger Stich ins Herz und aus! O nein, mein Lieber, ich würde dir nur zu gern deinen forschen Pimmel in Scheibchen schneiden.

»Er hat nur einmal online ein Fotoalbum machen lassen und das in drei Exemplaren. Weitere Rechnungen gibt es nicht. Es sei denn, er hat sie gelöscht. Es gibt also drei so schöne Bildbände mit dir, Beate. Davon müssen wir wohl ausgehen. Wenn bei ihm keines mehr ist, dann hat er sie getauscht oder verkauft oder ...«

Sie ist kalkweiß im Gesicht und sieht aus, als müsse sie sich übergeben.

Ich recherchiere weiter. Die Poster hat er schließlich auch nicht selbst gemacht.

Ich finde die Bestellung. Hier zum Glück nur jeweils ein Exemplar. Sie waren dem Geizkragen wohl zu teuer. Oder hatte er nur keine Abnehmer dafür?

Ich deute auf die Plakate: »Die haben wir jedenfalls komplett aus dem Verkehr gezogen.«

Mit dieser Aussage kann ich sie kaum beruhigen.

»Drei Alben …«, sagt sie immer wieder, als hätte die Platte einen Sprung. »Drei Alben …«

Ich gebe *Tauschen* als Suchbegriff ein.

In der Maske erscheint: *Zu viele Treffer. Bitte eingrenzen.*

Ich versuche es mit *Fotoalbum.*

Zweiunddreißig Treffer.

Ich lese mich durch den ganzen Müll. Beate sitzt bei mir und starrt mich an. Sie versucht, in meinem Gesicht herauszulesen, was ich denke. Sie schämt sich unendlich.

Ich vermeide es, E-Mails zu öffnen, die sie an ihn oder er an sie geschrieben hat. Es gibt eine Menge. Auch ein paar, die das Wort *Fotoalbum* enthalten. Bei denen klicke ich einfach auf *Weiter.* Beate nimmt das dankbar zur Kenntnis.

Als ich fündig werde, lese ich laut vor: »Fotos im Netz zu tauschen ist heutzutage viel zu riskant. Das verselbständigt sich sofort, und am Ende machen Leute, die du nicht mal kennst, Geschäfte mit deinen Bildern. Wir sind ein Tauschring. Wir lieben die private, intime Fotografie. Schickst du mir dein Album, schicke ich dir meins. Keine Profis. Keine finanziellen Interessen. Wir tauschen auch Fototipps aus, unterstützen uns gegenseitig bei der Locationsuche. Meine Frau ist ein zeigefreudiger Rubens-Engel.«

Beate hält sich demonstrativ die Ohren zu. »Das ist ja schrecklich!«, kreischt sie. »Ich will davon nichts hören!«

Ich stehe auf und ziehe ihre Hände an mich. Ich schaue sie fest an. »Liebste, wir müssen da jetzt gemeinsam durch. Es ist, wie es ist! Ohne klare Diagnose gibt es keine Behandlung.«

»Ich würde am liebsten im Erdboden verschwinden. Was hast du denn jetzt vor, Bernd?«

»Ich werde die Alben besorgen und dann vernichten. Ich möchte mit dir ein schönes, von diesem Dreck unbelastetes Leben führen …«

Sie will etwas sagen, ich sehe es genau. Ich gebe ihr Zeit.

Sie presst es heraus: »Du verlässt mich also jetzt nicht?«

Ich halte ihrem Blick stand, schüttle den Kopf und verspreche: »Nein, garantiert nicht. In der Krise zeigt sich erst, ob man einen richtigen Partner hat oder nicht. Spaß haben, saufen und tanzen gehen kann man mit vielen Leuten. Aber wer hält zu einem, wenn es schwierig wird? Peinlich oder sogar gefährlich? Dann entscheidet sich alles. Dies ist so eine Situation.«

»Du … du siehst das wie einen Prüfstein für unsere Liebe?«, fragt sie ungläubig.

»Ja«, bestätige ich. »Schöner und treffender hätte ich es nicht sagen können.«

24

Am Nachmittag habe ich Sprechstunde bis spät in den Abend für Berufstätige. Das wird sehr gut angenommen. Viele wollen nicht während der Arbeitszeit zum Arzt gehen, haben aber trotzdem Probleme.

Meine Sprechstundenhilfe Cordula sitzt zwischen zwei Blumensträußen, vor sich eine große Packung Pralinen, und strahlt mich an. »Das hat Frau Seydler vorbeigebracht. Es geht ihr viel besser«, sagt sie. »Sie hatten völlig recht, es war nicht das Herz, sondern ein Rückenwirbel.«

»Und dafür die Blumen und die Pralinen?«, frage ich.

»Nein, von ihr sind die Pralinen. Die Blumen sind von Frau Böhmermann.«

»Dann hat es geklappt mit dem Baby?«

»Offensichtlich«, lacht Cordula.

Ich mag diese kleine, pummelige Frohnatur in meiner Nähe. Ich schlage ihr vor: »Dann nehmen Sie die Pralinen und einen Strauß Blumen mit nach Hause. Einer reicht mir.«

Cordula klatscht begeistert in die Hände und strahlt mich an.

Für die Blumen interessiert sie sich nicht besonders, für die Pralinen umso mehr. An den Blumen riecht sie kurz, dann reißt sie die Cellophan-Verpackung auf und öffnet die Schachtel. Sie schaut mit funkelnden Augen hinein, als würden nicht ein paar Schokostückchen mit Nougat, sondern die Offenbarung vor ihr liegen.

»Wollen Sie nicht auch probieren, Herr Doktor?«, fragt sie und hält mir die Packung hin.

Da sage ich nicht nein. Ich achte nur darauf, nichts mit Alkohol zu erwischen. Ich mag Weinbrandbohnen zwar ganz gerne, aber ich will in der Praxis nicht nach Schnaps riechen. Das macht einen schlechten Eindruck auf meine Patienten.

Mein erster Patient heißt Kamphausen. Er kam vor zwei Jahren auf Empfehlung eines Freundes zu mir. Kamphausen hat Gallenprobleme. Ein paar Steine, die ihm echte Schwierigkeiten bereiten.

Der Mord in Greetsiel ist natürlich Thema. Herr Kamphausen hat bei Radio Nordseewelle gehört, das Opfer sei mit einem chirurgisch genauen Messerstich ins Herz getötet worden.

»Chirurgisch genau«, wiederholt Kamphausen zweimal. »Damit wollen die doch andeuten, dass es ein Arzt war oder jemand vom medizinischen Personal. Können Sie sich vorstellen, dass einer Ihrer Kollegen so etwas machen würde?«

Empört schüttle ich den Kopf. »Natürlich nicht! Wir haben den Eid des Hippokrates geschworen. Wir Ärzte müssen den Menschen helfen.« Ich zitiere aus dem Gedächtnis: »Bei meiner Aufnahme in den ärztlichen Berufsstand gelobe ich feierlich: mein Leben in den Dienst der Menschlichkeit zu stellen.«

»Trotzdem«, sagt Herr Kamphausen, »muss der Täter ja irgendwie Ahnung gehabt haben. Also, ich wüsste gar nicht, wie ich einen genauen Stich ins Herz machen sollte. Ich würde dem lieber den Hals durchschneiden oder ein paarmal feste zustechen.«

»Vielleicht war es ein Metzger«, schlage ich vor, »die verstehen doch auch was davon.«

Herr Kamphausen sieht nachdenklich aus. »Ja«, bestätigt er, »wenn man den ganzen Tag damit verbringt, Fleisch zu schneiden, auszubeinen und zu filetieren, dann härtet man bestimmt ab, dann macht es einem vielleicht nicht mehr so viel aus …«

»Oh«, sage ich, »ich kenne sehr sensible Metzger. Ja, da wundert man sich. Ich kannte zum Beispiel einen, der wollte gerne Dirigent werden, liebte klassische Musik und musste dann, weil seine Eltern eine Fleischerei hatten, den Betrieb übernehmen.«

Verdammt, vielleicht sollte ich nicht so viel über meine Vergangenheit reden, aber der Gedanke an Gustl schnürt mir gerade ohnehin den Hals zu. Mir wird erst jetzt klar, wie nah sein Leben an meinem war. Er wollte Dirigent werden und musste die Metzgerei übernehmen. Ich wollte Arzt werden und durfte mich dann mit Sommermode und Klamottendesignern herumschlagen.

»Früher«, sagt Herr Kamphausen, »war das völlig normal. Da hat der Sohn eben den Beruf des Vaters erlernt. Und wenn er Glück hatte, konnte er das Geschäft übernehmen. Den Bauernhof, den Krabbenkutter, was immer es war. Wer hat sich denn früher aussuchen können, was man gerne werden will? Den Quatsch gibt es doch erst seit neuestem.«

Am liebsten würde ich meine Sprechstunde abbrechen und mich um Beate kümmern. Aber das kann ich nicht, obwohl das hier mein Hobby ist, obwohl ich gar kein richtiger Arzt bin und jeden Moment verhaftet werden könnte, wegen Amtsanmaßung oder wie man das in diesem Fall nennt, habe ich das Gefühl, meinen Patienten verpflichtet zu sein. Ich muss einfach für sie da sein und ein offenes Ohr haben.

Ich habe im Internet gegoogelt. Es warten einige Strafen auf mich, wenn das hier auffliegt – ich meine nicht die Morde oder meine nächtlichen Aktivitäten als Luzifer, nein. Wenn ich einem Patienten Medikamente verschreibe, dann ist das Körperverletzung, selbst wenn sie ihm geholfen haben … Ja, so widersinnig ist das Recht.

Die nächste Patientin, Larissa, ist dreizehn Jahre alt. So nervös, wie sie vor mir sitzt, glaube ich zunächst, dass es um Verhütungsmittel geht, von denen ihre Eltern nichts wissen sollen, oder ein vergleichbares, für Teenager schwieriges, intimes Geheimnis. Sie ist noch bei ihrem Papa versichert und geht aufs Ulrichs-Gymnasium. Sie gibt mir brav die Hand und behauptet, sie sei dreizehneinhalb.

Ich versuche einen Witz, um sie aufzulockern und sage: »Also praktisch kurz vor der Rente, äh, wollte sagen, kurz vorm Abitur.«

Sie hat eine Zahnspange und herrliche Segelohren, dazu Sommersprossen. Sie sieht sehr süß aus, finde ich. Aber sie leidet. Ich ahne gleich, es ist mehr die Seele als der Körper, und sie bräuchte eher einen Therapeuten als einen Hausarzt. Aber ich bin halt die erste Anlaufstelle.

»Was kann ich denn für dich tun?«, frage ich. »Ich darf doch du sagen, oder?«

Sie nickt heftig und kämpft mit sich.

Ich versuche, eine Atmosphäre des Vertrauens zu schaffen. »Hier kannst du alles sagen. Ich verrate nichts. Auch nicht deinen Eltern oder Lehrern. Es gibt eine Schweigepflicht für uns Ärzte. Das ist hier praktisch wie ein Beichtstuhl. Und glaub mir, ich habe schon vieles gehört. Du kannst frei von der Leber weg sprechen.«

Sie schielt zur Tür. »Kommt die Cordula rein?«

»Meine Sprechstundenhilfe? Kennst du sie?«

»Ja, die wohnt bei uns in der Straße.«

»Nein, sie kommt nicht rein, wenn ich das nicht wünsche.«

Larissa wirkt ein wenig erleichtert. Dann spricht sie: »Ich … ich möchte gerne … also, ich hoffe, Sie können mir dabei helfen …«

»Wobei denn?«

»Ich brauche eine Brustvergrößerung.«

Ich versuche, nicht zu lachen, sondern ernst zu gucken. »Eine Brustvergrößerung? Aber du bist erst dreizehn!«

»Fast vierzehn. Die anderen Mädchen in meinem Kurs haben solche Hupen.« Sie deutet es mit den Händen an.

»Das geht in deinem Alter noch gar nicht. Du bist ein wunder-schönes Mädchen. Ich würde das alles einfach der Natur überlas-sen. Manchmal dauert es ein bisschen länger, manchmal geht es ein bisschen schneller. Dafür haben die anderen vielleicht früher als du Figurprobleme. Was sich später entwickelt, hängt auch nicht so schnell«, erzähle ich und tue, als würde ich aus Erfahrung spre-chen.

Ich weiß selbst nicht, wie ich auf diesen Satz gekommen bin. Aber das ist es, glaube ich, was die Klienten an mir mögen. Ich habe immer irgendeinen tröstlichen Spruch für sie parat.

Ich stelle mir schon vor, wie ich später Beate davon erzählen werde. Wer weiß, wie sie meine Reaktion findet. Manchmal, wenn ich spaßig über etwas hinweggehe, ist sie viel ernsthafter.

Vielleicht ist der flapsige Ton auch unangebracht. Jetzt beginnt Larissa zu weinen. Zwischen ihren Lippen zieht der Speichel Fä-den.

»Sie können sich ja gar nicht vorstellen, wie das ist. Neulich hat der Kevin zu mir gesagt: *Würdest du eigentlich Schuhe tragen, wenn du keine Füße hättest?* Ich so: *Nee, wieso denn?* Er so: *Ja, und wieso trägst du dann einen BH?* Ja, so sind die!«

»Du fühlst dich ausgeschlossen?«, frage ich.

»Ja, natürlich. Wenn die Feten geben, laden sie mich nicht ein.«

»Dann sind es Idioten«, behaupte ich.

»Kann ja sein«, sagt sie, »aber mit diesen Idioten bin ich die ganze Zeit zusammen. Das ist meine Gruppe, und ich halte das nicht länger aus. Wie lange soll ich denn noch warten? Ich stopfe mir den BH immer aus, aber die machen nur Späße darüber. Wenn wir zum Sport gehen oder zum Schwimmen, dann ... Ich kann mir doch nicht immer eine Entschuldigung schreiben lassen ...«

»Dieser Kevin ist ein Idiot«, sage ich. »Du solltest dich nicht an Idioten orientieren. Was willst du denn später mal werden?«

»Entweder Fremdsprachenkorrespondentin oder Rechtsanwältin.«

»Na, das ist ein weites Feld.«

Geh nur ruhig deinen Weg. Wer weiß, wenn ich später mal eine gute Anwältin brauche, wirst du dich vielleicht daran erinnern, dass ich dir mal zur Seite gestanden habe.

»Ich bin kein Schönheitschirurg«, sage ich. »Ich kann so etwas gar nicht. Aber ich weiß, dass du keine Operation brauchst, sondern, wenn überhaupt, nur ein bisschen mehr Selbstbewusstsein. Und vielleicht andere Freunde.«

»Andere Freunde? Wo soll ich die denn hernehmen?«

»Es gibt sieben Milliarden Menschen. Davon wohnen siebenundzwanzigtausend in Norden. Ich wette, da sind auch die richtigen für dich dabei. Manchmal orientieren wir uns einfach an den falschen Leuten, versuchen, ihnen zu gefallen. Das geht meistens schief, glaub mir. Davon kann ich auch ein Lied singen.« Ich winke ab, als wolle ich sie mit Erwachsenenproblemen nicht länger belästigen, doch ich merke, es tut ihr gut.

»Ich habe einige sehr gute Kollegen, die tolle Schönheitsoperationen machen. Das ist ein ganz wichtiger Job. Zum Beispiel, wenn jemand schlimme Verbrennungen im Gesicht hat. Manchmal auch Opfer aus Kriegsgebieten. Die Bomben machen keinen Unterschied, ob sie auf Kinder, Greise oder Soldaten fallen. Ich finde, diese Menschen sollten die besten Schönheitschirurgen aller Zeiten bekommen. Oder wenn jemand wirklich psychische Probleme hat, weil die Nase zu groß ist, die Brüste zu klein … Weißt du, ich frage mich manchmal, wer zwingt uns eigentlich, einem bestimmten Schönheitsideal zu entsprechen? Was ist das für ein Terrorismus? Kommt der aus dem Fernsehen? Die schlimmste Gleichmacherei, von der ich je gehört habe. Ich kann das gar nicht einschalten. Wenn ich diese Hungermodelle auf Stöckelschuhen sehe, dann möchte ich immer fünf Euro spenden, damit sie sich was zu essen kaufen können.«

Ich bücke mich und ziehe einen Bildband aus dem Regal. Gauguin. Ich zeige ihr ein paar Schönheiten, die der Meister gemalt hat.

»Sieh mal«, sage ich, »das waren mal die schönsten Frauen, die man sich vorstellen konnte. Glaubst du, dass die heute einen Modelvertrag kriegen würden? Entsprechen sie irgendeinem unserer verkorksten Schönheitsideale? Wir würden diese Körper plump nennen. Untrainiert. Da sind keine definierten Muskeln. Da stehen keine Hüftknochen raus. Da spannt sich auch keine Haut über den Wangenknochen.«

Sie schaut auf die Bilder, dann auf mich. Ich weiß nicht genau, was sie beeindruckt.

»Die«, sagt sie dann, »haben aber wenigstens ordentliche Brüste.«

»Und du wirst sie auch bekommen. Deine ganz eigenen, schönen. Möchtest du mit einem Typen gehen, der nur auf deine Brüste abfährt? Das käme mir so vor, als würdest du dir bewusst einen Schwachkopf suchen.«

Sie spricht langsam, als müsse sie mir altem Mann den Sachverhalt erklären: »Männer können besser gucken als denken. Deshalb ist es auch für Frauen wichtiger, gut auszusehen als gut rechnen zu können, wenn sie einen Typen abkriegen wollen.«

»Ja, wenn sie einen Schwachmaten suchen, hast du sicherlich recht. Meine erste Freundin«, lüge ich, »war dir sehr ähnlich. Sie hatte einen kleinen Busen und wunderschöne Augen. Herrliche Sommersprossen! Der Richtige wartet bestimmt schon auf dich und ist nur zu schüchtern, um dich anzusprechen. Gib ihm und dir Zeit …«

»Sie sind so süß!«, ruft sie. Dann umarmt sie mich heftig und bittet mich, ihrer Mutter nicht zu erzählen, dass sie bei mir gewesen sei. Und Cordula würde doch sicherlich nie erfahren, worum es hier gegangen sei.

Ich verspreche ihr, dass sie sich auf mich verlassen kann.

Wenn es eben geht, lese ich zwischen den einzelnen Patientenbesuchen gern mindestens ein Gedicht. Ja, ich stehe auf Lyrik, habe immer einen Gedichtband auf dem Schreibtisch. Für Romane reicht es ja nicht, aber ein paar Zeilen aus einem guten Gedicht bringen mich oft wieder ins Gleichgewicht zurück.

Schreiben: Die Etappen auf dem Weg zur Einheit
Zwischen äußerer und innerer Wirklichkeit
Zwischen dem Innen und Außen, dem Ich und der Welt.

Genau das ist meine Situation, denke ich. Der Bochumer Bibliothekar und Lyriker Hugo Ernst Käufer ist schon seit ein paar Jahren tot. Doch er hat exakt beschrieben, wie es mir geht. Und als er das tat, saß ich noch in Bamberg und hielt mich für einen völlig anderen …

Indem ich in meine Hefte und Kladden schreibe, versuche ich, mich zu verstehen. Festzuhalten, was passiert, im Kontakt zwischen dem Innen und Außen.

Ich sehe auf meinem Bildschirm, dass noch drei Leute im Wartezimmer sitzen. In dem Moment kommt Frau Ricklef rein. Sie läuft merkwürdig gebückt.

Ich klappe das Buch von Hugo Ernst Käufer zu und bitte Cordula, zuerst Frau Ricklef reinzurufen. Sie tut es.

Zeitgleich kommt eine WhatsApp-Nachricht von Beate:

Ich fühle mich fremd auf der Welt. Wie eine Außerirdische, die von ihren Leuten hier vergessen wurde.

Ich antworte rasch:

198

Ich fühle mich so, seit ich denken kann. Wo sind unsere Leute?!

Sie schickt mir Herzchen, und ich schreibe: *Erst, seit ich dich kenne, fühle ich mich auf der Erde zu Hause.*

Erneut kommen Herzchen.

Susanne Ricklef hat eine Verbrennung, wie sie sagt. Als sie das Oberteil auszieht, sehe ich eine Verletzung, wie sie nur von einem heißen Bügeleisen stammen kann. Sie hat ein bisschen Brandsalbe draufgeschmiert, sonst nichts. Dicke Blasen haben sich gebildet.

»Wann ist das passiert?«, frage ich.

»Gestern Abend.«

»Und warum sind Sie nicht direkt ins Krankenhaus? Das ist eine schlimme Verletzung, die hätte notversorgt werden müssen.«

Sie schüttelt den Kopf. »Das ging nicht. Er hat so getobt. Ich wollte Frithjof nicht mit ihm alleine lassen. Sie wissen doch, wie er ist. Völlig unberechenbar.«

»Sie hätten die Polizei rufen können.«

»Ja?!«, stöhnt sie. »Hätte. Sollte. Würde. Das sagt sich hinterher alles so leicht. Erst hat er mir Rosen mitgebracht. Langstielige Rosen. Und dann, am Abend, habe ich gleich die Veränderung bemerkt …« Sie presst die Zähne zusammen.

Ich versorge die Wunde mit einem sterilen Verband. »Alkohol?«

Sie nickt. »Bier und Schnaps. Ich war im Wohnzimmer, habe mit Frithjof *Wer wird Millionär* gesehen und dabei Hemden gebügelt. Das mache ich oft so. Frithjof wusste ganz viele Antworten auf die Fragen, oder er hat richtig geraten, jedenfalls jubelten wir, weil er auch die Sechzehntausend-Euro-Frage richtig beantworten konnte. Aber das war falsch.«

»Wieso? Ich denke, es war richtig?«

»Ja, aber weil wir so laut waren und uns so gefreut haben, kam Johann rein. Frithjof behauptete, die nächste Antwort auch zu wissen. Es ging um einen Berg. Frithjof sagte, Antwort B sei richtig, und mein Mann wie aus der Pistole geschossen: »Nein! C!«

Sie spricht nicht weiter.

»Tut es weh?«, frage ich.

Sie nickt verbissen. Sie habe Aspirin genommen, aber das helfe kaum.

Kein Wunder.

Ich fordere sie auf, mir mehr zu erzählen. So lenkt sie sich selbst ab.

»Ich habe inständig gehofft, dass Johann recht behält. Ich wusste, wenn das nicht so ist, flippt er aus. Er muss doch immer recht haben. Also … wenn er getrunken hat.«

Ich rate: »Aber Frithjof hatte recht?«

»Ja, und das konnte mein Mann gar nicht gut verpacken. Er warf eine Flasche gegen den Bildschirm, dann wollte er die Möbel geradesetzen.«

Netter Ausdruck, wenn jemand Kleinholz aus der Inneneinrichtung macht.

»Ich wollte den Jungen in sein Zimmer bringen, da ist dann das Bügelbrett umgefallen, und ich habe mich verletzt.«

Ich korrigiere sie: »Sie wollten den Jungen in Sicherheit bringen, und dann hat Ihr Mann Ihnen das Bügeleisen hinterhergeworfen.«

Zunächst nickt sie zögerlich, dann gesteht sie: »Er hat es wie einen Boxhandschuh benutzt. Ich habe mich vor den Jungen gestellt …«

Ich will wissen, wo der Kleine jetzt ist. Sie behauptet, sie habe ihn zu ihrer Schwester ins Sauerland geschickt. Ihre Schwester wohnt in der Nähe von Olpe. Der Kleine könne schon gut alleine Zug fahren, glaubt sie. Er sei schließlich sehr selbständig, und bei ihrer Schwester sei er auch sicher. Da traue ihr Mann sich nicht hin.

»Warum?«, frage ich.

»Weil der Mann meiner Schwester so ein Bär ist ...« Sie deutet es mit den Händen an. »Und unsere Männer können sich nicht leiden. Sie haben sich schon bei ihrer ersten Begegnung während einer Familienfeier geprügelt.«

Ich deute an, es sei vielleicht gar keine schlechte Idee für sie, mit dem Kleinen bei ihrer Schwester Schutz zu suchen statt in einem Frauenhaus, doch sie will von beiden Alternativen nichts wissen und fragt mich allen Ernstes, was denn dann aus ihrem Johann werden solle. Er sei doch allein so hilflos. Er könne ja kaum Spiegeleier braten, ohne die Küche abzufackeln.

O Herr, schmeiß Hirn vom Himmel!

»Ja«, sage ich zynisch, »wenn er nicht kochen kann, dann müssen Sie wohl bei ihm bleiben und sich weiter verprügeln lassen.«

Ich schlage ihr vor, heute Abend bei uns zu bleiben. So löse ich zwei Probleme gleichzeitig. Beate wird abgelenkt, und Frau Ricklef ist nicht im Weg, wenn ich mich um ihren Typen kümmere. Er wird, bevor die Sonne aufgeht, nur noch neun Finger haben. Ich werde ihm unmissverständlich klarmachen, dass er jetzt eine Grenze überschritten hat.

Vielleicht sollte ich mit ihm angeln gehen.

25

Ich weiß jetzt, wer das Album hat. Ein Emil Pfeil aus Wilhelmshaven. Ich habe seinen Mailwechsel mit Michael Pelz gefunden.

Ich will ihm heute Abend einen Besuch abstatten. Dabei kann ich Beate nicht gebrauchen, und vorher nehme ich mir kurz Zeit für Johann Ricklef.

Beate und Susanne Ricklef sitzen im Wohnzimmer zusammen. Sie haben sich viel zu erzählen. Beate tröstet Susanne und erzählt, sie sei auch mal mit einem Arsch zusammen gewesen. Da sei eine Trennung einfach das Beste.

»Besser ein Ende mit Schrecken als ein Schrecken ohne Ende«, höre ich meine Süße noch sagen, dann verschwinde ich mit dem Arztköfferchen auf dem Fahrrad.

In der Osterstraße und auf dem Markt ist ein Stadtfest. Mit Würstchenbuden, Bierstand und Theos heißen Berlinern, nach jahrhundertealtem Hausrezept gemacht. Ich beschließe, auf dem Rückweg vorbeizufahren und mich bei Theo zu stärken.

Diesmal liegt Ricklef nicht im Bett und schnarcht. Er sitzt breitbeinig auf der Terrasse im Strandkorb und trinkt. Ich muss mich nicht einmal anschleichen. Er bemerkt mich sowieso nicht.

Er hat ein kleines Feuerchen in seinem gusseisernen Terrassenofen gemacht. Es riecht nach brennender Buche und tierischem Fett, das ins Feuer tropft. Der Ofen ist so gebaut, dass Ricklef über der Glut auch Fleisch grillen kann. Zwei Würstchen brutzeln vor sich hin. Das Fett tropft zischend ins Feuer.

Ich stelle meinen Arztkoffer ab und setze mich zu ihm wie ein alter Freund. Er zuckt zusammen. Die Panik hat ihn sofort.

Ich nehme mir ein Würstchen vom Grill und beiße rein. Es ist heiß und schmeckt ganz gut.

»Weißt du«, sage ich, »ich nehme nie Senf, wenn die Wurst gut ist, und die hier ist wirklich gut. Wo hast du die her? Lass mich raten … Combi, Fleischtheke? Meister Pompe? Ilschner? Appelhagen? Arends? Ja, man kann bei uns verdammt gutes Fleisch kaufen. So ist Ostfriesland. Gute Luft und gutes Fleisch. Ich steh drauf. Ich könnte nie Vegetarier werden.«

Er drückt sich so weit in den Strandkorb, als hätte er die Hoffnung, darin verschwinden zu können. Sein Kinn zittert. Er kriegt kein vernünftiges Wort heraus.

Macht nichts. Ich rede weiter. Je harmloser meine Sätze sind, umso mehr dreht seine Phantasie auf. Er kann sich gut vorstellen, was ich gleich tun werde.

Er versucht, mit dem Fuß eine Bierflasche aus meinem Blickfeld verschwinden zu lassen. Er stellt sich dabei sehr ungeschickt an.

»Weißt du, als ich hierhin gezogen bin, da hat mich zunächst die gute Fleischqualität erstaunt. Damals stand über einer Verkaufstheke groß: *Wir verkaufen nur Fleisch von ostfriesischen Bauern.* Ich hab zu der Verkäuferin gesagt: ›Ich hätte lieber etwas vom Rind oder vom Schwein. Auch Lamm wäre gar nicht übel.‹ Ich bin mir nicht sicher, ob sie den Witz verstanden hat, jedenfalls war danach das Schild weg. Eigentlich schade.«

Ich esse meine Bratwurst auf und zeige auf die Flasche, die er so gern verschwinden lassen würde: »Sag mir jetzt nicht, dass da Alkohol drin ist …« Ich schnüffle übertrieben. »Ja, es riecht irgendwie nach … Bier? Was ist das? Ostfriesenbräu? Jever?«

Er öffnet den Mund, aber es kommt nur ein Grunzlaut heraus.

»Na ja, ist auch egal«, sage ich. »Bier ist Bier. Zwar nicht geschmacklich, aber doch von der Wirkung her. Stimmt's? Denk jetzt nicht, dass ich gekommen bin, weil du wieder säufst oder weil du deiner Frau und deinem Sohn mit dem Bügeleisen so übel mitgespielt hast.« Ich tippe mit meinen fettigen Wurstfingern gegen seine Brust. »Das denkst du doch ... oder?«

Er nickt ängstlich.

»Nein«, rufe ich, »Irrtum! Ich würde gerne mit dir angeln gehen, aber vorher möchte ich gerne noch Kafka hören. *Die Verwandlung*. Erinnerst du dich?«

Er versucht, mich anzulächeln. Es misslingt.

Ich öffne meinen Arztkoffer und hole das Einhandmesser heraus. Die Klinge schnappt aus dem Schaft. Ich betrachte das Messer. »Eine schöne Waffe«, sage ich ehrlich ergriffen. »So, und nun lass uns beginnen, bevor dein Würstchen völlig verbrutzelt.«

Ich muss ein bisschen Gas geben. Schließlich will ich heute Abend noch nach Wilhelmshaven.

Er versucht es tapfer: »Als ... Gregor Samsa ... eines Morgens aus unruhigen Träumen ... erwachte, fand er sich ... fand er sich ...«

Er bleibt im Text hängen.

Ich helfe ihm: »Fand er sich in seinem Bett zu einem ungeheuren Ungeziefer verwandelt.«

Dann setzt er wieder an, versucht es und verliert gleich wieder den Text.

»Das ist doch Wahnsinn!«, brüllt er.

»Psst!«, flüstere ich. »Nicht so laut. Wir wollen doch nicht, dass die Nachbarn dich hören.«

Ich zerre ihn aus dem Strandkorb und bugsiere ihn in sein eigenes Haus. Ich schlage vor, es im Badezimmer zu machen, damit es auf dem Teppich und an den Wänden nicht so eine Sauerei gibt.

Er packt einen Kerzenständer und geht damit auf mich los. Welch jämmerlicher Versuch. Nicht einmal die dicke Wachskerze plumpst herab. Dafür habe ich jetzt seine rechte Hand, knalle sie auf den Tisch und halte sie fest.

»Sag Tschüss zu deinem kleinen Finger.«

Er sagt nichts.

Ich schneide.

Es knackt.

Dann brüllt er wie am Spieß.

Ich helfe ihm, mit einem Handtuch die Wunde abzubinden. Er bebt am ganzen Körper, schreit aber nicht mehr.

Ich zeige ihm den Finger. »Na, ist das ein Angelköder? Ich wette, die Hechte sind ganz wild darauf.«

Er staunt mich an. Seine Lippen zittern. Er ist stumm geworden.

Ich sage: »In der chinesischen Heilkunde steht der kleine Finger auch für Angst. Ich frage mich, was jetzt passiert, wenn er fehlt. Wirst du keine Angst mehr haben? Ein furchtloser Kerl werden? Oder wirst du jetzt erst recht zum kleinen Schisser? Wenn du über unsere Verabredung hier sprichst, egal mit wem, dann ist auch der Mittelfinger dran. Das wäre doch schade … Stell dir vor, du kannst nicht mehr so machen …« Ich zeige ihm den Stinkefinger.

Er wird ohnmächtig.

»Gut. Gehen wir eben nicht zum Angeln …«

Ich lege, bevor ich gehe, seinen kleinen Finger neben das Würstchen auf den Grill. Bin gespannt, ob er ihn da findet. Ich glaube kaum, dass er heute noch großen Appetit hat.

Auf dem Rückweg halte ich bei Theo an und genehmige mir einen Apfelberliner. Köstlich! Ich hätte jetzt auch Lust auf ein Bier, aber ich muss ja noch fahren …

26   Ich fühle mich gut, nachdem ich bei Ricklef war. Ja, ich bin nicht mehr der kleine, brave Medizinstudent, der sich von allen verarschen lässt und gute Miene zum bösen Spiel macht. Ich bin der durchsetzungsfähige Dr. Sommerfeldt. Fühle mich manchmal wie die Reinkarnation von Luzifer.

Ich fahre mit dem Wagen nach Wilhelmshaven. Aber mein Rad liegt hinten drin. Es gefällt mir nicht, Fahrräder aufs Autodach zu schnallen. Das sieht immer irgendwie bescheuert aus und vor allen Dingen weiß jeder: Da kommt ein Radfahrer. Ich mag es nicht, alles nach außen zu demonstrieren. Ein Mann sollte auch ein Geheimnis haben.

Wilhelmshaven gefällt mir. Hafenstädte haben für mich einen ganz besonderen Reiz, den andere Städte nie bekommen können. Ich meine, was ist ein Flughafen verglichen mit einem richtigen Hafen?

Durch den Jade-Weser-Port bekam Wilhelmshaven einen von Ebbe und Flut unabhängigen Containerterminal. Dort können auch die größten Containerschiffe beladen werden.

Als ich Beate noch nicht kannte, bin ich manchmal mit dem Rad – ja, das hält fit – hierher gefahren. Ich kann stundenlang einfach nur dasitzen und zusehen, wie Schiffe be- und entladen werden. Es gibt mir ein Gefühl von Freiheit, oder nein, besser, es sagt mir: Alles ist möglich. Wenn so schwere Schiffe nicht untergehen, dann kann auch ich mit meinem Lebensschiff sicher durch die Wellen gleiten.

Das Wasser trägt … In den Wellen schwimmen. Den Stürmen trotzen … ist das nicht wunderbar?

Emil Pfeil, der so gerne Fotos tauscht und mit seiner angeblich so zeigefreudigen Wasserstoffblondine verheiratet ist, wohnt in Wilhelmshaven-Himmelreich. Die Siedlung heißt nicht etwa so, weil dort Engel ihr Hauptquartier haben, nein, hier wurde einmal alles von der Ziegelei Himmelreich dominiert. Es gab Arbeit. So etwas zieht Menschen an. Die Straßennamen erinnern noch heute daran: Klinkerstraße. Steinstraße. Ziegelstraße. Tonstraße. Und dort wohnt auch Herr Pfeil, dem ich jetzt einen Besuch abstatten werde.

Ich stelle mein Rad direkt vor seinem Haus ab. Leichtfüßig stehe ich vor der Tür. Meine Oberschenkel und meine Waden kribbeln von der Radtour. Es tut mir einfach gut, mich auf einem Drahtesel fortzubewegen. Jetzt habe ich eine klare Mission. Das schafft festen Boden unter die Füße. Ich verlasse mich ganz auf meine Instinkte.

Meine Finger glitschen in die Einweghandschuhe. Vielleicht werde ich gleich, sobald er die Tür öffnet, zur Begrüßung meine rechte Faust in sein Gesicht knallen. Damit ist dann gleich einiges klargestellt. Oder ich werde freundlich sein, ihn in Sicherheit wiegen, um ihn dann umso mehr zu erschrecken.

Es gefällt mir, die Reaktionen zu sehen, wenn jemand nicht glauben kann, was ihm gerade geschieht. Die Verblüffung im Gesicht, weil die gemachten Erfahrungen nicht ausreichen, um die neue Realität zu begreifen. Das war bisher immer fern oder es geschah anderen.

Ich brauche mir keine Sorgen zu machen, dass dieser Emil Pfeil mich später wiedererkennt. Er wird diese Begegnung sowieso nicht überleben. Aber ich setze trotzdem die Teufelsmaske auf. Im Ortsteil Himmelreich, da kann ich einfach nicht widerstehen.

Ich bevorzuge es, in solchen Fällen mit dem Ellbogen zu klingeln. Ich spüre, wie mich eine Welle vitaler Energie durchströmt, und sofort weiß ich, was ich sagen werde: *Moin, Herr Pfeil. Schönes Haus. Ich bin gekommen, um Sie vom Himmelreich direkt in die Hölle zu befördern.*

Ja, das ist gut. Das wird seinen Adrenalinspiegel hochschießen lassen. Vielleicht macht er den Fehler, mich anzugreifen. Das wäre schön. Ich habe Lust, ihn zu prügeln. Wenn ich dran denke, dass er mit seinen verfickten Augen meine Beate angeglotzt hat, dann werde ich umso härter zuschlagen. Ein paar Körpertreffer landen und ihm die Rippen brechen, bevor ich ihn töte.

Aber ich habe einen Denkfehler gemacht. Vielleicht ist es der intensive Tabakgeruch oder mein Zorn auf diesen Pfeil ist so groß, dass ich ungestüm in einen Irrtum tapse. Ich würde ihn so gerne erledigen, ich bin so heiß auf ihn, dass ich keinen Gedanken daran verschwende, seine Frau könnte mir öffnen.

Vielleicht habe ich nicht wirklich daran geglaubt, dass er mit ihr verheiratet ist. Jedenfalls öffnet sie mir schwungvoll die Tür. Sie hat jemand anderen erwartet. Witzig. Ich auch.

Sie springt zurück und stößt einen dieser weiblichen Erschreckenslaute aus, die man eigentlich nur aus dem Fernsehen kennt und die sich deshalb, auch wenn sie real klingen, gekünstelt anhören. Falsch. Imitiert.

Mir entgleisen die Gesichtszüge, aber zum Glück trage ich ja die Maske. Da bleibt mein Aussehen überlegen-cool.

Sie steht im Unterrock vor mir, mit Lockenwicklern im Haar. Dass es so etwas überhaupt noch gibt. Das sind doch voll die Siebziger! Ach, nicht mal das. Sie sieht aus wie einem Bild von Toulouse-Lautrec entsprungen.

Ihr Versuch, in die Wohnung zu flüchten, ist dumm. So komme ich ungehindert rein. Sie rennt in ihrem hellblauen Unterrock durch den Flur und verschwindet am Ende in einem Raum. Ich vermute, es ist die Küche. Ich habe ein Stück von einem Hängeschrank gesehen und einen Stuhl. Viel mehr nicht.

Küchen sind, das schrieb ich schon, ideale Orte, um Probleme zu klären. Ich schließe die Haustür hinter mir und lasse sogar die Kette einrasten. Hier ist alles so herrlich altmodisch. Türschlösser. Teppiche. Ich wette, von Kinderhänden geknüpft.

Ob er auch in der Küche ist? Vermutlich. Wenn es hart auf hart kommt, flüchten sich Frauen gern zu ihren Männern. Auf dem Weg zur Küche stoße ich aber vorsichtshalber jede Tür auf und gucke einmal in jeden Raum.

Das Wohnzimmer ganz in Eiche rustikal. Viel zu klobige Möbel. Ein gigantischer Flachbildschirm. Mehr Kino als Fernseher.

Mir wäre das alles zu düster.

Buchregale sehe ich nicht. An der Wand ein Pfeifenschränkchen. Darin sechs Pfeifen. Sie erinnern mich an meinen Vater. Der hatte auf seinem Schreibtisch immer einen Pfeifenständer mit seinen Lieblingsmodellen.

Worte wie *Feines Bruyèreholz oder Free handmade, Meerschaumpfeife mit Bernsteinmundstück* gehörten zu jedem Geburtstag und zu jedem Weihnachtsfest. Es waren seine Lieblingsausdrücke. Er bekam fast immer eine neue, selbstverständlich sündhaft teure Pfeife geschenkt, die er dann regelmäßig nach dem Abendessen anzündete. Kein Wunder, so schlecht wie meine Mutter kochte, war es bestimmt der schnellste Weg, den üblen Geschmack loszuwerden. Dazu trank mein Vater gerne einen Rotwein oder einen Whisky.

Einer dieser Pfeifenmacher hieß, das werde ich wohl nie vergessen, Alberto Montini. Ein Italiener. Jede Pfeife war ein Unikat, wie mein Vater gerne betonte.

Ich kannte dieses Wort schon, da war ich in der ersten Klasse.

Einmal verblüffte ich die Eltern eines Klassenkameraden. Ich war zum Mittagessen eingeladen und fragte, ob der Suppentopf, der mir sehr gut gefiel, ein Unikat sei. Ich verstand nicht, warum die Erwachsenen lachten. Bei uns gab es viele Unikate. Vasen. Herrlich buntes Geschirr von Brigitte Steinemann. Kirschholzmöbel, nach dem Geschmack meines Vaters für uns angefertigt, und maßgeschneiderte Anzüge. Handgemachte Schuhe und natürlich Pfeifen.

Diese, in dem Pfeifenschränkchen hier, waren Massenware. Das sah ich mit einem Blick. Und ich erfuhr gleich viel über den Raucher. Die Mundstücke sahen zerbissen aus, mit weißen Einkerbungen von den Zähnen im schwarzen Acryl.

Die Pfeifen meines Vaters waren anders. Er war ein entspannter Mann. Ein Genussraucher. Die Pfeifen in Emil Pfeils Schränkchen gehörten zu einem verbissenen Menschen, der mehr auf den Mundstücken herumkaute, statt daran zu saugen.

Verbissene Menschen sind oft sehr rigide. Die Sturheit einer rigiden Charakterstruktur durfte ich bei meiner Mutter kennenlernen. Unbeweglich. Starr. Ein Moralapostel, der keine Kritik zulässt und sich ohne jeden Grund allen überlegen fühlt. Als sei sie etwas Besonderes.

Das Badezimmer riecht nach Zitronen und Scheuermittel. Die Kacheln waren in den Achtzigern bestimmt mal modern …

Ich öffne die Küchentür. Sie steht mit dem Rücken zur Wand. Der Unterrock wirft Falten. Ihre blonden Haare stehen wirr ab. Sie hält ein Brotmesser mit beiden Händen. Die Spitze ist auf mich gerichtet. Links hinter ihr sehe ich den Messerblock. Über ihrem Kopf hängen Töpfe und Pfannen an der Wand.

In der Filterkaffeemaschine steht Kaffee in einer Glaskanne warm. Auf dem Tisch eine Platte mit Butterkuchen. Darauf Mandeln.

Eine Pinnwand, daran Einkaufszettel, Kinokarten und eine

Handyrechnung, auf die jemand mit rotem Filzstift *Arschlöcher!!!* geschrieben hat, mit drei Ausrufezeichen dahinter.

»Wo ist Emil?«, frage ich.

»Kommen Sie mir nicht zu nahe! Ich stech Sie ab!«, droht sie.

Ich stelle mein Arztköfferchen auf den Tisch und zeige ihr meine offenen Hände. »Ich werde Ihnen nichts tun. Ich habe weder vor, Sie zu verletzen, noch, Sie auszurauben oder zu vergewaltigen.«

»Klar. Vermutlich sind Sie ein Staubsaugervertreter. Deshalb haben Sie auch eine Maske auf und diese Handschuhe an, Sie krankes Arschloch!«

Ihr Kampfgeist gefällt mir. Sie beschimpft und verspottet mich. Sie jammert nicht rum, fleht nicht um Gnade. Ein taffes Weib!

»Respekt«, sage ich. »So spricht eine selbstbewusste Frau. Sehen Sie, ich trage die Maske zu Ihrem Schutz. Wenn Sie mein Gesicht nicht kennen, muss ich Sie nicht töten. Aber ich kann sie gern abnehmen.«

Ich greife hin.

Sie kreischt: »Nein, verdammt, nicht! Behalten Sie das Scheißding auf! Was wollen Sie von mir?«

»Wie heißen Sie?«

Sie sieht aus, als müsse sie nachdenken und hätte ihren Namen vergessen. Sie schüttelt ihre Locken. »Hannelore.«

Ich erkläre es ihr emotionslos: »Hannelore! Ihr Mann hat ein Fotoalbum. Das hätte ich gern.«

Sie lacht bitter auf. »Eins? Sind Sie einer von diesen Freaks? Wollen Sie in seinen Tauschring rein oder wieder raus?«

Um die Situation zu entkrampfen, ziehe ich mir den Stuhl heran und setze mich.

»Was soll das werden?«, fragt sie angriffslustig. »Ein Kaffeekränzchen?«

»Gegen eine Tasse hätte ich wirklich nichts einzuwenden. Ein Stückchen Kuchen würde ich auch nehmen. Der ist doch selbstgebacken, oder?«

Sie nickt.

Ich ziehe mir die Platte heran und nehme ein Stück Butterkuchen vom Blech. Um reinzubeißen, will ich die Maske hochschieben.

»Nicht!«, schreit sie. »Wehe, Sie ziehen Ihre Karnevalsverkleidung aus! Wehe!«

Sie bemüht sich zwar, hier ganz die Coole zu spielen, hat aber offensichtlich doch ziemlichen Schiss vor mir.

»Machen Sie nicht so einen Stress. Was ist jetzt mit dem Kaffee? Ich werde hier auf Emil warten.«

Sie schüttelt heftig den Kopf. Haare lösen sich aus den Lockenwicklern. »O nein, das werden Sie nicht. Der kommt nämlich nicht wieder.«

»Warum nicht?«

»Weil ich ihn rausgeschmissen habe. Jetzt ist er bei seinem Partyluder in Lingen an der Ems.«

Sie dreht mir den Rücken zu, hält das Messer nur noch mit einer Hand und gießt Filterkaffee in einen Becher. Ich fordere sie auf, den Kaffee stehenzulassen.

»Sie haben Angst«, folgert sie, »dass ich Ihnen die heiße Brühe ins Gesicht kippe?«

»Ich möchte Sie lieber erst gar nicht in die Versuchung bringen. Wir verstehen uns doch im Grunde ganz gut. Kann es sein, dass wir beide ziemlich sauer auf Emil Pfeil sind?«

Ohne auf meine Anweisung zu achten, wie um mir zu zeigen, dass ich mich auf sie verlassen kann, stellt sie den Becher brav vor mich auf den Tisch. »Milch? Zucker?«

»Schwarz wie meine Seele.«

»Können Sie mit Maske trinken?«

»Ich komme mir albern dabei vor.«

»Versuchen Sie es.«

Es ist nicht leicht, aber es geht. Sogar ein bisschen Kuchen kann ich so essen. Ich muss ihn nur in kleine Stückchen zerpflücken.

»Braver Junge«, grinst sie. Sie setzt sich zu mir. Vorsichtshalber bleibt sie außerhalb meiner Reichweite, aber sie setzt sich. Immerhin. Das Brotmesser hält Hannelore in der Rechten. Sie zeigt auf mich: »Lassen Sie mich raten: Sie sind ein Lover von einem Modell, das nicht mehr mitmachen will. Oder schlimmer – Sie haben ein Modell geheiratet, und jetzt wollen Sie nicht riskieren, dass die Fotos in ihrer Firma auftauchen.«

Sie beobachtet meine Reaktion, als könnte sie hinter der Maske meine Gesichtszüge sehen. Mit ihren Worten schaufelt sie sich selbst Boden unter die Füße.

Ich bin froh, dass sie kein Theater macht, sondern mitspielt.

»Im Grunde haben Sie recht. So ähnlich ist es. Sie sollten sich im Fernsehen bei einer Quizshow oder einem Ratespiel bewerben. Sie sind gut.«

Sie winkt ab: »Ich kenne das Spiel. Irgendwann kommt immer ein Typ angefahren und will alles rückgängig machen. Sie sind allerdings der Erste, der mit einer Maske und einem Arztkoffer kommt. Manchmal sitzt eine heulende Frau im Auto. Sie sieht dann selten so scharf aus wie auf den Bildern. Der Letzte hat für ein Album zwanzigtausend bezahlt. Ja, da staunen Sie, was? Dafür gehen manche Leute ein ganzes Jahr arbeiten. Ich zum Beispiel. Als Kellnerin.«

»Wo hat er seine Alben versteckt?«, frage ich.

»Versteckt? Glauben Sie, das Zeug ist hier?« Sie lacht bitter. »Das ist sein wertvollster Besitz. Der hat gar nichts anderes mitgenommen. Seine geliebte Lederjacke und seine Fotobücher.«

Ich stehe sofort auf.

»Wo ist er jetzt?«

»In Lingen!«

»Wo da?«

»Sein Kumpel Henry, dieser schwanzgesteuerte Mistkerl, hat ein neues Modell. So nennen sie die Zuckerschnecke. Diese Natascha macht nicht nur erotische Fotos. Die hat meinen Emil komplett verrückt gemacht.« Sie legt das Messer auf den Tisch und fuchtelt mit den Armen in der Luft herum, als müsse sie blutrünstige Mücken vertreiben. »Ich bin ja echt für jeden Scheiß zu haben, mache jeden Blödsinn mit. Ich dachte, so ein paar private Fotos, da kann doch nichts dabei sein. Aber dann wurde es immer schlimmer, mit Tauschen und so …«

»Und so?«

»Na ja, irgendwann wurde im Grunde ein Geschäft daraus. Es fing ganz langsam an. Als die Erste ihre Bilder zurückhaben wollte, weil sie ihr Staatsexamen bestanden hatte und als Richterin oder Staatsanwältin oder was weiß ich arbeiten wollte, da sind freizügige Fotos ein berufliches No-Go. Als diese Tussi Scheine hingeblättert hat, um die Bilder zurückzubekommen, da hat mein Emil Blut geleckt. Ich war dann nur noch als Köder da. Mit mir hat er den biederen Ehemann gegeben, der eben gern fotografiert und auch – ohne finanzielle Interessen – tauscht. Zunächst war das auch so. Einige tauschten, und damit war es erledigt. Aber wenn man nur lange genug wartet, dann tut es den meisten irgendwann leid, und sie wollen es ungeschehen machen. Durch Partnerwechsel, neuen Beruf oder was auch immer geraten viele Menschen in Interessenkonflikte.«

»Ja, genau deshalb bin ich hier. Ich will ein Fotoalbum zurückholen.«

Sie schaut mich wieder an, als könne sie durch meine Maske hindurchsehen und mein wahres Gesicht erkennen.

»Sie wollen nicht nur das Album. Sie wollen ihn auch gern ver-prügeln. Es ihm richtig heimzahlen, stimmt's?«

»Ja«, gebe ich zu, »es wäre ein Fest für mich.«

»Meinetwegen können Sie den Mistkerl umlegen. Ich bin fertig mit ihm.«

Das werde ich. Versprochen!

Sie beugt sich vor, so dass ich einen tiefen Einblick in ihren Aus-schnitt habe. Ich bin mir nicht sicher, ob sie das absichtlich macht.

»Der hat mich nur benutzt. Glauben Sie nicht, dass der hier mal einen Putzlappen in die Hand genommen hat. Der doch nicht! Ich durfte hier den ganzen Haushalt schmeißen, für ihn das Fotomo-dell spielen, und wenn ich abends gekellnert habe, dann hat er sich mit anderen Frauen amüsiert. Nein. Mir reicht's! Das Haus hier ge-hört mir, das haben meine Eltern mir vererbt. Die hatten früher eine Gaststätte in der Südstadt. Ebertstraße.«

Hannelore guckt, als sei sie mächtig stolz auf ihre Eltern. Das kann ich von meinen nicht behaupten. Ihre Eltern haben ihr im-merhin dieses schöne Haus vererbt.

»Jetzt will er sich mein Elternhaus unter den Nagel reißen. Er sagt, ihm gehört von allem die Hälfte, wenn wir uns scheiden las-sen. Ich soll ihn auszahlen. Das kann ich aber nicht.«

Sie macht eine Bewegung, als wolle sie mir die Maske vom Ge-sicht reißen oder zumindest mein Gesicht streicheln. Es ist eine langsame, unagressive Bewegung. Trotzdem weiche ich zurück und ärgere mich gleich darüber. Wie soll sie Respekt vor mir haben, wenn ich zurückweiche, als hätte ich Angst vor ihr.

»Es ist besser, ich behalte meine Maske auf.«

Sie kokettiert nun deutlich, nimmt Abstand von mir, stemmt die Hände in die Hüften, wiegt sich hin und her, dreht sich einmal, dass ihr Unterrock nur so flattert, und lacht: »Sie kennen so viel von mir, und ich darf nicht mal Ihr Gesicht sehen?«

»Es ist besser für Sie.«

»Ich werde Sie nicht verpfeifen, wenn Sie all die Scheiße aus ihm rausprügeln, die er in sich drin hat. Im Gegenteil. Ich werde Sie dafür belohnen.«

Sie beugt sich vor und zeigt mir deutlich, was sie zu bieten hat.

»Richtige Prinzessinnen belohnen ihre Helden.«

Sie wartet nur auf mein Signal, damit ihre Show beginnen kann, aber ich will das nicht. O ja, sie ist ein durchaus verlockendes Angebot, aber ich käme mir schäbig dabei vor. Ich wüsste doch nie, ob sie das jetzt nur tut, weil sie ihr Leben retten will, weil sie daran gewöhnt ist, Männer mit Sex zu bezahlen und sich so kleine Vorteile zu ergattern. Es fällt mir fast schwer, es zu schreiben, aber es ist genau so: Ich habe Lust auf Hannelore. Ich schäme mich aber, es jetzt mit ihr zu tun.

Ja, ich werde gleich losfahren und ihren Mann töten. Damit habe ich überhaupt kein Problem. Aber jetzt hier Sex mit ihr, das geht einfach nicht.

Eine Stimme in mir lästert, ich sei zwar noch nicht mit Beate verheiratet, aber schon vorzeitig zum Ehekrüppel geworden. Nein, das ist es nicht! Ich glaube nicht, dass mich die altmodische Moralvorstellung, treu sein zu wollen, abhält. Es ist mehr meine Unsicherheit, ob das hier wirklich so freiwillig geschieht, wie es aussieht. Immerhin bin ich mit einer Teufelsmaske und dem Willen zu töten in dieses Haus eingedrungen. Auch wenn sie mir die Tür geöffnet hat – ich habe sie erschreckt.

»Was ist jetzt?«, fragt sie. »Sollen wir uns langsam ausziehen? Ein Teil du, ein Teil ich? Oder willst du dabei die Maske auflassen? Komm, mein Ritter, leg deine Rüstung ab!«

Ich stehe auf. »Nein«, sage ich, »es ist besser, wenn ich jetzt gehe. Ich habe noch einiges zu tun. Wo finde ich ihn in Lingen?«

Sie reißt einen Einkaufszettel von der Pinnwand ab, schreibt eine Adresse darunter und schiebt mir das Papier rüber wie ein Agent in einem B-Movie die Geheimformel zur Rettung der Erde.

Ich stecke den Zettel ein, ohne draufzuschauen. Mit dem Finger zeige ich auf sie und versuche einen durchdringenden Blick: »Sie werden ihn nicht anrufen und warnen.«

»Das ist der beste Witz des Jahrhunderts. Warnen! Ich ihn? Fahr hin! Hau ihn aus dem Anzug und bestell ihm schöne Grüße von mir, wenn seine Zähne im Arsch Klavier spielen. Bring mir Fotos davon mit, und du erlebst kosmischen Sex! Das wird eine völlig neue Erfahrung für dich. Glaub mir … Hannelore hat es drauf …«

Wenn sie nur halb so gut ist wie ihre Werbetexte, muss sie im Bett umwerfend sein, denke ich. Aber in dieser Frage bin ich nicht bedürftig.

Ich bin mir sicher, dass sie mich nicht verpfeifen wird. Ich riskiere es. Was sollte ich auch sonst tun? Sie töten, damit sie mich nicht verraten kann?

Nein. Dazu bin ich nicht in der Lage.

27

Als ich noch in Bamberg im Haus meiner Eltern in der Gärtnerstadt wohnte, da dachte ich, in Norddeutschland liegt alles nah beieinander, und man könne zum Kaffeetrinken mal eben von Hamburg nach Norddeich fahren. Wenn man dort zu Hause ist, sind die Strecken riesig, und das Land ist groß. Jetzt bin ich schon seit anderthalb Stunden unterwegs, von Wilhelmshaven nach Lingen, und ich habe noch ein ganzes Stück vor mir.

Die Bilder gehen mir nicht aus dem Kopf. Diese Frau in ihrem hellblauen Unterrock, wie sie sich mir angeboten hat. War Hannelore wirklich so liebebedürftig? Sollte alles eine Belohnung für mich sein, damit ich den Typen verdresche? Oder war es nur ihr verzweifelter Versuch, den Killer gnädig zu stimmen?

Wirke ich wie ein Killer? Macht es die Maske? Ich bin verwirrt, und das ist nicht gut, wenn man mit hundertachtzig über die Autobahn brettert.

Endlich in Lingen angekommen, parke ich mein Auto im Hoogenhook und fahre mit dem Rad in die Kiesbergstraße.

Der Drecksack wohnt im Stadtteil Laxten. Ich rechne damit, ihn mit seiner vermutlich ein paar Jahre jüngeren Geliebten, Natascha, anzutreffen. Ich will der Frau nichts tun, mit ihr habe ich ja schließlich keine Probleme.

Ich habe ein klares Ziel. Ich verdeutliche es mir noch einmal: Ich will das Fotoalbum und am besten die Adressen der anderen Besitzer. Dann werde ich ihn töten und die Frau wohl gefesselt und geknebelt zurücklassen, damit sie nicht sofort die Polizei ruft.

Wer weiß, wie lange die beiden schon zusammen sind. Vielleicht ist sie auch ganz froh, wenn ich ihm eins verpasse, denke ich fröhlich. Bei solchen Typen läuft am Ende doch immer die Beziehung aus dem Ruder. Jedenfalls werde ich die Maske aufsetzen, und Handschuhe ziehe ich sowieso an. Zeugen brauche ich nicht.

Weil ich ein bisschen durcheinander bin, überprüfe ich kurz den Inhalt meines Arztkoffers. Masken. Kabelbinder. Teppichklebeband. Vinyl-Einmalhandschuhe. Das Einhandmesser habe ich im Jackett.

Vielleicht muss ich sie ja gar nicht fesseln und knebeln, sondern ich serviere ihr einfach ein paar schöne Träume. Ja, das erscheint mir die humanere Lösung zu sein.

Ich ziehe eine Spritze auf.

Auf dem Türschild steht *Ilustadt*. Kein Vor- und kein Nachname, genau wie auf meinem Zettel. Ich setze wieder meinen Ellbogen zum Klingeln an. Die linke Hand habe ich in der Jackentasche und halte die Spritze bereit. Ich rechne damit, dass seine neue Geliebte mir die Tür öffnet, und ich will sie sofort ins Traumland schicken.

Aber meine Instinkte, auf die ich mich sonst so gut verlassen kann, funktionieren nicht durch geschlossene Türen. Zum zweiten Mal an diesem Tag irre ich mich. Diesmal steht ein Mann vor mir.

Er zuckt kurz zusammen, als er meine Teufelsmaske sieht, dann breitet er die Arme lachend aus und ruft: »Werner! Ist schon Karneval? Willst du kleine Kinder erschrecken?«

Er versucht, mich zu umarmen.

Ich stoße ihn zurück. Allein der Gedanke widert mich an. Eine körperliche Berührung mit ihm will ich nicht. Ich müsste mich schon überwinden, ihm eine Rechts-links-Kombination an den Kopf zu knallen.

Er weicht fast spielerisch aus und wehrt ab.

Der boxt! Das hat der garantiert im Verein gelernt … Er ist Sparringstraining gewöhnt. So fett, wie er aussieht, dürfte seine aktive Zeit aber lange vorbei sein.

Gut, dass ich mein Messer habe.

Meine Reaktion kommt mir allerdings läppisch vor, irgendwie unwürdig. Er nimmt sie auch nicht sehr ernst. Er hebt die Arme und lacht: »Hey, hey, hey! Nicht so stürmisch, Alter! Komm rein, trink einen mit uns. Ich hab neues Material!« Er führt zwei Finger zu den Lippen, küsst sie und schnalzt: »Du wirst staunen. Solche Möpse! Du stehst doch auf XXL-Titten. Und alles echt, sag ich dir!«

Ich kapiere, er ist also nicht allein. Drinnen wartet noch jemand. So, wie er redet, aber keine Frau …

Ich überwinde mich und verpasse ihm mit links einen Schlag in die Magengrube. Meine Faust bohrt sich tief in sein Wabbelfleisch. Ich ziehe sie sofort wieder zurück, als hätte er eine ansteckende Krankheit.

Er japst nach Luft. Seine Augäpfel treten hervor. Er versucht, nach hinten in die Wohnung zu fliehen.

Die machen doch alle die gleichen Fehler. Wenn überhaupt, dann könnte nur draußen, auf der Straße, die Chance bestehen, mir zu entkommen. Aber wahrscheinlich ist die Wohnung für Menschen ein so bekannter, schützender Ort, dass sie sich, selbst wenn ein Eindringling kommt, in ihrer eigenen Höhle sicherer fühlen als draußen auf der Straße, wo sie um Hilfe rufen könnten und viele Augen das Geschehen beobachten.

»Ich bin nicht Werner, du Idiot«, sage ich, schließe die Tür hinter mir und treibe ihn mit Tritten vorwärts, an der Garderobe vorbei. Eine Vase fällt vom Schuhschrank. Geschmackloser Scheiß. Nicht schade drum.

Er stolpert ins Wohnzimmer.

Kurz blinkt in meinem Gehirn der Gedanke auf: Ist das so? Frauen fliehen in die Küche, Männer ins Wohnzimmer? Oder generalisiere ich jetzt nur ein zufälliges Ereignis?

Der Typ im Wohnzimmer sieht völlig anders aus. Er ist hager, langhaarig, mit einem Dreitagebart, raucht selbstgedrehte Zigaretten.

Der Langhaarige springt auf und versucht, seine Lederjacke zu erreichen, die auf einem Sessel liegt.

Jetzt funktionieren meine Instinkte. Aber so was von! Ich muss nicht überlegen, ich handle einfach. Ich weiß, dass er versucht, an eine Waffe zu kommen. Dabei muss er mir den Rücken zudrehen.

Er fummelt in seiner Lederjacke herum. Ich reiße seinen Kopf in den Nacken und schneide ihm von hinten den Hals durch.

Es ist ein guter, sauberer Schnitt. Er kann augenblicklich nicht mehr sprechen oder schreien. Das Gegurgel kommt von dem ausströmenden Blut.

Ich lasse ihn los. Er dreht sich um, schaut mich an. Die Jacke fällt auf den Boden. Ich muss aufpassen, dass er mich nicht vollspritzt.

Er taumelt, greift sich an den Hals, kann es nicht glauben.

»Der Mensch«, sage ich zu ihm, »hat fünf bis sechs Liter Blut, je nach Körpergewicht. Nach einem Verlust von weniger als einem Drittel beginnen Sie zu frieren. Dann werden Sie ohnmächtig. Nach dem Verlust von zwei Dritteln sterben Sie. Keine Angst, das geht relativ schnell. Spüren Sie das Schwindelgefühl schon kommen? Gleich beginnt der Schüttelfrost.«

Hinter mir keucht Emil Pfeil: »Sie sind wahnsinnig! Sie sind ja völlig wahnsinnig!«

Ich drehe mich zu ihm um. »O nein, das bin ich keineswegs. Ich weiß sehr genau, was ich tue. Ich möchte die Fotoalben. Sie haben private Aufnahmen von Beate Herbst. Ihr verblödeter Exlover – er ist übrigens gerade verstorben – hat mit Ihnen Alben getauscht. Ich möchte sie haben. Wären Sie so freundlich …«

Pfeil zeigt auf seinen Kumpel: »Der stirbt! Sie haben ihm den Hals durchgeschnitten!«

»Richtige Feststellung. So muss ich mir wenigstens sein Gequatsche nicht anhören.«

Ich bücke mich, hebe die Jacke auf, und tatsächlich finde ich einen Revolver.

Ich verstehe eine Menge von Messern, aber nicht so viel von Schusswaffen. Ich halte das Ding hoch. »Sieht aus wie eine Damenwaffe. Klein, handlich. Aber ich glaube kaum, dass man damit einen richtig zornigen Mann stoppen kann. Zumindest nicht mit ein, zwei Schüssen. Und glauben Sie mir, ich bin zornig!«

Pfeil steht immer noch gebückt. Er hebt die offenen Hände in meine Richtung und versucht, mich zu beruhigen. Interessant, denn ich bin ja schon ganz ruhig. Ich wette, mein Blutdruck ist nicht höher als 120/80.

Ich fühle mich gut und bin völlig Herr der Lage.

»Ich gebe Ihnen die Fotoalben. Deswegen hätten Sie ihn doch nicht umbringen müssen!«

»Nein«, sage ich, »aber ich muss ihn deswegen auch nicht leben lassen. Nun beeilen Sie sich. Wenn in den nächsten drei, vier Minuten Hilfe kommt, könnte er vielleicht gerettet werden …«

Man kann ja mal lügen. Den rettet auch kein Notarzt mehr.

Aber meine Worte bringen Druck in die Situation, und der übergewichtige Emil Pfeil bewegt sich erstaunlich flink. »Hier, hier!«, ruft er, rennt, immer noch leicht nach vorn gebeugt, mit hochgezogenen Schultern.

Ich weiß, er wird nicht mit einer Waffe zurückkommen, sondern mit den Fotoalben.

Ich folge ihm mit ruhigen Schritten. Früher war es vermutlich

222

ein Kinderzimmer, jetzt ist daraus ein Gästezimmer geworden. An den Wänden selbstgemachte Poster. Sie erinnern mich an die, auf denen Beate abgebildet war. Hier sind andere Frauen zu sehen. Trotzdem wallt Wut in mir auf.

Pfeil zerrt einen Koffer aus der Ecke. Es ist ein billiger, abgeschabter Koffer, aber er hat Rollen. Pfeil will den Koffer öffnen, kriegt es aber nicht ohne weiteres hin. Seine Hände zittern, und er stöhnt. Jeder Kampfgeist hat den alten Boxer verlassen.

»Ruhig Blut«, sage ich, aber das regt ihn noch mehr auf. Ich sehe nur Pfeils Rücken, wie er über den Koffer gebeugt sein Glück versucht.

Ein IKEA-Regal weckt meine Aufmerksamkeit. Darin stehen ein paar Bücher, ein Teddybär und eine alte Jack-Daniels-Flasche. Normalerweise erkenne ich schon von weitem, aus welchem Verlag Bücher sind. Die hier habe ich noch nie gesehen und kann sie keinem Haus zuordnen.

»Schöne Grüße von Ihrer Frau«, richte ich aus.

Ich gehe zum Buchregal und fische ein erstes Buch heraus. Hier steht nur Pornographie. Daneben eine ganze Reihe mit selbstgemachten Fotoalben. Ich finde auch eins mit Beate.

In meinem Kopf knatterte eine Kreissäge.

Überall in der Wohnung liegen Sachen herum, die offensichtlich einer schlanken, jungen Frau gehören. Ich denke, es wird sich um die Nebenbuhlerin von Frau Pfeil handeln. Ich frage ihn, wo sie ist.

Ich darf keinen Fehler machen. Wenn sie sich in einem Nebenzimmer versteckt, dann …

»Pizza holen«, sagt Pfeil, und endlich öffnet sich der Koffer. Ich kippe den gesamten Inhalt – es sind nur Fotoalben – auf den Boden und finde gleich eins mit meiner Beate. Also habe ich nun schon zwei. Fehlt nur noch das dritte, denke ich.

Ich schaue ihn an und sage streng: »Emil, es fehlt noch ein Buch. Wer hat es?«

Er zuckt mit den Schultern. »Herrjeh, wir sind ein Tauschring …«

»Wer?«

»Ich weiß es echt nicht. Ich lern das doch nicht auswendig!«

Ich halte die Messerspitze gegen seine Brust und piekse ihn.

»Ich … ich kann es herausfinden … vielleicht … Ich … Aber dann müsste ich telefonieren …«

»Gib mir einfach die Adressen von euren Leuten. Und ich will deine Post.«

»Wie, meine Post?«

»Deinen Computer. Stell dich nicht blöder an, als du bist. Du hast doch, als du ausgezogen bist, die wertvollsten Dinge mitgenommen. Dazu gehören deine Adressenkartei und diese Alben. Oder nicht?«

Er nickt.

In dem Moment klingelt es. »Natascha!«

Nein, ich lasse ihn nicht zur Tür gehen. Das erledige ich selber. Aber damit er die Zeit nicht nutzt, um die Polizei zu rufen oder sich zu bewaffnen, knalle ich ihm die Faust gegen die Schläfe und knocke ihn so kurz aus.

Er fällt um wie ein Kleiderständer, der Übergewicht bekommt.

Mit ein paar Schritten bin ich bei der Tür und öffne sie so, dass Natascha mich nicht gleich sieht. Die Tür verdeckt mich.

Sie balanciert drei Pizzen herein. Oregano-Käse-Duft erfüllt sofort die Wohnung. Unterm Arm hat sie noch eine Flasche Rotwein und oben auf dem Türmchen, vermute ich mal, eine Schüssel mit Salat.

Ich schließe die Tür hinter ihr. Jetzt sieht sie mich, und zu meinem Erstaunen lässt sie nicht einfach alles fallen.

Wahrscheinlich muss sie hier saubermachen und will sich die Sauerei ersparen.

Das macht es mir leicht, die Spritze zu platzieren. Sie schreit nicht, sie ruft nicht um Hilfe, sie sagt: »Ich habe Pizza mitgebracht.«

Ich drücke das Zeug in sie hinein.

Sie taumelt schon.

Ich nehme ihr die Schachteln ab, stelle alles auf den Schuhschrank bei der Garderobe und halte sie fest, damit sie nicht lang hinknallt und sich etwas bricht. Schließlich hat diese junge Frau mir nichts getan. Ich lege ihr sogar noch ein Kissen unter den Kopf und achte darauf, dass sie sich nicht an den Scherben der Blumenvase verletzt.

Dann bin ich zurück bei Emil. Er hat sich inzwischen aufgerappelt und mit Heldenmut bewaffnet. Das Ganze sieht aber ziemlich halbherzig aus. Er hat einen Tennisschläger in der Hand.

Ich lache. »Willst du jetzt echt damit auf mich losgehen? Glaubst du, das beeindruckt mich? Ich dachte, du hast mal geboxt.«

Er lässt den Tennisschläger sinken.

»Hättest du die Zeit nicht besser dafür verwendet, die Adressen für mich rauszusuchen?«

»Mein Computer«, sagt er, »steht im Wohnzimmer.«

»Und? Warum hast du ihn nicht geholt? Traust du dich nicht rein? Hast du Angst vor Toten? Glaub mir, der Hustadt tut dir nichts mehr. Der ist schon in der Hölle. Da, wo du auch hingehörst. Da könnt ihr Drecksäcke ja bald ein Wiedersehen feiern.«

Aber noch einmal bäumt sich Widerstandsgeist in ihm auf. Vielleicht, weil ich ihn an seine Zeit als Boxer erinnert habe. Ich glaube es kaum, er schlägt tatsächlich nach mir. Es ist ein halbherziger Versuch.

Ich stoße ihm die Klinge in die Brust.

Jetzt nehme ich die Maske ab. Mir wird zu warm darunter. Mein

Gesicht ist schon ganz verschwitzt. Nun spielt es auch keine Rolle mehr, wenn er mein Gesicht sieht. Er stirbt ja schon. Und Natascha wird noch eine Weile schlafen.

Ich lasse die Badewanne voll Wasser laufen. Ich will die Computer hineinwerfen, denn ich habe Angst, dass darauf auch noch Fotos von Beate sind. Doch ich halte inne. Soll ich wirklich mit den beiden Fotoalben verschwinden? Was ist mit dem Rest? Wie viele Familien werden zerstört werden, wenn die Polizei das hier findet? Wie viele Menschen unter Druck geraten, berufliche Schwierigkeiten bekommen, in der Öffentlichkeit blamiert dastehen? Ist das jetzt spießig von mir oder nur nett?

Ich beschließe, alles zu entsorgen. Und dann kann ich auch gleich die Computer mitnehmen. So wird die Polizei wenigstens nicht bei vielen Familien auftauchen und blöde Fragen stellen. Die beiden hier haben schon genug Schaden angerichtet. Nach ihrem Tod soll es für alle vorbei sein.

Die Kreissäge in meinem Kopf verstummt. Stattdessen höre ich virtuose Gitarrenklänge, als würde in meinen Ohren ein kleiner Jens Kommnick sitzen und die Saiten zupfen.

Aber mit meinem Fahrrad kann ich nicht alles transportieren. Ich merke, dass ich lange nicht so klug, überlegt und organisiert gehandelt habe, wie ich es mir wünschen würde. Immer, wenn Wut im Spiel ist, wird die Logik überschattet.

Ich fahre mit dem Rad zu meinem Auto. Dann, bevor ich mit dem Wagen in die Kiesbergstraße einbiege, halte ich noch mal an. Jeder kann jetzt mein Nummernschild sehen. Vielleicht gibt es sogar irgendwelche Überwachungskameras. Das Ganze ist ein verdammt gefährliches Spiel.

In einem Vorgarten hebe ich frische Erde aus einem Blumenbeet und klatsche sie gegen meine Nummernschilder. Das wird nicht lange halten, aber ein paar Minuten bestimmt.

Ich parke direkt vor dem Haus, laufe ins Wohnzimmer, packe den Koffer wieder mit allen Büchern und bringe ihn an Natascha vorbei, die immer noch schläft, nach draußen. Da mein Rad ziemlich viel Platz wegnimmt, lege ich den Koffer auf den Rücksitz. Die restlichen Bücher aus Hustadts Regal packe ich auf den Beifahrersitz.

Mein Gott, wo soll ich den ganzen Müll bloß lassen? Hoffentlich hält mich unterwegs keine Polizeistreife an. Ich darf in keine Kontrolle geraten und selbst keinen Unfall bauen, egal, wie nervös ich jetzt bin.

Ich hole noch die Computer und decke Natascha mit einer Wolldecke zu. Sie sieht jetzt aus wie ein kleines Mädchen, das sich im Flur schlafen gelegt hat. Ihr Gesicht hat etwas Kindliches.

Es riecht immer noch heftig nach Pizza, dazwischen der metallene Geruch von frischem Blut.

Ich habe nach getaner Arbeit einen Bärenhunger. Ich öffne die oberste Pizzaschachtel. Es ist eine Pizza Tonno. Ich reiße mir ein Stück davon ab und beiße rein. Köstlich! Die Pizzeria muss ich mir merken.

Jens Kommnick übergibt jetzt die Gitarre an Werner Lämmerhirt.

Die Pizza ist einfach zu gut. Ich reiße ein weiteres Stück ab und nehme es mit ins Auto. Ich fahre ein bisschen herum und esse dabei meine Pizza. Ich bin ziemlich gut gelaunt. Ich finde, ich hab das ganz klasse geregelt. Es fehlt nur noch ein Fotoalbum. Aber mit den Computern werde ich es finden.

Ich fahre herum und suche eine schöne, freie Ecke, um die Alben zu verbrennen. Zweimal halte ich an, weil mir Stellen geeignet erscheinen, aber dann verwerfe ich den Plan wieder. Was mache ich, wenn Leute vorbeifahren, stehen bleiben, jemand die Feuerwehr ruft? Himmel … bei offenem Feuer, wer weiß …

Es scheint mir sicherer zu sein, die Fotoalben mit nach Norddeich zu nehmen und im eigenen Garten zu verfeuern. Vielleicht kann ich gemeinsam mit Beate ein Ritual daraus machen. Es wird ihr gut tun zu sehen, wie die Flammen die drohende Schande vernichten, bevor sie einer breiten Öffentlichkeit bekannt werden kann.

Eigentlich müsste ich todmüde sein, aber ich bin topfit.

Ich bekomme Durst auf ein Rauchbier. Am liebsten vom Schlenkerla. Doch auf diese Bamberger Spezialität muss ich in Ostfriesland leider verzichten. Auch ein Leberkäs-Brödla wäre jetzt genau richtig.

Die Umstellung von Leberkäs auf Matjes fiel mir gar nicht so schwer. Nur manchmal flammt die Sehnsucht wieder auf.

Bei uns zu Hause schläft ja noch Frau Ricklef. Sie darf natürlich nichts merken.

Vor mir liegt noch ein gutes Stück Weg und eine Menge Arbeit.

28

Es ist mir gelungen, die Sachen unbemerkt in der Garage zu verstauen. Lange will ich das Zeug dort aber nicht liegen haben. Es ist zu verräterisch. Wenn die Polizei kommt, um meine Arztpraxis zu schließen, damit ich den studierten Quacksalbern nicht länger Konkurrenz mache, müssen sie ja nicht gleich herausfinden, dass sie es mit einem Serienkiller zu tun haben. So nennt man ja wohl Leute wie mich.

Eigentlich wollte ich Arzt und Schriftsteller werden, nicht Serienkiller. Aber wer wird schon als so etwas geboren? Das Leben hat mich im Laufe der Zeit dazu gemacht, und jetzt fühle ich mich in diesen Identitäten sogar recht wohl. Als hätte ich meine Bestimmung gefunden.

Vielleicht gibt es bessere Lebens- und Seinsformen. Das ist eben meine. Ich bin ein Doktor, der keiner ist, aber von seinen Patienten geliebt wird. Ein Schriftsteller, der keine Leser hat, und ein Serienkiller, frei von jeglicher Mordlust. Ich empfinde keine sexuelle Befriedigung dabei, wenn ich einen Menschen umbringe. So ein krankes Arschloch bin ich nicht. Sexuelle Befriedigung finde ich ganz woanders ... Es ist legal, und es macht uns beiden Spaß.

Diesmal laufe ich nicht ins Watt, um die Stille zu hören. Es reicht mir, auf der Deichkrone zu sitzen und aufs Meer zu schauen. Der Wind hüllt mich ein wie ein beweglicher Kokon. Gleichzeitig ist es, als würde er meinen Körper, während ich hier sitze, mitnehmen und an einen anderen Ort tragen. Wenn man darüber nachdenkt, hört es sich verrückt an, wenn man es nur spürt, ist es ganz klar und einfach. *Blowin' in the wind* summe ich, ohne einen Ton zu machen, ohne die Lippen zu bewegen, als würde ich eins mit etwas Größerem. Bedeutsamen.

Später schlüpfe ich zu Beate ins Bett. Ich liege da, höre ihren Atem, und für mich ist er fast so schön wie die Stille. Ich lasse mich mitnehmen, versuche, im Gleichklang mit ihr zu atmen. Am liebsten würde ich ihr im Traum begegnen.

Doch ich schlafe noch nicht ein. Die Ereignisse haben mich mehr aufgewühlt, als ich mir zugestehen mag. Ich bin todmüde und erschöpft, aber ich kann nicht schlafen. Selbst hier im Bett spüre ich noch den Wind auf meiner Haut. Es ist, als würde ich nicht auf der Matratze liegen, sondern auf Luft schlafen.

Ich stehe leise auf. Ich will ja auch Frau Ricklef nicht wecken, die es sich im Gästezimmer gemütlich gemacht hat. Hoffentlich wird daraus keine Dauereinrichtung …

Ich setze mich in meinen Ohrensessel und schreibe noch ein wenig. Ich beginne, in der Vergangenheitsform zu schreiben, aber dann streiche ich es durch. Nein, das stimmt nicht. Beim Schreiben ist es, als würde es jetzt geschehen. Deswegen muss ich es in der Gegenwart erzählen. So durchlebe ich es noch einmal. So lerne ich von allem, was ich getan habe, sehe, was richtig war, was falsch. Wo ich Fehler gemacht habe. Was ich hätte beachten sollen. So werde ich meine Arbeit perfektionieren. Als Erzähler, als Arzt und als Killer.

29

Noch vor dem Frühstück kann ich Beate beruhigen. »Ich habe zwei Fotoalben. Es war gar kein Problem. Sie haben sie einfach so rausgerückt.«

Sie schaut mich mit den Augen einer liebenden Frau an. Sie küsst mich, wie eine Schwester ihren Bruder küsst.

»Danke«, sagt sie. »Danke, dass du das für mich tust.«

»Ich bin dein Mann«, antworte ich, und sie bestätigt, als sei damit alles geklärt: »Ja. Und ich bin deine Frau.«

Wir frühstücken zu dritt. Ich mache uns Rühreier. Obwohl unsere Amerikareise näher rückt, reden wir kein Wort darüber. Die Dynamik der Ereignisse vor Ort lassen im Moment gar keinen Gedanken daran zu.

Susanne Ricklef duzt mich einfach, und ich duze sie natürlich zurück. Sie erzählt, gestern Abend sei ja noch viel los gewesen. Ihr Mann habe sich im Suff schwer verletzt und sei ins Krankenhaus gekommen. Sie hätte einen Anruf aus der Ubbo-Emmius-Klinik erhalten. Er habe sich den kleinen Finger abgeschnitten.

Ich tue erstaunt. »Abgeschnitten? Wie kann man sich denn selbst den Finger abschneiden? Ich vermute eher, abgehackt, oder?«

»Kann sein. Er macht immer gerne Feuerchen. Besonders, wenn er einen getrunken hat. Geschieht ihm ganz recht«, sagt sie, »aber jetzt kann er natürlich eine Weile nicht arbeiten gehen. Er wird bestimmt krankgeschrieben. Dann sitzt er die ganze Zeit zu Hause. Das macht es nicht leichter für mich.«

Beate führt noch ins Feld, dass sie doch ihre Schwester im Sauerland habe, und ob sie nicht vielleicht dorthin … Aber Susanne schüttelt den Kopf. Ihr Mann brauche sie jetzt, und er sei ja doch schon auf einem richtig guten Weg gewesen. Vielleicht habe er nur diesen Schock jetzt noch einmal gebraucht, um nun ein neues Leben zu beginnen.

»Ja«, sage ich, »vielleicht«, und tunke mein Croissant in den Kaffee.

Ich sehe es ihr an. Sie glaubt es selbst nicht. Ihre Mundwinkel zittern. Ihre Augen sind glasig. Sie erscheint mir gerade wie ein hoffnungsloser Fall. Sie macht sich viel mehr Sorgen um ihren Mann als um ihren Sohn oder um sich selbst.

Sie ist co-abhängig bis in die Knochen. Sie braucht keinen Hausarzt, sondern einen Therapeuten.

Ich erwähne, dass es in Norden nicht nur eine Gruppe der Anonymen Alkoholiker gibt, sondern auch eine AL-Anon-Gruppe, wo sich Angehörige und Freunde von Alkoholikern treffen, deren Leben durch das Trinken des Partners belastet wird.

»Ich weiß«, sagt sie, »ich weiß.« Und sie klingt, als sei sie nie da gewesen, sondern hätte schon vorher resigniert.

30

Beate ist in der Schule, und meine Praxis läuft ganz normal. Zwischendurch schaue ich ab und zu ins Internet, ob schon irgendwo etwas über die Morde in Lingen gepostet wird, aber weder bei Facebook noch in irgendeinem Onlineportal finde ich etwas.

Bei der Neuen Osnabrücker Zeitung schaue ich online nach. Auch bei der Lingener und der Meppener Tagespost. Nichts. Keine Information. Auf Facebook geistern keine Gerüchte herum. Seltsam.

Heute schaffe ich es nicht mal, zwischen den einzelnen Patientenbesuchen ein paar Gedichtzeilen zu lesen. Die aktuellen Nachrichten nehmen mich zu sehr gefangen. Ich bin wütend darauf, und ich laste es Pfeil und Hustadt an, dass sie sich mit ihrem Mist zwischen mich und gute Lyrik stellen. Die Drecksäcke sind das nicht wert. Ja, sie sind es einfach nicht wert!

Während ich noch Groll gegen die beiden hege, was meine Tat für mich in noch strahlenderem Licht erscheinen lässt, betritt Ann Kathrin Klaasen das Wartezimmer.

Ich frage sofort bei Cordula nach, ob sie sich angemeldet hat. Cordula verneint.

Kommt sie wegen der beiden Mistkerle in Lingen, oder hat Ricklef inzwischen erzählt, dass er sich den Finger keineswegs selbst abgeschnitten hat?

Ich bitte Cordula, Frau Klaasen vorzuziehen.

Würde eine Kommissarin, frage ich mich, die kommt, um eine Verhaftung vorzunehmen, sich bei einem Arzt ins Wartezimmer setzen und geduldig ausharren, bis sie dran ist? Vermutlich nicht.

Sie schaut sich jetzt das Plakat in meinem Wartezimmer an, das zwischen zwei Leuchtturmbildern aufgehängt ist.

Dann steht sie vor mir. Sie macht einen relativ gesunden Eindruck. Um ihre Schulter baumelt eine schwarze Damenhandtasche. Als sie die Tasche öffnet, befürchte ich einen Augenblick lang, sie könne ihre Pistole herausziehen und ein paar Handschellen, aber dann fischt sie nur Max von der Grüns Erzählung *Späte Liebe* hervor und legt das Buch auf meinen Schreibtisch.

»Sie haben einen guten Geschmack, Herr Doktor.«

»Was führt Sie zu mir? Haben die Medikamente nicht angeschlagen?«

Inzwischen liegen mir die Laborergebnisse vor. Ja, sie hat einen Darmpilz, der muss dringend behandelt werden. Ich mache ihr Vorschläge.

»Manchmal«, sagt sie, »bekomme ich noch anfallartige Krämpfe. Das kann ich im Moment überhaupt nicht gebrauchen.«

»Ist wieder ein Serienkiller unterwegs?«, frage ich und versuche dabei so zu lachen, als sei es ein Scherz. Immerhin ist sie ja als die deutsche Serienkillerfahnderin bekannt. *Niemand*, so schrieb Holger Bloem im Ostfriesland-Magazin, *weiß mehr über Serienkiller als diese Frau. Niemand hat so viele zur Strecke gebracht.*

Und diese Frau, denke ich, sitzt als Patientin in meiner Praxis. Ist das jetzt gut oder schlecht?

»Wir haben es tatsächlich mit einer neuen Serie zu tun. Da kann ich mir schlecht einen Krankenschein ausstellen lassen. Ab jetzt muss ich voll da sein. Geben Sie mir Medikamente. Ich meine jetzt nichts Homöopathisches. Nichts, was lange braucht und sanft wirkt. Geben Sie mir etwas, womit ich diese Sache hier durchstehen kann, und die sanfte Darmpilzbehandlung verschieben wir auf ein anderes Mal.«

Ich erkläre ihr, dass das eine sehr unkluge Art zu denken ist, dass ihr Körper wenig Verständnis dafür haben wird, aber dass ich ihr natürlich Mittel verschreiben kann, die die Symptome unterdrücken.

»Genau das brauche ich, Herr Doktor.«

»Was ist denn passiert?«, frage ich.

Sie schluckt, schaut mich an, und dann geschieht etwas, das ich schon häufig erlebt habe. Ärzte sind für viele Menschen so etwas wie ein Pastor oder Therapeut. Sie vertrauen ihm Dinge an, die sie nicht ihrem Klempner oder ihrem Friseur erzählen würden.

»In Lingen / Ems«, sagt sie, »hat jemand übel zugeschlagen. Zwei Leichen in einer Wohnung. Da versteht einer sein Handwerk.« Sie macht eine Bewegung mit der Hand, als würde sie sich selbst den Hals durchtrennen. »Ein glatter Schnitt hat das Opfer sofort stumm gemacht und sehr schnell getötet. Der Mann hatte keine Chance. Der zweite wurde mit einem Stich ins Herz getötet.«

»Aber dafür sind Sie doch nicht zuständig. Lingen / Ems! Ich bitte Sie. Das müssen Sie doch nicht ernsthaft bearbeiten. Außerdem ist es wohl kaum eine Serie, wenn einer zwei Leute tötet.«

»Wir hatten hier etwas Ähnliches.«

»Sie meinen in Greetsiel?«

Sie nickt.

»Der gleiche Täter?«, frage ich.

»Unverkennbar die gleiche Handschrift«, sagt sie. »Da bringt jemand Männer um.«

»Machen Sie mir keine Angst«, fordere ich. »Gehöre ich zum Beuteschema Ihres Killers?«

»Keine Ahnung. Kann schon sein. Eine Verbindung zwischen den Männern kennen wir noch nicht. Aber der Mörder hat es offensichtlich nicht auf Frauen abgesehen. Es war eine in der Wohnung. Sie brachte Pizza. Er hat ihr eine Spritze gegeben.«

»Und dann?«, frage ich. »Hat er sie vergewaltigt?«

»Nein, nein. Um so etwas geht es überhaupt nicht. Im Gegenteil. Er hat sie zugedeckt, schlafen gelegt wie ein Kind. Wir müssen versuchen, die Psyche des Täters zu verstehen. Dann können wir ihn auch ergreifen.«

Warum erzählst du mir das alles? Ist das hier so eine Art Verhör? Willst du mir auf den Zahn fühlen? Versuchst du, mich reinzulegen?

»Wie muss ich mir so einen Serienkiller vorstellen, Frau Kommissarin? Wie tickt so einer? Sie haben doch schon einige kennengelernt.«

Sie antwortet, ohne lange nachzudenken: »Wie Prometheus.«

»Prometheus?« Ich zitiere ein paar Zeilen aus dem Goethe-Gedicht: »Ich kenne nichts Ärmeres unter der Sonn' als euch Götter! Ihr nähret kümmerlich von Opfersteuern und Gebetshauch Eure Majestät.«

»Ja«, sagt sie, »so stelle ich ihn mir vor. Festgeschmiedet an den Felsen, pickt ein Adler an ihm und frisst seine Leber.«

»Die Leber«, werfe ich ein, »ist ein Organ, das sich wieder vollständig regeneriert.«

Sie lächelt mich an. »Ich glaube, darum geht es nicht, Herr Dr. Sommerfeldt. In der Mythologie steht die Leber auch für die dunkle Seite. Sehnsüchte, Wünsche … Ja, so sehe ich ihn, wie Prometheus. Unbeweglich und festgebunden sieht er alles, spürt den Schmerz und rastet dann irgendwann aus.«

Willst du wirklich mit mir über Prometheus diskutieren? Oder glaubst du, dass ich mich entlarven würde, weil mir der Vergleich gefällt?

»Ich glaube, Mary Shelley, die Autorin des Ur-Frankenstein, gab ihrem Roman den Untertitel: *Der moderne Prometheus*«, sage ich.

Sie lächelt. »Ja, und Karl Marx bezeichnete Prometheus als den vornehmsten Heiligen und Märtyrer im philosophischen Kalender.«

Eine Kommissarin, die Karl Marx zitiert.

Ich setze den schwedischen Dichter Viktor Rydberg dagegen: »Für ihn ist Prometheus der idealistische Kämpfer gegen die Ungerechtigkeiten und für eine bessere Zukunft.«

Du legst mich nicht rein, Ann Kathrin.

Ich spreche weiter: »Das kann nicht Ihr Ernst sein, Frau Klaasen. Prometheus ist doch im Grunde der Schöpfer der Menschheit. Der soll ein Serienkiller sein?« Wieder zitiere ich Goethe: »Hier sitz' ich, forme Menschen nach meinem Bilde, ein Geschlecht, das mir gleich sei, zu leiden, weinen, genießen und zu freuen sich, und dein nicht zu achten, wie ich!«

»Ja, einige Serienkiller, die ich kennengelernt habe, waren so. Sie fühlten sich den Göttern näher als den Menschen. Sie glaubten auch nicht unbedingt, etwas Schlimmes oder Böses zu tun. Im Gegenteil. Sie glaubten, uns zu erlösen, eine Mission zu haben.«

Wenn du wüsstest, wie gut mir deine Worte gefallen.

»Aber einige sind doch sicherlich einfach verrückt, hören Stimmen oder so.«

»Na klar. Aber Stimmen hören wir doch alle, oder nicht?«

Ist das hier ein psychologischer Test? Glaubst du, du kannst mich so plump reinlegen?

Ich schließe die Augen und trommle auf meinem Schreibtisch. »Ja, manchmal, da höre ich Musik. Zum Beispiel bei einem intensiven, tiefen Kuss. Dann höre ich manchmal Mozart oder die Beatles oder Metallica ... Was hören Sie, Frau Klaasen, beim Küssen?«

»Das Bellen von Nachbars Hund«, sagt sie und lacht über ihren eigenen Scherz.

So einfach kommst du mir nicht davon.

»Was werden Sie als Nächstes tun, um ihn zu kriegen?«

»Ich werde jetzt nach Lingen fahren, um mir den Tatort anzusehen. Um mir ein Bild von seiner Persönlichkeit zu machen. So ein Tatort ist wie ein Fingerabdruck.« Sie zeigt auf die Wände meiner Praxis. »Oder wie eine Wohnung. Wenn Sie eine Wohnung betreten, wissen Sie gleich eine Menge über den Menschen, oder nicht? Manchmal habe ich das Gefühl, die Tatorte sprechen zu mir. Das Verbrechen hängt noch in den Wänden. Es schreit danach, aufgeklärt zu werden. Und ich kann solche Schreie hören.«

»Hört sich ganz schön abgefahren an. Haben Sie mal mit einem Therapeuten darüber gesprochen?«

Sie schaut mich kritisch an. Ihr ist nicht ganz klar, ob ich einen Scherz gemacht habe oder ob ich sie beleidigen wollte.

»Seit solche Serien wie CSI im Fernsehen laufen, glaubt jeder, die Fälle könnten alle im Labor geklärt werden. Das ist aber dummes Zeug. Von dort kommen höchstens hinterher unterstützende Indizien, mit denen man vor Gericht eine Anklage untermauern kann. Um den Täter zu fangen, muss ich verstehen, wie er tickt.«

»Ja«, scherze ich, »und Ihrer tickt halt wie Prometheus, ich weiß.«

Sie nimmt ein Rezept mit und geht. Sie sieht aus, als hätte sie alles erreicht, was sie wollte. Habe ich mich irgendwie verplappert?

Prometheus … Darauf muss man erst mal kommen. Bin ich wirklich wie er? Habe ich mich vielleicht schon verdächtig gemacht, weil ich das Gedicht auswendig zitieren konnte? Spricht es heutzutage gegen einen, wenn man seinen Goethe kennt? Oder habe ich sie damit beeindruckt?

Der Drang, das Gespräch sofort aufzuschreiben, wird übermächtig in mir. Ich würde mich dazu am liebsten verkleiden. Das hilft mir, ein anderer zu werden und die Dinge mit mehr Distanz zu betrachten.

Direkt nach meiner Flucht aus Franken habe ich an Verkleidungen gearbeitet. Ich wurde den Wunsch nicht los, nach Bamberg zurückzufahren, um zu sehen, was aus meiner Mutter, meiner Frau, ihrem neuen Typen und meinem dämlichen Schwiegervater geworden ist. Am liebsten hätte ich Mäuschen gespielt und ihre Gespräche belauscht.

Ich habe mir eine Langhaarperücke aus Echthaar gekauft. Wenn ich die zum Zopf binde, bekomme ich etwas Hippiehaftes. Dazu ein Van-Dyck-Bärtchen.

Ich sehe damit zwar nicht aus wie der flämische Maler, aber der Nimbus des Künstlers umgibt mich dann schon.

Ich habe dazu drei verschiedene Brillen mit Fensterglas. Mit Brille wirke ich intellektueller.

Bevor ich mit Beate zusammenkam, habe ich manchmal, um besser in den Schreibprozess zu kommen, so verkleidet im Sessel gesessen, meinen Block auf den Knien und meinen Füller in der Hand. Es war dann immer besonders leicht für mich, auch unbequeme oder selbstkritische Dinge zu schreiben, mich in Frage zu stellen. So, als würde ich mit den Verkleidungen wirklich zu einer anderen Person werden und könnte mein Leben mit Abstand betrachten. Ich habe auch schon die Teufelsmaske beim Schreiben aufgesetzt. Dann wurde ich eher zynisch.

Ich fühle mich dann absolut frei. Als langhaariger Künstler mit Van-Dyck-Bärtchen und Nickelbrille bekommt mein Leben mehr Leichtigkeit. Mein Schreiben wird zu einem Tanz der Buchstaben.

Ich habe die Verkleidung als Künstler schon zweimal öffentlich ausprobiert. Ich bin so nach Hamburg auf den Kiez gefahren, als ich mir die Beretta gekauft habe. Und ich war so beim Hermann-van-Veen-Konzert in Aurich.

Der Journalist Holger Bloem saß zwei Reihen hinter mir. Er war mit mehreren Freunden da. Ich habe mindestens drei Patienten von mir erkannt. Beim Bierholen in der Pause stand ich mit ihnen in der Schlange. Niemand hat mich erkannt.

Als Anthonis van Dyck fühle ich mich in den Adelsstand erhoben. Begabt. Es fällt mir alles leichter, als es für Johannes Theissen jemals gewesen ist.

Etwas von dieser Leichtigkeit möchte ich in das Leben von Dr. Bernhard Sommerfeldt hinüberretten.

31

Beate ist eine merkwürdige Frau. Hochsensibel, aber sie stellt nicht viele Fragen. Verschließt sie die Augen vor der Wirklichkeit? Als Lehrerin kriegt sie alles mit, kann in den Gesichtszügen ihrer Schüler lesen, ob sie zu Hause Schwierigkeiten haben oder nicht, macht Elternbesuche, hakt immer nach, ist mit ganzem Herzen Pädagogin. Aber in ihren persönlichen, privaten, intimen Beziehungen schließt sie, glaube ich, gern die Augen. Vielleicht konnte sie deshalb so lange mit diesem Michael Pelz zusammenbleiben. Wenn ich ihn nicht ausgeknipst hätte, würde sie heute noch auf seine billigen Tricks hereinfallen. Manchmal kommt sie mir vor wie eins dieser kleinen Kinder, die sich beim Versteckspiel die Hände vor die Augen halten, weil sie glauben, dass man sie dann nicht sehen kann.

Nun, dies ist die freundliche Auslegung. Interessiert sie sich wirklich nicht dafür, wie ich an die Fotoalben gekommen bin? Sieht sie keinen Zusammenhang zwischen den Toten in Lingen und meinem Besuch dort? Liest sie keine Zeitung? Hört sie nicht die Nachrichten? Kombiniert sie nicht? Ahnt sie nicht, dass das alles etwas mit ihr zu tun hat? Sicher stehen keine Namen in der Zeitung, aber es wird inzwischen groß darüber berichtet. Radio, Internet, alles ist voll.

Gehört sie zu den Frauen, die das alles nicht wahrhaben wollen? Vielleicht, denke ich, sind wir ja alle so. Ich kenne niemanden,

241

der für Massentierhaltung eintritt, genauer gesagt, ich kenne eigentlich nur Leute, die dagegen sind. Aber kaum einer von ihnen hat etwas dagegen, Grillwürstchen für 1,59 Euro im Sonderangebot zu kaufen. Das funktioniert nur, wenn die Menschen Teile der Wirklichkeit ausblenden, sonst würde ihnen der schöne Grillabend versaut werden.

Ja, so sind wir wahrscheinlich alle. Ich denke, ich wusste genau, dass es nicht gut für mich ist, den Laden meiner Eltern zu übernehmen. Ich habe damit meine Träume verraten. Dabei schuldete ich ihnen eigentlich noch mein Leben.

War ich zu blöd, zu kapieren, dass die Einkäufer von mir bestochen werden wollten? Oder habe ich es gemerkt, wollte es aber nicht wahrhaben?

In meiner Praxis sitzen ständig Menschen, die genau wissen, was mit ihnen los ist. Eigentlich brauchen sie meine Diagnose und meinen ärztlichen Rat gar nicht. Sie wissen über sich und ihren Körper und all ihre schädlichen Verhaltensweisen ja viel besser Bescheid als ich. Ich höre ihnen zu, wie sie darüber erzählen, und dann ziehe ich für sie die logische Schlussfolgerung, die sie sich selbst verweigern.

Ist es auch so mit Beate? Weiß sie längst, was los ist, und wird sie, wenn Ann Kathrin Klaasen vor der Tür steht und sie mit der Wirklichkeit konfrontiert, die Hände überm Kopf zusammenschlagen und sagen: »Mein Gott, ich hätte das alles längst wissen müssen. Wie konnte ich nur so dumm sein?« Oder wird sie wirklich aus allen Wolken fallen, weil sie von nichts eine Ahnung hat?

Kann man vielleicht nur lieben, indem man die unschönen Dinge ausblendet?

Wie konnte ich die kalte Ziege Miriam lieben?

Wie konnte ich mit ihr vier Jahre lang verheiratet sein?

Es war im Grunde, als hätte ich meine Mutter geheiratet, und so

242

hat sie sich auch benommen. Meine Mutter und meine Ehefrau haben sich blendend verstanden und mit mir gemacht, was sie wollten. Ich ärgere mich jetzt noch über mich selbst.

Wird Beate sich auch irgendwann ärgern? In dem Satz, dass Liebe blind macht, steckt eine Menge Wahrheit …

Eigentlich wollen wir heute Abend gemeinsam im Garten die Fotoalben verbrennen. Doch dafür müssen wir allein sein.

Charlotte Pelz, die Mutter von Beates Ex, kommt zu Besuch. Auch das noch. Sie ist ganz in Schwarz gekleidet und sieht ein bisschen aus wie eine Hexe, die einem Märchenbuch entsprungen ist. Meine Beate ist unsicher. Immerhin war das mal ihre Schwiegermutter in spe. Jetzt ist sie nur noch die Mama ihres toten Ex-lovers.

Beate lässt sie rein. Die beiden liegen sich sofort in den Armen. Frau Pelz kriegt punktgenau einen Weinkrampf.

Beate brüht Tee auf.

Nein, da will ich jetzt wirklich nicht dabei sein. Ich verziehe mich in meine Bibliothek und setze mich in meinen Ohrensessel. Aber ich kann mich nicht auf den Roman konzentrieren.

Ich will endlich diese Fotoalben loswerden.

Hier in Ostfriesland darf man draußen im Garten Feuer machen, das stört niemanden. Rund um uns herum grillen sie in vielen Gärten. Es liegt ein Geruch über Norddeich, als sei die Hafenstadt eine riesige Würstchenbude geworden oder als würde hier die Grillweltmeisterschaft ausgetragen.

Auch ich werde mich daran beteiligen. Ich habe fettiges Fleisch besorgt, nicht, weil ich es gerne esse, sondern damit der Geruch intensiv wird. Außerdem Lammfleisch für Beate und mich. Ich bin mir nicht sicher, ob wir überhaupt zum Essen kommen, aber eine bessere Tarnung kann es kaum geben. Wir braten uns Fleisch auf dem Rost und verfeuern dabei die Fotoalben.

Ich muss an Ricklefs kleinen Finger auf dem Würstchengrill denken. Ob er ihn dort wiedergefunden hat? Oder ist er vollständig verkokelt?

Obwohl wir Besuch im Haus haben, setze ich mich noch einmal an die Computer, die ich aus Lingen mitgebracht habe. In diesen Fällen ist es schon schwieriger, die Passwörter zu knacken. Ich weiß einfach zu wenig über diese Freaks.

Fast wahllos tippe ich Buchstaben und Zahlenkombinationen ein, doch die Computer öffnen sich nicht. Ich ahne es: Dafür brauche ich einen Spezialisten, oder die gespeicherten Geheimnisse werden für immer vor mir verschlossen bleiben.

Die ostfriesische Polizei hat so einen Spezialisten. Er heißt Charlie Thiekötter. Holger Bloem hat ihn mal interviewt. Der stellt sogar gelöschte oder kaputte Festplatten wieder her. Er ist in Computer- und Softwarefragen so etwas wie ein Zauberer. Aber natürlich will und kann ich die Computer nicht in die Hände der Polizei übergeben.

Ich gehe meine Patientenkartei durch. Es gibt viele, die dem Onkel Doktor gern einen Gefallen tun würden, weil ich ihnen mal geholfen habe. Unter ihnen muss doch, verdammt nochmal, auch ein Computerspezialist sein, der mir hilft, diese Passwörter zu knacken. Oder schaffe ich mir damit nur einen weiteren Mitwisser?

Ich schaue auf die Uhr. Es ist schon kurz vor zweiundzwanzig Uhr. Wann wollen wir mit dem Feuer und dem Grillen endlich beginnen?

Noch immer hockt Charlotte Pelz bei Beate. Sie hat ein Papiertaschentuch in der Hand, das sie zerzupft.

Ich gehe zu den beiden ins Zimmer und sage: »Es ist schon fast zehn Uhr.«

Frau Pelz schaut mich kalt an. Ihre Trauer schlägt augenblicklich in Wut um. Sie sieht erst mich verächtlich an, dann Beate. In ihrem Blick liegt die Aussage: *Und wegen dem hast du meinen Sohn verlassen?*

»Ich will ja nicht unhöflich sein«, sage ich, »aber darf ich dich an unseren Termin erinnern, Beate?«

Beate antwortet nicht, aber ihre Beinahe-Schwiegermutter zischt: »Ein Termin? Um diese Zeit?«

Noch während ich spreche, ärgere ich mich über mich selbst. Warum rechtfertige ich mich vor dieser Frau? Wenn sie ihren Sohn besser erzogen hätte, wären wir jetzt gar nicht in so einer bescheuerten Situation.

Ich höre mich sagen: »Wir fliegen nach New York, und vorher gibt es noch ein paar Dinge zu erledigen. Deshalb stehen wir etwas unter Zeitdruck. Tagsüber ist meine Praxis voll. Ich arbeite oft bis spät in den Abend hinein und …«

»Nach New York?!«, keift sie. »Jetzt? Mein Sohn ist noch nicht unter der Erde, und ihr fliegt nach New York?!«

Unter ihren missbilligenden Blicken wird Beate immer kleiner.

So ähnlich muss ich mich gefühlt haben mit meiner Mutter damals. Doch sie war wenigstens meine Mutter, während Frau Pelz nicht mal Beates richtige Ex-Schwiegermutter ist. Schließlich waren Beate und Michael nicht verheiratet!

Trotzdem, irgendwo verstehe ich Beate. Schon als kleines Kind hatte ich selbst gelernt, auf die kleinste Veränderung der Gesichtszüge meiner Mutter, ein Zucken der Mundwinkel, einen schrägen Blick, zu achten, und dann habe ich versucht, in vorauseilendem Gehorsam alles zu tun, um einen Wutausbruch zu verhindern und sie wieder für mich zu gewinnen. So hatte sie mich oft wortlos an der Leine. Ich habe um ihre Liebe und Anerkennung gekämpft, mich dafür abgestrampelt, und sie hat es genossen, aus mir einen willfährigen Lakaien zu machen.

Kaum ein Gefühl ist so flächendeckend mit einem Tabu belegt

wie Mutterhass. Ich habe es mir ja selbst nie zugestanden. Vielleicht habe ich mein Leben in Bamberg nicht nur abgebrochen, um den Schulden zu entfliehen, den juristischen Konsequenzen und dem Leben, das nicht meins war. Vielleicht bin ich auch einfach weggelaufen, um nicht in die Gefahr zu geraten, meine eigene Mutter umzubringen.

Ja, in meinem Fall verstehe ich all das, aber warum strampelt Beate sich so für diese Frau ab – sie hat doch eigentlich gar nichts mehr mit ihr zu tun!

Da Beate und ich stumm sind, geht Frau Pelz zum Generalangriff über. Mich ignoriert sie, aber Beate geht sie direkt an: »Willst du etwa nicht zur Beerdigung kommen? Wie sieht das denn aus? Was sollen die Leute denken?«

»Entschuldigen Sie, dass wir auch ein Leben haben«, sage ich so energisch wie möglich. Beate gibt mir mit der Hand ein Zeichen, ich solle mich beruhigen und die Bälle flach halten.

»Wann ist die Beisetzung denn?«, fragt Beate.

Sie sagt echt *Beisetzung* statt *Beerdigung*. Ich finde, das klingt schon fast wie *Seligsprechung*.

Frau Pelz knüllt das Taschentuch in der Faust zusammen. Nur ein Zipfel ragt oben heraus wie eine Messerspitze, und ihrem Gesichtsausdruck nach würde sie mir am liebsten damit den Bauch aufschlitzen.

»Die Staatsanwaltschaft hat die Leiche noch nicht freigegeben …« Sie ringt mit sich. Sie will verletzen, sie will weh tun, Möbelstücke an die Wand werfen. Aber sie beherrscht sich. Ihr Körper zittert, als sie die Worte ausspricht: »Die wollen eine Obduktion machen!« Als würden wir das Wort nicht kennen, fährt sie fort: »Die schneiden meinen Sohn auf! Die machen alles nur noch schlimmer!«

»Nein«, sage ich, »das schaffen die nicht. Ich denke, er ist schon tot …«

Beate verdreht die Augen und guckt zur Decke, als müsse sie die Götter für meinen Satz um Verzeihung bitten.

Charlotte Pelz schaut mich an, dass mir kalt wird.

Wenn Blicke töten könnten, würde mich dieser zumindest auf die Intensivstation bringen.

»Die Beisetzung findet im engsten Familienkreis statt.« So, wie Frau Pelz es betont, dient der Satz zur Klarstellung, dass ich nicht dazugehöre, aber ich drehe ihn ihr um.

»Na ja«, sage ich zu Beate, »zum engsten Familienkreis gehörst du ja nicht.«

Frau Pelz schießt vom Sofa hoch und steht kerzengerade vor mir. »Was sind Sie für ein Flegel!«, zischt sie in meine Richtung. Dann wendet sie sich an Beate: »Wie konntest du nur so weit unter Niveau gehen!«

Ja, ich weiß. Man muss in solchen Fällen pietätvoll sein. Aber bei mir hat das alles seine Grenzen. Ich kann nicht anders. Ich pruste los.

Glaubt sie tatsächlich, Beate sei mit mir als neuem Mann unter Niveau gegangen? Glaubt sie, ihr hoffnungsloser Sohn, bei dem Beate mehr aus Mitleid geblieben ist als aus Liebe, hätte mir auf irgendeiner Ebene das Wasser reichen können?

Trotzdem beginne ich in diesem Moment, Michael Pelz zu beneiden. Er hatte etwas, das ich nie hatte: eine Mutter, die gnadenlos zu ihm hält. Für sie ist ihr Sohnemann einfach der Größte. Und durch seinen Tod ist er noch toller geworden. Er hat zwar nichts im Leben auf die Reihe gekriegt, aber er ist natürlich der Beste.

Sie zupft an ihrer Kleidung herum und strafft ihren Körper. »Ich lege«, sagt sie, »auf euer Erscheinen keinerlei Wert!«

»Na prima«, kontere ich, »dann dürfen wir unser Leben also einfach weiterleben? Müssen es nicht auf die lange Bank schieben, bis wir von Ihnen die Genehmigung bekommen, jetzt endlich losleben zu dürfen?« Ich richte demonstrativ meine Blicke zur Lampe und rufe: »New York, wir kommen!«

Mit flehentlichen Blicken raunt Beate: »Bitte, Bernhard. Bitte!«

Als sei das jetzt der ultimative Sieg über mich, stolziert Charlotte Pelz zur Tür.

Endlich sind wir dich los, du dumme Gans. Hau ab und komm nie wieder!

»Oh, müssen Sie schon gehen? Das tut mir aber leid. Ich liebe es, wenn ich mit intelligenten Menschen so anregende Gespräche führen kann«, grinse ich.

»Bitte, Bernhard!«, zetert Beate.

Ich mag keinen Lärm, aber das Klacken ihrer Absätze auf unserem Fußboden hört sich phantastisch für mich an, als Charlotte Pelz unsere Wohnung endlich verlässt.

»Er hat das nicht so gemeint«, ruft Beate hinter ihr her.

Ich versuche, Beate zu übertönen: »O doch, genau das habe ich!«

Beate tadelt mich: »Sie ist eine alte Frau, die ihren einzigen Sohn verloren hat. Sie ist verbittert und verzweifelt. Da muss man doch ein bisschen Mitgefühl haben.«

»So, muss man?«

»Sie ist jetzt beleidigt!«

»Na, prima. Hoffentlich kündigt sie uns die Freundschaft, und wir werden sie nie wiedersehen.«

»Bernhard, ich mag es nicht, wenn du so bist!«

»Wie bin ich denn?«

Sie schüttelt den Kopf. »Ich kenne dich so anders«, sagt sie. »Sonst bist du liebevoll, mitfühlend, geradezu auf eine altmodische Art gentlemanlike. Diese Vorstellung hier war unterirdisch, Bernhard.«

»Man kann nicht zu allen Menschen nett sein. Man muss sich die, zu denen man freundlich ist, genau aussuchen. Und diese Schnepfe hat es einfach nicht verdient.«

Das war sehr klug von mir, Beate. Wenn sie mit dieser Geschichte hausieren geht, kommt keiner auf die Idee, ich hätte ihren Sohn umgebracht. Ich verhalte mich nämlich gerade nicht wie ein Mörder. Der würde herumschleimen, aus Angst, sich verdächtig zu machen. Ich dagegen attackiere sie. Das spricht für mich, nicht etwa gegen mich … Ich spiele weder den Freund ihres Sohnes noch den ihrer Familie. Ich werde jedem sagen, wie scheiße ich den Typ fand. Genau das macht mich unverdächtig.

Ich lege einen Arm um Beate. Es gefällt ihr nicht. Sie weicht meiner Bewegung aus.

»Liebste, wir haben noch einiges vor. Sollen wir jetzt die Dinge verbrennen, die dich belasten könnten?«

Sie beißt auf ihre Unterlippe und nickt. Dann schaut sie auf den Boden, als würde sie etwas suchen. Als sie wieder hochguckt, zieht sie ein Schüppchen mit dem Mund. Jetzt sieht sie aus wie ein kleines Mädchen.

Ich schlage vor: »Wenn es dir jetzt zu viel ist, kann ich die Alben auch alleine verbrennen.«

Entschlossen schüttelt sie den Kopf.

32

Während wir im Garten die Flammen füttern und das Fleisch auf dem Rost knusprig wird, setzt Beate wieder dieses schuldbewusste Armer-Büßer-Gesicht auf. Sie entschuldigt sich bei mir, falls sie vorhin »blöd gewesen« sei.

Jetzt kann ich sie wieder in den Arm nehmen, ohne dass ihr Körper zur Salzsäule wird. Ich versichere ihr, alles sei in Ordnung und ich kein bisschen böse. Hauptsache, wir seien »diese alte Schnepfe« endlich los und könnten jetzt diese Alben verbrennen.

Sie küsst mich: »Was bist du nur für ein guter Mann«, sagt sie und streichelt mir durch die Haare. »Du hast nicht nur mein Album, sondern auch so viele andere geholt.«

Fängst du jetzt doch an, Fragen zu stellen? Es war blöd von mir. Ich hätte die anderen Alben irgendwo anders verbrennen sollen …

»Du bist so ein guter Mensch, Bernhard. Das hat doch bestimmt ein Schweinegeld gekostet …«

Ich kapiere. Sie glaubt, ich habe das aus Nächstenliebe getan und deswegen Emil Pfeil den ganzen Koffer abgekauft.

»Manchmal«, sage ich, »muss ein Mann tun, was ein Mann tun muss.«

Sie schaut mich an, als hätte sie Besuch von einem Marsmenschen. Lässig füge ich hinzu: »Was ist schon Geld? Bedrucktes Papier, mehr nicht.«

Sie knufft mir mit der Linken in die Hüfte und spottet: »Ach, du!«

»Jetzt kann der Drecksack wenigstens keinen Unfug mehr damit anrichten.«

»Wenn es mehr Menschen wie dich gäbe«, sagt sie, »sähe die Welt besser aus. Gerechter. Friedlicher.«

Wenn du wüsstest …

Ich sehe unsere Nachbarin (die mir so gern beim Holzhacken zuschaut) oben hinterm Fenster. Sie muss schon eine Weile dort gesessen haben. Bisher konnten wir sie nur nicht sehen, weil der Raum so dunkel war. Doch ihr Mann öffnet die Tür und macht das Licht an. Das neugierige Luder zuckt von der Fensterbank zurück.

Was kann sie schon gesehen haben? Die Bilder in den Alben kann sie unmöglich erkannt haben. Was sieht sie schon von dort? Der Mann, den sie offenbar so attraktiv findet, sitzt auf der Terrasse und verbrennt mir seiner Frau Papier. Na und?

Ich nehme mir ein Lammkotelett vom Grill, beiße rein und reiße mir ein Stück Fleisch raus. Ich fühle mich so viehisch. Vielleicht war ich in einem früheren Leben mal ein Raubtier.

Der Gedanke gefällt mir. Ich nehme gleich noch ein Stück Fleisch und sage: »Iss ruhig, Beate. Es wird trocken.«

»Ich mag es lieber, wenn es ganz durch ist.«

»Ja. Im Gegensatz zu mir. Ich liebe es blutig.«

33

Wir sind wieder zurück. New York war großartig. Aber mir leider viel zu laut. Ich halte diesen Lärm einfach nicht aus. Selbst beim Frühstück plärrt Musik aus schrepsigen Lautsprechern.

Nein, Musik ist nicht das richtige Wort. Nach einer Weile beginne ich das Ganze als eine Art akustische Umweltverschmutzung zu empfinden. Ich will nur noch eins: Ruhe. Ich sehne mich nach der Stille im Watt.

Lärmige, enge Räume machen mich verrückt, egal ob in Manhattan, London, München, Bamberg oder Norddeich. Ich brauche die Weite und die Stille.

Mit solchen Wünschen ist man in New York einfach am falschen Platz. Aber es war schön, Beate aufleben zu sehen. Diese Momente völliger Unbeschwertheit, wenn sich im Theater der Vorhang öffnet und das Musical beginnt ...

Selbst im Hotelzimmer war eine ständige Geräuschkulisse. Der surrende, brummende Lärm einer Klimaanlage. Unmöglich, das Ding auszustellen. Sogar das Zirpen der Deckenbeleuchtung nagte an meinen Nerven.

Sie hört das alles nicht oder kann es ausblenden. Die Glückliche! Es ist nicht schön, zu sensibel zu sein.

Baseballschläger kommen besser durchs Leben als Wattebäuschchen.

Manchmal möchte ich mir die Ohren mit Wachs verstopfen.

Der Sex mit Beate ist immer großartig, wenn sie so entspannt ist. Es gab einen ganz besonderen Moment miteinander im Hotelzimmer. Sie drückte meinen Kopf zwischen ihre Brüste und legte ihre Arme um mich. Da wurde es für einen Augenblick ganz still. Wollüstiges Fleisch verstopfte mir die Ohren und brachte mir die ersehnte Ruhe, ohne dass ich Enge empfand. In dem Moment stellte ich mir vor, sie am Deich zu lieben, auf der dem Land abgewandten Seite, mit Blick aufs Meer.

Statt Sex am Deich gibt es dann aber eine Beerdigung in Greetsiel. Also auf in die Krummhörn. Ja, ich fahre mit. Das findet meine Beate natürlich sehr weitherzig von mir. In Wirklichkeit habe ich ganz andere Gründe.

Die Computer von Emil Pfeil und Henry Hustadt konnte ich immer noch nicht knacken. Aber so eine Beerdigung bietet mir vielleicht die Chance, den Besitzer des dritten Fotoalbums zu sehen.

Vielleicht ist es ja illusorisch, aber ich würde es mir nie verzeihen, so eine Chance verpasst zu haben. Dort werden sich, so hoffe ich, alle versammeln, die irgendetwas mit dem Toten zu tun hatten. Vermutlich hat sich herumgesprochen, dass drei Leute aus dem Tauschring tot sind. Vielleicht nutzen die anderen die Beerdigung, um sich zu treffen.

Beate glaubt, ich hätte einfach nur Verständnis für die Situation.

Die Trauerrede in der Kapelle ist kaum zum Aushalten. Aus einem Stück Scheiße wird plötzlich ein hoffnungsvoller junger Mann, der viel zu früh aus dem Leben gerissen wurde, obwohl sich doch seine Wünsche und Träume noch nicht erfüllt hatten.

Ich raune Beate zu, dass ich dieses Gesülze nicht länger aushalte. »Wir sehen uns am Grab«, sage ich und verlasse die Kapelle.

Der eigentliche Grund, warum ich mich aus der Kirche entferne, ist banal. Ich sehe mir auf dem Parkplatz die Autos an und fotografiere mit meinem iPhone die Nummernschilder. Zwischen vielen BMW- und Mercedes-Modellen parkt ein knallgrüner Twingo, der aussieht, als würde er nur noch durch Lackreste und Rost zusammengehalten.

Es sind erstaunlich viele Menschen da. Ich dachte immer, wenn so ein Nichtsnutz beerdigt wird, kommen höchstens seine Eltern und Geschwister, aber nein, der scheint wesentlich mehr Freunde gehabt zu haben, als ich ihm zugetraut habe. Vielleicht sind es auch nur die Freunde der Mutter, oder es ist eine ostfriesische Sitte, dass zur Beerdigung alle kommen, mit denen man mal beim Brötchenholen Schlange gestanden hat.

Nachdem ich die Nummernschilder fotografiert habe, stelle ich mich so, dass ich beim Verlassen der Kirche jedem Besucher einmal ins Gesicht sehen kann.

Wie muss ich mir so einen Typen aus dem Tauschring vorstellen? Vor meinem inneren Auge vermische ich die Bilder von Michael Pelz, Emil Pfeil und Henry Hustadt miteinander, so als könne ich mir das Idealbild zusammenstellen.

Ich muss über mich selbst lachen. Ich erwarte einen Mann zwischen dreißig und siebzig. Vielleicht ist meine Idee, diesen Typen hier zu treffen, ja auch völlig verrückt und nur aus der Verzweiflung geboren, weil ich zu blöd bin, die Passwörter zu knacken.

Dann sehe ich sie am Eingang zum Friedhof: Kommissarin Ann Kathrin Klaasen scheint die gleiche Idee gehabt zu haben wie ich. Sie rechnet damit, hier den Mörder zu treffen oder jemanden, der etwas über den Mord weiß, da bin ich mir ganz sicher.

Ach, schau an, da sitzt Rupert im Auto. Er sieht aus, als müsse er sich gleich übergeben. Neben ihm der ostfriesische Journalist, der die großen Interviews mit Ann Kathrin Klaasen veröffentlicht hat: Holger Bloem. Ich erkenne ihn sofort an seinem gut ausrasierten Henriquatre-Bart.

Seit Büroekel Stromberg diesen Bart in seiner Fernsehserie getragen hat, kenne ich auch die Bezeichnung *Arschlochbart*. Aber Bloem trägt ihn mit geradezu aristokratischer Würde.

Er fotografiert aus dem Auto mit einem Teleobjektiv.

Bloem gilt als Freund der Kommissarin Ann Kathrin Klaasen, aber dass sie ihn direkt in die Ermittlungsarbeit einspannt, hätte ich nicht gedacht. Für sein Ostfriesland-Magazin macht er die Aufnahmen hier garantiert nicht. Dann würde er sich nicht hinter Ruperts Rücken im Auto verstecken, sondern ungeniert mit der Kamera herumlaufen und Bilder schießen.

Ich gehe im Trauerzug mit. Charlotte Pelz würdigt mich keines Blickes. Ich weiß aber, dass sie mich erkannt hat, sonst würde sie ja nicht so konsequent mit versteinertem Gesicht die ganze Zeit woandershin gucken.

Ich mache mir einen Spaß daraus, immer wieder in ihrem Blickfeld zu erscheinen. Abrupt wendet sie dann ihren Kopf ab. Wie stur Menschen doch sein können!

Ich werde Zeuge eines unglaublichen Schauspiels. Frau Pelz stellt meine Beate einigen Verwandten als ihre »Schwiegertochter« vor.

Beate wehrt sich nicht. Sie lässt es geschehen.

»Leider«, sagt Frau Pelz, »ist Beate schon vor der Hochzeit Witwe geworden.«

Warum macht die Pelz das?

Hatte sie die Trennung von Beate und ihrem Sohn geheim gehalten?

Arbeitet sie hier an dem Bild vom guten Sohn, der nur Schwierigkeiten hatte, in der schlechten Welt zurechtzukommen?

Tut sie es, weil sie genau weiß, was für ein Schweinehund ihr kleiner Liebling war?

Hinter mir sagt jemand: »Sie hat immer nur das Beste in ihm

gesehen. Da ist sie wohl wie die meisten Mütter. Wir sollten ihr die Illusion jetzt nicht nehmen ...«

Wie aufschlussreich doch so eine Beerdigung sein kann. Gleichzeitig schmerzt es mich, denn ich habe diese Erfahrung leider nicht machen dürfen. Meine Mutter hat nicht immer nur das Beste in mir gesehen, ganz im Gegenteil.

Meine Mutter war eine Fehlerfinderin!

Sie neigte dazu, die tollen Sachen, die ich leistete, zu übersehen oder konsequent zu ignorieren, dafür aber meine kleinsten Fehler groß aufzubauschen.

Am liebsten würde ich Charlotte Pelz umarmen, und gleichzeitig könnte ich sie erwürgen. Ich bin nicht mehr Herr meiner Gefühle. Innerlich durchlebe ich eine Achterbahnfahrt.

Ich muss mir eingestehen, dass mir Charlotte Pelz als Mutter lieber gewesen wäre als die Frau, bei der ich Kind war.

Neben Ann Kathrin Klaasen geht ein Mann, der trotz eines kleinen Bauchansatzes auf mich sportlich-durchtrainiert wirkt und einige Jahre jünger ist als Ann Kathrin. Das muss Frank Weller sein, ihr Ehemann. Er trägt keinen Beerdigungsanzug, sondern eine schwarze Jeans und ein dunkles Jackett. Die Krawatte baumelt an seinem Hals, als hätte er nie gelernt, Krawatten zu binden.

Auf so etwas hat mein Vater großen Wert gelegt. Ich mag zwar keine Krawatten, kann aber mit geschlossenen Augen den doppelten Windsor-Knoten und auch den italienischen Knoten binden. Nicht einmal Fliegen sind für mich ein Problem. Ja, wenn ich Lust habe, eine Fliege zu tragen, brauche ich keine mit Gummizug ...

Das fand mein Vater immer besonders lächerlich. Er hat noch »richtige Fliegen« hergestellt und sogar Kurse im Fliegenbinden gegeben.

Die Beerdigung kommt mir vor wie ein absurdes Theater. Die einen sind erschienen, um ihre Lügen aufzutischen, die anderen, um einen Mörder zu überführen oder wenigstens zu fotografieren, und ich, um ein Fotoalbum mit erotischen Aufnahmen aus dem Verkehr zu ziehen.

Ann Kathrin Klaasen sieht ganz anders aus als bei mir in der Praxis.

Sie trägt ein dunkelblaues Kostüm mit knielangem Rock, und ich sehe sofort, dass sie das Laufen auf hohen Absätzen nicht gewöhnt ist. Vielleicht geht ihr Mann, Frank Weller, deswegen so nah bei ihr. Sie hat eine Hand in seine Armbeuge gelegt. Gentlemanlike führt er sie. Wahrscheinlich hat er Angst, sie könnte lang hinschlagen.

Trägt sie das einzige Paar schwarzer Schuhe, das sie besitzt?

Sie wirkt auf mich wie verkleidet. Unecht. Aber vielleicht behaupten dies nur meine Augen, weil ich sie schon nackt gesehen habe. Krank und leidend.

Die schlimmste Rede – dagegen war das in der Kapelle geradezu ein Highlight – hält die Mutter am Grab. Sie lässt es sich nicht nehmen, ein paar Anekdoten über ihren Sohn zu erzählen. Der, das sagt sie gleich dreimal, »ein anständiger Kerl« war. Eine ehrliche Haut. Im Grunde zu gut für diese Welt.

Sie erzählt, dass er in seinem Kinderzimmer immer einen kleinen Kaufladen hatte und jedem Besucher Puffreis verkauft hat oder Bildchen, die er aus Illustrierten ausgeschnitten hatte.

Einige Umherstehende nicken.

Ich finde es ziemlich dreist, dass sie am Grab auf Beate zeigt und sagt: »Ich habe euch so sehr das gemeinsame Glück gewünscht. Ich weiß, wie sehr mein Sohn dich geliebt hat. Mehr kann eine Frau sich nicht wünschen …«

Beate strahlt, als würden diese Worte sie glücklich machen, dann wirft sie einen schrägen Blick zu mir, um zu checken, wie ich darauf reagiere. Ich gucke betreten auf meine Schuhe, um es ihr nicht noch schwerer zu machen, frage mich aber, warum sie diesen Mummenschanz mitspielt.

Ich stelle mir vor, wie es wäre, wenn sie jetzt laut loslachen würde, um dann die Leute mit der Wahrheit zu konfrontieren: ›Das ist doch alles Mumpitz! Stimmt nicht! Er war ein kleiner Prinz, der gerne Frauen für sich arbeiten ließ. Er hat sich mit Typen eingelassen, denen er nicht gewachsen war und hat seinen kleinen Kaufladen im Kinderzimmer mit dem wirklichen Leben verwechselt.‹

Aber natürlich macht Beate das alles nicht.

Ich staune über meine eigenen Worte. Ich habe gerade »natürlich« geschrieben. Es gibt eine Stelle in mir, da empfinde ich das alles als richtig. So machen Familien das nun einmal.

Vielleicht kann man nur so eine Familie sein: indem man lügt und schweigt.

Bei mir zu Hause war es so. So baut man nicht gerade eine Maschine, die Glück produziert. Mich hat es ins Unglück gerissen. Und die hier sind doch nicht mal eine Familie, selbst das ist geheuchelt.

Ich werde aus meinen Gedanken gerissen, denn hinter mir höre ich einen Namen, der mich zusammenzucken lässt.

»Gehst du noch mit Kaffeetrinken, oder sollen wir uns vom Acker machen und irgendwo noch einen zusammen trinken, Werner?«

Verdammt! Werner! Mein Adrenalinspiegel schießt sofort hoch. Als ich mit der Luzifermaske bei Henry Hustadt geklingelt habe und Emil Pfeil die Tür öffnete, hatte er geglaubt, ein Werner stünde vor ihm.

Ist er das? Der fehlende Partner im Tauschring?

Ich drehe mich um, und da steht Werner. Er ist etwa so groß wie ich, schlank, sportlich, zwischen fünfunddreißig und vierzig. Kurze Stoppelhaare, etwa so lang wie sein Dreitagebart. Er hat einen dunklen Anzug an, den er nicht nur zu Beerdigungen tragen kann. Es sind schillernde Muster darin. Das weiße Hemd trägt er offen.

Sein Adamsapfel hüpft rauf und runter, als wolle er mich locken, ihm den Hals durchzuschneiden. Das Messer brennt in meiner Jackentasche.

Ich werfe Michael Pelz keine Erde und keine Blumen hinterher. Beate tut es.

Als sich die Versammlung langsam auflöst, gehe ich so, dass ich diesen Werner im Blick habe.

Komisch, denke ich, Beate und ich sind zwar auf der gleichen Beerdigung, Außenstehende würden aber nicht vermuten, dass wir irgendetwas miteinander zu tun haben. Zwischen uns sind immer mindestens fünf, wenn nicht zehn Meter Abstand.

Vielleicht ist es besser so für alle Beteiligten. Auch Beate wünscht es sich. So kommen weder sie noch Frau Pelz in Erklärungsnotstand. Aber an einigen Blicken und dem Getuschel Einzelner verstehe ich, sie haben längst kapiert, dass ich »der Neue« bin, für den Beate den tollen Hecht, der jetzt im Grab liegt, verlassen hat.

Nicht alle nehmen ihr die Trauer wirklich ab.

Ann Kathrin Klaasen steht plötzlich neben mir, als hätte sie sich angeschlichen. Ich habe sie nicht gehört. Wir sind schon bei den Autos, und ich sehe, dass Werner in einen BMW mit Osnabrücker Kennzeichen steigt.

»Sie auch hier, Herr Doktor?«, fragt Ann Kathrin. »War Michael Pelz Ihr Patient?«

»Nein«, sage ich und denke: Die Wahrheit kriegt sie sowieso raus, also ist es gut, wenn ich sie ihr gleich sage. »Er war der Ex meiner Freundin.«

Ann Kathrin nickt verständnisvoll, und entweder ist sie eine großartige Schauspielerin, oder ich habe bei ihr gerade ein paar Pluspunkte gesammelt, weil ich so ein netter Kerl bin, der sogar die Beerdigung vom Ex seiner Freundin besucht.

Sieh an, Werner ist nicht allein gekommen. Er hat eine wunderschöne Frau und zwei aufgeweckte kleine Kinder. Mädchen, mit langen blonden Haaren. Ich schätze, die eine ist sechs, die andere höchstens acht. Sie turnen fröhlich herum. Entweder haben sie Michael Pelz nicht gemocht, oder sie haben noch keine Vorstellung davon, was es heißt, wenn jemand gestorben ist.

Na, Werner, du kleiner Mistkerl, gibt es von deiner Frau auch so ein schönes Fotoalbum? Hast du sie deshalb geheiratet?

Sie könnte jedem professionellen Fotomodell Konkurrenz machen. Sie ist schlank, sieht aber nicht verhungert aus, sondern hat noch echte frauliche Rundungen.

In Poppingas Alter Bäckerei gibt es den Leichenschmaus. Ich mag den Kuchen dort, aber ich hänge mich natürlich lieber an Werner.

Beate geht mit zu Poppinga. Wir verabschieden uns nur mit einem kurzen Kopfnicken. Sie hat ein schlechtes Gewissen mir gegenüber, das sehe ich deutlich, dabei bin ich jetzt froh, freie Bahn zu haben.

Ich folge Werners BMW. Er fährt Kolonne mit zwei anderen Fahrzeugen, einem weißen Mercedes CLS und einem Nissan Geländewagen, der aussieht, als habe der Fahrer vor, damit den dritten Weltkrieg zu überstehen. Es fehlt eigentlich nur eine Flak auf dem Verdeck. Der dritte Wagen ist ein recht unscheinbarer VW Sharan. Sie überholen sich ständig gegenseitig.

Ich hänge mich zunächst an den Nissan. Je länger ich hinter dem Auto herfahre, wird mir klar, dass man mit diesem Wagen auch jede Polizeisperre durchbrechen könnte. Will der Fahrer damit Eindruck auf pubertierende Mädchen machen und sie von der Disco nach Hause fahren, oder hat er richtig einen an der Waffel und befürchtet, in Deutschland könnten alle Straßen abgerissen werden und man müsse sich ab dann in ausgetrockneten Flussbetten bewegen?

Sie fahren über die Greetsieler Straße Richtung Norddeich. In Norden halten sie an. Die Alte Backstube gegenüber der Polizeiinspektion neben dem Amtsgericht ist ihr Ziel. Hier gibt es manchmal kleine Konzerte. Ich bin zwar nicht oft dort, aber immer mal wieder.

Die drei Männer hocken geradezu verschwörerisch an einem Tisch in der Ecke. Die Mutter geht mit den beiden Kindern in die Innenstadt, sie will mit ihnen ein Eis essen, kündigt sie laut an. Vermutlich haben die Typen Sachen zu regeln, bei denen Frauen und Kinder nur stören.

Klasse, denke ich und setze mich nicht weit von ihnen hin. Ich nehme mein iPhone in beide Hände und starre auf den Bildschirm. So kann man ja heute praktisch unbemerkt überall sitzen. Niemand findet es komisch, dass jemand da einsam auf sein Display glotzt.

Ich sperre nicht nur mein Ohr weit auf, sondern schalte auch die Sprachaufnahme ein. Das Gerät ist recht sensibel. Ich hoffe, dass ich hinterher in Ruhe vieles von ihrem Gespräch besser verstehen werde, wenn ich zu Hause alles noch einmal für mich über Lautsprecher abspiele.

Gleichzeitig schalte ich den Fotoapparat so ein, als wolle ich ein Selfie machen. Da ich mit dem Rücken zu ihnen sitze, kann ich sie jetzt auf dem Bildschirm beobachten.

Schönes, kleines Wunderding … jetzt hilfst du mir wirklich.

Ich fühle mich auf eine flirrende Art überlegen, den drei Typen gegenüber, aber auch gegenüber der Polizei. Ich vermute, dass Ann Kathrin Klaasen beim Leichenschmaus sitzt, bei Poppinga den zweifellos großartigen Tee trinkt und sich dabei mit Leuten unterhält, die sicherlich keine Ahnung haben.

Der Nissan-Fahrer hat ein Tablet dabei. Ständig wischt er mit dem Finger über den Bildschirm. Er sucht Fotos, die er den beiden anderen zeigt. Leider schaffe ich es nicht, mein iPhone so zu platzieren, dass ich etwas von den Fotos sehen kann.

Als der Wirt kommt, um die Bestellung zu bringen, dreht der Nissan-Fahrer sein Tablet um, so dass der Bildschirm auf dem Tisch liegt.

Kein Wunder, dass ihr Frau und Kinder in die Eisdiele geschickt habt, ihr Schweinchen …

Ich hätte nicht schlecht Lust, mein Einhandmesser zu ziehen, es in die Mitte ihres Tisches zu rammen und den dreien die Handys und Tablets abzunehmen. Ich glaube, dass ich bei ihnen genau richtig bin. Einer von ihnen hat das dritte Album.

Jetzt flüstern sie miteinander. Ich stelle mir vor, sie reden nicht nur über den toten Michael Pelz, sondern auch über Hustadt und Pfeil.

Ich kann schlecht diesem Werner nach Osnabrück folgen, um herauszufinden, wo genau er wohnt. Jetzt, da er mich hier gesehen hat, wäre es zu auffällig. Ich habe sein Autokennzeichen, aber im Internet ist es mir nicht möglich, über das Autokennzeichen seine Adresse zu ermitteln. Das kann vermutlich nur die Polizei.

Ich bleibe eine knappe halbe Stunde in der Nähe der drei. Dann kommt die Frau mit den Kindern zurück. Die Versammlung löst sich auf.

Ich bleibe sitzen. Ich habe einen Plan.

Es gibt einen Zentralruf der Autoversicherer. Schließlich passieren in Deutschland jedes Jahr Millionen Autounfälle. Wenn man die Versicherung des Unfallgegners nicht kennt, kann man sie über einen Anruf beim Zentralruf herausbekommen. Man muss nur seine eigene Autonummer angeben, sagen, wann und wo der Unfall war, und schon läuft das Ganze.

Ich dichte also dem BMW mit dem Osnabrücker Kennzeichen einen kleinen Auffahrunfall an. Da ich das Kennzeichen des gegnerischen Fahrzeugs habe, bekomme ich problemlos Auskunft, bei wem der Wagen versichert ist.

So. Jetzt bin ich schon mal einen Schritt weiter.

Ich rufe seine Autoversicherung an, gebe mich als Werner aus und verlange, den Zuständigen für meine Fahrzeugnummer zu sprechen. Ich behaupte, dass ich schon zweimal an sie geschrieben, aber keine Antwort erhalten hätte.

»Früher habe ich auch ständig Informationen bekommen.« Ich frage, was eigentlich los sei.

Das Erste, was mir gefällt: Nachdem ich das Kennzeichen genannt habe, spricht mich der Versicherungsangestellte mit dem Nachnamen an. Na prima. Jetzt wissen wir also, dass Werner mit Nachnamen Grünwald heißt.

Ich erwähne, dass ich umgezogen sei und frage, ob vielleicht noch alles an die alte Adresse gehe. Da sei mit dem Nachsendeauftrag einiges schiefgelaufen.

Der überaus freundliche Mensch am anderen Ende der Leitung fragt mich, wo ich denn jetzt wohne. Ich antworte mit einer Gegenfrage: »Was für eine Adresse steht denn bei Ihnen? Die alte oder die neue?«

Er liest sie vor. »Also, ich habe hier Werner Grünwald, im Stadtteil Hafen in der Bramscher Straße.«

Bingo!!! Du wirst bald Besuch bekommen, mein Freund.

34

Arm ist er nicht, der Herr Werner Grünwald. Er hat sich mit seiner kleinen Familie fein eingerichtet in der Bramscher Straße. Gerne würde ich einfach reingehen und ihn mir vorknöpfen. Ich wette, der feine Herr Grünwald hält keine zwei Minuten stand, dann gibt er mir alles, was ich haben will.

Aber die Frau und die Kinder erschweren meine Arbeit. Ich möchte den Vater nicht vor den Augen der Kinder demütigen. Nein, so etwas tut man einfach nicht. Ich will nicht, dass sie eines Tages bei ihrem Therapeuten sitzen und diesen Tag als den schrecklichsten ihres Lebens schildern, der sie traumatisiert hat, weil ein böser Mann kam und ihr Vaterbild zerstört hat. Nein, für das Versagen in ihrem späteren Leben müssen sie sich einen anderen Schuldigen suchen. Dafür möchte ich nicht zur Verfügung stehen.

Ich würde auch seine Frau gerne aus allem raushalten, aber da muss er mir schon eine Chance geben.

Er arbeitet zu Hause in einem lichtdurchfluteten Büro, das mehr aus Glas als aus Wänden besteht. Ich kann ihn jedes Mal, wenn ich am Haus vorbeikomme, sehen. Entweder hinter seinem Schreibtisch an einem Zeichenblock oder eine Etage tiefer mit Frau und Kindern am Esstisch.

Offiziell ist er ein Illustrator. Na, meinetwegen. Ich sehe ja, dass er Bildchen malt. Aber dass er davon das Auto und das Haus bezahlt, kann er mir nicht erzählen.

Im Internet finde ich drei Kinderbücher, die er illustriert hat, und es gibt auch Fotos einer Ausstellungseröffnung. Einige seiner Zeichnungen kann man für Preise zwischen fünfzig und zweihundert Euro erwerben.

Gut, denke ich mir, das ist also die äußere Fassade. Der Familienpapi, der Kinderbücher illustriert. Ist es nicht süß?

Seine Bilder sind gar nicht schlecht, doch die Kinderbücher kann man nicht gerade als Renner bezeichnen. Sie sind in kleinen Verlagen erschienen. Keins von ihnen ist über die zweite Auflage hinausgekommen.

Er muss also noch einen soliden Brotberuf haben, eine weitere Einnahmequelle, um diesen Lebenswandel zu finanzieren. Und ich fürchte, diese pulsierende Lebensader werde ich durchtrennen müssen.

Von außen sehe ich seine stattliche Bibliothek. Das macht ihn mir im Grunde sympathisch. Aber auch das ist ja vermutlich nur Fassade. Die Bücher, mit denen die Jungs in Wirklichkeit ihr Geld verdienen, werden nicht in hohen Auflagen gedruckt, sondern sie verdienen mehr Geld an dem, was sie nicht verkaufen. Das muss sich für einen richtigen Künstler sehr ironisch anhören.

Ich kann ihn hier nicht zu lange belauern, denn wenn ich ihn sehe, besteht auch die Gefahr, dass er meine Anwesenheit mitkriegt. Ja, wenn er wirklich der brave Familienpapi wäre, der sich als Kinderbuchillustrator durchschlägt, dann würde er mich nicht bemerken. Aber ein kriminelles Gehirn ist viel wachsamer. Vor allen Dingen, wenn es weiß, dass ein paar seiner Kumpane bereits gerichtet wurden.

Der Typ, der da gerade seinen Kindern eine Geschichte erzählt und dabei ihre Augen zum Strahlen bringt, weiß genau, dass auch er auf der Abschussliste steht. Wenn er nicht völlig verblödet ist, trägt er eine Waffe am Körper. Ich kann aber nicht feststellen, wo.

Sein Jackett ist an der linken Brust immer ausgebeult. Aber ich vermute, dort stecken eher Stifte und eine Brieftasche, denn er lässt seinen Blazer zu achtlos überm Stuhl hängen, selbst wenn seine Kinder im Raum sind.

Wer eine Waffe trägt, egal, ob er damit sein eigenes Leben schützen oder ein anderes attackieren will, ist sich der Situation ständig bewusst. Da ist immer die Angst, die Waffe könne gestohlen oder auch nur entdeckt werden. Ich kenne das von mir selbst. Nie würde ich meinen Mantel mit dem Messer darin an einen Garderobenständer hängen und mich irgendwohin setzen. O nein, das Messer trage ich immer so, dass ich Körperkontakt habe und es spüre. Im entscheidenden Moment kann ich es ziehen, ohne lange nachzudenken.

Frauen verstauen ihr CS-Gas vielleicht in ihrer Handtasche (die Untiefen einer Frauenhandtasche werden für uns Männer immer ein Mysterium bleiben), und wenn sie dann angegriffen werden, machen sie die Tasche auf und suchen ihr Verteidigungsspray. »Moment noch, Herr Vergewaltiger, gleich bin ich so weit …«

Nein, die Waffe muss immer griffbereit sein, und der Typ weiß genau, wer der Nächste sein wird.

Sein Haus ist nicht mit einer Alarmanlage gesichert. Auch das irritiert mich. Ist der so raffiniert, dass seine Sicherheitsanlagen unsichtbar sind? Es gibt ja zwei Theorien zu Alarmanlagen. Die eine ist: Da, wo man sie sieht, steigen Einbrecher nicht ein, weil sie wissen, dass sie schlechte Karten haben, und die andere: Genau da brechen sie ein, denn sie vermuten, dass dort einiges zu holen ist.

Ich neige zur ersten Theorie, wenn es sich bei den Einbrechern nicht um Verblödete oder Drogenabhängige handelt.

Zu seinen Füßen liegt ein Golden Retriever und döst. Ob der eine Alarmanlage ersetzen kann, wage ich zu bezweifeln. Er sieht aus wie ein friedfertiger Familienhund.

Ich habe in meinem Arztkoffer natürlich auch ein paar Hunde-leckerlis. Hunde sind bestechlicher als die Vorstände der meisten DAX-Unternehmen. Na – sagen wir mal, sie sind preiswerter zu bestechen. Leckerlis reichen meist.

Das Haus von Werner Grünwald ist so offen, so frei, so zugänglich, als würde er es ständig mit Lautsprechern in die ganze Straße übertragen: Seht nur, ich habe nichts zu verbergen, ich bin ohne Argwohn, ich gehöre zu den ganz, ganz Netten!

35

Beate hat Ferien. Norden und Norddeich werden von Touristen geflutet. Ja, hier an der Küste lebt man wirklich mit Ebbe und Flut. Es gibt nicht nur den Wechsel der Gezeiten, sondern manchmal auch eine Touristenflut. Die wechselt nicht alle paar Stunden, sondern erst im Herbst ist wieder Ebbe.

Beate würde am liebsten ein paar Tage mit mir nach Wangerooge, um auf ihrer Lieblingsinsel zu entspannen, aber meine Praxis ist rappelvoll. Ich behandle Sonnenbrände, Ohrenschmerzen, Blasenentzündungen, also alles kleine gesundheitliche Schwierigkeiten, die bei Stadtmenschen durch zu viel Sonne und Wind rasch entstehen.

Vier Personen, die vermuten, schlechten Fisch gegessen zu haben, leiden in Wirklichkeit an einer Alkoholvergiftung. Klar, nach zehn Bier und Korn muss dann wohl das Fischbrötchen schlecht gewesen sein …

Ein Mann hat seine Herztabletten vergessen und braucht dringend ein Rezept für neue. Er nimmt sie seit fünfzehn Jahren, erinnert sich aber nicht an den Namen, sondern nur an die Farbe der Schachtel.

Ricklef will Frau und Kind zurück, jammert ihnen täglich am Telefon die Ohren voll. Er will sich bessern, ein ganz anderer Mensch werden, natürlich aufhören zu trinken. Er hat vermutlich auf dem Flohmarkt eine alte Carrerabahn mit Steilkurve erworben, die will er gemeinsam mit seinem Sohn aufbauen und, statt zu trinken, lieber im Wohnzimmer Autorennen fahren.

Ich hatte dir Drecksack gesagt, Literatur befreit. Keine Playstation. Kein Autorennen. Der ganze Mist ist doch nur Blendwerk, führt dich nicht zu dir selbst, sondern lenkt ab von deiner eigenen Hölle. Und wenn du glaubst, dass du sie nicht mehr siehst, denkst du Trottel auch, sie sei nicht mehr da. Bis du wieder in den Höllenschlund hineinfällst …

Obwohl das Wartezimmer voll ist, bitte ich Cordula, mir eine kleine Pause zu gewähren und den nächsten Patienten noch nicht reinzurufen, denn der Postbote hat mir soeben das Ostfriesland-Magazin gebracht.

Nein, ich interessiere mich heute nicht für Martin Stromanns wunderbare Landschaftsfotografien, auch nicht für Wildgänse oder Möwen. Auch der Bericht über den Einsatz modernster Technik bei der Krabbenfischerei lässt mich völlig kalt.

Mich fasziniert Holger Bloems Interview mit Ann Kathrin Klaasen. Auf dem Foto sitzt die Kommissarin in einem blauweiß gestreiften Strandkorb. Der Wind weht ihr die Haare ins Gesicht, so dass zwischen ihren blonden Strähnen ihre Nase herausragt wie eine auf ein Strohversteck abgeschossene Pfeilspitze. Nur ihr linkes Auge ist zu sehen. Die Aufnahme wirkt wie ein zufälliger Schnappschuss, ist aber im Grunde äußerst raffiniert. Sie zeigt die Kommissarin, aber man erkennt sie kaum. Gleichzeitig hat sie etwas Wildes, Unberechenbares. Hier trotzt jemand nicht den Stürmen des Lebens, sondern genießt sie!

Holger Bloem inszeniert sie mit diesem Foto als Ostfriesin. Dabei ist sie gar nicht wirklich von hier, sondern kommt aus dem Ruhrgebiet, aus Gelsenkirchen.

Ja, ich weiß inzwischen viel über diese Frau. Hoffentlich mehr als sie über mich.

Im Leben, das weiß jeder, duzen die beiden sich. Hier im Interview siezen sie sich. Auch das ist nicht unklug. Es schafft eine gewisse professionelle Distanz. Trotzdem spürt der Leser, dass die beiden sich wohlwollend verbunden sind. Ich glaube nicht, dass sie etwas miteinander laufen haben, aber es ist mir auch egal.

Ich lese dieses Interview sicherlich anders als alle anderen Menschen. Ich will herausfinden, ob sie mich schon verdächtigt. Ob sie mir einen Schritt näher gekommen ist.

Mein Herz klopft tatsächlich heftig beim Lesen. Ich fühle mich, als könne ich dort gleich fettgedruckt meinen Namen lesen. Natürlich weiß ich, dass das nicht passiert. Dann hätte sie mich vorher abholen lassen. Trotzdem ist da so eine Beklemmung um meine Brust beim Lesen.

In meinem Kopf ist so ein Geräusch, noch von ferne, wie ein näher kommender Bienenschwarm. Oder Hummeln. Oder Hornissen. Irgendetwas, das Lärm macht und sticht.

Holger Bloem: Frau Klaasen, Sie gelten als die profilierteste Serienkillerfahnderin unseres Landes. Drei Mordfälle erschüttern im Moment unsere Region. Zwei in Lingen an der Ems, einer in Greetsiel. Haben wir es mit einer Serie zu tun? Wurden Sie deshalb eingeschaltet?

Ann Kathrin Klaasen: Bei der Verbrechensaufklärung stehen wir in Ostfriesland in der Tat erstaunlich gut da. Viel besser als der Bundesdurchschnitt. Wir nähern uns bei Schwerverbrechen einer Aufklärungsquote von hundert Prozent. Aber das hat weniger mit mir persönlich zu tun als mit einem tollen Team erfahrener Ermittler, die gut zusammenarbeiten. Und Sie haben recht, Herr Bloem, ich fürchte, dass wir es mit einer neuen Serie zu tun haben.

Holger Bloem: Zieht ein Irrer mordend in Ostfriesland und dem Emsland umher?

Ann Kathrin Klaasen: Ich will ihn nicht als »irre« bezeichnen.

Wir haben es mit einem Menschen zu tun, der sehr organisiert und überlegt handelt. Den Verbrechen ging eine akribische Planung voraus. Vermutlich hat der Täter die Opfer vorher eine Weile beobachtet und dann einen günstigen Moment abgepasst, um zuzuschlagen.

In Greetsiel war die Mutter des Opfers nicht im Haus, sondern besuchte einen Freund, während der Täter zuschlug. In Lingen nutzte er die kurze Zeit, in der die Lebensgefährtin des Hausherrn Pizza holen war, um die zwei Männer zu töten. Sie kam allerdings schneller zurück, als er erwartet hatte.

Holger Bloem: Sie gehen also eindeutig von einem Mann aus?

Ann Kathrin Klaasen: O ja. Er dürfte zwischen dreißig und fünfundvierzig Jahren alt sein, muskulös, durchtrainiert, etwa so groß wie Sie.

Holger Bloem: Eins neunzig?

Ann Kathrin Klaasen: Ja, ungefähr. Er ist sehr stark, vermutlich trainiert er in einem Fitnessstudio oder hat zu Hause Trainingsgeräte stehen. In Lingen hat er gegen zwei starke Männer gleichzeitig gekämpft. Allein die Tatsache, dass er sich darauf eingelassen hat, zeigt, wie überlegen sich der Täter fühlt.

Holger Bloem: Ist dies ein grundsätzliches Zeichen für Serienkiller?

Ann Kathrin Klaasen: Jeder, der gegen das Gesetz verstößt, hofft zunächst, dabei nicht erwischt zu werden, sprich, schlauer zu sein als das Gesetz und die Gesetzeshüter. Gleichzeitig stellt er sich über das Gesetz, so als müsse er sich im Gegensatz zu allen anderen Menschen nicht daran halten. Oder als sei die Gesellschaft ohnehin nicht in der Lage, ihre Gesetze durchzusetzen.

Holger Bloem: Liebe Frau Klaasen, gibt es etwas, das Serienkiller von anderen Mördern oder Schwerverbrechern grundsätzlich unterscheidet?

Ann Kathrin Klaasen: Ich glaube, der Serientäter ist nicht die Ausnahme, sondern die Regel. Und ja, es gibt bestimmte Verhaltensmuster, die einen Serientäter von anderen unterscheidet. Die meisten hinterlassen ein klares Signal, eine sichere Handschrift. Wenn man versteht, sie zu lesen, weiß man genau, welche Morde ihm zuzurechnen sind.

Holger Bloem: So etwas wie ein Fingerabdruck?

Ann Kathrin Klaasen: Ja, Sie können es so nennen. Aber es ist natürlich kein Fingerabdruck. Es ist die Art, wie er die Menschen tötet oder hinterher drapiert, möglicherweise zur Schau stellt. Einige nehmen Trophäen mit. Deswegen ist es häufig so, dass wir einem Mörder, den wir wegen einer Tat überführen, oftmals viele andere Taten zurechnen können, wenn wir sein Muster erkannt haben.

Holger Bloem: Warum ist das so, Frau Klaasen? Verrät sich hier nicht jemand selbst?

Ann Kathrin Klaasen: Sie haben recht. Genauso ist es. Möglicherweise ist der Täter stolz auf seine Tat. Will, dass sie ihm zugerechnet wird und nicht irgendeinem anderen Mörder. Viele haben insgeheim auch den Wunsch, endlich gefasst zu werden …

Holger Bloem: Im Ernst? Warum das?

Ann Kathrin Klaasen: Sie wissen, dass sie immer weitermachen werden. Sie kommen innerlich nicht zur Ruhe. Nur eine erfolgreiche Ermittlung kann alles beenden. Deshalb legen einige Täter Spuren, die zu ihnen führen. Ob das ein bewusster oder unbewusster Prozess ist, darüber streiten sich die Fachleute. Am Ende wollen einige auch gefasst werden, damit die anonyme Berichterstattung über die Morde aufhört und sie endlich ihre Geschichte erzählen können. Dies ist eine Erfahrung aus Hunderten Verhören, die ich in den letzten Jahren gemacht habe. Die meisten Menschen wollen ihre Geschichte erzählen. Sich erleichtern. Ich versuche, eine Atmosphäre zu schaffen, in der das geht.

Holger Bloem: Dazu haben Sie manchmal auch merkwürdige Lokalitäten gewählt, Frau Klaasen. Nicht immer fanden solche Verhöre in der Polizeiinspektion statt. Es sollen schon Verhöre im Frühstücksraum des *Smutje* stattgefunden haben, bei *ten Cate* oder …

Ann Kathrin Klaasen: Ja, ich liebe die wundervollen Cafés in Norden. Aber ganz so, wie Sie glauben, ist es nicht. Ich habe manchmal Gespräche mit Opfern von Verbrechen oder mit Zeugen dort geführt, weil die Atmosphäre in der Polizeiinspektion für einige zu beängstigend, zu offiziell ist, wenn Sie so wollen. Da kann ein lockeres Gespräch bei einer Tasse Kaffee und einem Stückchen Apfelkuchen geradezu Wunder wirken.

Holger Bloem: Können Sie uns etwas über die Motive des Täters sagen?

Ann Kathrin Klaasen: Die zwei Opfer in Lingen kannten sich, schließlich waren sie beide gemeinsam in einer Wohnung, hatten sich offensichtlich verabredet, wollten gemeinsam Pizza essen. Ob der Mann aus Greetsiel in irgendeiner Beziehung zu diesen Männern stand, wissen wir noch nicht. Die Vermutung liegt nahe, aber hier sind wir auf die Mitarbeit der Bevölkerung angewiesen.

Holger Bloem: Haben wir es mit sexuellen oder wirtschaftlichen Motiven zu tun?

Ann Kathrin Klaasen: Ich habe mir beide Tatorte und die Leichen angesehen. Die Tatumstände wirken auf mich eher wie Hinrichtungen.

Holger Bloem: Hinrichtungen?

Ann Kathrin Klaasen: Ja, als sei der Täter gezielt angereist, um ebendiese Menschen zu töten. Mit Hinrichtungen verbinden wir immer Erschießen oder Erhängen. Er benutzt ein Messer. Inzwischen können wir auch durch die Art der Schnitte und in den Wunden verbliebene Metall- und Farbreste etwas über das Messer sagen. Es könnte sich um ein sogenanntes Einhandmesser handeln, eine geschwärzte 440er Stahlklinge.

Holger Bloem: Ein Rachefeldzug?

Ann Kathrin Klaasen: Dazu kann ich noch nichts sagen.

Holger Bloem akzeptiert ihren sanften Hinweis sofort und befragt sie nicht weiter zu dem konkreten Fall, sondern will mehr über sie als Person wissen. Ich überfliege den Text. Mir fällt auf, dass sie nicht über die halbvolle Badewanne gesprochen hat. Nicht darüber, dass ein Stück Pizza fehlt.

Handelt es sich hier um Täterwissen, das sie bewusst verschweigt, um falsche Geständnisse sofort entlarven zu können?

Holger Bloem interessiert sich jetzt dafür, wie der Alltag einer Serienkillerfahnderin aussieht, und sie erzählt, dass sie zum Ausgleich eine sehr gute Beziehung führt und Kinderbücher liest.

Was ist für Sie typisch ostfriesisch?, will Holger Bloem wissen.

Sie antwortet: Diese unaufgeregten Menschen. Das gefällt mir. Der Wechsel der Gezeiten. Ebbe und Flut.

Holger Bloem: Sie sind eine Zugereiste, Frau Klaasen. Was hat Sie nach Ostfriesland verschlagen?

Ann Kathrin Klaasen: Mein Vater war hier bei der Kriminalpolizei. Er war Polizist mit Leib und Seele. Vielleicht hat das auch mit meiner Berufsentscheidung zu tun. Ich bin hiergeblieben, weil ich mich hier wohl fühle. Hier meine Freunde habe und dort wohnen kann, wo andere Menschen Urlaub machen. Selbst in den Ferien zieht es mich nicht weit weg. Meist auf eine ostfriesische Insel.

Holger Bloem fragt, wo sie geheiratet hat, und freimütig gibt Frau Klaasen Antwort: im Teemuseum in Norden, mit einer Teezeremonie.

Holger Bloem will wissen, was in Ostfriesland immer so bleiben soll, wie es ist, und was sich tunlichst ändern müsse.

Ann Kathrin Klaasen wünscht sich, dass die autofreien Inseln auf jeden Fall autofrei bleiben. Sie schlägt vor, die Verkehrsanbindungen nach Wangerooge zu verbessern. Hier gäbe es großen Nachholbedarf. Sie fordert, dass die Fahrrinne zwischen Harlesiel und Wangerooge ausgebaggert wird und damit ein reibungsloser Fährbetrieb, unabhängig von Ebbe und Flut, gewährleistet ist. Außerdem wünscht sie sich, dass überall an den Stränden die Mauern und Zäune abgerissen werden. Auch Strandentgeltautomaten würde sie gern verschwinden lassen.

Holger Bloem macht gleich eine Überschrift daraus und zitiert sie wörtlich: *Freien, kostenlosen Zugang zum Meer für alle Einheimischen und Touristen. Dafür kann man die Kurtaxe erhöhen oder die Parkplatzgebühren.*

Du bist klug, Ann Kathrin. Das sind sehr populäre Forderungen. In einigen Kurverwaltungen wird man dich deswegen hassen, aber die Touristen und die Bürger lieben dich dafür. Jemand, der klare Worte sagt, nicht irgendein theoretisches Geschwafel, wie und wohin sich die Gesellschaft entwickeln soll, sondern ganz klare, konkrete Ansagen.

Und zum Schluss wünscht sie sich natürlich eine personell bessere Ausstattung der Kriminalpolizei.

Ann Kathrin Klaasen: Wir schulden einigen Kollegen und ihren Familien viele, viele Stunden Lebenszeit. Es ist nicht gut, wenn Polizeibeamte unter großem Druck und enger Personaldecke arbeiten müssen. Wenn wir ständig an der Belastungsgrenze sind, machen wir irgendwann auch Fehler. Das Verbrechen gönnt uns keine Ruhepause, aber wir sind Menschen und brauchen manchmal eine Pause …

Nein, härtere Gesetze findet sie nicht nötig. Es gebe genug Gesetze, man brauche nur Mittel, sie richtig durchzusetzen.

So mancher Prozess, betont Ann Kathrin, geht nur deshalb verloren und der Angeklagte läuft später frei herum, weil die Kollegen nicht genügend Zeit hatten, in Ruhe alle Beweise zu sammeln, sondern so viele Fälle gleichzeitig zu erledigen hatten, dass ihnen eben ab und zu einer durch die Lappen geht und der Richter ihn dann freisprechen muss mangels Beweisen. Es nutzt ja nichts, wenn wir wissen, dass jemand der Täter ist. Wir müssen es schon gerichtsverwertbar beweisen. Das ist auch gut so, sonst würde am Ende das gesunde Volksempfinden ausreichen. Aber um alle Beweise in Ruhe zu sammeln, braucht man eben Zeit und auch genügend Personal.

Unter dem Bericht sind Fotos der Toten abgebildet. Ich vermute, es sind Bilder aus deren Personalausweisen, denn auf den Schwarzweißaufnahmen sehen sie alle recht lebendig aus und zwei, drei Jahre jünger.

Auch ein Einhandmesser – meinem erstaunlich ähnlich – ist abgebildet.

Wenn ihr nicht mehr habt, denke ich, dann kriegt ihr mich nie.

Ich bin erleichtert und bitte Cordula, den nächsten Patienten zu mir kommen zu lassen. Es ist eine wunderschöne, rothaarige Frau, vielleicht vier, fünf Jahre jünger als ich. Kleidergröße 38. Ich werde mir Zeit für sie nehmen. Egal, welches Problem sie hat.

Sie ist am ganzen Körper übersät mit kleinen roten Pünktchen. Die kämen überfallartig, sagt sie, und würden saumäßig jucken.

Sie behauptet: »Jedes Mal, wenn diese Pöckchen auftauchen, habe ich danach eine Art Schwächeanfall. Vielleicht ist das eine Allergie oder so. Ich weiß gar nicht, was ich machen soll. Zum Glück habe ich sie jetzt, dann können Sie sie wenigstens sehen. Das Ganze kommt plötzlich, und nach zwei Stunden ist alles wieder weg ...«

Ich schaue mir die Pöckchen an. Sie hat sie überall da, wo sich Schweiß bildet.

Ich diagnostiziere Nesselfieber.

Es gibt vermutlich mehr als sechstausend Ursachen für Nesselfieber. Schwer zu wissen, um welche es sich bei ihr handelt. Ich
verschreibe ihr zunächst Antihistaminika.

Sie wirkt schon erleichtert, als sie die Diagnose hört. Sie hatte
schon Angst, sie müsse ihren Urlaub abbrechen und es sei irgendetwas Schlimmes. Eine Sonnenallergie hätte sie schrecklich gefunden, denn sie liebt die Sonne, was bei ihren roten Haaren und bei
ihrer hellen Haut ohnehin nicht ganz einfach ist.

Ich kann mich nicht auf die Patienten konzentrieren. Diese
Kommissarin Ann Kathrin Klaasen durchpflügt meine Gedanken
wie ein Bauer, der noch schnell vor einem drohenden Unwetter
den Acker bestellen will.

Was weiß sie? Was verschweigt sie?

Am liebsten würde ich das Interview noch einmal lesen, nach
Hinweisen und unfreiwilligen Aussagen durchforsten.

Eine Kurznachricht von Beate blinkt auf meinem Handy auf. Sie
schickt mir drei Herzchen und einen Kussmund.

Ja, das ist Beate. Sprachlos vor Liebe verschickt sie manchmal
Herzchen.

Draußen hält ein Polizeifahrzeug.

In Gedanken spiele ich durch, was ich tue, wenn sie versuchen,
mich abzuholen. In meinem Arztkittel trage ich das Messer bei mir.
In der Schreibtischschublade liegt eine geladene Beretta 92 mit
15 Patronen im Stangenmagazin.

Die Patientin verlässt meine Praxis.

Ich öffne die Schublade und entsichere die Beretta. Am Griff-
stück ist ein kleiner Hebel.

Ich fühle mich gleich besser. Aktionsbereit.

Aber dann kommen mir Zweifel. Ich habe nicht viel Ahnung
von Schusswaffen. Die Beretta habe ich in Hamburg auf dem Kiez
in einer Kneipe gekauft. Die Pistole und eine Rolex zum Freund-

schaftspreis von 1000 Euro. Gut, die Rolex war eine Fälschung. Aber die Waffe ist echt.

Ich habe sie vorsichtshalber einmal ausprobiert. Im Uplengener Moor. Drei Schüsse habe ich abgegeben. Ich war erschrocken über die Wucht und den Knall. Es tat weh in den Ohren.

Eine Weile war ich taub. Auf eine unangenehme, drückende Art. Stille bringt das nicht. Man hört zwar nichts mehr vom Lärm der Welt, aber dafür ist dann ein Dröhnen wie eine lang anhaltende Explosion – falls es so etwas gibt.

Ich hatte noch tagelang das Gefühl, mein Trommelfell sei zerstört worden. Dieser ohrenbetäubende Druck hielt lange an. Ich muss seitdem immer grinsen, wenn ich Filme, in denen sich die Protagonisten während einer Schießerei unterhalten oder etwas zurufen, sehe. Entweder habe ich sensiblere Ohren als andere Menschen, oder das ist in den Filmen einfach nur erbärmlicher Quatsch.

Ich kenne mich mit der Waffe einfach noch nicht gut genug aus. Mist, verdammter! Jetzt bin ich mir nicht sicher, ob ich die Beretta ge- oder entsichert habe. Ich hole sie noch einmal aus der Schublade. Ich schaue mir die Sicherung genau an. Bin ich so nervös, oder verblöde ich langsam?

Cordula öffnet die Tür. Ich lasse die Waffe sofort verschwinden. Ich komme mir linkisch dabei vor. Dumm. Verflucht! Hat sie etwas gemerkt?

Ein Doktor, der zwischen zwei Patienten mit seiner Knarre herumspielt, ist keine sehr vertrauenserweckende Person.

So, wie sie guckt, hat sie es nicht mitbekommen. Oder sie will nur, dass ich denke, sie habe nichts gesehen.

Ihr doppeltes Monatsgehalt garantiert mir eine gewisse Loyalität. Vielleicht ahnt sie, dass es hier bei mir nicht mit rechten Dingen zugeht. Sie zwinkert mir komplizenhaft zu. »Da sind gerade

Polizisten zu Ihrer Frau rüber …«, sagt sie, als würde sie mir ein ungeheures Geheimnis verraten.

Ich versuche einen Scherz: »Vielleicht wollen sie sich einen Termin bei mir erschleichen. Aber wenn sie kommen, schicken Sie sie einfach durch zu mir ins Sprechzimmer.«

Sie nickt, lächelt leicht verkrampft und schließt die Tür.

Um herauszufinden, ob die Beretta entsichert ist oder nicht, müsste ich sie abfeuern. Undenkbar.

Ich stelle mir vor, wie Kommissarin Klaasen und ihr Mann, Weller, vor mir stehen.

Ich hebe die Waffe, versuche zu schießen, und sie geht nicht los, weil ich mit der Sicherung noch nicht klarkomme. Peinlicher geht es ja nicht.

Ruhig Blut, denke ich. Cool bleiben! Wenn sie kämen, um dich wegen der Morde zu verhaften, dann wären sie sicherlich nicht zu zweit in einem Polizeiwagen vorgefahren, der jetzt sauber eingeparkt vor deinem Haus steht, sondern ein mobiles Einsatzkommando hätte die Praxis gestürmt. Polizisten mit kugelsicheren Schutzwesten. Helmen. Sturmmasken und Maschinenpistolen.

Oder würde so ein Zugriff eher in Zivil erfolgen? Das traue ich dieser Ann Kathrin Klaasen zu. Plötzlich hat man Handschellen um und liegt bäuchlings auf dem Boden.

Wenig Aufsehen. Sehr effektiv.

Soll ich jetzt rüber zu Beate? Ich rufe sie an.

Sie meldet sich sofort nach dem ersten Klingelton. »Bernd, die Polizei ist hier!«

»Ja, ich sehe den Wagen. Soll ich rüberkommen?«

»Nein, ist nicht nötig. Sie haben ein paar Fragen wegen Michael.«

»Ich komme.«

Ich bitte Cordula, die letzten Patienten nach Hause zu schicken. »Sagen Sie ihnen einfach, ich müsste zu einem Notfall.«

Aus dem Wartezimmer kommt Herr Borisch auf mich zu, ein Rentner, der dreimal im Jahr Urlaub in Norddeich macht. Praktisch bin ich dadurch sein Hausarzt.

Er will mich aufhalten: »Herr Doktor, ich brauche meine Schmerztabletten. Die frei verkäuflichen nutzen mir nichts.«

Ich gebe Cordula einen Wink und bitte sie, ihm ein Rezept auszustellen. Ich unterschreibe schnell eins blanko und verschwinde nach hinten in unser Privathaus.

Kaum habe ich den Flur betreten, läuft es mir heiß den Rücken runter. Habe ich gerade in der Hektik mit Johannes Theissen unterschrieben oder mit Bernhard Sommerfeldt?

Ist mir wirklich so ein gravierender Fehler unterlaufen? Habe ich mich gerade mit einem Gefälligkeitsrezept selbst ausgetrickst und verraten?

Mir macht die Dichte meiner Flüchtigkeitsfehler Angst.

Der Sicherungshebel der Waffe.

Die Unterschrift.

Ich will zurück und das Rezept holen. Ich könnte sagen, ich will noch einen Blick darauf werfen und ihm die größere Menge verschreiben, nicht zwanzig, sondern fünfzig Tabletten.

Borisch wird begeistert sein. Er ist im Grunde süchtig nach dem Schmerzmittel. Vermutlich kommt er deshalb immer wieder nach Ostfriesland. Er weiß, dass ich es ihm verschreibe. Sein Hausarzt in Dortmund macht es garantiert auch, und so wird die Menge unverdächtig, weil er sie auf verschiedene Praxen verteilt. Wahrscheinlich hat er noch einen dritten oder vierten Arzt, der ihm Rezepte ausstellt, oder jemand anders lässt sich das Zeug für ihn verschreiben. Das machen alle Tablettensüchtigen so.

Bei Beate sind zwei Polizisten. Kommissarin Ann Kathrin Klaasen und Frank Weller.

Er steht lässig, mit hängender linker Schulter, an die Wand gelehnt neben einem HAP-Grieshaber-Holzschnitt. Er macht ganz auf entspannt.

Ann Kathrin Klaasen sitzt Beate gegenüber. Sie hat ihre schwarze Handtasche auf der Armlehne des Sessels abgestellt.

Ich gebe der Kommissarin die Hand.

»Ich habe soeben Ihr Gespräch mit Holger Bloem über Serientäter gelesen. Sehr interessant!«

»Ach«, antwortet sie betont bescheiden, als sei es nicht der Rede wert, »ist das Heft schon erschienen?«

Ich nicke Weller zur Begrüßung zu. Er senkt nur kurz die Augen.

Ich halte ihn für einen eiskalten Hund. Der steht nicht einfach nur im Hintergrund. Der deckt seiner Frau den Rücken. Wenn jemand Ann Kathrin Klaasen, die entspannt im Sessel sitzt, angreifen würde, hätte er die Übersicht. Er hat in seiner Position die Tür im Blick und ihren Rücken. Er sieht, was ihr entgeht.

Er trägt seine Waffe vertikal im Schulterholster und kann sie horizontal ziehen. Deshalb dieser sportliche, helle Blazer. Ob er die Pistole auch bei der Beerdigung getragen hat? Oder ist jetzt eine neue, dringlichere Situation entstanden?

Die Kommissarin konzentriert sich ganz auf Beate und mich. Sie führt das Gespräch. Sie weiß, sie ist geschützt.

In gewisser Weise bist du, lieber Weller, für Ann Kathrin Klaasen, was ich für Beate bin. Wir sind uns ähnlich. Ich sehe es dir an. Du würdest ebenfalls bedenkenlos für sie töten. Du hättest keine Probleme damit, mich abzuknallen, wenn ich deine Frau attackiere.

»Wie lange waren Sie und Herr Pelz zusammen, Frau Herbst?«

»Fünf Jahre. Also … nicht ganz.«

»Ist es okay, wenn ich hierbleibe?«, frage ich.

Die Kommissarin sieht zunächst Beate an. »Wenn es Sie nicht stört? Ich muss Ihnen immerhin Fragen zu Ihrem ehemaligen Liebhaber stellen.«

Beate ist kurzatmig. Sie faltet ihre Hände und drückt ihr rechtes Knie hinein.

»Bernhard und ich haben keine Geheimnisse voreinander«, sagt sie. Es klingt wie eine Lüge, tut mir aber gut.

Leider wirkt sie nicht ganz überzeugend auf Ann Kathrin Klaasen. Ihre Körperhaltung signalisiert, dass sie sich nur mit Mühe zusammenreißen kann. Das entgeht der Kommissarin bestimmt nicht.

Frau Klaasen fragt: »Hatte er Feinde?«

»Feinde?« Beate scheint die Bedeutung des Wortes nur mühsam zu verstehen.

Die Kommissarin erklärt: »Gab es Drohungen gegen ihn? Hatte er Angst? Befand er sich mit Menschen im Streit?«

Beate schüttelt den Kopf. »Nein, er hatte beruflich ein paar Schwierigkeiten, Fuß zu fassen, aber Feinde in dem Sinne hatte er nicht.«

»Trotzdem hat ihn jemand gezielt umgebracht. Das muss ein Vorspiel gehabt haben. Es ist nicht einfach so – zufällig – passiert!«

Beate schaut überfordert, löst ihre verkrampfte Haltung und zuckt wortlos mit den Schultern.

Die Kommissarin fährt fort: »Hatte Ihr Lebenspartner Hobbys?«

»Ja. Äh … nein. Also, nicht, dass ich wüsste …«

Konzentrier dich, mein Engel! Du gibst hier gerade keine gute Nummer ab.

Ann Kathrin Klaasen ist wohl nervöse Menschen gewöhnt. Geduldig modifiziert sie ihre Frage: »Was hat er denn in seiner Freizeit so gemacht?«

Beate atmet tief aus: »Er hat abends gerne Filme geguckt und Sport.«

Weller beobachtet mich die ganze Zeit. Jetzt grinst er mich an.

Ann Kathrin Klaasen fasst die Aussagen zusammen: »Frau Herbst, Ihr Partner …«, mit Blick auf mich verbessert sie, »Ihr ehemaliger Partner hatte also keine Feinde und verbrachte seine Abende vor dem Fernseher. Warum sollte dann jemand kommen und ihn töten?«

»Er war Fan von Werder Bremen!«, ruft Beate und lacht erleichtert, als sei das die Lösung für alle Probleme.

Ann Kathrin Klaasen lächelt. »Aber Sie glauben nicht ernsthaft, dass er deswegen ermordet wurde, oder?«

Ich schalte mich ein: »Die Frage, warum er umgebracht wurde, müssen Sie schon selbst beantworten, Frau Klaasen. Sie sind die Kommissarin. Meine Frau ist nur Grundschullehrerin.«

Ich setze mich demonstrativ neben Beate und lege den Arm um sie.

»Der Täter«, erläutert Ann Kathrin Klaasen, »hat in allen Fällen die Computer mitgenommen. Von Herrn Pelz fehlt auch das Handy. Niemand tötet, um an einen billigen Laptop zu kommen. Da liegt die Vermutung nahe, dass es um brisante Informationen ging, die auf dem Gerät gespeichert waren.«

Ich versuche, das zu relativieren und vom Konkreten ins Allgemeine abzuschweifen: »Oh, Frau Kommissarin«, rege ich mich auf, »heutzutage werden Sie für zehn Euro umgebracht, für ein Päckchen Tabak oder …«

Sie lässt mich nicht ausreden. »Ja, von Drogensüchtigen vielleicht, aber das hier war gezielt und geplant.«

»Vielleicht wurde ein Einbrecher auf frischer Tat ertappt …«, schlage ich vor.

Ann Kathrin Klaasen lächelt mich milde an: »Nein, ganz bestimmt nicht, Herr Sommerfeldt. Der Täter ist nicht eingebrochen, wohl aber durchs offene Fenster geflohen. Er hat Herrn Pelz erst umgebracht und dann die Wohnung durchsucht. Wir müssen

davon ausgehen, dass sich Herr Pelz und der Mörder kannten.«
Sie zeigt auf Beate: »Ich vermute, Frau Herbst, dass Sie ihn auch
kennen.«

Beate zuckt erschrocken zusammen: »Ich?«

Ann Kathrin Klaasen nickt. »Wir können es nicht ausschließen.
Immerhin waren Sie und Herr Pelz fast fünf Jahre zusammen, wie
Sie gesagt haben, und er war ja wohl selten außer Haus. Hat er
manchmal Besuch bekommen?«

»Ja, äh … schon. Aber nicht oft … Seine Mutter kam manchmal
und … Also, er war eher so ein Familienmensch …«

Familienmensch? Ein erbärmliches Muttersöhnchen war er!

»Heißt das«, frage ich, »Beate ist auch gefährdet?«

Damit will ich eigentlich von uns ablenken, aber nun mache ich
Beate Angst. Sie hält sich erschrocken den offenen Mund zu.

Ann Kathrin Klaasen beantwortet meine Frage nicht, stattdessen
will sie von Beate wissen: »Hat Herr Pelz gerne Basketball gespielt,
oder war er in einem Turnverein?«

Beate nimmt die Hand vom Mund und verzieht fragend die Lippen.

»Wie haben in seinem Gesicht und in der Wohnung Spuren von
Talkum gefunden. Sportler benutzen das manchmal gegen Hand-
schweiß.«

»Er hat lieber Sport geguckt als gemacht …«, sagt Beate. »Er hielt
sich aber immer für sehr sportlich.«

»Wir haben in der Wohnung keine Talkumquelle gefunden. Hat
er so etwas je benutzt?«

»Nicht, dass ich wüsste.«

Frau Klaasen sieht aus, als würde ihr die Antwort gefallen. Sie
schielt zu Weller, und der deutet kurz einen erhobenen Daumen
an.

»Dann hat der Täter vermutlich talkumbeschichtete Handschuhe getragen, was einmal mehr zeigt, wie organisiert er vorgegangen ist. Was uns wundert, ist … Der Stoff befindet sich nicht am Klingelknopf oder an der Tür. Wir gehen davon aus, dass Herr Pelz seinen Mörder selbst hereingelassen hat.«

»Die Tür«, sagt Beate, »war bei uns oft nicht abgeschlossen. Hier ist Ostfriesland.«

»Ich wohne auch in Ostfriesland und schließe immer ab. Besonders abends«, kontert Ann Kathrin Klaasen und setzt gleich nach: »Hatte Herr Pelz eine Freundin? Beziehungen außerhalb? Oder was war der Grund für Ihre Trennung?«

Beate schluckt. »Nein … er … ich … ich habe es einfach nicht mehr ausgehalten. Als ich Bernd kennengelernt habe, wurde mir erst wirklich bewusst, was mir alles fehlte.«

Ich spüre ihre Worte wie eine warme, schöne Berührung, die mir das Herz aufgehen lässt.

Ann Kathrin Klaasen hakt nach: »Also haben Sie ihn verlassen, nicht er Sie?«

So eine Frau verlässt man doch nicht! Aber warum hast du uns das mit dem Talkum erzählt? Was führst du im Schilde, Ann Kathrin? War das eine Fangfrage? Natürlich weißt du, dass auch ich solche Einweghandschuhe benutze. Die hat jeder Arzt. Willst du von mir wissen, ob ich selbst damit herausrücke oder es verschweige? Wer nichts zu befürchten hat, spricht frei …

»Talkum ist auch an Einweghandschuhen, wie ich sie benutze«, sage ich.

Frau Klaasen tut, als sei das für sie unwichtig. Ich sehe es ihr an. Sie hält etwas zurück. Sie wirkt lauernd auf mich.

Mit einem Blick verständigt sie sich mit Weller. Keine Ahnung, was die beiden vorhaben. Hier läuft ein Spiel, und ich fürchte, ich durchschaue es nicht.

Die Kommissarin wird eindringlich und spricht zu Beate: »Frau

Herbst, verschweigen Sie mir nichts. Es geht um kaltblütigen Mord. Unter Umständen sind Sie selbst gefährdet. Lassen Sie uns gemeinsam nachdenken. Ich bin mir sicher, dass Sie den Mörder kennen.«

Schließt du jetzt von dir selbst auf andere, Ann Kathrin?

Kommissarin Klaasen ist ja für ihre Verhörmethoden bekannt. Neulich las ich über sie den Satz: »Die Verhörspezialistin der ostfriesischen Polizei bringt auch einen leeren Kasten Bier zum Reden.«

Vermutlich war das dieser ostfriesische Humor, der sich Fremden nur langsam erschließt. Mir kommt die berühmte Kommissarin eher unbeholfen, ja plump vor.

Ist das ihre Masche? Geschicktes Understatement?

Beate ringt mit den Händen. Es ist ein auffälliger Kampf der Finger, nicht einfach ein unbewusster Reflex. Bei ihr sieht es aus, als wollte die rechte Hand die Finger der linken brechen. Sie biegt sie richtig durch, dass es knackt.

Sie ist eine schlechte Lügnerin. Sie braucht alle Kraft, um sich nicht zu verraten. Wie gut, dass sie die ganze Wahrheit nicht kennt! Wer nichts weiß, kann auch nichts verraten.

»Das Bild, das Sie von Ihrem Exlover zeichnen, kann so nicht stimmen, Frau Herbst. Ein Einzelgänger. Stubenhocker. Couchpotato. Ohne Leidenschaften oder Interessen … Das glaube ich Ihnen so nicht. War er so, als Sie sich in ihn verliebt haben?«

Frau Klaasen macht eine Handbewegung, als sei das völlig unmöglich.

Da Beate immer noch nichts sagt, fährt sie fort: »Was waren seine Sehnsüchte? Seine Träume? Was war seine größte Angst? Was hat Sie an ihm fasziniert? Er muss irgendetwas an sich gehabt haben, sonst hätten Sie doch keine Beziehung mit ihm begonnen.«

Gleich brechen die Finger wirklich.

»Meine Frau ...«, ja, ich sage bewusst ›meine Frau‹, obwohl wir nicht verheiratet sind, aber ich will die Ernsthaftigkeit unserer Beziehung klarstellen, »meine Frau ist sehr durcheinander. Die Sache hat sie hart getroffen.«

Du Idiot, das klingt ja, als sei sie noch verliebt in ihn!

Weller löst sich von der Wand und stupst mich an. Er deutet mit dem Kopf zur Tür und geht wortlos in die Richtung. Ich folge ihm. Im Türrahmen legt er den Arm kameradschaftlich um meine Schultern.

»Ich glaube«, flüstert er komplizenhaft, »wir lassen die beiden jetzt besser mal alleine.«

In der Küche bewundert er meine Kaffeemaschine und sagt: »Frauen reden ganz anders, wenn Männer nicht dabei sind.« Er lacht: »Geht uns doch genauso, oder? Es gibt Männergespräche, und es gibt Frauengespräche.«

Er betrachtet meine Kaffeemaschine, als hätte er noch nie so ein Ding gesehen. Er berührt sie, überprüft den Wasserstand und riecht an den Bohnen über dem Mahlwerk.

»Wollen Sie einen Kaffee?«

Er willigt ein: »Warum nicht?«

Ich frage: »Milchkaffee? Espresso? Caffe Crema?«

»Schwarz«, sagt er, »und am liebsten einen doppelten Espresso. Keine Milch. Keinen Zucker. Pur.«

Ich stelle die Maschine ein. Er beobachtet mich dabei konzentriert.

»Wir haben einen Automaten in der Polizeiinspektion. Aber da ist es Zufall, was rauskommt. Man drückt oft auf Espresso und erhält durchaus guten Kakao. Oder eine Gemüsesuppe.«

»Kann hier nicht passieren«, scherze ich.

Er knüpft an das vorherige Gespräch an: »Angestellte reden ja auch anders, wenn ihre Chefs mit am Tisch sitzen ...«

Ich nicke und stelle eine Espressotasse auf das Sieb.

Weller fragt: »Wie ist das für Sie als Bayer hier in Ostfriesland?«

»Oh«, lache ich, »hört man an meiner Sprache noch so sehr, dass ich aus Süddeutschland komme?«

»Nein. Sie sprechen hervorragendes Hochdeutsch …«

Danke, du Arsch.

»Ich bin übrigens nicht aus Bayern, sondern aus Franken.«

Ich ärgere mich total darüber, das jetzt gesagt zu haben. Was bin ich doch für ein Idiot! Wie soll es weitergehen? Werde ich ihm jetzt erzählen, dass ich in Wirklichkeit Johannes Theissen heiße? Meine Mutter mich gemeinsam mit meiner Frau reingelegt hat, dass ich deswegen hier hochgekommen bin und mir einen neuen Namen zugelegt habe?

Es ist ganz leicht, schnell eine Lüge zu erfinden oder eine neue Identität anzunehmen, aber es ist verdammt schwierig, dann auch dabei zu bleiben. Alles muss immer schlüssig sein.

Ich will sie nicht zu nah auf meine Spur bringen, aber verdammt, wie oft im Leben habe ich schon Leuten gesagt, ich bin nicht aus Bayern, ich bin aus Franken, aus Oberfranken, um genau zu sein. So was hat man einfach drin in seinem Verhalten.

Ich werde ja auch nicht plötzlich vom Nichtraucher zum Raucher. Ich mag noch die gleichen Speisen. Ich sehne mich nach einem vernünftigen Sauerbraten, nach Leberkäs oder Kloß mit Soß.

Reiß dich zusammen, ermahne ich mich selbst. Erst jetzt merke ich, dass meine linke Hand sich zur Faust zusammenkrampft, die Fingernägel drücken in meinen Handballen. Falls Weller das bemerkt hat, ahnt er, wie sehr ich unter Strom stehe.

Er schweigt. Das Mahlwerk des Kaffeeautomaten ist sehr laut. Es löst in meinem Kopf aber nie dieses Chaos aus. Das merke ich erst jetzt. Der Lärm der Kaffeemaschine weckt eine freudige Erwartung in mir. Ich empfinde nicht immer alle Geräusche als störend.

Beate spricht nie, wenn das Mahlwerk der Kaffeemaschine rattert. So will die Lehrerin ihre Stimme schonen.

Plötzlich schlägt das alles um. Die Geräusche fahren mir in die Magengrube.

Ich würde mir am liebsten die Ohren zuhalten. Schrecklich, dieser Lärm!

Aber der Kaffee schmeckt. Ich habe schon überlegt, wieder auf Filterkaffee umzusteigen, aber der geht mir auf den Magen. Vielleicht trinke ich deshalb so gerne Schwarztee. Es ist keineswegs mein Versuch, mich an die Ostfriesen anzupassen. Es entspricht meiner Suche nach Stille. Tee aufzubrühen ist ein kontemplatives Ritual. Verglichen damit sind diese Kaffeemaschinen lärmendes Teufelszeug.

Der Espresso läuft in die Tasse, und Weller fährt fort: »Sie haben dieses typische ›r‹, das rollt so.«

»Das Franken-R?«, frage ich.

»Jo.«

Ich versuche, abzulenken: »Ich wurde von den Ostfriesen sehr freundlich aufgenommen. Meine Praxis ist voll. Mir geht es hier gut.«

»Haben die Nachbarn Ihnen einen Kranz an die Tür gemacht?«

»Ja, mit Tannenzweigen und Papierblumen. Und sie sind alle zum Abkränzen gekommen.«

Weller nimmt sich den Espresso selbst. »Und dann gab es ein riesiges Besäufnis. Stimmt's?«

Ich gebe ihm recht.

Das alles interessiert dich doch im Grunde nicht. Machst du mit mir hier nur Smalltalk, damit Ann Kathrin sich Beate alleine vorknöpfen kann? Oder verfolgst du einen eigenen Plan?

Soll ich nur denken, dass dies hier ein lockeres Plaudern ist, und du spinnst mich bereits in dein Netz ein?

Ja, er kommt mir ein bisschen vor wie eine Spinne, die mit ihren weißen Fäden einen Kokon um mich wickelt, bis ich bewegungslos bin.

»Dann«, lacht er, »dürfen Sie sich als in die Gemeinschaft aufgenommen betrachten. Der Espresso ist übrigens wirklich gut.«

Ich presche vor: »Wir sind doch nicht wirklich hier in der Küche, um über Espresso zu reden, oder?«

»Nein«, sagt Weller, »ich traue mich nur nicht, Sie einfach so zu fragen.«

Ich schaue ihn aufmunternd an. Er soll ja nicht denken, dass ich Angst habe.

Er druckst herum, dann krempelt er sich den rechten Ärmel auf. Das ist nicht so leicht, weil er sein Jackett dabei anbehält. Ich soll die Waffe im Holster nicht sehen.

Er zeigt mir mit sorgenvollem Gesicht eine dicke braune Stelle auf seinem Unterarm. »Ist das etwas Schlimmes? Das war mal ein Muttermal, aber es wächst.«

Ich betrachte die Hautveränderung.

»Sie meinen, ob das ein Melanom ist, Herr Kommissar? Hautkrebs?!«

Er stöhnt schon, als ich das Wort sage.

Das also ist deine wunde Stelle. Du hast Angst, dass etwas in dir gegen dich Krieg führt. Es sieht harmlos aus, aber es trachtet dir nach dem Leben. Das ist deine größte Angst.

»Ich kann Sie beruhigen. Das hier ist eine Warze.«

Er sieht sehr erleichtert aus, und jetzt verpasse ich ihm einen Florettstich sauber durch die sich auflösende Deckung: »Eine Alterswarze.«

Er zuckt zusammen.

Ich grinse. »Harmlos. Kann man kosmetisch wegoperieren lassen. Aber wozu? Oder sind Sie so eitel?«

Er schüttelt den Kopf.

Ich beschließe, ihn gleich noch einmal zu verunsichern: »Ich würde das aber beobachten lassen. Es gibt Hautkrebs-Vorsorgeuntersuchungen. Ein Screening. Bekommen Sie beim Hautarzt. Oder auch bei mir. Lassen Sie sich einen Termin von Cordula geben. Sie kommen jetzt in das kritische Alter, da muss man aufpassen. Übrigens, haben Sie schon eine Koloskopie machen lassen?«

»Eine was?«

»Darmspiegelung. Wir können heute den Dickdarm und auch den Dünndarm mit einer kleinen Kamera sehr genau untersuchen. Als Kind habe ich das mal im Kino gesehen: Reise durch den Körper. In einem U-Boot. Im Grunde gibt es das inzwischen wirklich, nur dass wir nicht in einem U-Boot sitzen, sondern eine Kamera durch die Adern führen oder auch durch den Darm. Krebs entsteht ja nicht plötzlich. Das sind erst nur so kleine Wucherungen. Wie Pilze. Noch völlig ungefährlich. Aber wenn man sie gewähren lässt, kann sich daraus etwas Schlimmes entwickeln.«

Er sieht aus, als ob ihm übel werden würde. Ich habe ihn bei seiner tiefsten Angst gepackt.

»Vorne an der Kamera sind so kleine Scheren, damit entfernen wir die Wucherungen sofort, wenn wir welche finden.«

Weller schluckt, ohne am Espresso zu nippen. Er ist blass.

»Wie kommt die Kamera denn in den Darm?«, will er wissen.

»Der Schlauch wird anal eingeführt.«

Er schüttelt sich und verzieht das Gesicht.

»Davon merken Sie nichts, Herr Kommissar. Sie bekommen vorher eine gute Portion Propofol.«

»D… d… das ist die Droge, an der Michael Jackson gestorben ist, oder?«, stammelt Weller.

»Genau. Der wusste, was gut war. Keine Sorge, bei uns bekommen Sie keine Überdosis. Nach zehn Minuten sind Sie wieder wach und fit.« Ich mag es, ihm Angst zu machen. »Ich weiß, da kursieren üble Gerüchte im Internet. Dass auf der Suche nach dem Karzinom die Darmwand durchstoßen worden sei. So etwas passiert aber äußerst selten. Wir haben hier hochqualifizierte Fachleute in der Ubbo-Emmius-Klinik. Denen würde ich mich selbst auch jederzeit anvertrauen. Allerdings zahlt die Krankenkasse die Vorsorge erst ab dem fünfundfünfzigsten Lebensjahr. Sie können die Untersuchung von mir durchführen lassen. Ich bescheinige die Notwendigkeit. Verdacht auf Darmkrebs wegen Blut im Stuhl oder so. Dann zahlt die Kasse natürlich.«

Weller setzt sich. Er wirkt kraftlos. »Das würden Sie für mich tun?«, fragt er.

»Klar«, sage ich, »das ist von den Kassen nämlich unverantwortlich. Jeder sollte das alle zwei Jahre machen lassen, und wir würden die Todesrate bei Darmkrebs dramatisch senken.«

Er guckt bedröppelt. Er hat Angst vor der Untersuchung, der Herr Kommissar.

Ja, bei der Suche nach dem Feind in dir selbst nutzt dir deine Dienstwaffe einen Scheiß. Dein ganzes Ermittlerwissen kannst du vergessen. Du musst dich schon anvertrauen können.

»Ich müsste das dann selbst bezahlen, wie diese IGeL-Leistungen?«

»Sie meinen ärztliche Leistungen, die nicht zum Katalog der Versicherungen gehören?«

»Jo.«

»So etwas gibt es bei mir nicht.«

»Echt?«

»Ja, man findet immer Wege, sinnvolle Untersuchungen abzurechnen …« Ich zwinkere dem Kommissar zu. Er weiß jetzt, dass ich im Grunde die Krankenkassen bescheiße, weil ich Untersuchungen als medizinisch notwendig deklariere, die es nach den

Regeln aber nicht wären. Na prima. Der Kommissar nickt mir dankbar komplizenhaft zu.

»Ich bin ja als Beamter beihilfeberechtigt«, betont Weller.

Ich winke ab. »Wir werden es jedenfalls so drehen, dass Sie nichts zusätzlich bezahlen müssen.«

Du lebst finanziell in angespannten Verhältnissen, Weller. Das macht dich empfänglich für kleine Wohltaten und Geschenke. Lass mich nur erst ein paar Wucherungen aus deinem Darm schneiden, die dich sonst umgebracht hätten, dann frisst du mir restlos aus der Hand.

Willst du nicht wissen, ob ich ein Alibi habe? Komm, frag schon.

»Was halten Sie von dem Toten? Ich meine, war er echt so harmlos, wie Ihre Freundin denkt?«, fragt Weller.

»Nein, war er nicht. Ich glaube, dass er krumme Geschäfte gemacht hat. Er hat auch versucht, den Liebhaber seiner Mutter um Geld anzugraben. Finanziell stand ihm das Wasser bis zum Hals.«

Ich schweige. Gern hätte ich mir auch einen Kaffee gemacht, aber das Geräusch ist mir jetzt einfach zu laut. Ich brauche eine leise, am besten eine stumme Kaffeemaschine.

»Er hatte Schulden?«

»Nein, der ist zu seiner Mama in sein Kinderzimmer zurückgezogen, weil es da so gemütlich war.«

Weller grinst. »Sie mochten ihn nicht.«

»Richtig. Wer mag schon den Ex seiner Frau oder den Neuen seiner Ex?«

Weller gibt mir sofort aus Erfahrung recht. »Wie wahr, wie wahr …«

»Fragen Sie mich jetzt nach meinem Alibi?«

»Haben Sie denn eins?«

»Ich war hier. Mit Beate. Wir sitzen abends oft am Kamin und lesen. Bei dem Wetter auch gern schon mal draußen.«

Das beeindruckt Weller. »Kriminalromane?«

»Auch. Aber gerne Künstlerbiographien. Oder historische Romane.«

Weller wird konkret. Ich sehe es ihm an seiner Körperhaltung an, bevor er die Frage formuliert. Er strafft sich. Und die Privatperson Frank Weller, die Angst vor dem Älterwerden und vor Krebs hat, wandelt sich in den professionellen Kriminalkommissar, der einen Fall zu lösen hat.

»Sie glauben also, dass Pelz krumme Geschäfte gemacht hat?«

»Dafür kannte ich ihn zu wenig. Aber ja, ich traue es ihm zu. Er wollte irgendein Ding im Internet aufbauen. Es hat mich nicht interessiert. Im Grunde hat er, solange er mit Beate zusammen war, von ihrem Geld gelebt. Danach von seiner Mama. Ich denke, er hat so etwas Ähnliches wie ein Pilotenspiel geplant. Sie wissen schon. Man kauft sich einen Platz in einem imaginären Flugzeug und mit jedem Mitspieler, den man mitbringt, rückt man einen Sitz auf, bis man vorne sitzt und Pilot ist. Dann kassiert man die Einstiegsprämien von den anderen.«

Weller tut erstaunt. Er spielt nicht gut. Da ist die Kommissarin viel besser. »Ist dieses Pyramidenspiel wieder im Kommen? Vor ein paar Jahren hatten wir das hier, da hieß das Ganze Herzkreis. Die Namen wechseln. Glauben Sie, deswegen hat jemand – der sich betrogen fühlt …«

»Ich bin Arzt, Herr Kommissar. Ich glaube, Sie sollten ein paar Vorsorgeuntersuchungen machen, die Sie von Ihrer Krebsangst befreien. Dann fühlen Sie sich weniger dunklen Gefahren ausgesetzt und haben den Blick frei für die Verbrechensbekämpfung.«

Na, erwischt?

Er greift sich an die Brust. »Ich kann das durchaus trennen.«

Ann Kathrin Klaasen guckt in die Küche. »Können wir, Frank?«, fragt sie.

Er ist sofort bereit, mit ihr zu gehen.

»Danke für den Espresso. Eine Frage hätte ich noch.«

»Ja?«

»Was waren das für Bohnen?«

»Eine Privatmischung. Reine Arabica-Sorten aus Indien, Guatemala und Papua-Neuguinea. Die stelle ich mir immer selber in der Norder Kaffee-Manufaktur in der Doornkaatstraße zusammen. Die haben auch interessante Hausmischungen und bieten Saisonröstungen an.«

Gemeinsam gehen die beiden zur Haustür.

Beate kommt aus dem Wohnzimmer. Sie sieht geschafft aus, als hätte sie Tage am Abgrund eines Höllenschlunds verbracht. Sie wirkt verschwitzt, krank und um Jahre gealtert.

Wenn du jetzt deinen Ausweis wegwirfst und dich schätzen lässt, bekommst du Rente.

Ich halte Weller kurz auf. Er dreht sich um. Ann Kathrin Klaasen steht schon in der offenen Tür. Wellers linke Schulter hängt. Ich richte ihn durch Zupfen an seinem Jackett, bis er gerade steht. Er versteht nicht, lässt es aber geschehen.

»Sie sollten die Waffe nicht immer links tragen, Herr Kommissar. Das ist gar nicht gut für Ihre Haltung. Die Wirbelsäule wird sich bedanken. Sie stehen schräg. Ich bin zwar kein Orthopäde, aber … Die einseitige Belastung wird Ihnen irgendwann Nackenschmerzen bereiten und hier hinten im Rücken …« Ich deute die Stelle an.

Weller fühlt sich ertappt. Nun hat er die ganze Zeit das Jackett korrekt getragen, und ich habe trotzdem bemerkt, wo er seine Waffe trägt.

»Die …«, er scheut sich, das Wort auszusprechen, »die ist nicht so schwer.«

Ich klopfe ihm auf die Schulter. »Ja, aber das Holster verändert Ihre Haltung. Sie geraten aus dem Gleichgewicht. Das ist nicht gut. Lernen Sie von den Frauen, Herr Weller. Die tragen ihre Handtaschen nie immer nur an einer Seite. Sie wechseln. Sie wissen genau, warum. Sie haben Angst vor Haltungsschäden.«

Ann Kathrin Klaasen greift unwillkürlich zu ihrer Tasche.

Ich winke den beiden kameradschaftlich zu. Als Arzt muss man den Leuten solche Sachen sagen. Sie erwarten das.

Ich werte den Abschied als Sieg. Aber in Beates Augen stehe ich nicht als strahlender Held da. Sie ist fahrig. Zittrig. Ich geleite sie in die Bibliothek. Ein Raumwechsel tut ihr jetzt gut. Es ist, als würde die Energie von Ann Kathrin Klaasens Fragen noch im Wohnzimmer hängen wie dichte Nebelschwaden.

Zwischen den Büchern und am Deich wird der Geist frei.

»Was ist, meine Liebste?«, frage ich. »Es ist doch alles gut gelaufen … Oder hat sie dir unangenehme Fragen gestellt, als ich mit Weller in der Küche war?«

Beate fällt mir kraftlos in die Arme. Das entspricht weniger ihrer körperlichen Verfassung als vielmehr dem Wunsch, gehalten zu werden. Ich bin jetzt für sie ganz der starke Mann, den sie braucht.

Ich spiele gern den Beschützer. Sehr gern. Ich fühle mich dann gebraucht und geliebt.

Ich halte sie. Wir stehen eng aneinandergedrückt im Flur. Ich streichle ihren Rücken. Es ist, als würde sie am liebsten in mich hineinkriechen. Ja, wäre ich ein Känguru, würde ich für sie meinen Beutel öffnen und zu gern mit ihr darin aus der Gefahrenzone hoppeln.

»Meine Güte«, sage ich, »was ist denn los?«

Es kommt ihr komisch vor, dass ich überhaupt frage. Ich müsste es wahrscheinlich einfach so wissen, wie man eben weiß, dass es auf dem Festland dunkel wird, wenn die Sonne hinter Juist untergeht.

»Ich kann das nicht«, weint sie.

»Was kannst du nicht?«

»Diese Lügen. Ich bin für so etwas ganz einfach nicht gemacht. Können wir ihr nicht die Wahrheit sagen? Ganz schlicht die Wahrheit? Die Kommissarin ist furchtbar nett. Die hat bestimmt Verständnis für uns. Die wird uns helfen. Warum sollte sie uns verraten? Sie hat doch nichts davon!«

Ist das deine Taktik, Ann Kathrin? Bringst du die Leute so zum Reden? Ist das deine simple Verhörmethode? Du schleimst dich ein? Spielst die Nette, Verständnisvolle, der man alles erzählen kann?

Mein Hemd ist nass von Beates Tränen an meiner Brust.

»Aber Liebste, wir haben alles getan, um deinen Ruf zu retten. Vielleicht wird die nette Kommissarin schweigen. Das kann ich mir schon vorstellen. Aber deine und meine Aussagen werden von vielen Leuten gelesen werden. Es wird irgendwann zum Prozess kommen, wenn sie den Mörder haben. Glaub mir, das wird in Norden und ganz Ostfriesland viel Aufsehen erregen. Du wirst als Zeugin geladen werden. Richter, Staatsanwalt und Verteidiger werden sich an das Versprechen einer kleinen Kommissarin nicht gebunden fühlen. Ich glaube nicht einmal, dass sie dir versprechen darf, die Sache verschwiegen zu behandeln. Willst du als Porno-Lehrerin in die Stadtgeschichte eingehen?«

»Das waren keine Pornos! Das waren freizügige Bilder! Erotische Fotografien.«

»Siehst du«, sage ich, »schon gerätst du unter Rechtfertigungsdruck. Willst du ernsthaft auf deinen Elternsprechtagen über solche Fragen diskutieren? Wie heißt dein Typ noch von dieser oberchristlichen Sekte, der jetzt Elternsprecher geworden ist?«

»Um Gottes willen! Tido Lüpkes.« Sie erkennt ihre Lage und heult noch mehr. Sie fühlt sich schuldig und beschmutzt.

Ich informiere Cordula rasch, dass ich heute nicht mehr in die Praxis kommen werde. Sie ahnt, dass es etwas Privates ist, und will mir zeigen, wie sehr sie zu mir steht. »Ich wimmle alle ab, und wenn ich irgendetwas für Sie tun kann, dann …«

»Nein, danke, Cordula, das ist nett von Ihnen, aber ich komme auch so klar.«

Zwei Bewerberinnen für den neuen Job sitzen bei Cordula. Eine ist spindeldürr, die andere hat eine Rubensfigur. Ich schätze, Kleidergröße 46, wenn nicht 48. Ich wette mit mir selbst. Cordula wird sich am Ende für das Vollweib entscheiden, auch wenn ihre Zeugnisse nicht so gut sind, und ihr Lippenstift leicht ordinär wirkt.

Gewonnen!

36

Es geht Beate richtig schlecht. Ein Glück, dass Schulferien sind. So könnte sie unmöglich unterrichten.

Morgens früh zwischen fünf und sechs sitze ich gerne auf der Terrasse, trinke Tee und höre den Vögeln zu. Um diese Jahreszeit beginnt das Zwitschern schon kurz nach vier. Das sind ganz besondere Momente. Die frühen Vogelstimmen machen die Stille wahrnehmbar. Ja, sie rahmen sie ein. Besingen sie.

Sonst saß Beate oft mit mir draußen. Beide Hände an einer Tasse. Eingewickelt in eine Wolldecke. Meist noch im Schlafanzug, mit strähnigen Haaren. Augenblicke stiller Eintracht. Kann man den Tag besser beginnen?

Vor Schule und Praxis den Vögeln lauschen ...

Seit dem Vorfall mit Pelz geht sie am liebsten gar nicht mehr raus. Sie war mit mir noch in New York, aber sie vermeidet es, im Combi-Verbrauchermarkt oder im Rewe einkaufen zu gehen. Nach der Beerdigung wurde es noch schlimmer. Im Grunde verlässt sie das Haus kaum noch. Selbst unsere Terrasse scheint morgens schon zum feindlichen Gelände zu werden.

Ich sitze jetzt allein im Strandkorb. Beate ist wach, aber sie kommt nicht raus. Sie wird merkwürdig menschenscheu.

Nachdem die Kommissarin und ihr Mann bei uns waren, hat sich der Radius, in dem Beate sich sicher bewegt, noch mehr verengt. Selbst Küche und Wohnzimmer meidet sie. Am liebsten bleibt sie im Schlafzimmer, und zwar mit heruntergelassenen Roll-läden.

So, wie mich Lärm verrückt macht, kommt sie mit Helligkeit nicht mehr gut klar. Sie läuft sogar im Haus mit einer großen Sonnenbrille auf der Nase herum. Sie sagt, das Licht täte ihr weh.

Ich denke an den Ausdruck »lichtscheues Gesindel«, den meine Mutter gern benutzt hat. Aber Beate ist nicht zu Scherzen aufgelegt.

Gern würde ich ihr alles erzählen. Meine Erfahrungen mit ihr teilen. Aber das geht nicht. Ich habe Angst, sie damit zu sehr zu belasten. Am Ende wird sie noch depressiv. Ich müsste sie ja zum Stillschweigen verpflichten und bei ihrem Problem, mit Lügen um-zugehen, sind schlimme, unlösbare Konflikte vorprogrammiert.

So sitze ich allein draußen und lausche den Vögeln. Ich erlebe das Erwachen der ostfriesischen Welt ohne meine geliebte Frau.

Ich sehe einen Igel am Haus. Er tapst hinter einem Käfer her. Der Käfer ist schneller und entkommt.

Ich lese in Marylin Monroes Biographie. Nein, ich gucke mir nicht nur die Bilder an! Ich verschlinge Biographien. Am liebsten von Künstlern. Schriftstellern. Malern. Schauspielern. Seltener welche von Politikern. Nie von Sportlern. Außer die vom großen Muhammad Ali.

Bei Marylin lese ich eine Aussage, die mich sehr nachdenklich stimmt.

›Insgeheim habe ich immer das Gefühl gehabt, nicht vollkommen echt zu sein. Ich glaube, jeder Mensch fühlt das von Zeit zu Zeit. Aber in meinem Fall geht es so weit, dass ich manchmal denke, ich bin ein Kunstprodukt.‹

Sie hat das in einem Interview gesagt. Damit kann ich mich voll identifizieren.

Sie hat, wie ich, ihren Namen verändert. Früher hieß sie Norma Jean Baker.

Auch ihre Jugend war nicht gerade prickelnd. Pflegeeltern. Waisenhäuser. Ihr Vater hat sich nie zu ihr bekannt.

Dann kamen diese zauberhaften Komödien, über die ich heute noch lachen kann. Tony Curtis und Jack Lemmon. *Manche mögen's heiß* oder *Das verflixte 7. Jahr.* Billy Wilder hat sie am besten in Szene gesetzt, auch wenn er behauptete, mit ihr zu drehen sei wie Zähne ziehen gewesen, nur schmerzhafter.

In Biographien anderer suche ich mein eigenes Leben. Ein funktionierendes, lebbares Modell. Wie kann man völlig neu anfangen und ein anderer werden? Wie seiner Vergangenheit entkommen?

37

Meine erste Patientin heute Morgen heißt Sabine Uecker. Sie ist aus Marienhafe, kommt aber regelmäßig zu mir. Ich habe ihr damals im Zug geholfen, als sie dehydriert zusammengebrochen war. Sie und ihre Freundinnen – praktisch die gesamte Canastarunde – und der Klootschießverein sind meine Stammkunden geworden. Sie laden mich immer zu ihren Canastaspielen ein und wollen mich zum Boßeln mitnehmen. Sie haben mir sogar schon eine Boßelkugel geschenkt. Ganz reizende Menschen!

Frau Uecker ist übrigens nicht mit dem Objektkünstler Günther Uecker verwandt. Sie kennt ihn nicht einmal. Als ich ihr von ihm erzählt habe, war sie ganz fasziniert. Seine Nagelbilder hatte sie noch nie zuvor gesehen. Aber nun, vielleicht wegen der Namensgleichheit, vielleicht auch, weil die Wechselwirkung von Licht und Schatten durch die Nägel sie beschäftigte, begann sie, sich für moderne Kunst zu interessieren.

Gemeinsam mit mir hat sie zum ersten Mal das Henri-Nannen-Museum in Emden besucht.

Einen Uecker kann sie sich nicht leisten, aber bei der großen Gölzenleuchter-Ausstellung im Norder Kunstverein hat sie gleich zwei Holzschnitte des Meisters erworben.

Jetzt sitzt sie vor mir und hat eine Lungenentzündung, die so heftig ist, dass ich für die Diagnose kein Stethoskop brauche. Auch die Blutuntersuchung könnte ich ihr im Grunde ersparen. Sie hat

38,5 Fieber, und ich schimpfe mit ihr, weil sie trotzdem gekommen ist. Ich hätte sie doch auch zu Hause besucht. Aber sie sagt, zu Hause fiele ihr die Decke auf den Kopf, und sie müsse mir unbedingt etwas Wichtiges erzählen.

Ihre Freundin Elke sei in einer Reiki-Gruppe, die von der Frau eines Kripobeamten geleitet würde. Der Mann sei im Grunde ein Volltrottel, aber seine Frau helfe mit Entspannungstherapien und Reiki.

»Ich weiß«, plappert sie fröhlich, »ihr Ärzte haltet nicht viel von Heilen durch Handauflegen, aber die hat wirklich schon viel bewirkt.«

Ich beruhige Frau Uecker und sage ihr, dass ich mir der Grenzen der Schulmedizin durchaus bewusst sei. Und mit Handauflegen, Kräutersammeln, Geisterbeschwörung und Aderlass habe im Grunde doch die gesamte Medizin angefangen.

Das gefällt ihr. Sie plaudert nun bedenkenlos Geheimnisse aus: »Also, jedenfalls hat meine Freundin mir erzählt, dass ihre Reiki-Lehrerin ihr im Vertrauen – also unter dem Deckmantel der Verschwiegenheit – davon berichtet hat, dass …«, sie schaut sich im Raum um, als könne sich hier eine fremde Person versteckt haben, und fährt flüsternd fort, »dass die Polizeiinspektion Aurich total überfordert sei, denn sie ermitteln jetzt gegen sämtliche Arztpraxen gleichzeitig. Die wollen einen V-Mann, so heißt das wohl, in jede Praxis einschleusen.«

Mir wird ganz anders. Innerlich breitet sich Frost aus. Eine kalte Hand greift nach meinem pochenden Herzen. Ich spiele aber ganz den Ungläubigen. Den Amüsierten.

»Das war bestimmt ein Scherz, liebe Frau Uecker. So eine Hausarztpraxis ist doch keine Verbrecherorganisation. Da schickt die Kripo doch keinen V-Mann … Das ist ja lächerlich.«

»Nein, das ist wirklich ernst. Beate – also Ruperts Frau heißt genau wie Ihre Freundin –, Beate hat gesagt, ihr Mann habe getobt und den dienstlichen Auftrag als den typischen Bürokratenschwachsinn bezeichnet, weil die da oben nichts Besseres zu tun hätten. Rupert hat schlicht abgelehnt, bei diesem Blödsinn mitzumachen. Aber sie sagt, ihr Mann sei ja schließlich nicht der Chef. Er ist bei der Mordkommission, und das ist ja wohl mehr eine Sache des Betrugsdezernats. Die haben – also, das darf ich natürlich nicht sagen – landesweit eine Sonderfahndungseinheit aufgestellt. Wegen Krankenkassen-Betrugs. Da muss wohl was im ganz großen Stil laufen.«

Gerate ich echt ins Visier dieser Erbsenzähler? Arbeiten die mit V-Leuten?

»Die haben – hat meine Freundin erzählt – schon einen Zahnarzt geschasst, der hat manche Zähne gleich zwei- oder dreimal gezogen, der Trottel.« Sie lacht. »Ja, bescheißen will schließlich auch gelernt sein.«

Ich verschreibe ihr Antibiotika gegen die Lungenentzündung und weiß, dass ich vorsichtig sein muss. Vielleicht sind es ja gar nicht die kleinen Tricksereien bei der Abrechnung … Vielleicht geht es ja um Mord. Vielleicht waren die Messerstiche zu präzise, und das verdammte Talkum hat die Polizei auf Ideen gebracht …

Sie verdächtigen nicht mich speziell, sondern alle Kollegen. Damit werden sie schnell an Grenzen stoßen. Personell und juristisch.

Wenn ihr nicht mehr auf der Pfanne habt …

Morgen fängt bei uns die neue MFA an. Haben wir da ein Kuckucksei im Nest? Hast du dich bei den Vorstellungsgesprächen reinlegen lassen, Cordula?

38

Dank Internet weiß ich: Werner Grünwald hat zwei Auftritte mit seinen Bilderbüchern, und eine Ausstellung seiner Werke wird in einer Anwaltspraxis in Nordhorn eröffnet.

Schleimt er sich jetzt schon bei Strafverteidiger Weßling ein?

Ja, den wirst du irgendwann brauchen, Werner. Falls ich dich am Leben lasse …

Er macht ein Bilderbuchkino in einem Kindergarten in Leer. Vor oder nach so einer Veranstaltung könnte ich ihn mir greifen.

Zur Ausstellungseröffnung nach Nordhorn fährt er bestimmt mit seiner ganzen Familie. Dann könnte ich in sein Haus einsteigen und es durchsuchen. Schwer vorstellbar, dass er, der den braven Familienpapi spielt, die Alben mit den erotischen Fotos einfach im Buchregal stehen lässt. Oder genieren sich Väter heutzutage vor ihren Töchtern nicht mehr? Da fehlt mir einfach die Erfahrung …

Ich kann nicht ewig auf eine gute Situation warten. Aber es widerstrebt mir, abends mit Teufelsmaske bei ihm aufzutauchen. Der Gedanke, seine Kinder könnten wach werden und sehen, wie ihr Vater um sein Leben winselt, widert mich an. Ich will nicht, dass Kinder Angst vor mir haben. Lieber wäre ich eine Art Weihnachtsmann, der kommt, um ihre Wünsche zu erfüllen. Ein Wolkenschieber für Kinder wäre ich gern, der die drohenden Gewitter- und Regenwolken am Feriensommernachmittag wegpustet.

Oh, ich wäre so gerne nett. Nicht nur zu Kindern, sondern auch zu Frauen und im Grunde sogar zu Männern. Ja, genau in dieser Reihenfolge. Aber ich muss böse sein, schlimme Dinge tun, um Schlimmeres zu verhindern. Das ist ein geradezu Shakespeare'sches Drama.

Der Held möchte glücklich sein, friedlich leben und alle Dinge einvernehmlich im Diskurs klären. Aber dann ist da dieser mörderische Despot. Tötet er den Tyrannen, wird er zum Mörder, schenkt aber dem Volk Sicherheit vor dessen Willkür, ja, Freiheit, vielleicht gar Demokratie.

Lässt er ihn leben, bleibt er nicht so unschuldig, wie er aussieht. O nein! Er macht sich schuldig durch Unterlassen.

Ich habe mit den Verhältnissen gebrochen, bevor sie mich endgültig brechen konnten. Ja, es war höchste Zeit. Ich war gerade dabei, endgültig zum Opfer zu werden …

Ja, ich wäre so gerne freundlich, aber die Welt ist leider eine andere. Um in ihr zu bestehen und die Meinen zu beschützen, muss ich tun, was mir gar nicht gefällt. Oder betrüge ich mich mit solchen Gedanken selbst? Bin ich froh, Bedingungen anzutreffen, die es mir erlauben, sadistische Triebe auszuleben?

Sigmund Freud nannte es »rationalisieren«, wenn wir triebgesteuerte Sachen machen, für die uns der Verstand hinterher eine klasse Begründung gibt. Dann sieht alles logisch aus, wird politisch oder philosophisch begründet und ist doch nur unserer Triebhaftigkeit geschuldet.

Ist alles nur Rationalisierung? Bin ich vielleicht in Wirklichkeit einfach nur ein Killer? Ein sadistisches Arschloch, das Spaß daran hat, Menschen zu schockieren?

Nein. Wenn es so wäre, hätte ich keine Probleme damit, Werner Grünwald im Beisein seiner Frau und Kinder die Ohren abzuschneiden. Das will ich aber nicht!

Es muss Regeln geben. Selbst für Rachefeldzüge oder Mord. Man möchte doch ein zivilisierter Mensch bleiben.

Ich stelle Grünwald eine Falle. Ich will nicht länger warten.

Ich rufe ihn an. Ich habe mir extra ein Prepaidhandy gekauft.

Ich erzähle ihm, ich sei ein ganz junger Schriftsteller, der sein erstes eigenes Buch geschrieben hat. Damit bin ich ja recht nah an der Wahrheit. Ich würde es gern im Selbstverlag veröffentlichen. Zunächst als E-Book.

Er hat kaum Lust, mir zuzuhören, und gibt sich wenig Mühe, das zu verbergen. Ich komme also rasch zur Sache.

»Ich brauche ein Titelbild für mein Buch.«

Ich schmeichle ihm. Sein Strich würde mir gefallen. Ich hätte einen Fantasy-Roman geschrieben und bräuchte einen fliegenden Drachen.

Er lacht.

Ich frage nach seinem Preis.

Er muss nicht lange nachdenken und fordert forsch: »Dreitausend. Darunter ist nichts zu machen.«

»Dreitausend Euro für ein Bild?«

»Nein, nicht für das Bild. Für die Nutzungsrechte. Das Original bleibt selbstverständlich bei mir.«

Klar. Er will mich, den branchenfremden Anfänger, über den Tisch ziehen. Er hat mir einen Phantasiepreis genannt.

Eigentlich könnte mir das völlig gleichgültig sein, ich will schließlich kein Bild von ihm kaufen, sondern ihn nur allein erwischen und ihn zwingen, die Alben mit Beates Aufnahmen herauszugeben, aber es macht mich trotzdem wütend. Da ist etwas in seiner herablassenden Art, das kann ich ihm so nicht durchgehen lassen.

In meinem Kopf dröhnt und rauscht es, als sei dort das Jahrestreffen der Rasenmäher- und Kettensäger-Oldtimer.

Ich versuche, ihn in seiner aufgeblasenen Selbstherrlichkeit zu erschüttern: »Deine Bärchen-, Drachen- und Puppenbildchen interessieren mich einen Scheiß. Du hast aber andere Bilder, die ich gerne hätte. Die Alben, die du mit deinen Freunden getauscht hast. Ich will sie alle. Und du wirst dafür keine dreitausend Euro bekommen, aber ich schenke dir dein Leben, wenn du die Sache zu meiner Zufriedenheit erledigt hast. Ich hoffe, du bist nicht so zickig wie Emil, Henry und Michael.«

Er schweigt einen Moment, bevor er entsetzt fragt: »Sie haben Michael erstochen?«

»Ja. Gekitzelt habe ich ihn jedenfalls nicht.«

Er hofft auf einen Scherz, oder sein Verstand weigert sich einfach zu glauben, was ihm da gerade passiert.

»Das ist nicht witzig!«, ruft er empört.

»Stimmt. Und wenn du nicht ebenfalls sterben willst, dann tust du genau, was ich sage. Ich will die Alben. Alle. Wie viele hast du?«

»Was für Alben?«

»Stell dich nicht blöder an, als du bist, Werner. Du hast zwei zauberhafte Kinder und eine wirklich schöne Frau. Die Beerdigungsklamotten werden ihnen gut stehen. Schwarz passt zu ihrer hellen Haut.«

»Was wollen Sie von mir, Herrgott!?«

»Du musst mich nicht mit Gott ansprechen. Obwohl das wahrscheinlich deine Art ist, zu akzeptieren, dass ich – zumindest in diesem Fall – Herr über Leben und Tod bin.«

Er seufzt und würgt. Kriegt er keine Luft mehr? Täuscht er einen Herzinfarkt vor, oder hat er einen?

Er japst.

Ich habe ihn aus seinem beschaulichen Alltag in einen Albtraum gestürzt. Wie leicht das geht … Ein Anruf reicht schon aus.

»Was wollen Sie von mir?«, keucht er.

»Bist du begriffsstutzig? Du hast doch Abitur. Dann müsste es doch reichen, so eine einfache Anweisung zu begreifen, oder? Selbst, wenn du dein Abi in Bremen gemacht hast ... Ich will die Alben. Alle!«

»Was für Alben, verdammt? Briefmarkenalben? Fotoalben? Ich besitze so etwas nicht. Meine Sammelleidenschaft hält sich in Grenzen.«

Er bleibt erstaunlich lange bei seiner Lüge.

»Okay«, sage ich, »wenn du dich mit mir anlegen willst, ist das ja dein Problem, nicht meins. Deine schöne Frau findet bestimmt sehr bald einen Gentleman, der sie über den Verlust hinwegtröstet. Für deine Kinder wird es schwieriger. Sich an einen neuen Papa zu gewöhnen ist für Kinder sehr viel komplizierter als für Frauen, mit einem neuen Mann klarzukommen. Kinder sind untröstlich, selbst, wenn der Alte ein Arsch war.«

»Ich glaube es nicht«, sagt er. »Ich habe wirklich den Mörder von Michael am Telefon?«

»Genau. Richtig erfasst. Schnellmerker. Ich habe Michael Pelz, Henry Hustadt und Emil Pfeil ins Jenseits befördert. Und du bist der Nächste. Es sei denn, du wirst jetzt rasch vernünftig. Sehr rasch vernünftig. Falls du vorhast, mir die Alben zu überlassen, stellst du eine Kerze ins Fenster. Gleichzeitig eine auf deine Homepage. Du kannst doch so schön malen. Mach sie direkt neben deinen Namen. So, als sei dir ein Licht aufgegangen. Dann kontakte ich dich.«

Ich drücke das Gespräch weg.

Ich mache mich auf den Weg nach Osnabrück. Er wird nicht wissen, ob ich ihn im Internet beobachte oder direkt bei seinem Haus bin. Und ich werde nicht auf seine verdammte Kerze warten. Ich komme heute Abend, bevor er die Alben in Sicherheit bringen kann.

Ich spüre grausamen Zeitdruck. Vielleicht gar Verfolgungsdruck. Durch die blöde Geschichte, die Frau Uecker erzählt hat, fühle ich mich nicht mehr sicher. Wenn die Krankenkassen die Arztpraxen überprüfen, weil irgendein idiotischer Kollege Mist gebaut hat oder weil sich ein Verwaltungshengst durch einen spektakulären Erfolg als Vorstandsvorsitzender empfehlen will, dann ist das für mich sehr riskant.

Meine Praxis wird keiner genauen Kontrolle standhalten. Oder gehen die nicht so weit, Studienabschlüsse zu überprüfen? Geht es wirklich nur um die Abrechnungen?

Ich muss vorsichtig sein. Diese Neue könnte eine eingeschleuste Verräterin sein. Ab jetzt muss ich wohl die Regeln der Krankenkassen genauer beachten.

Ich kann mir gar nicht vorstellen, dass die Polizei bei so etwas mitspielt. Haben die nichts anderes zu tun? Statt die FIFA-Zentrale zu durchsuchen, um die Korruption zu stoppen, sind jetzt die Haus- und Zahnärzte dran. Ja, herzlichen Dank, Freunde.

39

Die Autofahrt nach Osnabrück tut mir gut. Ich habe zwar eine sehr leistungsfähige Klimaanlage im Fahrzeug, aber ich lasse lieber die Scheibe an der Fahrerseite nach unten. Ja, ich gebe es zu: Am liebsten würde ich völlig prollig den Ellbogen aus dem Fenster hängen. Mache ich aber nicht. Ich brauche nur den Wind, und ich trage eine verspiegelte Sonnenbrille, damit mir kein Viehzeug ins Auge platscht. Auf der Windschutzscheibe klebt schon eine Menge.

Ich fahre auf der linken Spur zwischen hundertfünfzig und hundertsechzig Stundenkilometer. Der Fahrtwind wühlt in meinen Haaren. Das tut gut. Ich neige den Kopf nach rechts. Jetzt ist der Druck voll auf meinem Gesicht. Es knattert in den Ohren. Ich öffne den Mund und lasse mir vom Wind das Zahnfleisch massieren, bis ich die Kälte auf den Zähnen spüre wie einen Biss in Zitroneneis.

Ich komme, Werner. Ich komme.

Dr. Bernhard Sommerfeldt ist bald bei dir!

Ich stelle mir vor, wie ich Beate das letzte Fotoalbum präsentiere. Das wird viel Last von ihr nehmen.

Früher mussten Männer gegen Bären oder Mammuts kämpfen, um das Herz einer Frau zu gewinnen. In diesen Zeiten wurde ich geprägt. Ja, genau so fühlt es sich für mich an: als sei ich uralt.

Gern wäre ich der Ritter, der gegen den Lindwurm kämpft oder das Dorf vom bösen Drachen befreit und so die Prinzessin gewinnt. Tief in mir drin bin ich ein echter Romantiker. Vielleicht lebe ich einfach nur in der falschen Zeit, und die Dinge, die ich so draufhabe und tue, hätten mich vor hundert, zweihundert oder dreihundert Jahren nicht zum Kriminellen, sondern zum Helden gemacht.

Ich müsste nicht die Obrigkeit fürchten, sondern würde vom Fürsten für meine Taten geadelt. Während er vorne im Speisesaal von meinen Heldentaten schwärmt und stolz darauf ist, dass ich sein Ritter bin, vögle ich im Hinterzimmer seine Gattin.

Im Radio spricht der ehemalige ostfriesische Polizeichef Ubbo Heide über die Morde in Greetsiel und Lingen. Die Reporterin, Sandra Droege, befragt nicht etwa den amtierenden Polizeichef Martin Büscher, nein, sein Vorgänger gibt das Interview.

Er hat es mit einem Buch über seine ungelösten Fälle zu einigem überregionalen Ruhm gebracht. Ich habe es auch gelesen. Literarisch weniger interessant, dafür offenbarte es mir die Lücken bei der Fahndungsarbeit der ostfriesischen Kripo.

Immer wieder tauchten in Heides Buch datenschutzrechtliche Gründe als Hinweis für Ermittlungsprobleme auf. Viele Informationen waren eigentlich verfügbar, durften aber nicht genutzt werden oder lagen irgendwo unter Verschluss.

Er glaubt, es handle sich bei den Morden in Lingen und Greetsiel um eine Auseinandersetzung rivalisierender Banden. Die Art der Hinrichtung spreche für einen Profi. Einen gekauften Berufskiller.

Er vermutet, die drei Männer seien Zeugen einer Straftat geworden und mussten deswegen sterben, weil irgendein einflussreicher Ganove Angst habe, von ihnen identifiziert zu werden. Allerdings hat er keine Ahnung, um welche Straftat es sich handeln könnte. Er nennt die Toten »unbescholtene Bürger«.

Ist eure Ahnungslosigkeit wieder mal nur auf den Datenschutz zurückzuführen? Oder benutzt ihr dieses Zauberwort nur, um eure

Blödheit zu entschuldigen? Unbescholtene Bürger? Wenn ich das schon höre!

Und natürlich seht ihr wieder mal keine Zusammenhänge. Könnt euch gar nicht vorstellen, was die drei miteinander zu tun hatten.

Ich werde wütend, und gleichzeitig bin ich belustigt. Es gefällt mir, dass Ubbo Heide das Wort »Profikiller« benutzt hat. Es kommt mir vor wie eine Auszeichnung. So müssen sich Künstler fühlen, wenn sie einen Preis für ihr Werk erhalten.

Nun, es ist nicht gerade der Nobelpreis, aber doch eine lobende Anerkennung.

Ich halte auf einem Autobahnrastplatz, um die letzten Strahlen der Abendsonne zu genießen. Ich rufe Beate an und spreche kurz mit ihr. Sie ist immer noch in einer melancholischen, ja düsteren Stimmung, als würden wir kurz vor der Katastrophe stehen und unser Leben könnte einfach so weggespült werden.

Ich versuche, ihr Mut zu machen, erzähle ihr, wie gut wir es doch haben, dass uns keinerlei finanzielle Sorgen drücken, sondern wir ein schönes Haus haben und als anerkannte Bürger leben. Dass wir uns lieben, dass wir sexuell kompatibel sind.

Mein Gott, was kann man denn sonst noch verlangen? Gesund sind wir auch noch …

Tatsächlich bringe ich sie zum Lachen, aber anders, als ich es mit meinen Worten erreichen wollte. Sie sagt: »Versuchst du mal wieder, mich gesundzubeten?«

So nennt sie es, wenn ich sie mit der Schönheit unseres Alltags konfrontiere: gesundbeten.

Das muss ich erst verdauen. Vielleicht vermisst sie ihren hilflosen Michael. Sie muss sich erst daran gewöhnen, einen Mann zu haben, der wirklich für sie da ist, mehr Problemlöser als Pflegefall …

»Wo bist du eigentlich?«, fragt sie.

Ich stöhne und spiele den genervten Ehemann, der sich von seiner Frau nicht verstanden fühlt: »Ich hab's dir dreimal gesagt: dieser Fortbildungskurs in Hannover über neue Abrechnungsmodalitäten bei der Krankenkasse. Ich muss das machen.«

»Bis wann geht das denn?«

»Bis morgen Mittag, und dann düse ich rasch zurück zu dir, meine Schöne. Es ist so langweilig, du kannst es dir gar nicht vorstellen. Man hat das Gefühl, man sieht Farbe beim Trocknen zu. Und dann diese Klimaanlage. Sie geht mir unheimlich auf den Keks. Da ist die ganze Zeit so ein surrender Ton.«

Ich finde, ich lüge nicht schlecht. Sie weiß, wie geräuschempfindlich ich bin, und hat gleich Mitleid mit mir. Sie entschuldigt sich, weil sie meine blöde Fortbildung vergessen hat. Das käme nur wegen der Beerdigung von Michael und alldem. Das habe sie halt völlig aus dem Tritt gebracht.

»Alles kein Problem, Süße«, sage ich. »Setz dich in den Garten. Lausche der Stille. Das wird dir guttun.«

Sie haucht mir durchs Telefon ein paar Küsschen aufs Ohr.

40

Als ich in Osnabrück in der Bramscher Straße ankomme, hat Werner Grünwald seine kleinen Mädchen schon schlafen gelegt. Er sitzt noch mit seiner Frau im Wohnzimmer. Auf dem großen Flachbildschirm läuft eine *Tatort*-Wiederholung. Es ist einer mit Ulrike Folkerts und Andreas Hoppe. Ein Film noch aus der Zeit, als nicht dauernd Autos explodierten. Aber die beiden sehen im Grunde gar nicht zu. Sie trinken Weißwein und diskutieren aufgeregt miteinander.

Ob der ihr von dem Anruf erzählt hat?

Es würde mir nichts ausmachen, zwei, drei Stunden zu warten, bis sie im Bett liegt und dann mit ihm alleine zu reden. Aber es sicht nicht so aus, als würde sie bald schlafen gehen. Sie gestikuliert wild herum. Ein Wunder, dass sie ihren Weißwein dabei nicht verschüttet.

Die Grünwalds haben Fenster bis zum Boden, die größer sind als bei anderen Leuten die Türen. An diesem schönen, warmen Sommerabend lassen gleich zwei Glastüren Luft ins Haus. Eine ist gekippt, die andere zur Terrasse hin zur Hälfte geöffnet. Es fehlt eigentlich nur das »Herzlich Willkommen«-Schild für Besucher wie mich.

Ich öffne die Tür weit und betrete den Raum. Die beiden bemerken mich nicht einmal.

Ich stelle den Arztkoffer auf einem Stuhl ab.

Der Golden Retriever freut sich, als ich reinkomme. Er kennt mich. Ich bin der nette Kerl, der ihm jedes Mal ein paar Leckerlis mitbringt. Ich werfe eine Handvoll für ihn auf den Teppich. Dann ziehe ich mein Messer und schleiche zur Fernbedienung. Die lauten Stimmen nerven mich. Doch es findet gerade eine Verfolgungsjagd statt. Jemand schießt.

Ist das doch schon einer dieser *Tatorte*, die nicht psychologisch tief, sondern nur laut sind?

Enttäusch mich nicht, Ulrike Folkerts!

Ich bin bei der Fernbedienung. Die beiden haben mich immer noch nicht bemerkt, sondern sie wettert gerade: »Wie stellst du dir das vor? Ich soll alleine mit den Kindern nach Mallorca? Warum fährst du nicht mit? Willst du sturmfreie Bude haben? Ist es diese süße kleine Autorin mit dem Knackarsch?«

»Nein, um Himmels willen! Ich dachte, es tut dir gut, mit den Kindern zu entspannen und …«

Ich schalte den Ton ab. Augenblicklich sind die beiden ruhig, als würde die Fernbedienung auch bei ihnen wirken.

Komischerweise wissen sie sofort, in welcher Ecke ich stehe. Beide starren mich an.

Der Hund hat die Leckerlis schon verschlungen, ist jetzt bei meinen Füßen und leckt an meinen Schuhen herum.

»Toller Wachhund«, sage ich.

Ich halte das Messer in der Rechten und lasse die Klinge herausschnappen. Allein dieses Geräusch macht den meisten Menschen Angst.

Ich werfe es hoch und schnappe es mit der Linken auf. Sie sehen die schwarze Klinge mit dem glänzend silbernen Schliff.

»Gib mir, was ich will, Arschloch«, sage ich, »und die Sache hier geht ohne Blutvergießen ab. Wir wollen doch nicht, dass die Kinder wach werden, oder?«

Er hebt die Hände und steht auf, als würde er mit einer Pistole bedroht und jemand hätte »Hände hoch!« gerufen.

Sie dagegen wirkt angriffslustig.

»Wir haben kein Bargeld im Haus!«, keift sie. »In wenigen Minuten kommen unsere Freunde zu Besuch. Hier steigt gleich eine Überraschungsparty …«

Ich nicke. »Schon klar. Deshalb haben Sie auch so einen süßen Schlafanzug an, und Ihr Mann trägt Pantoffeln. Da, wo ich herkomme, feiern wir auch immer so unsere Partys.«

Ich gehe auf das Buchregal zu und fahre mit der Spitze meines Einhandmessers über die Buchrücken. Hier stehen erstaunlich viele Kinderbücher. Aber sie sind nicht unten, wo auch seine beiden Töchter herankommen könnten, sondern extra hochgestellt. Wahrscheinlich schmucke handsignierte Ausgaben von anderen Kollegen, damit Papi sieht, was die so machen.

Gegenüber von dem Buchregal hängen zwei gekreuzte Piratensäbel an der Wand. Hoch genug, dass die Kinder nicht drankommen.

Frau Grünwald schüttet ihren Weißwein in meine Richtung. Ich weiche aus. Das meiste klatscht gegen das Buchregal und tropft jetzt daran herunter.

Sie versucht, an ihr Handy zu kommen. Schon hat sie es in der Hand und rennt damit in die von mir am weitesten entfernte Ecke.

»Ich rufe die Polizei!«, kreischt sie.

Wahrscheinlich trompetet sie das so selbstbewusst heraus, weil sie ahnt, dass ich sie daran hindern werde. Als sei die Ankündigung für mich schon furchterregend genug und ich könnte die Flucht ergreifen. Wenn Menschen in Panik geraten, tun sie oft die unmöglichsten, widersprüchlichen Dinge.

Ich bin mit zwei Sätzen bei ihr, haue ihr das Handy aus der

Hand und richte den Zeigefinger auf die Stelle zwischen ihren Augen: »Du hältst dich da raus! Das ist etwas zwischen Werner und mir.«

Ich drehe ihr den Arm auf den Rücken und schiebe sie so zu meinem Arztkoffer.

Werner plustert sich auf: »Lassen Sie meine Frau in Ruhe, oder ich …«

Schon habe ich die Spritze in der Hand und strecke Werners Fotomodell mit der chemischen Keule nieder. Langsam lasse ich sie auf den Boden gleiten.

Ihr Mund verzieht sich. Sie starrt mich wie irre an. Das Zeug entfaltet augenblicklich seine Wirkung.

»Keine Angst«, sage ich zu ihm, »ihr wird nichts passieren. Es geht ihr gut. Wenn sie wieder wach wird, wird sie sich an nichts erinnern. Wir können das also jetzt wie Männer miteinander regeln. Wo sind die Alben?«

»Verdammt, ich weiß nicht, wovon Sie reden!« Er sieht echt verzweifelt aus. »Was für einen Scheiß haben Sie in meine Frau hineingespritzt? Sie braucht einen Arzt!«

»Hör zu. Das hier ist kein Scherz. Ich will die Alben, und dann gehe ich. Du weißt doch, warum Michael gestorben ist, oder?«

»Nein, ich weiß es nicht!« Er reckt mir geradezu flehentlich die Hände entgegen. »Also, ich weiß es von Ihnen. Wegen irgendwelcher Alben. Aber was soll das sein, verdammt?«

»Du willst mir erzählen, dass du nichts davon weißt? Hat Michael dir nie schöne Fotos gezeigt von seinen Freundinnen? Hat er nie versucht, dich dazu zu bringen, deine Frau zu fotografieren? Du hast doch einen Fotoapparat, oder? Du hast doch auch ein Auge dafür, ich meine, als Grafiker … Oder willst du mir weismachen, mit deinen Kinderbildchen verdienst du genug Geld für diese Hütte hier?«

»Meine Frau hat … also, wir sind nicht ganz arm. Ihr Vater hatte eine Lebensversicherung und ein Geschäft in der Innenstadt. Wir … Herrgott, wir sind ganz normale Leute! Lassen Sie uns doch in Ruhe!«

Er will zu seiner Frau. Ich stoppe ihn mit der Messerspitze. Er traut sich nicht mal auf einen Meter an sie heran.

»Also«, frage ich, »wo sind die Fotos?«

»Ja, verdammt, er hat mir ein paar Alben gezeigt. Es stimmt schon, er wollte mich motivieren, meine Frau zu fotografieren, aber die hat dabei nicht mitgemacht.«

»Wo sind die Alben?«

»In der Garage habe ich eine Kiste, und da … Ich will das doch nicht im Haus haben, hier, bei meinen Kindern …«

Seine Lippen zittern. Er kann sie nicht mehr richtig schließen. Sabber läuft aus seinem Mund. »Mein Gott, haben Sie ihn deswegen umgebracht? Das war doch eigentlich ganz harmlos …«

»Halt die Fresse! Komm. In die Garage.«

Wir bewegen uns nach draußen in den Garten. Der Golden Retriever folgt uns treu. Wir gehen durch die Hintertür in die Garage. Dort gibt es ein Regal mit einer Art Vorhang. Das Ganze sieht mehr nach einer Duschkabine aus als nach einem Buchregal. Dahinter ist es ziemlich unaufgeräumt, wahrscheinlich für den ästhetischen Blick des Herrn Graphikers nicht schön genug. Er öffnet eine Umzugskiste, sucht, darin sind aber nur alte Comic-Hefte. Dann macht er eine zweite auf, und ich sehe über seiner Schulter schon das typische Format dieser Alben.

»Na bitte«, sage ich. »Hast du noch mehr?«

Er schüttelt den Kopf. Ich glaube ihm. Er hat solche Angst, er würde jetzt nichts mehr verschweigen.

Am liebsten würde ich ihn zwingen, die Kiste ins Auto zu tragen, aber ich kann nicht riskieren, dass er meine Autonummer sieht.

Ich will ihn leben lassen. Ich denke, er hat genug. Er wird die Fresse halten.

Das war alles nie wirklich sein Ding. Vielleicht ist er tatsächlich hineingezogen worden von diesem blöden Michael.

»Wir gehen jetzt ins Haus«, schlage ich vor. »Dann werde ich dich fesseln, und später hole ich mir die Kiste.«

Er nickt. Er sieht sehr erleichtert aus. Aber als wir im Wohnzimmer sind und ich meinen Arztkoffer an mich nehme, hat er plötzlich einen Säbel in der Hand. Der andere wackelt noch ein bisschen und fällt dann von der Wand.

Das ist doch nicht dein Ernst! Du willst doch jetzt nicht mit so einem Piratensäbel auf mich eindreschen?

Doch genau das will er.

Der erste Schlag hätte mich sogar fast erwischt. Ich kann nur ganz knapp ausweichen. Die Klinge macht in der Luft ein Geräusch wie die Flügel eines rotierenden Windrads. Den zweiten Schlag versucht er präziser zu setzen. Er legt alle Kraft und Wut hinein. Ich tauche darunter weg, und weil er solche Kämpfe nicht gewöhnt ist, nimmt er sich durch die Wucht des eigenen Schlages das Gleichgewicht. Er taumelt, und ich erwische ihn mit meinem Messer.

Es ist kein tödlicher Stich. Ich ritze nur in seinen rechten Unterarm. Aber er steht gleich da, als hätte ich ihm die Pulsadern aufgeschnitten.

Er lässt den Säbel sinken und bietet mir die offene Brust.

Na bitte. Dann eben so.

Ich haue mein Messer in sein Herz.

Ich bin nicht sehr zufrieden mit meiner Arbeit. Es knackt und knirscht. Die Klinge rutscht an einem Rippenbogen ab.

Nein, das war eines Chirurgen unwürdig. Aber es bereitet Werner Grünwald trotzdem ein rasches Ende.

41

Unter fließendem Wasser spüle ich im Bad Werner Grünwalds Blut von der Klinge. Ich trockne das Messer sorgfältig ab und stecke es ein.

Es war kein Problem, den Typen auszuschalten. Aber die Kiste hier wegzutransportieren birgt ein hohes Risiko in sich. Die Leute könnten mich beobachten. Ich kann es nicht riskieren, mit dem Wagen vorzufahren und schnell einzuladen.

Das wird eine elende Schlepperei.

Außerdem ist dieser Umzugskarton aufgeweicht. Ich bin mir nicht sicher, ob das Ding nicht einreißt, und am Ende klatscht alles auf den Boden. Dann stehe ich da zwischen erotischen Fotoalben, die der Wind umblättert. Wenn ich Pech habe, knipsen mich ein paar Jugendliche aus den Fenstern, und ich finde mich auf Facebook wieder. Der Onkel, der die schweinischen Heftchen verloren hat …

Diesmal werde ich nicht alles mitnehmen und zu Hause mit Beate verbrennen. Nein. Ich muss ganz konkret sein.

Ich durchwühle die Kiste. Na bitte! Da ist ja auch ein Album mit Werners schöner Frau.

Was seid ihr doch für ein verlogenes Pack!

Das Buch mit Beate klemmt schon unter meinem Arm, aber ich schaue mir trotzdem jedes Album genau an, nicht, dass wir noch ein blaues Wunder erleben.

Ich blättere sogar jedes einmal durch. Vielleicht gibt es noch Fotos, die herausgefallen sind.

Ich komme mir ein bisschen albern dabei vor. Einige dieser Bilder sind nicht mal so erotisch wie die Shampoo-Werbung im Fernsehen. Man wird eben nicht zum Fotografen, wenn man sich eine Digicam kauft. Und Dessous aus dem Versandhauskatalog machen noch keine Frau zum Fotomodell.

Irgendwie erscheint mir das alles plötzlich so jämmerlich. Ja, geradezu erbärmlich. Und deswegen sind Menschen gestorben. Inzwischen schon vier.

Ich muss mich beeilen. Das Propofol wird Frau Grünwald nicht mehr lange im Traumland halten. Entweder muss ich nachspritzen oder mich bald vom Acker machen. Sie wird bestimmt, sobald sie wach geworden ist, die Polizei rufen.

Ich bin nicht so cool wie sonst, sondern aufgeregt, zerfahren, habe Angst, Fehler zu machen. Dabei sagt man doch immer, dass Serientäter mit jedem Mal besser würden. Ihre Arbeit perfektionieren. So ähnlich hat Ann Kathrin Klaasen es formuliert.

Ich komme mir vor, als sei ich nur noch eine schlechte Kopie des Originals. Als würden meine Kräfte verblassen.

In Osnabrück versuche ich, mich peinlich genau an die Verkehrsregeln zu halten. Ich darf auf keinen Fall auffallen, will von keiner Kamera fotografiert werden. Ich bleibe sogar ein paar Stundenkilometer unterhalb jeder Geschwindigkeitsbegrenzung, um ja kein Risiko einzugehen. Dabei würde ich nichts lieber tun, als Vollgas geben, um diese Stadt zu verlassen.

Ich habe die Bramscher Straße nicht in mein Navi eingegeben. Selbst so etwas kann die Kripo hinterher überprüfen. Wenn sie mir Fragen stellen, werde ich behaupten, nie bewusst im Stadtteil Hafen gewesen zu sein.

Jetzt erschreckt mich der Gedanke, dass ich überhaupt mit so etwas rechne … Wenn die Kripo erst die Eingaben in meinem Navi überprüft, dann sind sie sowieso kurz davor, mich hoppzunehmen. So weit darf es nie kommen.

Habe ich zu viele Spuren hinterlassen? War es dämlich, Werner Grünwald zu erstechen? Hätte ich ihn einfach totprügeln sollen, so dass niemand eine Verbindungslinie zu den vorherigen Morden zieht?

Warum mache ich das? Will ich eine Duftmarke legen?

Ich versuche, meine eigene Motivation zu ergründen. Verhalte ich mich so, wie Ann Kathrin Klaasen behauptet hat? Will ich gefasst werden? Lege ich Spuren zu mir selbst?

Ich merke, wie sehr dieses Interview, das Holger Bloem mit ihr geführt hat, mich verunsichert. Stimmen ihre Aussagen, die sie über Serienkiller gemacht hat, mit mir überein? Bin ich überhaupt ein Serienkiller, oder bin ich einfach nur ein Held, der für seine Familie eintritt? Der für das Gute kämpft und gegen das Böse?

Osnabrück kommt mir vor wie eine Geisterstadt, die ich schnell verlassen muss. Etwas, das stärker ist als ich, greift hier nach mir.

Ich fahre falsch herum in eine Einbahnstraße, und jetzt hupt jemand und schimpft hinter mir her. Auch das noch! Ich provoziere genau das, was ich verhindern wollte.

Als ich endlich auf der Autobahn bin, erlebe ich es wie eine Befreiung, und ich trete das Gaspedal voll durch, hole aus der Kiste heraus, was drin ist. Nur schnell weg, weg, weg aus Osnabrück!

In Ostfriesland fühle ich mich sicherer. Es ist, als würde ich im Emsland meine Persönlichkeit verlieren, als sei ich hier nicht mehr der beliebte, anerkannte Arzt, um dessen Gunst alle buhlen, sondern nur ein verachtenswerter kleiner Versager, der, sobald die Kripo genau hinguckt, in den Knast gehört. So, als würde in Osnabrück der alte, mit Skrupeln behaftete Johannes Theissen aus Bamberg von mir Besitz ergreifen.

Je näher ich Ostfriesland komme, umso mehr gewinne ich meine Identität zurück, werde wieder zu Dr. Sommerfeldt.

Ich kann es nicht abwarten, zu Beate zu kommen, will mit ihr gemeinsam das letzte Buch verbrennen und endlich einen Schlussstrich unter all diese Dinge ziehen.

Sie glaubt, ich sei auf dieser Ärztefortbildung, aber ich will einfach nur zurück, will unter ihre Bettdecke kriechen, ja, will die ganze Sache mit ihr zu einem Abschluss bringen.

Ich fühle mich nicht mehr wie Johannes Theissen in den letzten Jahren. Ich spüre die Bamberger Ehehölle nicht mehr. Nicht einmal die Ansprüche meiner Eltern, ich solle die Firma doch vernünftig leiten, endlich die Schulden ablösen und wieder Gewinne einfahren.

Nein, ich fühle mich wie der kleine Johannes, der sich abzappelt, um die Liebe seiner Mutter zu gewinnen. Doch je mehr er strampelt, umso kälter wird sie.

Ja, ich spüre jetzt die Kälte meiner Kindheit. Meine Mutter war eine Gefriertruhe, mein Vater ein Weinkeller, und ich fühle mich fehl am Platze …

Es ist gruselig. Wer will so leben? Aber ich habe so gelebt. Lange. Viel zu lange. Da hilft es auch nicht, zwischen Gärten groß zu werden. Ich brauchte menschliche Nähe. Blumen hatte ich genug. Erst in Ostfriesland wurde alles anders.

Nichts und niemand hat das Recht, mich wieder zurück in dieses nach Desinfektionsmitteln riechende, streng aufgeräumte Irrenhaus zu katapultieren. Dort wurde mehr gerechnet als gefühlt. Mehr kritisiert als geliebt.

Ich fahre auf der linken Spur 190 Stundenkilometer. Und jetzt ist hinter mir jemand mit der Lichthupe und versucht, mich von der Fahrbahn zu drängen, weil ich ihm zu langsam bin.

Verflucht nochmal, muss immer einer schneller sein?

Muss immer einer besser sein?

Hört die Konkurrenz denn nie auf?

Das Ganze ist nicht gut für mich. In meinem Kopf beginnt ein Hämmern, in den Ohren ein Dröhnen. Ich muss das loswerden.

Ich schüttle den Kopf. Ich lenke nur noch mit einer Hand. Mit der anderen versuche ich, jeweils eine Ohrmuschel zuzudrücken. Das macht es aber nicht besser.

Ich spüre den Impuls in mir, abzubremsen, um den Raser hinter mir in echte Not zu bringen. Zu gern würde ich ihm Schwierigkeiten bereiten. Stattdessen weiche ich auf die rechte Spur aus, lasse ihn vorbei und hänge mich dann an ihn dran.

Es ist ein BMW mit einem Bamberger Kennzeichen. Das steigert meine Wut noch mal. Es ist jetzt, als hätte mein Vater mich von der Fahrbahn verdrängt.

Es tut gut, ein Ventil für meine Wut zu haben. Ich fahre ganz nah auf. Ist ja nicht so, als hätte nur er einen Motor unter der Haube …

Da ist etwas in mir, das sagt: Bist du verrückt? Wenn es zu einem Unfall kommt … Der Typ wird sich später an dich erinnern, dich vielleicht sogar anzeigen …

Eine andere Stimme schreit: Der mich anzeigen? Wer hat denn angefangen? Der oder ich?

Es ist Nacht, und wir liefern uns ein Duell auf der A1.

Vermutlich kriegt er jetzt richtig Schiss, und das macht Spaß.

Er nutzt die Chance und nimmt den nächsten Parkplatz mit WC. Er zieht von der linken Spur, ohne zu blinken, rechts rüber, schleudert ein bisschen – klar, der Sauhund will verhindern, dass ich ihm auf den Parkplatz folge.

In der Tat schaffe ich das nicht, aber ich bremse so hart wie möglich ab. Der Wagen hält die Spur nicht. Ich höre Gummi quietschen, und selbst das tut mir gut.

Solche Parkplätze haben eine Einfahrt und eine Ausfahrt. Ich komme durch die Ausfahrt rein.

Der stolze Rennfahrer steht neben seinem BMW und fingert eine Filterzigarette aus der Packung.

Wohl nervös geworden, der Kleine, und muss jetzt schnell zur Toilette, weil er Angst hat, sich sonst in die Hose zu machen.

Er hat seinen Wagen nicht ausgeschaltet, steht in der offenen Tür, und seine Scheinwerfer beleuchten die Wiese bis zur Mülltonne.

Ich weiß, dass ich einen Fehler mache. Ich weiß, dass es dumm ist. Aber ich muss diese Johannes-Theissen-Haut abstreifen. Ich muss wieder ganz Sommerfeldt werden. Dr. Bernhard Sommerfeldt, der kompetente Hausarzt, der sich nichts gefallen lässt. Den man besser nicht reizt. Und mit dem sich keiner anlegt, weil die Menschen sehr schnell spüren, dass er hinter all der Freundlichkeit ein harter Hund ist, der sich die Wurst nicht vom Brot stehlen lässt und für den ein Mensch – wenn er ihn nervt – nicht mehr wert ist als eine Malaria verbreitende Stechmücke. Er zerquetscht sie, wenn er sie kriegt, und hat dann keine Gewissensbisse, sondern fühlt sich großartig dabei.

Ich parke direkt gegenüber, so dass der Fahrer jetzt in meinem Scheinwerferlicht steht. Er ist zwanzig Kilo schwerer als ich, hat eine Glatze und hängende Backen. Da ist jemand völlig untrainiert und kompensiert das durch ein besonders schnelles Auto mit einem starken Motor. Mal sehen, wie viel in ihm steckt, wenn er nicht hinterm Lenker sitzt.

Ich lasse meine Tür ebenfalls offen und bewege mich ruhig auf ihn zu.

»Ja, soch amoll! Du host doch an Badscher!« Hochdeutsch fährt er fort: »Sie können doch auf der Autobahn nicht wenden?! Sie sind falsch herum auf den Parkplatz gefahren!«

Die Zigarette hängt in seinem Mundwinkel. Sie klebt an der Unterlippe. Er hat das Feuerzeug in der Hand. Zwischen ihm und mir ist die Tür wie ein Schutzschild.

So ein Schutzschild ist wenig wert, wenn man es nicht zu führen und zu benutzen weiß.

Ich bin nicht gekommen, um mich mit ihm auf Diskussionen einzulassen. Ich bin jetzt wie ein Hooligan, der die gegnerische Mannschaft nur braucht, um sich abzureagieren.

Ich trete mit voller Wucht gegen die Tür. Sie kracht gegen den Bamberger. Der fliegt halb ins Auto zurück. Sein Nacken rummst gegen das Auto. Er verliert die Zigarette, greift sich in den Nacken und stiert mich ungläubig an.

Ich verpasse ihm einen rechten Haken in sein deckungsloses Gesicht.

Er will sich ins Innere des Fahrzeugs verkriechen und hat plötzlich sein Handy in der Hand.

Ich ziehe ihn aus dem Auto und richte ihn an seinem BMW wieder auf.

Er wehrt sich überhaupt nicht. Er ist wie ein Sandsack.

Ja, ich könnte ihn erstechen. Es wäre ein Leichtes für mich. Aber ich nehme nur seinen Kopf und knalle ihn zweimal aufs Autodach.

Er bricht ohnmächtig zusammen. Liegt, als sei er von seinem eigenen Auto überfahren worden.

Was jetzt? Wenn ich ihn mit dem Messer erledige, wird die Kommissarin wissen, in welcher Richtung ich Osnabrück verlassen habe. Oder wird sie glauben, dass ich diese Spur nur gelegt habe, damit sie denkt, ich sei über die A1 in Richtung Vechta gefahren.

Eigentlich bin ich mit dem Sauhund hier fertig.

Es geht mir viel besser. Die Geräusche im Kopf verstummen. Ruhe kehrt ein. Aber kann ich den wirklich hier so liegen lassen?

Wird er sich an mein Gesicht erinnern?

Hat er sich die Autonummer gemerkt?

Kann dieser Angeber zu einem ernsthaften Problem für mich werden?

Muss ich ihn beseitigen?

Ich durchsuche seine Taschen und nehme seinen Ausweis an mich. Er heißt Sebastian Hümmer.

Er öffnet die Augen und will aufstehen.

»Hör zu, Arschloch«, sage ich. »Ich könnte dich jetzt umlegen, und kein Hahn würde nach dir krähen. Wahrscheinlich würde sich deine Frau über die schöne Lebensversicherung freuen. Du hast doch eine Lebensversicherung, oder?«

Er nickt zögerlich.

»Ich werde deinen Ausweis mitnehmen. Das Ganze hier kann einfach unter uns bleiben. Meinst du nicht? Wenn du dich an die Polizei wendest, geht das sowieso nicht gut für dich aus. Es würde Aussage gegen Aussage stehen. Immerhin waren wir beide hier ganz alleine. Du hast mich von der Fahrbahn gedrängt und fast in einen Unfall verwickelt. Dies hier würde jeder Richter als Handlung im Affekt werten. Wenn es überhaupt bis zum Prozess käme.«

»Ich werd kamm wos sogn! Kamm!«

»Siehst du, ich wusste doch, dass die Franken vernünftig sind. Und denk immer dran: Ich hab deine Adresse.«

So, und jetzt nichts wie weg hier. Ab nach Ostfriesland.

Ich wende den Wagen und weiß auch schon, was ich Beate erzählen werde. Ja, es soll eine Überraschung werden. Ich habe diese Fortbildungsmaßnahme einfach nicht länger ausgehalten. Die Sehnsucht hat mich zu ihr getrieben. Ich wollte bei ihr sein.

So etwas finden Frauen romantisch. Es berührt sie sehr. Dann verzeihen sie einem viele Fehler.

Und es ist ja nicht mal gelogen. Ich will zurück zu ihr. Nach Norddeich, wo ich mich endlich wieder als der empfinden kann, der ich am liebsten bin: Dr. Bernhard Sommerfeldt.

42

Ich parke in Norddeich am Hafen. Hier gibt es nur noch wenige Geräusche. Das Schlagen der Seile gegen die Masten. Das Flattern einiger Fahnen im Wind. Die Möwen beherrschen den Hafen um diese Zeit. Der Nordwestwind treibt ein paar Wolken aus den Niederlanden vor sich her – oder sind die aus England? Waren die gerade noch über Borkum?

Der Gedanke, dass diese Wolken sich unbeeindruckt von Ländergrenzen vom Wind treiben lassen, fasziniert mich. So möchte ich leben.

Sind sie unabhängig und frei, oder fügen sie sich nur einer großen Naturgewalt?

Im Utkiek ist noch Licht. Da muss oben jemand in der Ferienwohnung sein, der nicht zur Ruhe kommt. Kann ich gut verstehen, so nah am Meer … Die einen träumen davon, die anderen halten es kaum aus.

Ich lege meine Kleidung auf dem Deich ab.

Es tut unendlich gut, den Meeresboden unter den Füßen zu spüren. Von den Fußsohlen schießt eine Energie durch meinen Körper bis hoch in mein Gehirn und legt den Drachen schlafen, der dort feuerspuckend tobt.

Langsam, bewusst einen Fuß vor den anderen setzend, gehe ich ins Watt, bis zu der Stelle, an der die Totenstille hörbar wird …

Welch magischer Ort …

Ich weiß nicht, wie lange ich so stehe. Die Wolken ziehen dahin, die Sterne bleiben, wo sie sind. Der Wind streichelt mich und verspricht mir, dass alles gut wird.

Später, als ich mich unter kaltem Wasser wasche, sind meine Füße bereits wieder warm. Wenn ich aus dem Watt komme, prickelt meine Haut jedes Mal, und ich bin gut durchblutet.

Beate schläft bereits. Sie bemerkt mich nicht. Ich krieche zu ihr unter die Decke.

Im Schlaf nimmt sie mich irgendwie wahr. Sie stöhnt so, als sei sie jetzt erst beruhigt, weil endlich alles so ist, wie es sein soll.

Ich drücke mich sanft an sie. Ihre Füße sind eiskalt. Ich wärme sie mit meinen.

Sie murmelt etwas im Schlaf, das ich nicht verstehe. Ich sage: »Alles ist gut. Ich bin zurückgekommen. Ich habe es nicht länger ausgehalten ohne dich.«

43

Diesen Morgen verbringe ich nicht auf der Terrasse. Ich schlafe lang und tief. Kaffeeduft aus der Küche weckt mich. Ich hatte nicht einmal das laute Mahlwerk der Kaffeemaschine gehört.

Beate war schon mit dem Fahrrad bei Grünhoff, hat Brötchen geholt. Sie macht Rühreier mit Zwiebeln und Krabben. Richtig ostfriesisch gehört dazu zwar Schwarzbrot, aber ich will nicht meckern, sondern lasse es mir gutgehen.

Ich sitze nur mit Boxershorts bekleidet in der Küche am Tisch und schaue Beate am Herd zu.

»Du bist gestern Nacht noch nach Hause gekommen?«

»Es war so unendlich öde. Ich konnte nicht mehr, und ich wollte unbedingt zu dir. Ich musste die ganze Zeit an dich denken.«

»Du hörst dich an wie ein Fünfzehnjähriger«, lacht sie geschmeichelt.

»Mit fünfzehn war ich nicht so. Da habe ich mehr an gute Schulnoten gedacht als an Mädchen. Aber ich kann dir etwas Schönes sagen: ich habe das dritte Album aufgetrieben.«

»Wie hast du das denn gemacht?«

»Ich habe alle Adressen aus der Kartei von deinem Michael angeschrieben.«

»Er ist nicht mein Michael.«

»Nein, aber er war es mal. Jedenfalls habe ich sie angeschrieben und mich als Sammler geoutet. Sie haben mir ein paar Alben angeboten. Bei deinem habe ich sofort zugeschlagen.«

Sie schaut mich erleichtert an, lädt mir Rühreier mit Krabben auf den Teller und überfällt mich dann mit einer Kussattacke.

»Damit«, sage ich, »dürfte die Sache dann erledigt sein. Das Ding kommt per Post. Wir können es vernichten, und das war's.«

»Was hast du dafür bezahlt?«

»Einen Fuffi«, lüge ich.

Sie sitzt auf meinem Schoß. Ihre Arme sind um meinen Hals geschlungen, und sie will vermutlich in mein Ohr flüstern, aber sie schreit es, dass es weh tut: »Jetzt sind wir endlich wieder frei! Du glaubst gar nicht, was mir das bedeutet!«

»Ja«, sage ich, »jetzt ist nicht nur Michael beerdigt, sondern mit ihm können wir auch all die Probleme beerdigen, die er uns hinterlassen hat.«

Ich schiebe sie von meinem Schoß und baggere mit Heißhunger die Rühreier in mich hinein. Vom Brötchen reiße ich ein paar Bissen mit den Zähnen ab. Ich schneide es nicht auf. Meine Kauwut kann vom Rührei nicht befriedigt werden. Ich bräuchte eigentlich ein Stück Fleisch. Etwas Raubtierhaftes in mir verlangt nach Nahrung.

Beate geht es richtig gut. Sie kriegt wieder Lust, Bücher zu lesen, über Literatur zu diskutieren. Sie will mit mir nach Wangerooge und sich mit einem Stapel Romane in eine Ferienwohnung mit Meerblick zurückziehen. Im Grunde wünscht sie sich sogar Regenwetter, aber es sieht noch lange nicht nach Regen aus.

Ich vertröste sie und schlage vor, dass ich im November die Praxis für vierzehn Tage schließe, und dann igeln wir uns mit Neuerscheinungen auf Wangerooge ein. Tee kochen, mit der Liebsten im Sessel sitzen, aufs Meer gucken und Romane lesen … So stelle ich mir das Glück vor.

Sie sich auch. Wie schön, dass wir in der Frage so kompatibel sind. Das Glück hat für uns beide ein ähnliches Gesicht.

Trotz Schulferien hat Beate heute etwas vor. Viele Kinder ihrer Grundschulklasse können mit ihren Eltern in den Sommerferien nicht verreisen, da die Eltern in der Gastronomie arbeiten und dann bei denen in Norddeich natürlich Hochbetrieb ist.

Also hat meine gute Beate ein Ferienprogramm im Angebot. Heute werden sie mit der Stadtführerin Susanne Roth eine Stadttour machen, damit die Kinder die historischen Orte ihrer Heimat kennenlernen. Und am Abend wollen sie gemeinsam im Waloseum übernachten.

Die Übernachtung unter dem Pottwalskelett ist wohl der wirklich aufregende Part. Die Eltern rufen immer wieder an. Kinder, die mit ihren Eltern in Urlaub fahren sollen, sind sauer, weil sie lieber im Waloseum übernachten wollen, als mit ihren Eltern nach Mallorca zu fliegen.

Ich werde also Zeit haben, mich meinem Füller zu widmen, um in Ruhe alles aufzuschreiben, was in den letzten Tagen geschehen ist. Mit dem Stift in der Hand will ich meine Gedanken ordnen und mir darüber klarwerden, wer ich eigentlich bin.

Bei kurdischen und syrischen Flüchtlingen ist meine Praxis wohlbekannt. Sie wissen, dass ich ohne Ansehen der Person behandle, nie nach Papieren oder Geld frage. Wenn die Kosten geregelt sind, umso besser, wenn nicht, ist mir das auch egal.

Ich bin ja selbst einer, der sich auf der Flucht befindet. Auf der Flucht vor meinem alten Leben. Auf der Flucht vor mir selbst. Auf der Flucht vor den Gläubigern. Auf der Flucht vor Justiz und Polizei.

Kein Wunder, dass ich mich denen verbunden fühle, die ebenfalls ihr Zuhause verloren haben. Ich habe Füße gesehen, die erzählen mir mehr über den Menschen als seine Ausweispapiere, gleichgültig, ob sie gefälscht sind oder echt.

Ich habe Blutwerte gesehen, die haben lebende Menschen eigentlich nicht. Verletzungen, die so in meinem Studium nicht vorkamen. Wir haben gelernt, mit frischen Wunden zu arbeiten, weil bei uns jeder, so schnell es geht, von einem Notarzt versorgt wird.

In den letzten Monaten hatte ich es oft mit unversorgten Wunden zu tun. Mit verwesendem Fleisch. Für die Diagnose braucht man nur seine Nase.

Als ich den ersten Verband eines Flüchtlingskindes geöffnet habe, krabbelten Maden heraus. Vielleicht haben die das Kind sogar gerettet. Maden reinigen eine Wunde, wenn keine Desinfektionsmittel da sind …

In Norden in der Westerstraße hat ein syrischer Flüchtling einen Laden eröffnet. Das Geschäft heißt *Kobani*, nach der Stadt, die der IS so lange im Würgegriff hatte und die so heldenhaft von den Kurden verteidigt wurde. Ihnen habe ich mich zugehörig gefühlt.

Dort kaufe ich manchmal ein. Trockenobst zum Beispiel. Und Nüsse.

In der Mittagspause radle ich hin. Ich stelle mein Fahrrad auf den Bürgersteig. Ich schließe es nicht ab. Stattdessen werfe ich ab und zu von innen einen Blick durchs Schaufenster nach draußen. In wenigen hundert Metern Entfernung sind zwei Polizeiinspektionen, eine am Markt und eine gegenüber der Alten Backstube. Wer hier Fahrräder klaut, kann nicht ganz dicht sein.

Ich grinse bei meinen eigenen Gedanken, denn ich erlaube es mir hier sogar, Leute auszuknipsen, wenn sie sich nicht anständig aufführen … Was ist dagegen ein Fahrraddiebstahl …

Genau vor dem Schaufenster hält ein mausgrauer Audi. Ann Kathrin Klaasen steigt aus. Weller sitzt hinterm Steuer.

Das ist nicht ihr Privatwagen und auch keins der üblichen silberblauen Polizeifahrzeuge. Ich denke, es ist eins der Autos, die sie benutzen, um Leute zu beschatten. Ein unscheinbarer Privatwagen.

Ann Kathrin kommt in den Laden. Sie erkennt mich und nickt mir freundlich zu.

Nein, dies ist kein Versuch, mich zu verhaften. Keine Handschellen klicken um meine Gelenke. Sie tut so, als würde sie einkaufen.

Ist das ein Zufall? Beschatten die mich?

Ich spüre es in der Magengrube: Ich muss vorsichtig sein. Verdammt vorsichtig.

Etwas am Verhalten dieser Frau macht mich nervös.

44 Jetzt sitze ich in meinem Ohrensessel, ein Kissen im Rücken, einen alten grünschwarzen Kolbenfüller mit Goldfeder in der Hand, und denke nach über mein Leben. Ich fühle mich den Flüchtlingen verbunden, nicht aber den Ordnungskräften dieses Landes. Vielleicht zeigt das mein ganzes Dilemma.

Ich bin entwurzelt wie sie, und doch gehöre ich nicht zu ihnen. Verstehe ihre Kultur nicht und noch weniger ihre Sprache.

Den Norder Geschäftsleuten oder den Kollegen aus den medizinischen Berufen – deren Sorgen und Probleme ich ja teile – fühle ich mich überhaupt nicht verbunden.

Wer von ihnen würde zu mir halten?

Würde einer von ihnen für mich lügen?

Gibt es jemanden, der mich verstecken würde?

Was muss das für ein Gefühl sein, einen Freund zu haben, von dem man weiß: Der würde mich verstecken, egal, was passiert. Egal, was ich getan habe.

Aber zum Teufel, wer hat schon so einen Freund? Ich jedenfalls nicht.

Ich bin gern im Café ten Cate. Ich teile mit Monika Tapper die Leidenschaft für gute Literatur. Ich kann mit ihrem Mann über Baumkuchen fachsimpeln oder über das Herstellen von bestem Marzipan.

O ja, das sind gute Menschen. Aber was werden sie sagen, wenn sie die Wahrheit über mich erfahren? Wird ihnen ein Schauer den Rücken runterlaufen, wenn sie hören, dass ich der Killer bin, den ganz Ostfriesland sucht?

Werden sie sagen: ›Mit dem stimmte was nicht, das wusste ich von Anfang an. Man konnte das merken. Wie linkisch er dasaß. Wie er aus den Augenwinkeln alle beobachtet hat.‹

Werden sie nach meinen Motiven suchen? Wird es überhaupt irgendjemanden geben, der ein gutes Wort für mich einlegt, wenn ich auffliege?

Ich darf einfach nicht entlarvt werden! Es muss alles unter der Decke bleiben.

Neulich habe ich geträumt, dass ich auf der Flucht war. Ich bin in die zerstörte Stadt Kobane gefahren. In meinem Traum befand sie sich im Wiederaufbau, war unter kurdischer Verwaltung. Ein paar Patienten, denen ich unbürokratisch und schnell geholfen habe, hatten dort inzwischen die Macht.

Ach, war das ein Gefühl! Es war wie ein Nach-Hause-Kommen. An diesem Ort, der, ganz anders als Norddeich, so gar nicht für Touristen geeignet ist. Karge Verhältnisse. Stehende Hitze. Menschen, die der Lärm der Geschütze taub gemacht hat und die doch einen Neuanfang wagen und mich – in meinem Traum – aufnehmen als einen der Ihren.

Sogar meinen Gemüsehändler sah ich dort. Sein Geschäft von der Westerstraße stand genauso in Kobane an einer Straßenkreuzung. Die gegenüberliegende Straßenseite war noch zerstört.

Ich packte bei ihm Kisten und stellte die köstliche Straßenauslage zusammen, als sei ich sein Angestellter. Dabei wusste ich, dass meine ärztliche Kunst hier wirklich dringend gebraucht werden würde. Viel mehr als in Norddeich …

Ich erinnere mich gern an diesen Traum. Ich schreibe ihn auf.

Ich versuche, ihn in allen Einzelheiten nachzuzeichnen. Die Farben. Die Gerüche. Die Hitze. Als sei ich tatsächlich da gewesen.

Plötzlich läuft es mir kalt den Rücken runter. Sind solche Träume Vorboten? Weiß meine Seele längst, dass ich bald wieder abhauen muss?

Ich hatte mich so sehr bemüht, mich in die ostfriesische Gesellschaft zu integrieren. Ein wichtiger Bestandteil wollte ich werden. Ich habe versucht, nett zu allen zu sein ... Bin ich restlos gescheitert? Wollte mir der Traum sagen, dass es Zeit wird, das Nötigste zu packen?

Ich stehe aus meinem Sessel auf und gehe durchs Haus. Es ist ganz ruhig. Die Wohnung leer. Beate bei ihren Schulkindern.

Es würde mir schwerfallen, mich von all diesen Dingen zu trennen. Was könnte ich mitnehmen?

Ich stehe vor dem Buchregal. Müsste ich wieder alles hierlassen? Irgendwo anders ganz von vorn anfangen?

Es war falsch, diesen Hümmer ziehen zu lassen. Er kennt mein Gesicht. Vielleicht schüchtert es ihn noch ein paar Tage ein, dass ich seinen Ausweis habe, aber irgendwann wird er mutig werden oder übermütig. Wird sich rächen wollen. Wenn er zurück ist in seiner oberfränkischen Heimatstadt. Wenn seine Freunde und Anwälte, seine Bankkonten und sein BMW ihm trügerische Sicherheit vermitteln.

Verdammt, ich hätte ihn töten sollen!

Einerseits spüre ich Trauer, nehme einzelne Bücher in die Hand und stelle sie wieder zurück, als würde ich üben, sie loszulassen. Andererseits weiß ich, dass ich auch dies in mir habe: einfach zu gehen. Ja, ich kann das.

Diesmal wäre aber alles anders: Es gibt etwas, das mich hält. Eine magische Anziehungskraft auf mich hat. Etwas, das ich nicht einfach so loslassen kann: Beate.

Macht mich die Liebe zu ihr schwach?

Einer wie ich darf sein Herz an nichts binden, muss jederzeit in der Lage sein, alles stehen und liegen zu lassen und ganz woanders neu anzufangen. Persönliche Bindungen an Menschen sind schlimmer als an Sachen. Menschen kann man nicht einfach neu kaufen.

Dieses Haus. Diese Praxis. Ich beginne, sie nicht nur als meine Schutzburg zu empfinden, sondern gleichzeitig auch als mein Gefängnis.

Verglichen mit Norden-Norddeich war es ganz einfach für mich, aus Bamberg abzuhauen. Dort hatte ich das Gefühl, einsam in einer stinkenden Jauchegrube zu stehen und kaum genug Luft zum Atmen zu bekommen.

Aber hier bin ich anders verwurzelt! Hier habe ich Kontakte. Hier kenne und mag ich viele Menschen. Aber was noch wichtiger ist: Ich fühle mich anerkannt, ja, geliebt! Hier bin ich wer und teile das Bett mit der großen Liebe meines Lebens.

Wenn ich die Goldfeder des Füllers übers Papier gleiten sehe und die Tinte herausfließt, dabei Buchstaben formt, aus denen Worte und Sätze werden, bekomme ich mit all meinen Fragen, Ängsten. Sehnsüchten und Hoffnungen Boden unter die Füße. Es ist, als würde ich die Welt, in der ich lebe, neu erschaffen. Das Schreiben ist ein Ritual. Die Buchstaben werden zu kraftvollen magischen Zeichen. Symbole aus einer anderen Welt.

Jeder Mensch braucht doch etwas, woran er sich halten kann. Die einen haben eine Religion, die anderen wenigstens eine Partei oder einen Popstar, an dem sie sich orientieren. Andere suchen Rat bei Psychologen oder Gurus. Ich bastle mir Wort für Wort, Satz für Satz, das Floß zusammen, mit dem ich durch die Fluten treibe.

Der Füller ist wie ein Messer, mit dem ich in mir wühle und

gleichzeitig ein magischer Stab, mit dem ich Wunden heile. Ein Orakel, das mir Antworten auf meine Fragen gibt …

Ich verliere vollständig die Zeit. Ein Gefühl dafür, wie lange ich hier sitze, habe ich nicht. Ich müsste auf die Uhr schauen oder zumindest aus dem Fenster, um die Tageszeit einigermaßen zu bestimmen.

Ich habe die Beine übereinandergeschlagen. Vermutlich schon ziemlich lange, denn mein rechter Fuß schläft ein.

Ich verspüre überhaupt keine Lust, aufzustehen, mich zu recken, ein paar Liegestütze zu machen oder mich sonstwie sportlich zu betätigen. Es ist, als bräuchte ich meinen Körper gar nicht. Höchstens meine Hand, die den Füller beim Schreiben hält.

Ich zwinge mich, aufzustehen, fest aufzutreten, und es kribbelt im rechten Fuß. Ich humple fast. Ich gehe in die Küche, um mir einen Tee aufzubrühen. Von dem Trockenobst und den Nüssen bin ich gut satt. Oder sind es die geschriebenen Sätze, die mir das Gefühl geben, gut gegessen zu haben?

Das Fenster ist gekippt. Unter dem Dachvorsprung, wo die Regenrinne am Haus entlangläuft, haben sich Amseln ein Nest gebaut. Ihr munteres Gezwitscher ist so laut, als säßen sie in der Küche unter der Abzugshaube. Ihr Gezirpe scheint mir Fragen zu stellen, und ich versuche, mit Flötentönen zu antworten.

Bilde ich mir das ein, oder lauschen sie wirklich und reagieren dann fast zeternd?

Beschwingt von den Vogelstimmen, bin ich zurück, sitze in meinem Ohrensessel, und schon nach wenigen weiteren Worten wird der Tintenfluss dünn. Ich muss den Kolbenfüller aufladen.

Als ich die schwarze Tinte aus dem Fässchen in den Füller sauge, ist da ein ganz leises Geräusch, als würde sich eine sanfte Energie durch enge Wege zwingen. Ich habe nicht das Gefühl, dass ich den Füller mit Tinte lade, obwohl ich ja sehe, wie es zwischen meinen

Händen geschieht, sondern es ist, als würde er Geschichten, Zauberformeln, Beschwörungen, Fragen und vielleicht sogar Antworten in sich speichern.

Freudig erregt setze ich mich wieder. Die ersten Buchstaben erscheinen mit dicker Tinte und umringt von einigen Tropfen auf dem Papier wie zufällig hingeworfene Kunstwerke.

Viele Seiten später – draußen ist es inzwischen dunkel geworden – schreckt mich ein Geräusch auf. Es ist kein Klopfen, sondern ein wildes, ja zorniges Pochen. Aber nicht vorn an der Eingangstür, sondern hinten, bei der Terrasse.

Ich federe hoch und halte den Füller wie eine Waffe in der Faust. Dabei wäre mein Messer jetzt bestimmt hilfreicher. Mir schießt sofort Adrenalin durch die Adern. Da begehrt nicht jemand Einlass, da bricht jemand ein.

Ich laufe hin, und die Terrassentür wird gerade von außen aufgedrückt. Zwei Männer mit Sturmhauben stehen im Rahmen der aufgebrochenen Tür. Der eine trägt einen Kapuzenpulli und hat einen Baseballschläger in der Hand, der andere hat eine Anglerweste übergezogen und ist mit einem Brecheisen bewaffnet.

In meinem Kopf ist augenblicklich Lärm. Motoren schalten sich ein, und ich will nur, dass Ruhe einkehrt. Das ist noch viel wichtiger für mich, als diese zwei Typen loszuwerden. Und doch ist es aneinandergekoppelt. Ich werde erst dann wieder Stille spüren, wenn ich diese Eindringlinge los bin.

Ich weiß, dass jetzt nur in der Ruhe die Kraft liegt.

»Warum die Umstände?«, frage ich. »Wenn Sie vorne geklingelt hätten, hätte ich Ihnen gerne geöffnet. Darf ich Ihnen einen Tee anbieten?«

Sie sprechen nicht, sondern versuchen, sich mit Blicken zu verständigen. Ich vermute, sie haben sich das vorher so überlegt:

Wenn wir nichts sagen, kann er später unsere Stimmen nicht erkennen.

Ich konfrontiere sie damit: »Na klar, Sie haben Angst, dass ich später Ihre Stimmen identifiziere. Aber so ist das nun mal. Menschen reden miteinander. Also machen Sie den Mund auf. Was wollen Sie?«

Ich erkenne einen von ihnen eindeutig als Johann Ricklef. Klar traut der Versager sich nicht alleine hierhin. Seine umwickelte rechte Hand verrät ihn. Da fehlt etwas. Ein Finger, der auf dem Grill gelandet ist.

»Glauben Sie, Herr Ricklef, dass ich Sie nicht wiedererkenne, weil Sie diese lächerliche Sturmhaube aufhaben? Gab es die eigentlich auch in Ihrer Größe?«

Er holt mit dem Baseballschläger aus, haut aber noch nicht zu. Es gefällt ihm nicht, dass ich ihn erkannt habe.

Wie blöd ist der eigentlich?

Jetzt platzt er mit seiner ganzen Wut heraus: »Ich weiß, dass du es bist! Du hast mir mein Kind weggenommen, und du vögelst meine Frau! Und jetzt mach ich dich fertig!«

Ich müsste eigentlich rückwärts gehen, um an mein Messer zu kommen. Ich könnte es aus meiner Jacke nehmen, die am Garderobenständer hängt. Aber ich will vor ihm nicht zurückweichen, und genau so würde er so eine Bewegung interpretieren.

Also bleibe ich stehen, fixiere ihn und kontere: »Ich habe dein Leben nicht zerstört, Arschloch! Das warst du selber. Deinen Sohn habe ich dir nicht weggenommen. Du hast ihm das Leben zur Hölle gemacht. Wer will denn so einen dämlichen Vater haben wie dich? Und deine Frau vögle ich auch nicht, wie du es so nett ausdrückst. Auch wenn das heutzutage vielleicht altmodisch klingt und in deinem dummen Gehirn nur auf wenig Widerhall stößt: Ich bin durchaus monogam. Ich habe eine Frau. Die liebe ich. Und mit der habe ich wunderbaren Sex, da gucke ich mich nicht nach anderen um. Wenn ich dir was genommen habe, dann deinen kleinen Finger. Und wenn du jetzt nicht schnell deine Sachen packst und dich verziehst, werde ich dir noch einen Finger nehmen.«

Er lässt den Baseballschläger sinken. Er hat mit so viel Widerstandsenergie nicht gerechnet. Es ist ihm nicht gelungen, mich einzuschüchtern, und das macht ihn fertig. Sein Selbstbewusstsein schrumpft gegen null.

Seinen Kumpel, den mit dem Brecheisen, macht das total wütend. Er verlagert sein Gewicht von einem Bein aufs andere, tänzelt herum. Das Brecheisen zittert in seinen Händen. Er würde am liebsten damit zuschlagen.

Ich muss aufpassen. Von ihm wird die Attacke kommen, nicht von Ricklef.

»Das lässt du dir gefallen? Warum machen wir ihn nicht fertig? Zieh ihm eins mit dem Baseballschläger über! Deswegen sind wir doch gekommen! Komm, wir brechen ihm alle Knochen!«

Ich ermuntere die beiden. »Ja, kommt! Brecht mir alle Knochen! Das ist doch eine prima Idee. Da müssten allerdings Männer kommen, keine Ersatzteile. Wer von euch will denn den ersten Versuch machen? Da müsst ihr euch einig werden, nicht, dass ihr euch noch gegenseitig verletzt, wenn ihr gleichzeitig auf mich losgeht.«

Ich mache einen schnellen Schritt nach vorne, als wollte ich zwischen den beiden durchlaufen oder auf sie zuspringen. Dabei breite ich meine Arme aus und schreie: »Buuuuuh!«

Beide zucken zusammen und springen rückwärts. Ricklef kracht gegen die Tür, die sie gerade gemeinsam aufgebrochen haben.

Ich lache demonstrativ laut. Nachdem ich diesen Triumph hatte, kann ich jetzt ruhig rückwärts gehen, ohne dass sie meine Schritte als Zurückweichen werten. Ich kehre den beiden sogar den Rücken zu, um ihnen zu zeigen, dass ich sie überhaupt nicht ernst nehme.

Im Garderobenspiegel kann ich sie allerdings sehr genau sehen. Ich gehe nicht das geringste Risiko ein, während ich mich meiner Jacke nähere.

Ich nehme sie vom Bügel und ziehe sie an. Immer noch sind die beiden in meinem Rücken. Sie sehen unschlüssig aus.

Ricklef hat Schmerzen in der Schulter. Er hat sich vermutlich an der Tür weh getan.

»Mir wird in eurer Nähe kalt. Wenn ich in Kontakt mit viel Blödheit gerate, friere ich immer. Kennt ihr das? Dagegen geht von deinem Sohn die Wärme einer hohen Intelligenz aus.«

Sein Kumpel macht den ersten Versuch. Er hebt das Brecheisen hoch über den Kopf und stürmt auf mich los.

Ich wirble herum und lasse mein Messer aus dem Griff schnappen. Allein das Geräusch stoppt ihn schon. Unschlüssig steht er da, immer noch das Brecheisen überm Kopf, so dass das gebogene Ende oben gegen die Deckenbalken stößt.

Mit ausgestrecktem Arm richte ich die Messerspitze auf ihn. »Na, komm schon! Hast du auch einen Finger zu viel? Oder soll ich dir lieber die Nase abschneiden?«

Er geht rückwärts. Das Brecheisen wird ihm wohl zu schwer. Er lässt es runter. Er hält es nur noch links in der Hand. Jetzt schleift es über den Boden.

Er sagt zu Ricklef: »Das ist jetzt dein Ding, nicht mehr meins. Ich hab dir reingeholfen. Jetzt bist du dran.«

Ich schlage vor: »Geht nach Hause. In der Alten Backstube könnt ihr ein Bierchen zusammen trinken oder im Mittelhaus einen Absacker nehmen, und wir vergessen die ganze Sache hier. Okay, Jungs? Ich glaube, ihr habt jetzt gemerkt, dass ihr keine Killer seid. Ich hoffe, ihr habt was Anständiges gelernt, womit ihr euer Geld verdienen könnt. Als Gangster seid ihr nicht wirklich tauglich.«

Ricklef kratzt sich am Hals, dann schlägt er ansatzlos mit dem

Baseballschläger in meine Richtung. Er versucht, meine Messer-hand zu treffen.

Ich weiche aus, und die Wucht des Schlages nimmt ihm das Gleichgewicht. Er torkelt durch den Raum. Ich schlage ihm die Füße weg. Er stürzt. Um sich mit den Händen auffangen zu kön-nen, lässt er den Baseballschläger fallen.

Ich bin sofort zwischen ihm und seiner Waffe und schiebe den Baseballschläger mit dem Fuß weg.

Mühsam erhebt Ricklef sich. Sein Kumpel steht jetzt gebückt da, hält das Brecheisen mit beiden Händen und atmet schwer.

»Wenn du jetzt Kafkas Verwandlung in Ruhe fehlerfrei aufsagst, lasse ich euch beide ziehen. Wenn nicht, musst du einen weiteren Finger hierlassen, das ist dir doch klar, Arschloch, oder?«

Ricklef steht wankend vor mir. Er reißt sich die Sturmhaube vom Gesicht. Seine Haut ist am Hals und an den Wangen gerötet. Ich vermute mal, er ist allergisch gegen die Wolle oder irgend-eine chemische Substanz, mit der die Sturmhaube imprägniert worden ist.

Ich bin jetzt ganz ruhig. Wenn man meinen Puls messen würde, so würde er sicherlich keine Auffälligkeiten zeigen. Mein Verstand arbeitet jetzt wie ein gut programmierter Computer.

Nach Abwägung aller Möglichkeiten ist völlig klar, dass ich Rick-lef nicht gehen lassen kann. Sein nächster Weg würde zur Polizei führen, oder er könnte versuchen, mit noch mehr Kumpels hier aufzutauchen, um sich an mir zu rächen.

Ab jetzt stellt er nicht nur eine Gefährdung für seine Frau und seinen Sohn dar, sondern auch für mich. Und das kann ich nicht zulassen.

Er glaubt wohl immer noch, er könne hier einigermaßen heil rauskommen und will hinterher vor seinem Kumpel nicht als völ-liger Versager oder Feigling dastehen, deshalb stürzt er sich auch ohne Baseballschläger auf mich und versucht, mich mit einem Haken am Kopf zu erwischen. Ich tauche darunter weg und lache: »Das ist nicht mal Kreisliga! So triffst du keinen Sparringspartner, mein Freund. Alles im Leben will gelernt sein, selbst ein vernünftiger Kinnhaken.«

Dann ramme ich ihm das Messer in die Brust.

Ich muss es gar nicht wieder herausziehen, sondern es reicht, dass ich den Griff festhalte. Ricklef fasst sich ans Herz. Zwischen seinen Fingern schießt Blut heraus. Er fällt rückwärts.

Ich drehe mich zu seinem Kumpel um. Der wirft das Brecheisen vor mir auf den Boden, schreit: »Damit will ich nichts zu tun haben!« und rennt nach draußen.

Auf der Terrasse stolpert er über einen Blumenkübel. Er fällt aber nicht lang hin, sondern fängt sich wieder und taumelt zu seinem Fahrrad, das er idiotischerweise direkt vor meiner Praxis in den Fahrradständer gestellt hat. Es ist mit Ricklefs Fahrrad verbunden, ja, die beiden Meistereinbrecher haben sogar eine dicke Fahrradkette benutzt, und jetzt sucht der maskierte Gangster den Schlüssel.

Schon bin ich bei ihm.

»Ich kenne dich leider nicht«, sage ich, »Aber ich kann dich nicht gehen lassen. Das wirst du doch verstehen, oder?«

»Ich … ich …«

»Reden hilft jetzt nicht mehr. Die Zeit des Redens ist vorbei. Nimm's bitte nicht persönlich. Das hier ist rein sachlich.«

Meine Nachbarin, die mir so gerne beim Holzhacken zuschaut, geht mit ihrem Hund spazieren.

Dumme Sache. Zeugen kann ich jetzt wirklich nicht gebrauchen.

Schon bin ich bei ihm, lege einen Arm um seine Schultern, als sei er ein guter Freund, den ich umarmen will, und stoße ihm das Messer ins Herz.

Der Stich geht sehr tief, denn mit Rechts setze ich die Klinge an, und mit Links schiebe ich ihn zusätzlich in die Richtung. Weil ich mir sicher bin, dass die Nachbarin zu uns rüberschaut, sage ich laut: »Nein, du kannst jetzt nicht mehr Fahrrad fahren. Sei doch vernünftig! Wenn man so betrunken ist wie du, dann darf man weder Auto noch Fahrrad fahren. Die können dir auch den Führerschein wegnehmen, wenn du breit wie eine Axt auf deinem Drahtesel durch Norddeich radelst.«

Er sackt zusammen. Seine Knie geben nach. Ich halte ihn und schleife ihn ins Haus.

Die Nachbarin lacht und winkt. Sie ist völlig arglos. Sie glaubt, ich würde einen betrunkenen Freund davor bewahren, Dummheiten zu machen.

Im Garten lasse ich ihn dann kurz auf die Wiese fallen, greife in seinen Nacken und ziehe ihn hinter mir her in die Wohnung.

Ich schleife ihn zu Ricklef. Jetzt liegen die beiden nebeneinander, als seien sie gemeinsam, Hand in Hand, gestorben.

Verdammt! Ich hatte mir mit meinem Füller und meiner Kladde einen so schönen Abend machen wollen. Und jetzt das hier … Die Terrassentür ist kaputt, und ich habe zwei Leichen im Wohnzimmer liegen. Dazu die Sauerei auf dem Boden.

Leider habe ich an der Volkshochschule keinen Kurs für junge Berufskiller besucht, also muss ich jetzt etwas Neues lernen: *Wie beseitige ich Spuren und Leichen im eigenen Haus?*

Es ist so einfach, in eine fremde Wohnung einzudringen und dort jemanden umzubringen. Man muss sich keine Gedanken um die Leiche machen. Man lässt den ganzen Müll einfach für die Polizei da liegen.

Aber jetzt … Ich kann doch schlecht die Polizei rufen, ihnen erzählen, dass ich überfallen wurde und die beiden Tölpel dann versehentlich in mein spitzes Messer gefallen sind.

Nein, das hier ist sehr, sehr unschön.

Ich muss die beiden los werden. Aber wohin mit ihnen?

Es macht Sinn, einen direkten Zugang vom Haus zur Garage zu haben. Nur so kann man Leichen – von den Nachbarn unbemerkt – im Kofferraum verstauen.

Ich habe Schwierigkeiten, beide dort unterzukriegen. Die Leichenstarre hat längst noch nicht eingesetzt, aber die zwei sind schwer und steif. Ich kann nicht gerade behaupten, dass sie mir behilflich sind. Selbst als Tote machen sie mir Probleme.

Knicke ich ein Bein, ist es, kaum dass ich mich umdrehe, wieder gestreckt.

Beide glotzen mich aus weit aufgerissenen Augen an. Es sind tote, starre Augen. Aber sie drücken noch eine Emotion aus: Wut. Und gleichzeitig Erstaunen.

Ich habe den Kofferraum mit blauen Müllsäcken ausgelegt und den Beifahrersitz mit Frischhaltefolie aus durchsichtigem Kunststoff überzogen. Ich hatte noch zwei Rollen à 75 Meter in der Küche. Nun hält das Zeug keine Fliegen vom Grillfleisch ab, sondern schützt mein Auto davor, vollgeblutet zu werden.

Ich muss Ricklef fast zusammenfalten, damit er in den Kofferraum passt. Dabei lässt er einen Furz. Ich weiß, das sind einfach nur Muskelkontraktionen, aber es kommt mir trotzdem vor, als wolle er mich noch mit zerfetztem Herz verspotten.

Sein Kumpel muss auf dem Beifahrersitz Platz nehmen. Dumm für mich gelaufen, geht aber nicht anders.

Ich will mit zwei Leichen nicht weit fahren. Auf der Norddeicher Straße ist nichts los. Die Touristen erholen sich von ihrem anstrengend schönen Tag.

Ich parke hinter *Meta* am Deich. Die Disco hat heute zu, und hier ist jetzt kein Mensch. Selbst *Diekster Köken* und *Moders oll Hus* haben schon längst geschlossen.

Ich zerre den Angelfreund vom Beifahrersitz. Ich könnte ihn einfach hier hinter der legendären, fünfzig Jahre alten Disco liegen lassen. Wahrscheinlich wäre es klug gewesen und umsichtig. Ich weiß nicht, was mich reitet, aber ich will es spektakulärer.

Vielleicht, weil ich gestern im Radio gehört habe, dass eine nackte Leiche stundenlang in München unentdeckt in der Schaufensterauslage eines Teppichgeschäfts gelegen hat. Bin mal gespannt, wie lange es hier dauert. Meine Leichen sind zwar nicht nackt, aber sie sehen auch nicht gerade aus, als würden sie sich auf ihrer Kegeltour amüsieren.

Ich schleppe den Angler an der blauen Leuchtröhre, die die Höhe der Flut anzeigt, vorbei die Treppen hoch. Hier oben auf der Deichkrone steht eine bei Touristen sehr beliebte Bank. Hier sitzen sie gern, lassen die Füße baumeln, genießen den weiten Blick übers Meer bis Juist und Norderney und holen sich einen Sonnenbrand. Sie unterschätzen die Spiegelung der Sonne auf den Wellen, und der Wind gaukelt ihnen vor, die Sonne sei gar nicht so intensiv.

Der Tote wirkt auf der Bank wie eingeschlafen. Ich schleppe Ricklef auch noch hier hoch und setze ihn daneben. Ohne mein Zutun kippen sie so, dass der eine den Kopf auf der Schulter des anderen hat. Sie sehen aus wie Dick und Doof oder Plim und Plum. Ja, so gefallen sie mir!

Die ersten neugierigen Möwen nähern sich.

Glotzt mich nicht so an!

Ich schließe beiden Toten die Augen. Ich tue das auch, weil ich ahne, was die Möwen zuerst fressen werden. Ich finde, die Toten sollten mit ihren Augen beerdigt werden.

Falls es Himmel und Hölle wirklich gibt, wirst du in der Hölle landen, Ricklef. Bei deinem Anglerfreund bin ich mir nicht so sicher. Wie ein richtig ehrenwerter Bürger sieht er nicht gerade aus. Ich meine, welcher ehrliche Mann nimmt ein Brecheisen mit, wenn er mit seinem Saufkumpan loszieht, und hilft ihm dann, in fremder Leute Häuser einzusteigen?

Am liebsten würde ich von den zweien ein Handyfoto machen, aber durch solchen Blödsinn haben sich schon viele Ganoven verraten. Nein, so blöd bin ich nicht.

Ich muss zurück, den Tatort reinigen und das Auto. Die Müllsäcke und die Frischhaltefolie waren nicht dicht genug. Es gibt überall kleine Blutflecken und genug DNA, um mich lebenslänglich hinter Gitter zu bringen.

Serienkiller klingt irgendwie so cool. In Wirklichkeit ist es eine verdammte Plackerei. Den Rest der Nacht werde ich mit Putz- und Scheuermitteln verbringen.

Ich will gerade zurück in meinen Wagen, da sehe ich hinten bei den Strandkörben, bei den künstlichen Dünen, die echter aussehen als die echten, ein Pärchen.

Mist! Haben die mich beobachtet? Haben die mit ihren Handys längst die Polizei informiert? Vielleicht gar Fotos von mir gemacht?

Ich stehe geschützt auf der Landseite des Deiches. Von hier aus kann ich die zwei beobachten. Sie wirken arglos. Sie haben sich noch nicht wieder ganz angezogen. Er hilft ihr, den BH zuzuhaken, stellt sich dabei aber ziemlich dämlich an. Oder er erlaubt sich nur einen Spaß mit ihr. Ich höre sie laut lachen.

Menschen, die gerade einen Mörder beobachtet haben, wie er zwei Leichen auf einer Parkbank drapiert, würden sich wohl kaum so benehmen, hoffe ich. Oder legen die mich nur gerade sehr geschickt rein?

Sie läuft jetzt ein Stück voran. Er bleibt stehen und trinkt mit Hohlkreuz den letzten Rest aus einer Sektflasche.

Nein, die beiden fühlen sich unbeobachtet.

Er wirft die Flasche im hohen Bogen weg.

Was bin ich nur für ein komischer Typ? Ich spüre jetzt tatsächlich den Impuls in mir, hinzulaufen und ihn zur Rechenschaft zu ziehen. Ich sehe mich vor meinem inneren Auge mit ihm schimpfen. Hier werden morgen Leute barfuß herumlaufen. Kinder könnten sich verletzen!

Ich beherrsche mich und tue es nicht.

Du hast gerade zwei Menschen getötet, sage ich mir, findest das aber lange nicht so schlimm wie das Verhalten von dem da. Oder bist du nur neidisch auf ihn, weil er gerade im Gegensatz zu dir fröhlichen Sex in einem Strandkorb mit Blick aufs Meer hatte?

Vielleicht auch eine schöne Idee für Beate und mich. Sie mag es, wenn wir draußen zwischen den Dünen sind. Die Nähe zu den Naturgewalten gibt uns ein sehr archaisches Erleben zurück.

Wir haben es nur einmal beinahe im Freien gemacht, auf ihrer Lieblingsinsel Wangerooge. Aber vielleicht kann ich sie demnächst ja überreden …

Eher nicht, denke ich. Der Grundschullehrerin steckt noch der Schock mit den Fotos in den Knochen. Nun, wenn sie aus dem Waloseum zurückkommt, werde ich ihr den dritten und letzten Band überreichen.

Aber vorher liegt noch eine Menge Putzarbeit vor mir.

45   Die Sonne ist längst aufgegangen. Ich habe keine Sekunde geschlafen. Der Rücken tut mir weh von der Arbeit mit gekrümmter Haltung. Irgendwann konnte ich die Gummihandschuhe nicht mehr ertragen und habe trotz der scharfen Scheuermittel ohne Schutz gearbeitet. Jetzt creme ich mir die Hände mit einer fetthaltigen Lotion ein. Mit diesen rauen Fingern will ich Beates schöne Haut nicht berühren. Ich habe zum ersten Mal seit langer Zeit Risse und Schwielen.

Die Wohnung und das Auto riechen nach Desinfektionsmitteln und Domestos.

Man muss sicherlich keinen Kriminaltechniker bemühen, um zu erkennen, dass hier jemand heftig saubergemacht hat. Das wird auch Beate bemerken.

Ich brauche eine Erklärung dafür.

Ich erinnere mich an das Pärchen am Strand. Wie der übermütige Lover die Sektflasche weggeworfen hat.

Genau! Das ist es!

Ich hole eine Flasche Rotwein aus dem Küchenregal.

Zuerst wähle ich einen trockenen Spätburgunder. Den neuen Neumarkter Bocksbeutel. Auf dem Etikett das Neumarkter Rathaus. Ein gutes Tröpfchen aus dem heißen Jahr 2015.

In dem Sommer müssten einige Jahrhundertweine geboren worden sein, denke ich.

Ich stelle den Bocksbeutel aber wieder zurück. Ich werde die edelste Flasche nehmen, die ich habe. Ja, jeder, der eine Weinflasche zerschlägt, um eine simple Ausrede zu haben, würde ein preiswertes Tröpfchen nehmen. Nur ich nicht. Denn wenn eine wirklich teure Flasche kaputtgegangen ist, liegt nicht der Verdacht nahe, man habe das absichtlich herbeigeführt. Im Gegenteil. Wer würde so etwas schon tun?

Das Leben, sagte Johann Wolfgang von Goethe, *ist viel zu kurz, um schlechten Wein zu trinken.*

Recht hat er. Aber ich werde nun ein besonders edles Tröpfchen in den Ausguss kippen. Ich nehme die teuerste Flasche, die ich habe. Sie ist aus dem Kontor. Ein Chateau Saint Cosme Gigondas Le Poste 2011 von Louis Barruol.

Der auf 300 Meter Höhe gelegene Weinberg wurde 1963 neu mit der Rebsorte Grenache bepflanzt. Matthias Fuchs vom Kontor kam richtig ins Schwärmen: »Frische und Mineralität zeichnen ihn aus. Dunkle Früchte, feine Schokolade, Erdbeere, Himbeere – unglaublich vielschichtig! Ein richtig spannender Wein, der nicht oft zu finden ist. Einfach großartig!«

Die Trinkreife beginne zwar schon jetzt, der Wein sei aber sehr gut lagerfähig. Die Bestform erreiche er um das Jahr 2020 bis 2035.

Nun, so lange wird er bei mir jetzt leider nicht halten …

Manchmal bin ich in solchen Stimmungen, dann halte ich es mit Oscar Wilde: *Mit dem guten Geschmack ist es ganz einfach. Man nehme von allem nur das Beste.*

Er sagte auch: *Alle charmanten Leute sind verwöhnt. Darin liegt das Geheimnis ihrer Anziehungskraft.*

Fast hätte ich einen Fehler gemacht, die Flasche geöffnet, ein Schlückchen genommen und sie dann erst zerstört. Doch ich muss mit der findigen Kombinationsgabe einer Ann Kathrin Klaasen rechnen. Eine so edle Flasche Wein zerschlägt doch kein Weinkenner, ohne vorher davon zu probieren. Aber genau das muss ich jetzt tun.

Ich zerschlage die Flasche, die mich 72 Euro gekostet hat, im Spülbecken.

Jammerschade um das edle Zeug, das jetzt durch den Abfluss gluckert. Allein der Duft ist betörend.

Zwei kleine Glassplitter lege ich im Auto beim Beifahrersitz in den Fußraum. Ein paar Tropfen hinterlasse ich auf dem Armaturenbrett.

Ich stelle mir vor, wie die Jungs von der Spurensicherung glauben, mich überführt zu haben: »Ha, er hat zwar den Wagen geschrubbt, aber natürlich in der Eile etwas übersehen, nämlich diese kleinen Flecken hier am Armaturenbrett.«

Na, die werden staunen, wenn sie dann im Labor das Ergebnis sehen …

Im Flur lasse ich auch noch ein paar Tropfen fallen.

Ich habe jetzt eine schlüssige Geschichte. Ich hatte die Weinflasche auf dem Beifahrersitz liegen. Ich musste bremsen. Sie ist im Auto zerschellt. Ich habe alles schon saubergemacht und versucht, den Geruch loszuwerden. Dabei muss ich wohl meine Kleidung vollgespritzt haben, so dass auch Rotweinflecken ins Wohnzimmer gelangten.

Auch dort verteile ich noch ein paar winzige Spritzer. Die Scherben der Flasche stelle ich geradezu malerisch auf der Spüle ab. Im Flaschenhals steckt unversehrt der Korken als Beweis, dass die Flasche noch verschlossen war, als sie zerstört wurde.

Ich finde meine Geschichte ziemlich schlüssig und gut. Jetzt muss ich nur noch eine Erklärung für die aufgehebelte Terrassentür finden. Bis Beate zurück ist, habe ich die nie und nimmer repariert.

Ich könnte eine heldenhafte Geschichte erzählen über Einbrecher, die ich verjagt habe. Glaubwürdiger ist es aber, wenn ich mich nicht zum Helden mache, sondern zur Witzfigur. In der ganzen Hektik habe ich den Türschlüssel vergessen, mich selbst ausgesperrt, und beim Versuch, durch die Terrasse wieder einzusteigen, habe ich in meiner tölpelhaften Art dann einen viel größeren Schaden angerichtet, als ich erwartet hatte. Ganz so einfach war es dann doch nicht, die Tür aufzuhebeln, denn als Einbrecher habe ich offensichtlich kein Talent.

Ja, ich finde, mit dieser Geschichte kann ich gut auftreten.

Ich wirke trottelig und überfordert. So etwas glauben die Menschen gern. Niemand vermutet dahinter einen raffinierten Plan.

Ich bin ziemlich geschafft. Ich muss jetzt runterkommen, mich beruhigen, und man sollte mir auch nicht ansehen, dass ich die Nacht durch geschuftet habe.

46

Beate schickt mir per WhatsApp ein paar Fotos von sich und ihren Schülern. Sie will jetzt noch alle verabschieden und warten, bis auch der letzte kleine Racker von seinen Eltern abgeholt wurde. Danach komme sie zu mir. Sie sei total kaputt, schreibt sie, und habe in der Nacht so gut wie keinen Schlaf bekommen.

Na, da geht es mir ähnlich, du Gute.

Aber es sei wunderbar gewesen, und sie freue sich auf ein gutes Frühstück mit mir.

Ich gebe telefonisch die Reparatur der Terrassentür in Auftrag, und dann radle ich los, um für meine Liebste und mich alles einzukaufen, was für ein großes Frühstück von Bedeutung ist. Außer Brötchen und Eiern natürlich frisches Obst. Ich werde für uns einen Obstsaft pressen, dessen Vitaminschub unsere Lebensgeister aufmuntert. So ein ordentlicher Vitaminschock hilft manchmal, ein paar Stunden Schlaf herauszuholen …

Ich decke uns den Tisch auf der Terrasse. Ein so wunderbarer Tag erlaubt es nicht, drinnen zu frühstücken. Es sind nur ein paar Schäfchenwolken am Himmel, aber auch die vertreibt der Nordwestwind.

Meine blutbefleckte schmutzige Wäsche befindet sich bereits in der Waschmaschine. Ich habe von ihr gleich noch ein paar Sachen dazugelegt. Manchmal macht es mir Spaß, ihre Kleidchen und Blusen zu bügeln. Ich weiß, das ist nicht gerade die männlichste Tätigkeit, mit der sich Hollywoodstars ablichten lassen. Die glauben ja offensichtlich, privat könnten sie nur dann männlich wirken, wenn sie mit Rasierschaum im Gesicht eine scharfe Klinge in der Hand halten. Aber die müssen ja auch mit Riesen-Ballermännern herumlaufen, um ihre Männlichkeit zu beweisen.

So etwas habe ich zum Glück nicht nötig. Ich glaube, es macht Beate an, wenn sie sieht, wie ich ihre filigranen Rüschchen bügle. Sie behauptet dann zwar immer, das sei doch wirklich nicht nötig und sie könne das selber machen oder in die Reinigung geben, aber gleichzeitig gefällt es ihr. Es ist wie ein Liebesbeweis.

»Du wirst es später tragen«, habe ich einmal gesagt, »es wird ganz auf deiner Haut sein, und ich fühle mich dir nah, wenn ich es säubere und in Form bringe. Es macht mir Spaß.«

Es ist nicht ganz gelogen. So banale Tätigkeiten tun mir manchmal sehr gut. Nur im Büro würde ich untergehen. Ich brauche das: Fahrrad fahren. Krafttraining. Lange Spaziergänge am Deich. Arbeit mit den Händen. Selbst das Zubereiten des Frühstücks erdet mich.

Der Entsafter ist zu laut. Am liebsten würde ich die Orangen und Zitronen mit der Faust zerquetschen. Aber mit den Erdbeeren ist das so eine Sache … Außerdem habe ich noch Mangos besorgt.

Und dann ist auch schon Beate da. Sie sieht zerzaust aus und übernächtigt.

Ich küsse ihre Nasenspitze und hebe sie, während wir uns umarmen, hoch. So kann ich sie über die Schwelle tragen.

Meinem Rücken tut das jetzt gar nicht gut, aber das soll sie nicht bemerken. Sie hält mein Stöhnen bestimmt für wohliges Stöhnen.

Sie isst mit Heißhunger. Die zerstörte Terrassentür scheint sie gar nicht zu bemerken. Sie hat so viel zu erzählen. Sie isst und gestikuliert und versucht, mir die Nacht mit ihren Schülern im Waloseum in grellen Farben zu schildern.

Was der eine gesagt hat und der andere nicht gemerkt. Wovon die Kim geträumt hat und worüber sie alle gelacht haben … Ach, es ist eine einzige Freude, sie so unbeschwert zu sehen.

Um ihr Wohlgefühl noch mehr zu steigern, schiebe ich das dritte Fotoalbum auf den Frühstückstisch und sage: »So. Das war es jetzt, meine Liebe. Das hat uns gerade der Postbote gebracht.«

Es war ein kleiner, aber ein dummer Versuch. Denn wie aufs Stichwort klingelt der Postbote jetzt an der Tür.

Beate schaut mich irritiert an, zeigt auf das Buch, deutet auf den Postboten.

Ich lächle sie an, als sei das alles völlig logisch und sie würde es nur nicht verstehen, und renne zur Tür, um eine Unterschrift zu leisten und einen Brief in Empfang zu nehmen, der gefährlich offiziell aussieht.

Eine Vorladung vor Gericht? Sind sie mir draufgekommen?

Ich reiße das Ding mit den Fingern auf. Der Umschlag wird regelrecht zerfetzt.

Ich bin zu schnell gefahren. 82, wo 50 erlaubt waren.

Na, wenn's mehr nicht ist.

Aber ich muss vorsichtiger werden. Mein Herz schlägt heftig.

Mit dem Brief in der Hand gehe ich zur Terrasse zurück. Beate sieht mich immer noch fragend an.

»The postman always rings twice«, lache ich.

Sie versteht die Anspielung auf den Kriminalroman von James M. Cain. Sie hat das Buch zwar nicht gelesen, aber ich weiß, dass sie die Verfilmung mit Jack Nicholson gesehen hat und sich wunderte, warum in einem Film mit dem Titel *Wenn der Postmann zweimal klingelt* überhaupt kein Postbote vorkommt und auch keiner klingelt.

Ich konnte damals vor ihr glänzen und erklären, dass der Titel im Englischen eine doppelte Bedeutung hat und man ihn auch so verstehen kann, dass es immer eine zweite Chance für einen Menschen gibt.

O ja, du Liebe, wenn ich daran nicht glauben würde, hätte ich mich schon längst aufgegeben. Du bist meine zweite Chance. Das große Glück meines Lebens.

»Das hatte er wohl vergessen«, lache ich und lege den Umschlag auf den Tisch. »Tja, was man nicht im Kopf hat, muss man eben in den Beinen haben.«

Sie ist mit der Erklärung sofort zufrieden und nimmt noch einen guten Schluck Saft. Sie hört nicht auf, das Mischungsverhältnis zu loben.

Aber dann schaut sie auf ihr Handy, und es ist, als würde sie gefrieren.

»Am Deich haben sie zwei Tote gefunden. Ermordet.« Sie hält sich eine Hand vor die Lippen. »Mein Gott, wer macht denn so etwas? Das war hier so eine schöne, friedliche Gegend …«

Als hätte ich von nichts eine Ahnung, strecke ich die Hand aus und bitte sie wortlos um ihr Handy. Doch sie schüttelt nur den Kopf, will lesen, weiterscrollen und mehr erfahren.

Ich schaue also auf mein eigenes.

In einer Facebook-Gruppe für Norddeich-Verrückte, wo normalerweise schöne Landschaftsaufnahmen und Sonnenuntergänge gepostet werden – ich bin da auch Mitglied –, sehe ich das Foto von Plim und Plum auf der Parkbank. Hunderte Leute haben es bereits geteilt.

»D… d… das ist doch …«

»Ja«, sage ich, »der sieht doch aus wie Johann Ricklef.«

Sie stürmt zurück ins Haus und schaltet den Fernseher ein. Sie sucht einen Nachrichtensender. Sie glaubt immer noch, das Fernsehen sei schneller als die Facebook-Gruppen im Internet. Sie ist halt Grundschullehrerin. Ihre Schüler wissen schon, dass es genau andersherum ist.

Auf n-tv sehe ich einen strubbeligen Reporter. Hinter ihm ist der Deich zu sehen, auf dem ein paar Schafe grasen. Ihr Blöken und das Pfeifen des Windes bildet die Hintergrundmusik zu seinem Lagebericht.

»Schauerliches geschieht im beschaulichen Ostfriesland. Jemand ist in den Norden gekommen, um zu morden, genau da, wo andere Urlaub machen. Auf der Parkbank mit einem wunderbaren Blick aufs Meer wurden heute Morgen zwei Leichen aufgefunden. Nach Angaben der Kriminalpolizei sind die Personen erstochen worden. So viel weiß man aber wohl schon: Der Platz, an dem die Toten entdeckt wurden, scheint nicht der Tatort zu sein. Irgendjemand hat die Leichen hierhin gebracht und sie wie ein Liebespärchen drapiert.

Dieser erneute Doppelmord erinnert an den Doppelmord in Lingen im Emsland, ungefähr hundertsechzig Kilometer von hier entfernt. In Greetsiel, und das ist von Norddeich aus nur ein Katzensprung, wurde vor wenigen Tagen Michael Pelz im Haus seiner Mutter erstochen. Zunächst deutet vieles darauf hin, dass es sich um denselben Täter oder Täterkreis handelt. Aber auch von einer Nachahmungstat ist bereits die Rede.

Ein weiterer Mord, der in dieses Muster passt, ereignete sich in Osnabrück.

Wir bemühen uns, ein Interview mit der berühmten Serienkiller-Fahnderin Ann Kathrin Klaasen zu erhalten. Sie wurde bereits am Tatort gesehen. Eine offizielle Pressekonferenz ist für heute Nachmittag 15 Uhr angesetzt. Es wird eine Live-Übertragung geben.«

Beate steht hinter mir. Ihre Schultern hängen. Sie sieht aus, als hätte sie eine schwere Magen-und-Darm-Grippe und müsse sich gleich übergeben. In der rechten Hand hält sie das Fotoalbum, aber so schlaff, wie der Arm herabbaumelt, droht das Buch jeden Moment herunterzufallen.

Sie hat etwas Energieloses und gleichzeitig Hochexplosives an sich. Sie spricht mit leiser, dünner Stimme: »Du hast die Bücher nicht gekauft oder gestohlen. Du hast diese Menschen umgebracht …«

Ich versuche, ihr in die Augen zu schauen. Es gelingt mir nicht.

Jetzt macht Leugnen keinen Sinn mehr. Ich komme nicht mehr drum herum, ihr die Wahrheit zu sagen.

»Ja«, sage ich, »ich hätte dir das gerne erspart, aber …«

»Warum?«, fragt sie und geht einen Schritt nach hinten.

»Ich habe es für dich getan, Beate.«

Sie schüttelt den Kopf. »Für mich? O nein. Ich will nicht, dass jemand für mich tötet!«

Plötzlich schlägt sie nach mir. Es ist eine Ohrfeigenattacke.

Ich schütze mich nicht, sondern stecke reglos ein. Soll sie sich ruhig abreagieren, denke ich. Später wird sie begreifen, dass es richtig war.

Oder geht von ihr eine Gefahr aus? Muss ich damit rechnen, dass sie mich verpfeift? Wird die große Liebe meines Lebens mich ins Gefängnis bringen?

Ich versuche, den Arm um sie zu legen, aber sie will das nicht, wehrt sich. Jetzt boxt sie gegen meine Brust und meinen Bauch. Es sind keine ernsthaften Körperschläge, sie boxt eher wie ein Kind, das in sein Kissen heult und es dabei mit Stößen zusammenknüllt.

»Ich war so glücklich«, schimpft sie, »so glücklich mit dir, wie noch nie in meinem Leben! Warum machst du alles kaputt?«

»Ich mache überhaupt nichts kaputt. Ich kämpfe für unsere Freiheit, für unsere Sicherheit, für ein schönes und gutes Leben! Das haben Männer jahrhundertelang so gemacht. Es war selbstverständlich. Eine Sache der Ehre!«

»Was hat dieser Ricklef dir getan?«, fragt sie. »Und der andere – wer ist das überhaupt?«

»Keine Ahnung. Ich kenne ihn nicht. Sie haben mich angegriffen. Ricklef glaubte, dass ich was mit seiner Frau laufen hätte. Kein Wunder, wenn er sie so scheiße behandelt, ahnt er wohl, dass sie wegläuft, sobald sich ihr eine Alternative bietet.«

Ich schiebe Beate vor mir her zur Terrassentür. »Hier, das haben die gemacht. Die sind hier reingekommen. Die wollten mich töten, und da habe ich mich nur gewehrt.«

Sie tritt zornig mit dem rechten Fuß auf den Boden. Dann tritt sie mit dem linken nach mir. »Da sind zwei Menschen tot am Deich! Nicht in unserem Wohnzimmer!«

»Natürlich nicht. Ich wollte das hier sauber halten. Frei von all diesem Dreck. Sei doch froh, dass dieser Ricklef tot ist! Du hast doch gesehen, was er angerichtet hat mit dem kleinen Frithjof und mit seiner Frau. Denen wird es jetzt bessergehen. Die sollten ein Freudenfest feiern!«

»Was glaubst du eigentlich, wer du bist«, fragt sie mich. »Gott?« Sie sieht aus, als wolle sie wirklich die Antwort wissen.

»Bist du Gott, wenn du Schulnoten gibst?«, frage ich und bringe sie damit völlig aus dem Konzept.

»Ich … ich versuche, gerecht zu sein! Was hat das denn mit mir zu tun? Ich bin Lehrerin!«

»Na und? Ich bin Arzt. Ich versuche, meinen Patienten zu helfen. Und ich bin ein liebender Mann, der zu seiner Frau steht.«

Ich zeige auf die Wand, als sei da ein großes Loch. »Was meinst du, wie viele Männer da draußen rumlaufen, die bereit wären, jeden zu töten, der ihre Frau oder ihre Kinder anfasst?«

»Nimmst du Drogen oder was?!«, schreit sie. »Du machst alles kaputt! Alles!«

Ich versuche, sie zu beruhigen. »Im Gegenteil, Beate. Ich mache nichts kaputt. Ich heile. Ich bin Arzt. Ich bekämpfe Krankheiten! Ich verschönere die Welt!«

Sie hält sich mit beiden Händen die Ohren zu, und gleichzeitig beginnt sie zu jaulen wie ein verlassenes Seehundbaby auf der Sandbank. Sie strampelt heftig mit den Füßen. Als ich sie anfassen will, schlägt sie wieder nach mir.

»Du bist kurz vor einem Nervenzusammenbruch«, sage ich. »Lass mich dir eine Beruhigungsspritze geben.«

»Fass mich nicht an!«, zetert sie.

Sie rennt in die Küche und reißt ein Fleischmesser aus dem Messerblock. Sie richtet die Spitze auf mich und fuchtelt damit wild herum.

»Willst du damit auf mich losgehen, Beate?«

»Fass mich nicht an!«, kreischt sie noch einmal. »Du sollst mich nicht anfassen!«

Ich zeige ihr meine Handflächen. »Du bist der einzige Mensch, der nie Angst vor mir haben muss, Beate. Ich liebe dich doch. Ich werde immer für dich sorgen und auf dich aufpassen …«

»Auf mich aufpassen, nennst du das? Auf mich aufpassen? Wenn du Leute umlegst?«

»Ach, ich würde das nicht so dramatisieren, Beate. Wenn ich es tue, empfinde ich mich eher wie ein Müllmann, der den Dreck beseitigt, weil es sonst in den Straßen anfangen würde zu stinken, und irgendwann würden die Ratten über uns herfallen und Krankheiten verbreiten … Wir brauchen Leute, die die Stadt sauber halten. Im Grunde sind Menschen wie ich genauso wichtig wie die Freiwillige Feuerwehr oder …«

»Sei ruhig! Bitte sei ruhig!«

Ich kann ihr ansehen, dass sie verzweifelt nach einer Erklärung sucht. Sie ringt mit sich. Sie möchte es so gerne verstehen, doch ihr Verstand weigert sich.

»Du bist verrückt«, sagt sie. »Völlig verrückt.«

»Nein, bin ich nicht. Die Welt ist verrückt.«

»Wenn du dich stellst«, prophezeit sie, »kriegst du bestimmt mildernde Umstände. Vielleicht musst du eine Therapie machen oder …«

Ich lache demonstrativ. »Wenn der Nachrichtensprecher da gerade keinen Mist erzählt hat, rechnen sie mir sechs Morde zu. Ich glaube kaum, dass für mich eine Bewährungsstrafe dabei rumspringt oder ein paar Therapiestündchen. Nein, meine Liebe, wenn die mich kriegen, sperren sie mich lebenslänglich ein. Willst du das? – Und was hast du mit dem Messer vor?«, frage ich und mache ihr gleich selbst einen Vorschlag: »Willst du mit mir das Gleiche machen, was ich mit diesen Drecksäcken getan habe?«

Sie wirft das Messer auf den Küchentisch. Vielleicht hat sie Angst vor der Antwort, vielleicht auch vor mir. Jedenfalls versucht sie, nach draußen zu fliehen.

Ich renne hinter ihr her. An der Haustür kriege ich sie zu fassen. Ich halte sie fest.

»Wo willst du hin?«

Sie stößt mich zurück.

Ich halte die Tür mit einer Hand zu.

Sie sieht mich mit einem hasserfüllten Blick an. Ihr Gesicht ist tränennass, die Augen fiebrig.

»Mach die Tür auf! Lass mich gehen!«, schreit sie.

»Es wäre besser, wir würden miteinander reden«, sage ich bewusst leise und versuche, meine Emotionen im Zaum zu halten.

Ich lasse die Tür los und lehne mich gegen die Wand.

Sie nutzt ihre Chance sofort und ist augenblicklich bei der Türklinke.

Ich halte sie an der Schulter fest. »Was hast du vor? Willst du mich verpfeifen?«

Sie hält inne und schaut mich an. »Du brauchst Hilfe, Bernhard«, sagt sie. »Hilfe! Stell dich selbst. Das spricht für dich. Du bist doch im Grunde kein schlechter Kerl … Du hast bestimmt eine gute Sozialprognose …«

Ich lache. »Sozialprognose?! Für einen sechsfachen Mörder? Wie naiv bist du eigentlich?«

Sie stößt die Tür auf und springt halb nach draußen. Das Sonnenlicht fällt in den Flur.

Bestimmt denkt sie, jetzt könnte ich nichts mehr unternehmen, denn von draußen können uns viele Menschen sehen. Eine ganze Radfahrergruppe kommt vom Hafen her die Norddeicher Straße runter.

»Ich muss das erst einmal verarbeiten.« Ihre Unterlippe zittert. »Für mich bricht gerade eine Welt zusammen. Ich gebe dir vierundzwanzig Stunden Zeit«, verspricht sie. »Stell dich selbst. Es ist das Beste für uns alle.«

Dann läuft sie los.

Ich rufe hinter ihr her: »Wo willst du denn jetzt hin?«

Aber sie antwortet mir nicht, sondern beschleunigt nur ihre Schritte.

»Mach keinen Mist!«, rufe ich noch. »Mach bitte keinen Mist! Zerstör doch nicht alles!«

47

Ich bin völlig desperat. Ja, ich habe das alles schon einmal erlebt, aber diesmal ist es schlimmer. Noch schlimmer als beim ersten Mal.

In Bamberg war ich paralysiert von dem Gedanken, hereingelegt worden zu sein. Von meiner Mutter. Von meiner Frau. Von meinen Freunden – oder besser gesagt, meinen scheinbaren Freunden. Ich wollte nicht geradestehen für deren Schweinereien. Ich wollte deren Schulden nicht bezahlen. Und den Job als der identifizierte Schuldige nicht annehmen.

Ich bin geflohen. Hierher. In dieses Ostfriesland, wo die Luft für mich nach Freiheit schmeckt.

Und jetzt habe ich alles versaut!

Etwas in mir verlangt, ich solle mich setzen, nachdenken, nichts übereilen. Vielleicht gar am Deich spazieren gehen, um mir vom Wind den Kopf freipusten zu lassen.

Wenn Beate sich beruhigt hat, wird sie zurückkommen, sage ich mir. Sie wird sehen, was sie zu verlieren hat.

Sie ist die große Liebe meines Lebens, aber bin ich auch ihre große Liebe?

Mit Männern scheint sie kein besonders gutes Händchen zu haben. Wenn ich an ihren Michael Pelz denke …

Wenn du zur Polizei gehst, mein Engel, dann wird auch deine Welt vollständig zerbrechen. Dann war alles umsonst.

Natürlich werden die Fotoalben ins Zentrum der Ermittlungen gelangen. Ich wette, es dauert nicht lange, und die erste Illustrierte hat dich in deinen billigen Dessous als Aufmacher. Ja, sie werden damit deine Persönlichkeitsrechte verletzen. Du kannst sie verklagen und bekommst bestimmt auch zehntausend Euro Entschädigung. Aber dein Ruf ist ruiniert.

Kurz nach mir wirst du abhauen müssen. Vielleicht kannst du ja als Grundschullehrerin auf der Schwäbischen Alb anfangen, falls sich die Sache nicht bis dahin herumgesprochen hat. Und glaub mir, irgendwer wird draufkommen, findet es im Internet. Irgendwelche Schüler oder Eltern werden herausfinden, wer die neue Lehrerin ist. Und dann?

So intensiv, wie ich an sie denke, habe ich das Gefühl, eine Art emotionaler Leitung zu ihr aufbauen zu können. Vielleicht gibt es da oben auch eine Cloud, in der Liebende nicht nur ihre Musik, Fotos und Filmchen tauschen, sondern wo sich auch ihre Gedanken treffen …

Ich gehe durch meine Räume und komme mir vor wie ein gefangenes Wildtier, das an den Gitterstäben entlangtigert. Ich mache es mir richtig bewusst: Ja, das hier ist dein Zuhause.

Ich schlage mit der Hand gegen die Wand.

Das hast du dir aufgebaut. In kürzester Zeit aus dem Boden gestampft. Eine Arztpraxis. Ein Haus. Volle Bankkonten. Zufriedene Patienten.

Nichts wirst du mitnehmen können. Nichts.

Ich bleibe vor dem Buchregal stehen. Heißt das, ich muss in irgendeiner Stadt wieder ganz von vorne anfangen? Ich werde noch einmal durch die Buchhandlungen flanieren, um meine verlorene Sammlung aufzustocken? Ich kann ja schlecht einen Mietwagen bestellen, wenn ich hier abhaue.

Vielleicht verliere ich im Moment schon wertvolle Zeit.

Sind sie schon unterwegs zu mir?

Stellen sie bereits ein Mobiles Einsatzkommando zusammen?

Ich gehe in die Praxis und hole meine Beretta.

Ich bitte Cordula, alle Patienten abzuwimmeln. Ich sei krank und sie möge die Praxis für heute schließen.

Sie schaut mich merkwürdig an, mit einer Mischung aus Mitleid und Unglauben, nickt dann aber bereitwillig.

Ich hadere mit mir. Werde ich mich dem Kampf stellen? Will ich es ernsthaft auf eine Schießerei ankommen lassen?

Nein, so einer bin ich nicht. Ich werde versuchen, der staatlichen Gewalt einfach auszuweichen.

Wenn Beate zu mir hält, könnten wir jedem Verhör standhalten. Ich kann gute Anwälte bezahlen. Ich bin eine anerkannte Persönlichkeit. Ich glaube kaum, dass sie so leicht Indizien gegen mich sammeln können. Ich bin vorsichtig vorgegangen, ja umsichtig.

Vielleicht wird meine alte Identität auffliegen und die Tatsache, dass ich gar kein Arzt bin. Aber was bedeutet das schon? Lebenslänglich kriegt man dafür nicht. Es stellt eher das Gesundheitssystem in Frage, nicht mich als Person. Ärztliche Fehler kann mir niemand nachweisen.

Mit Dankesbriefen zufriedener Patienten kann ich den Gerichtssaal pflastern. Viele werden für mich aussagen.

Gerade ist eine Bundestagsabgeordnete aufgeflogen. Die hatte weder Abitur noch juristisches Staatsexamen, saß aber ein Jahrzehnt als Juristin im Bundestag.

Was passiert ihr schon? Sie verliert ihr Bundestagsmandat, behält aber ihre dort erworbene Pensionsberechtigung …

Mich beruhigen solche Fälle. Im Grunde mag die Gesellschaft Hochstapler. Sie werden nur halbherzig abgestraft. Mit Mördern allerdings geht man nicht so zimperlich um …

Ich stecke die Beretta hinten in meinen Hosengürtel. Ich spüre sie jetzt bei jedem Schritt am Po und im Rücken. Irgendwie beruhigt mich das.

Ich greife nach hinten. Ich könnte schnell ziehen, es sind fünfzehn Kugeln im Magazin.

Bereite ich hier gerade meine Verhaftung im Detail vor? Ist es wirklich klug, wenn sie mich mit einer nicht registrierten, illegalen Schusswaffe antreffen? Wäre es nicht besser, sie verschwinden zu lassen? Ebenso wie das Einhandmesser?

Mein Verstand sagt: *Ja, entsorge das alles!* Aber mein Gefühl sagt: *Bewaffne dich!*

Ich habe auch noch meinen Stiefeldolch. Das Messer ist in einer Scheide, die sich um meine Wade binden lässt. Flach, eng anliegend, unter der Jeans nicht zu erkennen.

Soll ich bewaffnet bis an die Zähne fliehen? So viel Geld abheben, wie nur möglich, meine Goldmünzen nehmen und alles andere zurücklassen? Oder soll ich mich hier einrichten und mit den Mitteln kämpfen, die die Gesellschaft vorgesehen hat? Mit Anwälten, Gutachten und Alibis?

Kann ich mich auf ein Rededuell mit Ann Kathrin Klaasen einlassen? Wird sie mich im Verhör überführen, oder kann ich sie von meiner Unschuld überzeugen und dann vielleicht ihre Darmpilzerkrankung heilen?

Am liebsten würde ich Beate anrufen, aber wer weiß, wo sie gerade ist. Vielleicht hörten andere Leute mit. Vorsichtshalber schicke ich ihr eine SMS:

Kannst du reden? Lass uns miteinander sprechen! Bitte tu jetzt nichts Unüberlegtes!

Ich fühle mich, antwortet sie per WhatsApp, *als würde ich in mir ertrinken.*

Warum antwortet sie mir über WhatsApp, wenn ich ihr eine SMS schreibe? Ist sie bereits bei der Polizei? Tippt die Antwort bereits eine Kommissarin?

Ich muss mit Beate reden, um zu wissen, ob sie allein ist.

Ich schaue aus dem Fenster. In jedem PKW, der langsam vorbeirollt, vermute ich Kripobeamte in Zivil.

Es gibt verschiedene Arten des Zugriffs. Nicht alle Mobilen Einsatzkommandos stürmen in martialischer Aufmachung und kugelsicheren Westen ein Gebäude. Manche schlagen auch blitzartig aus der Anonymität der Menge heraus zu.

Zivile Kräfte, die nicht sofort als Eingreiftruppe erkannt werden, sind oft viel effektiver, so viel weiß ich als erfahrener Krimileser. Sie könnten als Patienten in meine Praxis kommen oder als Eis schleckende Touristen an mir vorbeilaufen und plötzlich spüre ich Handschellen an den Gelenken.

Es gibt nichts mehr zu reden, schreibt sie. *Am liebsten würde ich sterben.*

Ich rufe sie an, aber sie nimmt das Gespräch nicht an.

Warum nicht? Ich weiß doch, dass sie ihr Handy in der Hand hat. Sie hat mir gerade geschrieben.

Mein Verstand beruhigt sich langsam und beginnt wieder, sachlich zu arbeiten.

Wenn sie bereits bei der Polizei wäre, würde sie dir ein Angebot machen. Sie würden garantiert versuchen, Beate dazu zu bringen, sich mit dir zu treffen, um dich dann einzukassieren.

In ihrer Nachricht steht zwar, dass sie sich am liebsten umbringen würde, aber die Botschaft erleichtert mich trotzdem. Beate hat mich also noch nicht verraten. Es ist noch nicht alles zu spät.

Bitte geh ran, schreibe ich und stehe mit dem Handy im Flur. Ich starre abwechselnd auf das Handy und sehe vorne auf die Parkplätze. Dann wieder auf die Tür.

Niemand kommt mich holen.

Ich muss wohl nervös hin und her hampeln. Ich bemerke es selbst überhaupt nicht. Erst als die Beretta hinten aus dem Hosenbund fällt und auf den Boden kracht, registriere ich, dass ich hier den nervösen Hampelmann gebe.

Ich sehe Cordula über den Parkplatz kommen. Sie hat die Praxis verlassen und geht auf das Wohnhaus zu. Sie klingelt.

Ich kann mich nicht daran erinnern, dass sie das schon einmal getan hat. Sie kann sehr wohl zwischen meinem Beruf und meinem Privatleben unterscheiden.

Ich lasse die Beretta wieder hinten in der Hose verschwinden, zupfe mein Hemd glatt und öffne die Tür einen Spalt.

»Ja?«

Sie schaut mich mit ihren großen Kulleraugen an. Am liebsten würde sie hereinkommen. Es gefällt ihr nicht, dass ich die Tür nicht vollständig öffne. Sie scheint darauf zu warten, dass dies endlich geschieht. Ich habe aber kein Interesse daran.

»Wenn ich irgendetwas für Sie tun kann …«, sagt sie, »ich wollte nur, dass Sie wissen, ich bin jederzeit für Sie da.«

Nun öffne ich die Tür doch weiter, als ich eigentlich vorhatte.

»Danke, aber es geht mir gut. Ich brauche nur ein bisschen Zeit für mich.«

»Nein, es geht Ihnen überhaupt nicht gut, Herr Doktor. So viel habe ich in der Zwischenzeit bei Ihnen gelernt. Sie sind der höflichste und fröhlichste Mensch, den ich kenne. Immer für andere da. Und ein wunderbarer Chef. Aber jetzt brauchen Sie selber Hilfe und Unterstützung. Sie sollen wissen, dass ich …«

Ich bin zwar gerührt, versuche aber, sie abzuwimmeln: »Danke, Cordula. Das ist wirklich nett von Ihnen. Aber …«

Sie schiebt sich durch die Türöffnung, als hätte ich sie eingeladen und die Tür würde sich einfach nur nicht weiter öffnen lassen. Sie legt ihre linke Hand auf meine Brust. Ein Schauer durchrieselt mich. Was hat sie vor? Sie guckt so vielversprechend.

Sie spricht mit einer Stimme, wie ich sie sonst gar nicht kenne. Nicht burschikos. Keinerlei Spott oder Witz. Warm. Sanft. Ja, erotisch.

»Wenn es mit Ihrer Beate nicht mehr so richtig läuft … Ein Wort von Ihnen, und ich verlasse meinen Freund.«

Ich gehe einen Schritt zurück. »Ich wusste gar nicht, dass Sie überhaupt einen Freund haben.«

Sie macht eine wegwerfende Handbewegung. »Ach der! Vergessen Sie ihn …«

»Ihre Gefühle für mich in allen Ehren«, sage ich, »aber unser Verhältnis ist doch eher ein berufliches.«

»Das muss ja nicht so bleiben«, schlägt sie vor.

Vielleicht hat sie ein Helfersyndrom, denke ich. Vielleicht steht sie auf Männer in Not. Vielleicht arbeitet sie deswegen auch in einer Arztpraxis.

Strahle ich jetzt genau so etwas aus, als wüsste ich nicht weiter? Als steckte ich in großen Schwierigkeiten? Oder hat sie mitgekriegt, dass ich die Beretta eingesteckt habe? Weiß sie mehr, als mir lieb ist? Ahnt sie längst, wer ihr Chef wirklich ist? Ist dies hier die letzte Möglichkeit, mir ihre Loyalität zu sichern?

Sie leckt sich über die Lippen. Das soll wahrscheinlich erotisch wirken, sieht aber nach Schmierentheater aus und macht einen lächerlich überzogen Eindruck auf mich.

Erneut versucht sie, mich zu berühren. »Wenn Sie mein Mann wären, Herr Sommerfeldt, Sie könnten alles von mir bekommen.«

»Das ist ein Missverständnis! Ich bin glücklich mit Beate.«

Sie verzieht die Lippen und kommt so ziemlich ordinär rüber.

»So sah das aber gerade nicht aus, wie die abgerauscht ist.«

»In jeder Beziehung gibt es Hochs und Tiefs.«

Das reicht ihr nicht. Sie will ihre Chance nutzen. Sie sucht die körperliche Nähe.

Ich bin kurz davor, in die Küche zu flüchten, kann ihr aber den Rücken nicht zudrehen, weil sie dann den Griff der Beretta sehen würde, der aus meinem Hosenbund ragt.

Ich muss sie loswerden. Ich habe echt andere Sorgen. Ich muss mit Beate klarkommen, bevor die Polizei hier auftaucht …

»Du willst es doch auch«, behauptet sie und kommt mir wieder näher.

Ich hebe die Hände, als würde ich mich ergeben. Ich will ihr zeigen, dass ich nicht vorhabe, sie anzufassen.

»In welche Situation bringen Sie mich?« Ich betone das »Sie«, aber jetzt kennt Cordula kein Halten mehr.

Sie besteht darauf: »Du wolltest mich doch von Anfang an.«

Ich schüttle den Kopf. »Nein, keineswegs.«

»Ich bin bestimmt nicht die beste MFA, und du zahlst mir den doppelten Tariflohn. Das war deine Idee, nicht meine! Wenn ich das jemandem erzähle, das glaubt mir doch gar keiner. Du schenkst mir Blumen, Pralinen und …«

Sie macht eine Handbewegung, als würde sie sich eine Praline in den Mund schieben und genüsslich schmelzen lassen. Ihr Stöhnen passt mehr zu einem Orgasmus als zum Genuss einer Praline.

»Du magst Frauen, die was auf den Hüften haben. Meinst du, ich hab das nicht gemerkt?«

»Ehrlich gesagt, dachte ich sogar, Sie seien lesbisch …«

»Zwischen dir und Beate läuft doch schon lange nichts mehr.«

Ich versuche den Gegenangriff: »Woher wollen Sie das denn wissen?«

»Ich habe dich oft beobachtet, wenn du abends, statt zu deinem Frauchen ins Bett zu kriechen, lieber zum Deich gefahren bist oder weiß der Himmel, wohin …«

Mir wird heiß und kalt. Hat mich dieses verrückte Huhn in ihrem Liebeswahn beobachtet? Sie weiß von meinen nächtlichen Touren! Sie könnte mich mit so einer Aussage ans Messer liefern …

»Erzähl mir nicht, du hättest irgendwo eine Affäre laufen. Nein, so einer bist du nicht. Du bist nachts allein am Deich spazieren gefahren. Allein ins Watt gelaufen oder …«

Ich bleibe ganz bewusst beim »Sie«. »Heißt das, Sie haben nachts auf der Lauer gelegen und mich beobachtet?«

»Ich weiß jederzeit, wo du bist, Liebster. Ich habe auf deinem Handy eine Freunde-App installiert, die zeigt mir immer deinen Standort an. Sobald du nachts das Haus verlassen hast, bin ich in deine Richtung geradelt, in der Hoffnung, dich zu sehen. Ich dachte, es ist vielleicht schöner, wir kommen nachts am Deich ins Gespräch als in der Praxis. Da ist doch immer die Hölle los. Und hier im Haus bei deiner Beate war es ja auch nicht gerade günstig für uns.«

Sie nimmt ihre Hände nicht von mir, deswegen fasse ich sie an den Handgelenken an und zwinge ihre Hände zusammen wie zum Gebet.

»Liebe Cordula«, sage ich, »wir können – ja, wir müssen – über all das in Ruhe reden Aber nicht jetzt. Ich stehe unter ganz enormem Druck.«

»Ich auch«, behauptet sie. »Glaubst du, es macht Spaß, die ganze Zeit in der Nähe des Mannes zu arbeiten, den man liebt, und ihn doch nie auch nur ein paar Minuten für sich allein zu haben?«

Sie versucht, sich an mich zu kuscheln und mich zu küssen. Sie hat erstaunliche körperliche Kräfte, und ich will ihr nicht weh tun.

Ich habe Mühe, sie unter Kontrolle zu bekommen. Fast muss ich ihr den Arm auf den Rücken drehen.

»Ich gebe zu«, sage ich, »mein Verhalten Ihnen gegenüber hat vielleicht Anlass zu Fehlinterpretationen gegeben. Aber Ihr doppeltes Gehalt ist einfach Zeichen meiner Wertschätzung. Ich möchte meine Mitarbeiterinnen gut behandeln und ...«

Ich glaube es kaum, aber sie macht einen Schritt zurück, zieht sich ihr T-Shirt über den Kopf und präsentiert mir ihren zweifellos imposanten Busen, der den raffinierten BH, der ihn einzwängt, fast sprengt. Sie wackelt mit den Hüften, lässt das T-Shirt einmal durch die Luft kreisen und fordert: »Lass es uns einfach tun. Danach wissen wir, ob wir zusammengehören oder nicht.«

»Sie gehen entschieden zu weit, Cordula!«, sage ich.

Gerade noch war sie so energiegeladen, jetzt scheint die Luft raus zu sein. Ihre Entschlossenheit weicht Scham. Sie hält sich das T-Shirt vor die Brust.

»Ich denke«, sagt sie gekränkt, »ihr Männer findet es nervig, vor dem Sex ewig herumzuquatschen. Und ich biete dir jetzt hier völlig unkomplizierten, fröhlichen Sex, und du willst mich nicht? Habe ich Mundgeruch oder was? Wenn du auf Hungerhaken stehst, warum schenkst du mir dann Pralinen?«

»Das ist alles ein Missverständnis.«

»Ach, hör doch auf!«, schimpft sie. Tränen schießen in ihre Augen.

Ich komme mir schäbig und gemein vor. Am liebsten würde ich sie in den Arm nehmen und trösten.

Eine Stimme in mir lacht mich aus und behauptet, ich sei schon immer ein Idiot gewesen. Es ist die Stimme meines Vaters: »Du verstehst halt nicht zu leben!«, lacht er.

Dann sehe ich den strafenden Blick meiner Mutter. Keine Ahnung, was ich in ihren Augen wieder falsch gemacht habe. Sie guckt nur so verächtlich, als könne sie immer noch nicht fassen, dass ihrem Schoß so ein Kretin entsprungen ist, wie ich einer bin.

Ich schüttle mich, um die lähmende Kraft meiner Eltern loszuwerden.

Ich muss an dieses Handy kommen. Mein Gott, mit dieser App kann sie mich überall finden! Sie können jeden einzelnen Tatverlauf kontrollieren. Wenn sie die Information der Polizei gibt, bin ich erledigt.

»Wie haben Sie das mit dieser Handy-App hingekriegt?«

Sie lacht. »So etwas hat doch heutzutage jeder.«

»Ich nicht. Ich wusste gar nicht, dass es das gibt.«

»Ich hatte einen Freund«, sagt sie und wischt sich mit dem Handrücken Rotz von der Nase, »der war tierisch eifersüchtig und hat darauf bestanden, dass ich so eine App habe, damit er immer genau wusste, wo ich mich aufhielt. Diese Apps haben etwas Tolles, aber sie können natürlich auch von jedem Idioten …«

Ich strecke meine Hand aus. »Geben Sie mir Ihr Handy.«

»Warum?«

»Sie haben damit in meine Privat- und Intimsphäre eingegriffen. Ich will nicht, dass alle Welt weiß, wann ich wo gewesen bin.«

»Ich bin doch nicht alle Welt. Ich bin doch …«

»Geben Sie mir das verdammte Handy!«

Sie zieht sich das T-Shirt immer noch nicht wieder an, sondern hält es mit einer Hand an ihren Körper. Mit der anderen sucht sie nach ihrem Handy.

»Es hätte so schön mit uns werden können«, weint sie. »Ich habe nur darauf gewartet, dass die dumme Ziege endlich abhaut. Warum hab ich immer so ein Pech?«

Sie gibt mir ihr Handy. Ich fingere daran herum, weiß aber nicht, wie ich die App löschen soll, und vor allen Dingen nicht, ob ich die gespeicherten Daten überhaupt löschen kann oder wo sie gespeichert sind. Ich habe jetzt einfach nicht die Ruhe, um mich damit zu befassen.

Sie weint: »Ich wäre auch gerne mal eine Neun oder eine Zehn, aber ich bin eine Drei oder eine Vier.«

»Häh?«

»Tu doch nicht so, als ob du nicht genau wüsstest, wovon ich rede. Ihr Männer checkt doch auf jeder Party die Frauen sofort ab. ›Welche würde ich gerne abschleppen‹ … Die ganz Tollen werden schon um acht oder um neun angegraben. Und wenn die weg sind, dann kommt die nächste Garde dran. Die, die man um elf oder um zwölf Uhr nimmt, weil die anderen schon vergeben sind.«

Ich höre ihr zu, aber ich schaue sie nicht an. Ich bin nur mit dem Handy beschäftigt.

»Und ich bin eine, die nimmt man erst um drei oder um vier Uhr morgens, wenn sonst nichts mehr zu haben ist. Weißt du, wie mein letzter Freund das genannt hat?«

Ich überlege, ob ich das Handy nicht einfach zerstören soll. Es darf auf keinen Fall in die Hände der Polizei geraten.

»Er nannte es ›Resteficken‹! Kannst du dir vorstellen, wie ich mich da gefühlt habe? Resteficken? Er hat mich nur genommen, weil nichts anderes mehr zu holen war? Na, dem hab ich was erzählt!«

Mein Wutausbruch ist halb gespielt, halb echt. Ich werfe das Handy zu Boden und trete mit der Hacke drauf. Das Plastikgehäuse zerkracht augenblicklich.

»Äi, spinnst du jetzt völlig?«, fragt sie fassungslos.

Ich entschuldige mich gleich bei ihr und verspreche: »Ich kaufe Ihnen ein neues. Entschuldigen Sie. Das war eine überzogene Reaktion. Aber ich kann es nicht haben, wenn man mir nachspioniert. Bestellen Sie sich das beste und neueste Modell und geben Sie mir die Rechnung. Ich …«

»Ja, aber da waren alle meine Fotos drauf! Meine Telefonkontakte und …« Sie bückt sich. »Vielleicht kann man das ja reparieren oder wenigstens die Daten retten!«

Ich schieße das Handy unter ihren Fingern weg. Es knallt gegen die Fußleiste, prallt von dort ab und saust über den Boden ins Wohnzimmer. Vor dem Buchregal bleibt es liegen.

Draußen vor dem Fenster sehe ich nur Beates Haarschopf vorbeihuschen.

»Meine Frau«, sage ich.

Cordula stöhnt. »Scheiße! Scheiße! Auch das noch!«

»Ich schlage vor, wir vergessen das hier einfach«, sage ich eindringlich. »Sie können Ihren Job behalten, und Sie kriegen ein neues Handy, aber …«

»Wenn ich dich nicht haben kann, will ich den Job auch nicht mehr.«

»Wir sollten jetzt nichts überstürzen.«

»Du bist so ein Idiot, Sommerfeldt!«

Sie wirbelt herum. Vor der Tür wurschelt sie sich noch schnell in ihr T-Shirt und Sekunden, bevor Beate die Tür öffnet, greift Cordula zur Klinke. Sie gibt sich keine Mühe, einen irgendwie versöhnlichen Abschied hinzukriegen oder Beate gegenüber die Form zu wahren. Mit einem schlurfenden Geräusch zieht sie Speichel hoch. Damit erinnert sie mich an den Bundestrainer Jogi Löw. Dann stampft sie an Beate vorbei nach draußen.

Beate wirkt in sich gekehrt, guckt aber irritiert von Cordula zu mir. Sie versteht die Situation nicht, ist viel zu sehr mit anderem beschäftigt. Trotzdem sehe ich, dass ihr sofort klar ist: Das hier ist keine normale Gesprächssituation zwischen Hausarzt und seiner MFA.

Beate scheint um Jahre gealtert zu sein. Ihre Haut ist fahl, die Augen liegen tief, die Lippen sind angespannt und schmal, die Mundwinkel herabgezogen.

Sie schließt die Tür hinter sich.

Ich möchte sie sofort umarmen. Ich bin so unsäglich froh, dass sie wieder da ist.

Aber sie zeigt mir durch ihre Körpersprache, dass sie jetzt keine Umarmung will.

»Ich komme mir wund vor, als hätte ich am ganzen Körper keine Haut mehr«, flüstert sie. »Mit wem habe ich die ganze Zeit zusammengelebt, frage ich mich. Wer bist du? Hast du wirklich all diese Menschen umgebracht? Sag mir einfach, dass es nicht wahr ist! Ich will dir glauben! Ich werde zu dir halten. Aber bitte, sag mir, dass …«

»Ich kann dich nicht belügen, Beate. Ich liebe dich.«

Sie hustet. »Du hast mich die ganze Zeit belogen.«

»Ja. Lüge ist mein zweiter Vorname. Aber ich liebe dich. Ich kann dir das alles erklären!«

Beate geht vor mir her in die Küche. Sie stellt sich an das Spülbecken und lässt aus dem Hahn Wasser in ein Glas laufen. Sie trinkt gierig.

Immerhin, denke ich, sie ist zurückgekommen. Ich habe noch eine Chance. Aber ich werde mich hier nicht mehr ewig halten können.

Wenn sie mich verraten hätte, wäre sie jetzt nicht hier. Oder hat die Polizei ihr nicht geglaubt? War sie bei Rupert, und der hat sie ausgelacht und geglaubt, dass nur eine eifersüchtige Freundin versucht, ihren Mann bei der Polizei anzuschwärzen?

Obwohl es mir dreckig geht, amüsiert der Gedanke mich. Etwas in mir sucht eine Möglichkeit, zu lachen.

Beate dreht sich um. Sie rülpst leise, ohne sich die Hand vor den Mund zu halten. Sie versucht, mir in die Augen zu schauen. Ich glaube, ihr ist schwindlig. Sie hält sich mit einer Hand an der Spüle fest.

»Geht das überhaupt?«, fragt sie. »Kann ein Mensch, der andere tötet, lieben?«

»O ja«, sage ich. »Die Weltliteratur ist voll davon.«

Ich will gerade meine Aufzählung beginnen und mit den großen Shakespeare-Figuren anfangen, da fährt sie mit der Hand, in der sie das Glas hält, durch die Luft. Wasser schwappt heraus, klatscht auf den Tisch und verläuft dort zu einem kleinen See.

»Ich unterrichte den kleinen Frithjof Ricklef. Ich bin seine Klassenlehrerin! Und du hast seinen Vater getötet?«

»Ich habe ihn von dem Dreckskerl erlöst. Warst du es nicht, die hier weinend gesessen hat, zusammen mit der Mutter, die nicht in der Lage war, sich von diesem saufenden Schläger zu trennen? Habt ihr mich nicht gebeten, die Sache in die Hand zu nehmen?«

»Mit ihm zu reden!« Sie beschwört mich mit ihren Händen. Als würde ich sie sonst nicht verstehen, unterstreicht sie so mit Gesten jedes Wort und wiederholt laut: »Mit ihm zu reden!«

»Ich habe es versucht! Ich habe ihm Literatur gebracht. Ich habe mit ihm geredet. Aber … Er ist hierhin gekommen. Mit seinem Kumpel. Sie haben die Tür aufgebrochen. Sie haben mich attackiert. Hätte ich mich von ihnen zusammenschlagen lassen sollen? Die hätten mich in den Rollstuhl gesetzt, falls ich jetzt überhaupt noch leben würde. Es war eine Duellsituation. Und die beiden hatten die besseren Karten. Sie waren zu zweit. Ich war alleine.«

»Und die anderen?«

Ich zucke mit den Schultern, zeige ihr meine offenen Hände, wie zum Zeichen meiner Unschuld.

Vielleicht, so hoffe ich, können wir uns versöhnen. Vielleicht wird doch noch alles gut.

»Wir hatten unüberwindbare Interessenskonflikte. Sie hatten diese Fotos von dir und …«

Sie spuckt die Worte aus, als hätte sie Angst, sonst daran zu ersticken. Dabei fliegen Speichelbläschen in meine Richtung: »Unüberwindbare Interessenskonflikte? Was glaubst du, wer du bist? Gott?«

Ich versuche, ruhig zu bleiben. Vielleicht gelingt es mir, sie dazu zu bringen, sich zu setzen. Vielleicht kann ich uns einen Tee kochen oder …

»Ich weiß selbst nicht, was mit mir los ist. Ich habe ein Bild von mir, als sei ich ein guter Kerl …«

»Ein guter Kerl«, spottet sie.

»Ja. Ich bin Arzt aus Leidenschaft. Ich liebe es, zu helfen und …«

»Und zu morden?«, fragt sie spitz.

Immerhin hat sie keine Angst vor mir, denke ich. Sonst wäre sie jetzt nicht hier. Sonst würde sie nicht so reden. Sonst hätte ich inzwischen ein Rendezvous mit der Kriminalpolizei.

»Nichts stand in seinem Leben ihm so gut, als wie er es verlassen hat«, zitiere ich, und sie fährt mich sofort an: »Hör bloß auf mit Shakespeare! Komm mir jetzt nicht so!«

»Ich weiß auch nicht, was mit mir los ist, Beate. Ich habe das Gefühl, in einer Schlangenhaut zu stecken, und ich kriege die Häutung nicht hin. Ein Teil von mir ist klug und gebildet, angepasst an die Zivilisation, ja, akzeptiert es sogar klaglos, Steuern zu zahlen. Ich halte mich meistens an die Regeln des Straßenverkehrs, lege Wert auf gutes Benehmen … Aber da ist noch etwas in mir, das wehrt sich gegen die Einschränkungen durch Gesetze. Es ist alt und …« Ich ringe nach den richtigen Worten.

»Und es ist böse!«, brüllt sie mich an.

Ich schüttle den Kopf. »Nein. Böse ist es nicht. Es hat ein anderes Verhältnis zum Recht.«

Plötzlich finde ich die richtigen Worte, habe das Gefühl, dass Beate mir zuhört und ich sie wirklich erreiche.

»Etwas in mir«, sage ich, »ist älter als das staatliche Gewaltmonopol. Eine große, archaische Kraft. Ich habe nur Männer umgebracht, nie Frauen. Ich glaube, ich könnte das nicht. Ich bin so etwas wie … ein Frauenbeschützer.«

Sie spottet: »Vom Frauenversteher zum Frauenbeschützer zum Killer?«

»Haben sich nicht früher die Ritter für ihre Damen duelliert? Haben sie nicht Drachen getötet und …«

»Es gibt keine Drachen, und es hat sie vermutlich nie gegeben«, faucht Beate und wirkt dabei merkwürdig reptilienhaft.

»O nein«, sage ich und zeige zum Fenster, »die Welt da draußen ist voller Drachen. Böser, giftiger, zerstörerischer Gestalten.«

Sie hält die Hände, als müsse sie sich dagegen schützen, dass meine Worte in sie eindringen und Gewalt über sie bekommen.

»Und du«, schreit sie, »du maßt dir an, darüber zu richten? Und legst dann die um, die dir nicht gefallen? Um hinterher wieder hier in der Praxis zu sitzen und Patienten zu heilen? Mit Krankenschein oder ohne?«

Sie schüttelt verständnislos den Kopf und schaut zur Decke.

»Ja«, sage ich, »ich schütze unsere schöne kleine Welt. Unser Zuhause hier.«

Sie formuliert es widerwillig, aber mit einer heftigen Energie, die keinen Widerspruch duldet: »O nein. Du zerstörst es. Hier liegt alles in Schutt und Asche.«

Ich versuche, meiner Hoffnung Ausdruck zu geben. Vielleicht ist sie ja bereit, mit mir für den Erhalt unserer Beziehung zu kämpfen.

»Liebste, wir haben hier in Norddeich ein verdammt gutes Leben. Niemand weiß, was ich getan habe. Nur du. Das könnte so bleiben.«

»Und ich soll mit dir hier weiterleben, als ob nichts wäre?«

»Ja.«

»Und wenn ich eines Tages nicht mehr deinen Wertvorstellungen entspreche«, fragt sie, »dann muss ich auch dran glauben, oder? Soll ich mich in Zukunft bei jeder kleinen Auseinandersetzung, die ich mit dir habe, fragen, ob ich sie überleben werde? Meinungsverschiedenheiten hältst du ja wohl nicht so gut aus, oder?«

Ich wende mich von ihr ab. Das war gemein.

Ich wiederhole es: »Ich habe nie eine Frau getötet. Immer nur Männer.«

Sie bläst heftig aus. »Na, dann ist ja alles gut. Da kann ich ja beruhigt sein.« Sie fleht die Wand an: »Himmel, lass mich endlich wach werden! Lass diesen Albtraum aufhören!«

»Was willst du?«, frage ich.

»Ich will mein Leben zurück«, antwortet sie, »so, wie es war. Mit all seinen Schwierigkeiten und kleinen Fehlern.«

»Du kannst es zurückbekommen. Wir können ein Paar sein. Es kann alles so schön werden … Die Schweine sind erledigt, die Fotoalben sind zurück. Niemand muss etwas erfahren. Ich verspreche dir, ich werde in Zukunft brav sein! Ich werde versuchen …«

Ich mache eine falsche Bewegung. Jetzt sieht sie die Beretta in meinem Hosenbund.

»Wir wissen doch beide«, sagt sie, »dass das nicht stimmt. Ich kriege keine Luft mehr«, behauptet sie und stürmt an mir vorbei. Ich greife nach ihr, aber es gelingt mir nicht, sie zu halten. Zum zweiten Mal an diesem Tag verlässt mich meine Beate.

Ich glaube nicht, dass sie wegläuft, weil sie meine Worte nicht ertragen hat. Im Gegenteil. Ich begann gerade, zu ihr durchzudringen und sie zu überzeugen. Sie hatte Angst, sie könnte mich verstehen.

Die Beretta hat den Ausschlag gegeben. Das hat sie nicht ausgehalten. So eine Waffe ist anders als alle Worte und Gedanken. Dieses Mordinstrument ist so furchtbar konkret.

48 Ich habe offensichtlich nicht nur ein Problem mit Männern, sondern auch mit Frauen. Sie sehen etwas in mir, das ich nicht bin, ja, nicht sein kann. Etwas zieht sie an, aber sobald sie sehen, wer ich wirklich bin, verarschen sie mich entweder, wie meine Bamberger Ehefrau, oder sie laufen mir weg. Einer wie ich ist vielleicht nur für flüchtige Affären gemacht.

Solange ich die Frauen fasziniere, kann ich alles von ihnen bekommen. So lange ist die Zeit wunderbar. Ich darf sie nur nicht zu nah an mich heranlassen. Dann enttäusche ich sie entweder furchtbar oder mache ganz schlimme Dinge, oder ich lasse mich so sehr verarschen und knechten wie in meiner Ehe.

Ich versuche, meine Emotionen beiseitezudrängen. Ich muss jetzt ganz logisch und glasklar handeln.

Wie verräterisch doch so ein Handy sein kann! Ich vernichte nicht nur Cordulas, sondern auch mein eigenes. Erst zertrümmere ich beide Handys mit dem Hammer, dann versenke ich die Reste in einem Eimer Wasser.

Ich packe mir einen kleinen Koffer. Ein Paar Laufschuhe. Drei Paar Socken. Drei Unterhosen. Drei Hemden. Eine Zahnbürste. Meine drei Lieblingsfüller und alle Manuskripte, die ich in der Wohnung habe. Sollen sich die Geier doch den Rest holen! Aber nicht meine Aufzeichnungen.

Ich fahre mit meiner Sporttasche zur Hauptstelle der Sparkasse

Norden. Ich habe dabei das Gefühl, diesen Weg zum letzten Mal zurückzulegen.

Eine merkwürdige Trauer greift nach mir. Ich werde wieder heimatlos werden. Aber ich werde frei sein.

Ich parke hinter der Piratenschule, gehe unter dem Löwen durch in die Sparkasse.

Niemand hält mich auf, als ich mit meiner Kontokarte und der Geheimzahl den Tresorraum öffne.

Mein Schließfach ist unangetastet. Ich leere alles in die Sporttasche.

Draußen vor der Tür steht jemand und will ebenfalls in den Tresorraum, aber die Tür bleibt verschlossen. Wie gut, hier kann man nur einzeln eintreten. Niemand soll den anderen beobachten. Hier könnte mich nicht einmal die Polizei verhaften.

Nein, lange könnte ich hier drin nicht bleiben. Es gibt nichts zu essen und nichts zu trinken. Aber in diesem Raum komme ich mir sicher vor. So sicher, wie mein Gold hier war, in der schönen Zeit, die ich in dieser ostfriesischen Touristenstadt verbringen durfte.

Die Münzen wiegen schwer in meiner Hand. Eine Weile wird das reichen. Zwischen den Manuskripten habe ich Bargeld gebunkert. Keine Ahnung, wie viel es genau ist. In meiner Situation ist Bargeld wertvoll.

Vor der Tür steht ein Pärchen. Sie lächeln mich an, als ich herauskomme. Sie haben ein altes Mütterchen mitgebracht. Sie nickt mir freundlich zu. Ich erkenne sie, ich habe bei ihr mal einen Hausbesuch gemacht. Ich erinnere mich sogar an ihren Namen. Irmgard Huus. Warum schleppen sie die alte Dame hierhin?

Hoffentlich plündern die zwei nicht deine Ersparnisse, denke ich. Aber die Zeit ist für mich gekommen, mich in so etwas nicht mehr einzumischen. Das hat mich viel zu sehr in Schwierigkeiten gebracht.

Ich gehe die Wendeltreppe wieder hoch in den Schalterraum und hole mir an der Kasse zweitausend in bar. Zweitausend sind unverdächtig, zumindest für einen Mann wie mich. Es gibt noch mehr Geld auf meinem Girokonto, wesentlich mehr, aber ich werde die Kontokarte nicht mehr benutzen, um etwas abzuheben. Die Spur würde sofort zu mir führen.

Nein, so leicht werde ich es euch nicht machen.

In der Schalterhalle entdecke ich zwei Männer, die mir verdächtig vorkommen. Der eine steht am Kontoauszugdrucker, schaut aber so verträumt, als hätte er noch nie etwas so Faszinierendes oder Kompliziertes gesehen wie dieses einfache Gerät. Der andere steht in der Nähe des Ausgangs und unterhält sich viel zu demonstrativ mit einem Sparkassenangestellten.

Ist das die berühmte zivile Eingreiftruppe? Wird einer von ihnen gleich fast zufällig neben mir auftauchen und dann versuchen, eine Verhaftung vorzunehmen?

Lasst es, Jungs. Lebendig kriegt ihr mich nicht.

Ja, ich werde notfalls mein Messer ziehen und zustechen. Und dann renne ich.

Ich bin auch bereit, mir den Weg freizuschießen. Etwas in mir will frei sein und akzeptiert kein Leben in Gefangenschaft.

Ich schaue nach oben in die wunderbare hohe Kuppel dieser Schalterhalle. Welch ein Raum! Eine Kathedrale für Geschäfte.

Manchmal gibt es hier literarische Veranstaltungen. Der Bundespräsident trat schon hier auf und hielt eine flammende Rede zur Freiheit. Ich war dabei, und um genau das geht es jetzt: um Freiheit. Meine Freiheit.

Meine linke Hand steckt in der Tasche und hält das Einhandmesser fest umklammert. Über meiner rechten Schulter die Sporttasche. Ich könnte herumfedern und sofort zustechen.

Der Typ am Kontoauszugdrucker löst sich jetzt von diesem wundersamen Gerät und ist knapp drei Schritte hinter mir. Wenn er mir in den Rücken springt und der zweite Mann an der Tür herumwirbelt, könnten sie mich in die Zange nehmen.

Ich werde einen Ausfallschritt nach rechts machen, den einen wird meine Faust treffen und den anderen mein Messer.

Jetzt bin ich genau zwischen beiden. Aber nichts geschieht. Sie greifen mich nicht an. Warten sie, bis ich an ihnen vorbei bin? Stehen draußen noch mehr von der Eingreiftruppe?

Unbehelligt komme ich bis zu meinem Fahrzeug. Der Parkplatz ist weit und übersichtlich. Nein, niemand wartet auf mich.

Ich bin höchstens fünfzig Meter Luftlinie vom Smutje entfernt, und ich entscheide mich, hier mein Abschiedsessen einzunehmen.

Ich weiß nicht, ob es Mut ist oder Übermut. Oder meine Art, allen den Stinkefinger zu zeigen.

Ich setze mich so, dass ich die Tür im Auge habe. Melanie Weiß begrüßt mich freundlich und fragt nach meinen Wünschen. Ich bestelle mir ein alkoholfreies Weizenbier. Ich brauche die Speisekarte nicht, ich weiß genau, was ich will. Heute muss es ein Deichlammfilet sein. Blutig. Dazu dicke Bohnen und zum Nachtisch eine Sanddorn-Crème-brûlée, weil mich die Zuckerglasur darauf an dünnes Eis erinnert.

Ich selbst gehe jetzt auch über dünnes Eis und kann jederzeit einbrechen.

Ich will meine Reise mit einem guten Essen beginnen. Während ich auf das Deichlamm warte, genieße ich das Grünkohlpesto. Der heftige Knoblauchgeschmack hat etwas Reinigendes an sich.

Die Sporttasche mit den Manuskripten, dem Geld und dem Gold steht neben mir auf einem Stuhl. Patienten von mir betreten den Raum, winken, begrüßen mich freundlich, wollen mir nur zu gern einen Schnaps ausgeben. Ich will eigentlich nicht, schließlich brauche ich einen klaren Kopf, ich will sie aber auch nicht beleidigen und willige ein. Meine alte Schwäche. Ich mag es so sehr, gemocht zu werden …

Melanie empfiehlt mir einen Brand aus Haselnüssen. Ich hatte keine Ahnung, dass es so etwas überhaupt gibt. Er riecht ein bisschen nach Nutella, schmeckt aber nussig und ist weich im Abgang, wie sehr milder Grappa.

Gern würde ich noch zu Frank in die Küche gehen, um mich zu verabschieden, aber alles soll nach einem ganz normalen Tag aussehen.

Die Patienten fragen nach Beate und wie es ihr geht. Ich nicke zur Antwort nur und winke versonnen. Sie verstehen, dass ich meine Ruhe haben möchte.

So sind die Ostfriesen. Sie gewähren mir großzügig meinen Feierabend.

Kurz bevor ich gehen will, die letzten Reste der Crème brûlée habe ich aus der Schale gekratzt, betritt Kommissar Rupert das Restaurant. Die Beretta brennt geradezu in meinem Rücken. Um ein Haar hätte ich sie gezogen und ihn erledigt.

Aber er scheint privat hier zu sein, zumindest spielt er das sehr überzeugend.

Er hat eine Frau an seiner Seite. Sicherlich nicht seine Ehefrau. Sie ist gut fünfundzwanzig Jahre jünger als er. Er nennt sie Jessi. Sie strahlt ihn an, ist ganz fasziniert von ihm. Entweder spielen die beiden hier eine große Show vor, oder die Kleine ist wirklich verknallt in ihn.

Rupert zwinkert mir zu und deutet mit den Augen in Richtung Jessi. Er gibt vor mir mit ihr an.

Was bist du doch für ein Hallodri …

»Hier«, tönt Rupert, »gibt es die besten Burger Ostfrieslands. Ach, was sage ich – die besten Burger überhaupt! Neulich hat Frank ein

Angebot aus den USA bekommen, er solle als Entwicklungshelfer dahin, um denen zu zeigen, wie man richtige Burger macht.«

Rupert lacht laut über seinen eigenen Witz. Jessi findet ihn auch großartig und entscheidet sich natürlich sofort, einen Burger zu nehmen, und fragt Rupert, welchen er denn empfehlen könne.

»Hast du jemals einen Krabbenburger gegessen?«

Sie schüttelt den Kopf. »Du meinst, ein Fischbrötchen?«

Rupert lacht. »O nein, mein Mädchen! Ein Fischbrötchen ist was ganz anderes! Das hier ist ein Burger, bei dem das Hackfleisch aus Krabbenfleisch besteht. Versuch es einfach!«

Ich winke Rupert und seiner neuen Eroberung kurz zu, dann gehe ich zum Parkplatz. Ich bin froh, mir diesen Abschied hier zu gönnen. Es wäre unwürdig gewesen, einfach so zu verschwinden, wie ich aus Bamberg getürmt bin.

Ich steige in meinen Wagen. Nein, es ist nicht klug, mit dem Auto abzuhauen. Sie werden den Wagen finden und mich in der Nähe vermuten. Die Nummer ist bekannt. So habe ich gar keine Chance.

Aber gleich kommt die letzte Fähre aus Norderney und fast gleichzeitig die aus Juist. Dann werden in Norddeich-Mole viele Touristen in den Zug steigen. Ich werde mich unter sie mischen und Norden genauso verlassen, wie ich gekommen bin: mit der Bahn.

Diesmal werde ich keine kollabierende Dame retten. Diesmal werde ich mein Gesicht hinter einem Buch verbergen und hoffen, dass sich später keiner mehr an mich erinnert.

Viele Urlauber haben bei dem großartigen Wetter ihren Inselaufenthalt bis zur letzten Fähre ausgekostet. Sie waren seit dem Frühstück unbehaust, da sie ihre Hotelzimmer und Ferienwohnungen für die nachfolgenden Gäste räumen mussten. Sie haben den Tag in Strandcafés verbracht, und nicht alle haben da Milchkaffee getrunken und Eis gegessen. Einige genehmigten sich auch ein paar

Bierchen, was sich jetzt deutlich an ihrer Lautstärke bemerkbar macht.

Einige Männer singen: *So ein Tag, so wunderschön wie heute* und *Marmor, Stein und Eisen bricht,* womit sie sich bei einem Frauenkegelclub aus Dinslaken beliebt machen.

Die Damen stehen nicht so auf Dosenbier, lassen aber Prosecco-Flaschen kreisen. Dazu trinken sie Kümmerling, weil die Eierlikörflasche leer ist.

Eine hochattraktive braungebrannte Frau mit Sturmfrisur, die alle Evi nennen, sieht aus wie Ende vierzig, Anfang fünfzig, ist aber vermutlich wesentlich älter, was ich an ihren Händen und am Hals erkenne. Sie behauptet, ihr sei vom *Hugo* schlecht geworden.

Ihre Freundin streitet das ab: »Das war dieser Aperol Spritz!«

Evi stößt mehrfach auf und sieht blass um die Nase aus.

Nein, diesmal werde ich nicht eingreifen. Ich bin jetzt kein Arzt, sondern nur Fahrgast.

Ein Pärchen aus Dortmund sitzt mir gegenüber. Der Mann erklärt mir ungefragt, dass Ostfriesland ihre zweite Heimat sei. Seit dreißig Jahren würden sie jedes Jahr nach Ostfriesland fahren und dort vier Wochen Urlaub machen.

»Das hält unsere Liebe jung«, sagt die Frau, und um den Blick, mit dem sie ihren Mann anschaut, werde ich ihn noch lange beneiden.

Die zwei sind gar nicht zu stoppen, erzählen mir ihr Leben. Sie sind seit vierzig Jahren verheiratet, und es ist ihnen wichtig, dass sie alle Ostfriesischen Inseln besucht haben. Jede haben sie sich erwandert. Er würde ja lieber Rad fahren, aber seit einem bösen Sturz kann sie das nicht mehr.

»Sie hat jetzt Angst und ist unsicher im Sattel. Das soll ja Spaß machen und nicht weh tun!«, lacht er. »Seitdem gehe ich eben auch zu Fuß.«

Ich schaue diese Menschen an und könnte heulen. Warum gelingt mir so etwas nicht? Warum ruiniere ich alles, was ich anfasse? Warum kann ich keine echte Beziehung halten? Was stimmt nicht mit mir?

Ich brauche einen Freund, mit dem ich reden kann, einen, der zuhört, ohne die Polizei zu informieren.

»Ich bewundere das«, sage ich ehrlich. »Vierzig Jahre verheiratet – und Sie sitzen immer noch da wie frisch verliebt.«

Die beiden lächeln sich an.

»Ich schaffe so etwas nicht. Dazu fehlt mir ja inzwischen sogar die Rest-Lebenszeit. Bei mir zerbrechen Beziehungen nach kurzer Zeit. Meine längste hat vier Jahre gehalten, und die Hälfte davon war eine Katastrophe … Meine Ehe ist gescheitert, und die große Liebe meines Lebens habe ich verloren.«

»Bei uns war es auch nicht immer ein Zuckerschlecken«, flüstert sie, und er nickt ihr zu. Dann hebt er den Zeigefinger in meine Richtung: »Aber wir sind aus einer Generation, da hat man Sachen nicht einfach weggeworfen, wenn sie nicht mehr funktionieren. Wir haben sie repariert!«

Ich winke ab. »Wenn das so einfach wäre …«

»Einfach«, bestätigt sie, »war es nie. Aber es ging. Weil wir es wollten! Wir waren sogar bei einem Paartherapeuten und haben gemeinsam Therapie gemacht.«

Ihm ist es peinlich, dass sie dieses Kapitel ihrer gemeinsamen Geschichte einem Fremden gegenüber erwähnt.

Diese Evi steht plötzlich bei uns. Sie hat drei kleine Kümmerling-Fläschchen in der Hand, die sie gegeneinander klirren lässt.

»Ich hoffe, ich störe nicht. Wir sind vielleicht ein bisschen laut da drüben. Wollen Sie ein Schlückchen mittrinken?« Sie zeigt uns die Fläschchen. »Nur für den Magen«, frohlockt sie.

Wir lehnen ab. Sie klimpert mit den Fläschchen vor meiner Nase herum. Offenbar glaubt sie, in mir den gefunden zu haben, der als Erster schwach wird.

Ich sehe auf ihrer Haut am rechten Unterarm ein Muttermal, das mir sehr verdächtig nach schwarzem Hautkrebs aussieht. Mit meinem Satz: »Sie sollten das mal genauer untersuchen lassen«, verderbe ich allen die Stimmung.

Die Lage schlägt sofort um. Sie will wissen, ob ich Hautarzt bin.

Ich schüttle den Kopf. Was bin ich nur für ein Idiot! Diese Frau wird sich später garantiert an mich erinnern.

Ich sehe sie schon im Gespräch mit Kommissarin Klaasen: »Da war so ein stiller junger Mann im Zug. Ein Arzt. Der hat mir mit seiner ungebetenen Diagnose im Grunde das Leben gerettet …«

Nein, besser nicht!

Ich versuche, abzulenken: »Ich wollte Sie nicht beunruhigen. Ich bin kein Mediziner. Aber meine Mutter hatte so etwas, und seitdem bin ich in dieser Frage wohl traumatisiert.«

»Mein Mann hatte weißen Hautkrebs auf der Nase. Da vorne. Von der vielen Sonne. Aber der streut zum Glück nicht. Ist schon weg. Operiert.«

Evi hält mir jetzt ihren Arm hin. Die Schnapsfläschchen sind vergessen.

»Sah das bei Ihrer Mutter auch so aus? Hat das gejuckt?«

Ich nicke und spiele den Schüchternen. Ich will, ja, ich muss, aus dieser Situation so schnell wie möglich raus.

Evi zeigt mir jetzt eine weitere verdächtige Stelle an der Wade. Sie gibt an, ähnliche Muttermale auch am Bauch und am Oberschenkel zu haben. Die hätten sich in letzter Zeit verändert, wären größer geworden und würden seit einiger Zeit auch jucken.

In Emden steht der Zug erstaunlich lange. Angeblich warten wir auf Anschlussreisende, aber ich befürchte, dass gleich bewaffnete Polizeikräfte den Zug stürmen werden.

Hat mich Beate schon verraten?

Komisch, ich denke nicht daran, dass die ostfriesische Kripo mir draufgekommen sein könnte. So unbekannt, wie ich als Schriftsteller bin, so unbekannt möchte ich als Mörder bleiben.

In Emden steigen drei Männer um die dreißig ein. Sie wirken verdächtig unauffällig auf mich. Keine Sandalen, sondern feste Schuhe. Keine T-Shirts, sondern Oberhemden. Hellblau oder weiß.

Jeder trägt einen für den Sommer viel zu warmen Blazer mit – wenn ich mich nicht irre – Schulterpolstern.

Der eine hat links die Jackentasche ausgebeult und bewegt sich beim Einsteigen, als er einer Frau mit Kinderwagen hilft, wie ein Linkshänder. Ich vermute, in seiner Tasche trägt er die Dienstwaffe.

Der Große mit dem Meckihaarschnitt scheint ein Schulterholster zu tragen. Er ist sehr unruhig.

Ich rechne damit, dass sie versuchen werden, mich festzunehmen. Jeder steigt in ein anderes Abteil ein.

Ich würde gerne kurz nach dem Start durch ein Fenster fliehen, aber in diesen scheißmodernen Zügen kann man kein Fenster mehr öffnen.

Ich bin hochnervös.

Evi redet immer noch auf mich ein, als hätte sie eine Art Sprechdurchfall. Ja, klare Diagnose: Logorrhoe.

Das Ehepaar berichtet über mehrere Freunde, die den Krebs angeblich besiegt haben. Aber das beruhigt Evi nicht, sondern regt sie nur noch mehr auf. Sie wirkt nicht mehr nur angetrunken, sondern manisch oder paranoid.

Ich bekomme feuchte Hände und wische sie immer wieder an meinen Hosenbeinen ab.

Inzwischen sind wir in Leer.

Warum kommen die Polizisten nicht in mein Abteil?

Durchsuchen sie den Zug?

Finden sie mich nicht?

Warten sie auf Verstärkung? In Leer steigt die jedenfalls nicht zu.

Eine Dame um die siebzig mit ihrem Enkelkind wird wohl kaum zur Eingreiftruppe gehören und der Besoffene da vorne auch nicht.

Im Augustfehn bin ich so weit. Ich will einfach nur noch raus aus dem Zug. Aber als ich mich durch die vollen Abteile drängeln will, wird mir klar: Die versuchen keinen Zugriff, weil es einfach zu voll ist.

Eine Schießerei wäre einfach zu gefährlich. Eine Menge unbeteiligter Menschen könnte verletzt werden. Bestimmt würde einer die Notbremse ziehen. Panik könnte entstehen.

Die Kripoleute werden versuchen, mich beim Verlassen des Zuges zu fassen. Sie werden mich isolieren und dann zuschlagen.

Ich darf also hier nicht aussteigen. Ich wäre der Einzige.

Ich bleibe im Zug.

In Bad Zwischenahn steigen ein paar Touristen aus. Sie wollen zu einem Konzert im Park der Gärten. Sie tragen Fan-T-Shirts und sind sehr gut drauf. Aber sie sind zu wenige. Höchstens ein Dutzend.

In Oldenburg wollen mehr Leute raus, aber die meisten fahren bis Bremen mit.

Ich schäkere ein bisschen mit ein paar besonders Vorlauten aus dem Frauenkegelclub. Zwischen ihnen werde ich in Bremen die Flucht in die Freiheit versuchen.

Keiner dieser drei Typen, die in Emden eingestiegen sind, ist inzwischen in meinem Abteil aufgetaucht. Sie bleiben schön verteilt, wo sie sind. Sie wollen mein Misstrauen nicht erregen.

Bis Bremen ist die Fahrt gefühlt stundenlang. Die Damen zeigen sich inzwischen gegenseitig ihre Muttermale, und alle wollen meine Meinung dazu. Im Internet haben sie Abbildungen von Hautkrebs gefunden und eine untersucht die andere und vergleicht mit den Bildern auf dem Handy. Es ist ein Wettbewerb: Wer hat das verdächtigste Muttermal?

Ich kriege viel mehr zu sehen, als ich möchte. Ich trinke sogar einen warmen Prosecco mit. Wen juckt es, dass an dem Plastikbecher zwei verschiedene Lippenstiftspuren kleben? Früher kreisten die Joints, heute die Prosecco-Flaschen.

Die Damen mögen meine Anwesenheit, und ich kann nur mit Mühe verhindern, dass sie Selfies mit mir für ihre Facebook-Seiten machen. Eine glaubt, ich sei ein berühmter Fußballer, dessen Namen sie leider vergessen hat. Ich hätte aber damals dieses Traumtor geschossen. Ihren Kegelschwestern erklärt sie: »Erinnert ihr euch nicht? Der hat doch damals dieses hellblaue, hautenge, supertoll geschnittene Trikot getragen. Stand ihm spitze mit seinem Knackarsch.«

In Bremen steige ich zwischen ihnen aus. Ich helfe noch beim Gepäck.

Mir werden zwei Telefonnummern zugesteckt.

Eine Rosi betont, ihr Mann sei die ganze Woche auf Montage. Eine, die vorher besonders laut war, wird plötzlich ganz verhalten und schert aus der Gruppe aus, als sei es ihr unangenehm, dazuzugehören. Ihr Mann holt sie am Bahnhof ab.

Ich werde nicht verhaftet. Von den drei verdächtigen Typen, die ich für Polizisten hielt, sehe ich überhaupt nur einen wieder. Er hat es eilig, den Bahnhof zu verlassen.

Ich kaufe mir einen Kaffee zum Mitnehmen und eine Apfeltasche. Ich stehe damit herum. Das Gepäck zwischen meinen Beinen, beäuge ich die Situation.

Ich werde das Gefühl nicht los, der Bahnhof ist voller Polizisten. Und damit meine ich nicht die beiden Uniformierten da am Dönerstand.

So gern würde ich auf meinem Handy mal kurz durchs Internet

surfen, um die neuesten Nachrichten abzufischen, aber das habe ich ja vernichtet, um meinen Standort nicht zu verraten.

Ich werfe den halbvollen Kaffeebecher in einen Abfallkorb und den Rest vom Gebäck dazu. Mein Magen rebelliert dagegen.

Auf einem großen Bildschirm am Ausgang laufen die n-TV-Meldungen. Darunter ein Laufband mit Börsenkursen. Es gab wohl irgendein Selbstmordattentat mit verheerenden Folgen. Ich sehe schreiende Menschen in einer Abflughalle. Aber das interessiert mich im Moment nicht.

Ich muss aus diesem Bahnhof raus. Er ist wie eine Mausefalle für mich. Am liebsten würde ich mir ein Hotelzimmer nehmen und in Ruhe durch die Programme switchen. Ich brauche einen Internetzugang und etwas Zeit für mich.

Ich gehe zur Toilette und verwandle mich dort in den flämischen Maler van Dyck mit Bärtchen und Zopf. Dazu Flipflops statt fester Schuhe.

Die neue Identität tut mir gut. Ich atme tiefer.

Lebendig kriegt ihr mich nicht!

Ich berühre die Beretta. Ja, ich bin bereit, sie notfalls einzusetzen.

Um den Bahnhof herum sind Hotels. Das Star Inn und das Inter-City Hotel sind ganz in der Nähe. Aber ich entscheide mich anders. Wenn mich irgendjemand im Zug erkannt hat, wird man mich in den Bremer Hotels suchen. Ich muss meine Spur verwischen.

Ich gehe an den Junkies vorbei, die am Haupteingang betteln. Sie sehen erbärmlich aus. Junge Menschen mit alten Gesichtern und faulen Zähnen.

Rechts stehen einige Taxen. Ein Fahrer steigt sofort aus, öffnet den Gepäckraum und bittet um meine Tasche. Ich gebe sie ihm aber nicht. Ich setze mich nach hinten und stelle die Tasche neben mich.

»Warum nicht vorne sitze?«, fragt er und deutet auf den Beifahrersitz neben sich.

»In England sitzt man always hinten«, sage ich.

Er lacht. »Du englisch?«

»Yes«, antworte ich, »und ich war gegen den Brexit.«

Wieder lacht er. »Ich aus Iran. Da nix gut. Europa besser.«

Ich bitte ihn, mich nach Bremerhaven zu fahren, ins Hotel Atlantic.

Er kennt das Hotel. Es steht am Wasser und sieht aus wie ein riesiges Segel.

Während der Fahrt versucht er, mir ein Gespräch über Politik aufzudrängen. Er ist ein Linker, träumt von einer kommunistischen Weltrevolution, die dann – seiner festen Überzeugung nach – alles zum Positiven ändern sollte. Im Iran und auch im Rest der Welt.

Ich höre ihm gerne zu. Er hat wenigstens eine Vision, glaubt an eine bessere Welt.

Ich gebe ihm vier Euro Trinkgeld und lasse mir eine Quittung aushändigen.

Wenn man in meiner Situation irgendetwas nicht braucht, dann Quittungen fürs Finanzamt. Aber es ist so schön normal, macht einen völlig unverdächtig, wenn man eine Quittung verlangt. Wer eine Quittung einfordert, will nichts vertuschen, sondern belegen. Macht eine Reisekostenabrechnung und eine Steuererklärung. Flucht sieht anders aus.

Ich benutze zwar die Eingangshalle, warte dort aber nur, bis mein iranischer Taxifahrer weg ist. Dann verlasse ich das Atlantic-Hotel. Auch hier in Bremerhaven muss ich meine Spuren verwischen. Ich glaube allerdings kaum, dass mein Taxifahrer der Polizei – sollte sie ihn fragen – viel verraten wird. Staatlichen Behörden gegenüber ist er misstrauisch. Sie sind für ihn Repräsentanten der Macht.

Ich gehe zu Fuß zum Hafen. Schlendere scheinbar ziellos Richtung Klimahaus und Mediterraneo. Ich durchquere das Columbus-Center und bin auf der Bürgermeister-Smidt-Straße.

Nicht weit von mir ist das Hotel Haverkamp. Hier frage ich nach einem Zimmer.

Ich werde freundlich behandelt, und das Lächeln der Frau an der Rezeption gibt mir Boden.

Ich trage mich als Tilman Röhrig ein. Der Name fällt mir in diesem Moment ein, vielleicht, weil ich gerade ein Buch von ihm lese. Ich erfinde eine deutsche Adresse und trage sie ein. Dann greife ich zu meinem Portemonnaie und tue so, als würde ich meinen Ausweis suchen.

Sie will ihn gar nicht sehen. Lang lebe die Europäische Union!

Auf meinem Zimmer schalte ich sofort den Fernseher ein und switche durch die Programme. Die Fahndung nach dem Mörder, den einige *Schlitzer* nennen und andere den *Chirurgen*, nimmt überall breiten Raum ein.

Mein nervöser Magen knurrt. Ich könnte mir Essen aus dem Restaurant nach oben bringen lassen, aber ich bediene mich zunächst am Obstteller, der freundlicherweise als Willkommensgruß der Direktion auf dem Schreibtisch für mich bereitgestellt worden ist. Eine Banane. Eine Kiwi. Ein paar Weintrauben und ein Apfel. Dazu eine Portion Erdnüsse und ein Schokoriegel.

Ich höre mich selbst schmatzen. Hier im Zimmer fühle ich mich relativ sicher.

Ich trinke das Mineralwasser direkt aus der Flasche.

Die Pressekonferenz der ostfriesischen Polizei wird wiederholt. Ich schaue auf dem Bett liegend zu.

Hinter Tischen, die provisorisch zusammengestellt wurden, mit farblich unterschiedlichen Tischdecken, sitzen mir bekannte Gestalten. Ann Kathrin Klaasen erkenne ich zuerst. Auf ihrem Namensschild an ihrem Platz steht allerdings der Name *Martin*

Büscher. Hinter dem Schildchen *Ann Kathrin Klaasen* sitzt dafür ein Herr, der nervös mit dem Handrücken über seine Lippen fährt und sich dann an die Nase greift. Auf ihm lastet offensichtlich hoher Verantwortungsdruck.

Weiß er nicht, dass seine Gesten ihn aussehen lassen wie einen Lügner? An die Nase packen, das geht gar nicht.

Ann Kathrin Klaasen wirkt in sich gekehrt, gefasst. Aber auch müde. Sie übernimmt sich und achtet nicht auf ihren Körper.

Die Frau links neben ihr ist wohl die Pressesprecherin. Sie hat einen Papierstapel vor sich liegen, und immer wieder kommen Menschen ins Bild, denen sie einen Zettel aushändigt. Ihr Namensschild ist umgekippt. Ich lese den Namen auf dem Kopf. Rieke Gersema. Rupert sehe ich nicht.

Das Ganze ist mit wackeliger Kamera gedreht.

Der Journalist Bloem stellt eine Frage: »Viele Feriengäste sind beunruhigt. Gibt es einen Zusammenhang zwischen den Morden in Greetsiel, Lingen und jetzt in Norddeich? Ständig rufen bei uns in der Redaktion Menschen an und fragen, ob sie als Touristen in Ostfriesland noch sicher sind.«

Rieke Gersema hat offensichtlich etwas gemerkt. Sie beugt sich vor und tauscht die Namensschildchen aus. Jemand kichert unangemessen und wird mit einem kurzen »Psst!« ermahnt.

Martin Büscher wird von Ann Kathrin Klaasen ermunternd angeguckt. Er räuspert sich und antwortet Bloem: »Wir können alle Touristen beruhigen. Hier macht kein Mörder Jagd auf Urlauber. Die beiden Toten in Norddeich waren keine Touristen, sondern Einheimische.«

»Wie beruhigend!«, spottet jemand aus dem Off.

Martin Büscher fährt fort: »Sie wurden zwar an einem von Touristen sehr gut frequentierten Ort aufgefunden, aber keineswegs dort umgebracht.«

Ann Kathrin Klaasen übernimmt, was Büscher sichtlich erleichtert. Er tupft sich Schweiß vom Hals.

»Ich kann nur unterstreichen, was unser Kripochef Büscher gesagt hat. Hier macht niemand Jagd auf Feriengäste. Die Opfer wurden nicht wahllos ausgesucht, sondern sehr gezielt. Unser Täter verfolgt einen Plan. Wir verstehen ihn noch nicht, weil wir nicht genug darüber wissen, aber ...«

Die Wiederholung der Pressekonferenz wird für eine Sondermeldung unterbrochen. Bilder von meiner Arztpraxis werden eingeblendet. Polizeifahrzeuge auf der Norddeicher Straße. Die Nachbarin, die mir so gern beim Holzhacken zugesehen hat, redet im Bademantel auf dem Bürgersteig mit einem Uniformierten.

Hast du mich also doch verraten, Beate ...

Das tut weh. So weh.

Vor meinem Wohnhaus steht eine blonde Reporterin. Eine Mischung aus Judith Rakers und Jule Gölsdorf, nur nicht so souverän. Sie spricht in die Kamera, während im Hintergrund die Polizei aus meiner Praxis Sachen abtransportiert. Sie tragen kistenweise Akten heraus.

»Die ostfriesische Polizei hat einen dringend unter Tatverdacht stehenden Arzt zur Fahndung ausgeschrieben. Doktor Bernhard Sommerfeldt. Soweit bekannt ist, befindet sich der Verdächtige auf der Flucht. Er gilt in Norddeich als äußerst beliebt.«

Eine Patientin von mir, Frau Krause, wird eingeblendet. Sie schüttelt empört den Kopf: »Nein, das glaube ich nicht. Der Doktor ist ein hochanständiger Mensch. Feinfühlig und belesen. Die Behörden stehen hier mächtig unter Druck und müssen nun endlich einen Schuldigen präsentieren. Da haben sie sich unseren Arzt ausgeguckt. Ich würde den Doktor jederzeit bei mir verstecken oder Geld für seine Verteidigung spenden. Er ist ein guter Mensch! Suchen Sie lieber den Richtigen!«

Mir wird ganz anders, als ich das höre. Ich brauche es so sehr, gemocht zu werden, und ja, verdammt, meine Patienten mögen mich.

Ich könnte Frau Krause umarmen.

Vielleicht werde ich ihr, wenn ich aus der aktuellen Notsituation raus bin, Blumen schicken. Ja, ich denke ernsthaft darüber nach.

»Beate«, frage ich mich, »warum hast du mir das angetan?« Ich sage es laut, während ich hier allein im Zimmer sitze. »Warum, Beate? Warum? Das tut richtig weh!«

Aber dann bekommt die blonde Reporterin Ann Kathrin Klaasen vor die Kamera. Sie sagt: »Wir verdanken unsere Erkenntnisse einem Bürger aus Lingen. Unweit der Wohnung, in der der Doppelmord geschah, hat seine Videoüberwachungsanlage, mit der er eigentlich nach zwei Einbrüchen in seinen Keller seine Wohnung sichern wollte, ein Stück vom Vorgarten und der Straße aufgenommen. Zu seinem Erstaunen hat um die Tatzeit herum ein Mann mit bloßen Händen Erde aus einem Blumenbeet gestohlen. Im unteren Bildausschnitt ist zu sehen, wie der Mann die Erde auf sein Nummernschild pappt.«

»Daraus folgern Sie, dass es sich bei dem Mann um den Mörder handelt?«

»Nein, aber wir konnten den Mann als Dr. Bernhard Sommerfeldt eindeutig identifizieren. Er ist mir persönlich bekannt. Ein Irrtum ist ausgeschlossen. Das Nummernschild gehört zu seinem Fahrzeug. Er hat sein Haus und seine Praxis fluchtartig mit unbekanntem Ziel verlassen. Wir haben, wie Sie sich vorstellen können, einige Fragen an ihn.«

»Aber warum sollte ein so beliebter und anerkannter Arzt …«

Ann Kathrin Klaasen winkt ab. »Noch ist er nur ein Verdächtiger für uns. Mehr nicht. Allerdings besteht dringender Tatverdacht. Da die Morde in raschem Rhythmus erfolgten, müssen wir jetzt sehr schnell sein und dürfen keine Fehler machen. Es kann sein, dass der Täter bereits zu seinem nächsten Opfer unterwegs ist.«

Mir schießen Tränen in die Augen, denn mir wird klar, dass Beate mich nicht verpfiffen hat. Es war meine eigene Blödheit. Ich habe zu spontan, zu unüberlegt gehandelt. So eine Exekution muss wie ein Schachspiel durchgeführt werden. Planvoll und kalt. Ich habe viel zu viele Dinge dem Zufall überlassen.

Verdammt, wie soll es weitergehen mit mir? Wie? Und wo soll ich jetzt hin? Gibt es irgendwo einen Neuanfang für mich?

49

Ich verbringe drei Tage im Hotel Haverkamp in Bremerhaven. Ich fühle mich wie eine Maus, die sich vor der hungrigen Katze ins Loch verkrochen hat.

Ich esse unten im Restaurant. Meist Fisch. Die kochen hier sehr gut. So etwas ist wichtig für mich. Aber ich bleibe immer nur so lange im Restaurant sitzen, wie eben nötig. Ich trinke keinen Alkohol. Ich nehme nur leichtes Essen zu mir.

Gegen meine sonstigen Gewohnheiten schaue ich ständig fern. Es wird ja immer wieder über mich berichtet. Ich bin öfter im Fernsehen als der Außenminister.

Die Einkaufsmeile ist nur einen Sprung von hier entfernt. Einen Computer habe ich mir schon besorgt. Kein Handy! Wen soll ich schon anrufen? Beate? Ich würde meinen Standort verraten.

Meine eigentliche Identität ist inzwischen aufgeflogen. Alle Zeitungen hatten es auf Seite 1.

DER FALSCHE DOKTOR IST EIN SERIENKILLER!

Bilder aus meiner Bamberger Zeit werden veröffentlicht, Interviews mit meiner Frau und meiner Mutter.

Ein Sportkamerad aus dem Judoverein, dessen Namen ich nicht einmal mehr hätte nennen können, bezeichnet mich als seinen ehemaligen besten Freund.

Dreckskerl! Was hat man dir dafür gezahlt? Oder bist du wirklich so narzisstisch? Alles egal, Hauptsache, ich komme in die Zeitung!

Er bezeichnet mich als gefährlichen Menschen, der seine Gefühle nicht unter Kontrolle hat.

Ja, tolle Diagnose, wenn man weiß, dass jemand als Serienkiller gesucht wird. Was bist du nur für eine Pfeife?

Ein Psychologe erklärt, unter Ärzten, Managern, Rechtsanwälten und Priestern sei der Anteil an Psychopathen wesentlich höher als im Rest der Bevölkerung. Daher wundere es ihn gar nicht, dass ein beliebter Arzt ein psychopathischer Killer sei.

»Psychopathen«, sagt er, »sind Meister der Manipulation. Sie können auch unter größtem Druck überlegt handeln und sind deswegen oft beruflich sehr erfolgreich. Die meisten sind pedantisch und durchsetzungsfähig, wirken oft, oberflächlich betrachtet, auch sehr charmant.«

Er kündigt an, ein Buch über mich schreiben zu wollen.

Ich schlitz dich auf, du Drecksack!

Aber am Schlimmsten ist meine Mutter. Sie sitzt in Tränen aufgelöst da. Ich wusste gar nicht, dass die weinen kann.

Ich hätte ihr Leben zerstört, behauptet sie. Sie hat nur Mitleid mit sich selbst. Die Firma sei das Lebenswerk ihres Mannes gewesen. Ich hätte sie boshaft ruiniert. Ich hätte, so behauptet sie, der Firma Geld entzogen, und zwar Unsummen.

Und dann schluchzt sie: »Und dann habe ich irgendwann Verdacht geschöpft und bin misstrauisch geworden … Aber wer zeigt denn schon seinen eigenen Sohn an?«

Mein Schwiegervater, die dumme Sau, spielt sich zum Helden auf. Ich sei mit Millionen verschwunden, behauptet er. Er habe sich nach meinem Abtauchen um alles kümmern müssen. Ich hätte ein Riesenchaos zurückgelassen, um meine Verbrechen zu verdecken.

Meine Noch-immer-Ehefrau – die Scheidung haben wir ja nicht mehr hingekriegt – hat mich, so höre ich, für tot erklären lassen und dann wieder geheiratet.

Ich tigere im Hotelzimmer herum wie ein eingesperrtes Raubtier. Nur mühsam kann ich mich beherrschen, um nicht mit der Faust gegen die Wand zu schlagen oder Möbelstücke zu zerstören. Einmal beiße ich sogar aus Wut in den Sessel.

Ich habe solchen Hass in mir, ich könnte töten!

Aber ich habe andere Sorgen. Die Jagd auf mich ist eröffnet. Ich muss mich ganz still verhalten und irgendwo untertauchen, bis Gras über die Sache gewachsen ist und die Medien eine andere Sau durchs Dorf treiben.

Holger Bloem, der Chefredakteur des Ostfriesland-Magazins und treue Freund von Ann Kathrin Klaasen, leitartikelt in mehreren Blättern. Seine Meinung ist echt gefragt. Von der Nordsee-Zeitung über die Neue Osnabrücker bis zum Fränkischen Tag drucken alle seine Artikel nach.

ÄRZTE – HOCHSTAPLER – MÖRDER –
PSYCHOPATHEN

Doktor Bernhard Sommerfeldt war in Ostfriesland äußerst beliebt. Ein charmanter junger Arzt aus Norddeich, der Hausbesuche machte. Immer fröhlich und hilfsbereit.

Monika Tapper vom Café ten Cate sagt über ihn: »Er war Stammgast bei uns. Ein ruhiger Gast. Meist hat er in der Ecke am Fenster gesessen und gelesen. Wir haben uns ein paarmal über Bücher unterhalten. Er war ein sehr belesener Mann. Nicht nur Fachliteratur, sondern Belletristik. Er las Romane und konnte Gedichte auswendig zitieren.«

Eine schockierte Patientin, die nicht genannt werden möchte, lobt seinen medizinischen Sachverstand. Er habe ihr praktisch das Leben gerettet.

Selbst Kommissarin Ann Kathrin Klaasen und einige ihrer Kollegen waren bei Dr. Bernhard Sommerfeldt Patienten.

Niemand schöpfte Verdacht. Dabei war er gar kein voll ausgebildeter Mediziner. Er brach sein Studium ab und übernahm die Geschäftsführung des elterlichen Textilbetriebes. Sein wirklicher Name ist Johannes Theissen.

Hinter der Fassade des liebevollen Arztes verbarg sich eine Bestie, die mindestens sechs Menschen auf dem Gewissen hat. Weitere ungeklärte Todesfälle in Ostfriesland, in Münster und im Emsland werden im Moment überprüft.

»Es ist nicht auszuschließen, dass die Zahl der Opfer wächst«, so der ostfriesische Polizeichef Martin Büscher.

Viele Bürger sind im Vertrauen zu ihren Ärzten erschüttert. Sie fragen sich, ob es keine Kontrollen gibt. Ist es leichter, eine Arztpraxis zu eröffnen als eine Frittenbude?

Es ist eine schockierende Tatsache, dass dieser Mensch unerkannt unter uns gelebt hat und ungehindert seine Gräueltaten begehen konnte. Aber ein Einzelfall ist es nicht, wie ein Blick in die Kriminalgeschichte zeigt. Immer wieder hat es unter Ärzten Hochstapler und Mörder gegeben.

Der 1860 geborene Herman Webster Mudgett erfand seine Promotion und nannte sich Dr. Henry Howard Holmes. Auch er hatte eine Weile Medizin studiert. Er begann, in einer Apotheke zu arbeiten. Bald schon verstarb der Apotheker, dann seine Frau. Angeblich hatten sie die Apotheke vorher an Holmes verkauft. Er nahm Hypotheken darauf auf und baute auf dem dazugehörigen Grundstück ein Hotel nach seinen eigenen Entwürfen. Darin gab es einige Zimmer ohne Fenster. Auch Treppen, die ins Nichts führten. Über Düsen konnte er Gas ins Innere einiger Räume leiten. Er ließ die Zimmer auch schalldicht isolieren.

Er hatte sein eigenes, ganz privates Folterhaus geschaffen.

Gern vermietete er an alleinstehende Frauen.

Vor seiner Hinrichtung im Mai 1896 gestand er 27 Morde. Den meisten Opfern zog er vorher die Haut ab. Der sadistische Killer galt als netter Mensch.

Wie kannst du mich mit diesem Drecksack vergleichen, Bloem?! Glaub ja nicht, dass ich dir das so einfach durchgehen lasse. Dafür wirst du bezahlen!

So weit die Historie. In letzter Zeit machte Gert Postel von sich reden. Er hat niemanden umgebracht, wohl aber eine ratlose Öffentlichkeit hinterlassen. Er schaffte den Hauptschulabschluss, holte später auf der Abendschule die mittlere Reife nach und wurde Postzusteller. Mit falschem Abiturzeugnis bewarb er sich beim Oberlandesgericht in Bremen für eine Ausbildung zum Rechtspfleger. Er wurde genommen.

Später praktizierte er dann mit falschen Papieren als Psychiater.

Er hatte nacheinander sechs Anstellungen als Psychiater, u. a. auch als Amtsarzt in Flensburg. Schließlich erhielt er das Angebot einer C4-Professur als Chefarzt der forensischen Abteilung. Er schrieb Gutachten fürs Gericht und hielt Reden auf Kongressen. Er erfand sogar eine psychische Krankheit und hielt Referate vor Fachleuten darüber.

Niemand merkte etwas. Das Ganze ging fünfzehn Jahre lang gut.

Postels Geschichte ist wohl eher als Stoff für eine bitterböse Komödie geeignet, á la Hauptmann von Köpenick.

Holmes Leben dagegen könnte zu einem nicht mehr jugendfreien Horrorthriller werden.

Nun hat Dr. Bernhard Sommerfeldt alias Johannes Theissen ein neues Kapitel in der Hochstapelei aufgeschlagen. Menschen sind verunsichert. Dabei ist die Geschichte des

Todespflegers von Delmenhorst mit mindestens 24 Opfern noch nicht ganz verdaut, und in Oldenburg und Wilhelmshaven, wo er vorher gearbeitet hat, werden gerade weitere Todesfälle untersucht. 80 Gräber wurden geöffnet, 77 Exhumierungen vorgenommen.

Es handelt sich hier nicht um ein deutsches Phänomen. Kein Schweizer Serienmörder hat mehr Menschen umgebracht als Roger Andermatt, auch *Der Todespfleger von Luzern* genannt. Er arbeitete in Altenheimen. Für 22 Tötungen wurde er 2005 verantwortlich gemacht.

Nach den neuen Vorfällen mit Dr. Bernhard Sommerfeldt fragen sich nun viele Menschen, ob unsere Kontrollsysteme wirklich funktionieren und ob es noch mehr faule Ärzte, Gutachter, ja vielleicht Richter oder Staatsanwälte gibt. Gleichzeitig wächst bei den betroffenen Berufsgruppen die Angst vor noch mehr Kontrolle, Bürokratie und Überwachung.

Ein Norder Internist sagte: »Das trifft jetzt wieder jede einzelne Praxis. Wir verbringen am Ende mehr Zeit am Computer und mit Fragebögen als mit unseren Patienten.«

Der falsche Dr. Bernhard Sommerfeldt hat in Ostfriesland und im Emsland eine Spur der Verwüstung hinterlassen. Mindestens sechs Tote. Verunsicherte Patienten. Einen Berufsstand, dem urplötzlich Misstrauen entgegenschlägt.

Aus dem Gesundheitsministerium kam bisher keine eindeutige Stellungnahme zu Konsequenzen.

Weiter wie bisher?

Die Fahndung nach Johannes Theissen alias Dr. Bernhard Sommerfeldt läuft auf Hochtouren. Kommissarin Ann Kathrin Klaasen sieht das allerdings pessimistisch: »Wir werden alles tun, um diesem Herrn das Handwerk zu legen. Ich möchte aber auch betonen, dass es zurzeit in Deutschland einige tausend offene Haftbefehle gibt. Manchmal gehen uns Täter nur zufällig ins Netz. Zum Beispiel bei Verkehrskontrollen.

Im Falle solcher Kapitalverbrechen wird allerdings eine Sonderkommission gebildet. Eine Zielfahndung ist notwendig, denn wir gehen davon aus, dass dieser falsche Arzt weiter morden wird. Wir haben es mit einem hochgebildeten, äußerst raffiniert vorgehenden Verbrecher zu tun.«

Ich schwanke zwischen dem glühenden Wunsch, mir diesen Zeitungsartikel in meinem neuen Zuhause gerahmt an die Wand zu hängen oder ihn anzuzünden und sofort hier zu vernichten.

Ja, ich werde ihn wohl verbrennen müssen. Alles, was auf mich hindeutet, muss weg.

Diese Kommissarin Ann Kathrin Klaasen aber könnte ich küssen.

Wir haben es mit einem hochgebildeten, äußerst raffiniert vorgehenden Verbrecher zu tun.

Das ist ja geradezu eine Verneigung vor meiner Person. Trotzdem ist sie im Grunde die Einzige, die ich fürchten muss. Alles könnte auf ein Duell zwischen uns beiden hinauslaufen. Sie kennt mich. Sie hat die Erfahrung, und ich wäre eine sehr schöne Trophäe in ihrer Serienkillersammlung.

Das wird sie keinem anderen überlassen. Sie versucht, Witterung aufzunehmen und mich aufzuspüren. Ich könnte die Krönung ihrer Berufskarriere werden.

Du weißt nicht, mit wem du dich anlegst, Ann Kathrin. Sei ein kluges Mädchen. Vergiss es und bleib in deinem beschaulichen Ostfriesland.

Ich fürchte, ich habe noch ein paar Sachen in Franken zu erledigen. Ich weiß noch nicht genau, wie ihr mich reingelegt habt, aber ihr werdet es bereuen. Ihr habt mich sogar für tot erklären lassen.

Aber verdammt, noch lebe ich. Und das werdet ihr alle schon bald zu spüren bekommen.

Ich suche mir jetzt eine sichere Operationsbasis. Das Spiel ist noch nicht aus. Es hat gerade erst begonnen. Die alten Fehler werde ich nicht noch einmal machen. Ich habe dazugelernt.

ENDE

Klaus-Peter Wolf:

»Dr. Bernhard Sommerfeldt hat mich nicht in Ruhe gelassen.
Ich habe mir viel Papier gekauft und einen guten Füller.
Ich schreibe bereits an Band 2. Hier ist der Anfang.«

Im Ruhrgebiet unterzutauchen ist ganz einfach. Im Grunde ist das eine einzige Stadt mit zig Millionen Einwohnern. Von wegen Kohlenpott! Hier ist es grün. Die alten Zechen sind Museen geworden oder Industrieruinen. Hier leben so viele, die verlorengegangen sind. Gestrandete. Vergessene. Gestrauchelte.

Wo so viele Entwurzelte leben, da gedeiht der Wildwuchs besonders prächtig. Literatur und Kunst blühen. Vielleicht wird das Ruhrgebiet einst das sein, was Paris in den Zwanzigern war. Ich spüre hier diese Gier nach Freiheit und Glück.

Hier muss man nicht mal die Sprache sprechen, um dazuzugehören. Wohnraum ist vielerorts billig. Es gibt Stadtteile, da traut sich die Polizei nur noch unter Polizeischutz rein.

Ich will aber nicht in den sogenannten rechtsfreien Räumen untertauchen.

No-Go-Areas wird der Staat nicht lange akzeptieren, dann räumen die da auf, und dabei könnte ich zwischen die Räder geraten.

Das Revier ist ein wunderbarer Ort für gescheiterte Künstler. Für Schriftsteller, die nicht gedruckt, und Maler, die nicht ausgestellt werden. Oder für Schauspieler ohne Engagement. Hier kann sogar ich mich als Schriftsteller niederlassen.

Viele Menschen sind hier »eigentlich«.

Der Taxifahrer ist eigentlich Bildhauer.

Der Junge hinterm Dönerstand, der so klasse Locken hat, wäre eigentlich Staatspräsident in Kurdistan. Ja, wenn die Kurden denn einen eigenen Staat hätten …

Die Frau im Büdchen an der Ecke macht Sprachübungen mit dem kleinen Hey. Sie wäre eigentlich ein Popstar, wenn sie nicht so lispeln würde.

Hier wohnen zukünftige Nobelpreisträger und bekommen Hartz IV. Hier weiß jeder, dass wir eine gute Fußballmannschaft haben, aber eine verdammt bräsige Regierung. Die verwalten das Elend nur. Davon lässt man sich aber weder in Dortmund noch in Bochum, Bottrop oder Gelsenkirchen die Stimmung verderben.

Hier akzeptiert mich jeder als den in sich gekehrten Schriftsteller, für den sich kein Verlag interessiert, der aber später mal ganz berühmt werden wird, weil er fleißig in Cafés und Kneipen sitzt und schreibt. Geld hat hier eh keiner. Warum auch? Ist ja doch nur bedrucktes Papier.

Hier ist der ideale Rückzugsort für mich. Meine neue Operationsbasis.

Im Weißen Riesen, einem Hochhaus an der Overwegstraße in Gelsenkirchen, wurde eine Wohnung frei. Für mich ein wunderbarer Ort.

Ich habe einen weiten Blick über die Stadt und bin in Spuckweite von Theater, Volkshochschule und Stadtbibliothek.

Im Musiktheater im Revier schaue ich mir alles an, egal, ob *Die Fledermaus* oder *The Rocky Horror Picture Show*. Und ich muss nicht alle Bücher im eigenen Regal haben. Der Bestand der Stadtbibliothek reicht mir völlig aus.

In der Volkshochschule treten manchmal ganz interessante Schriftsteller auf. Theater, Autoren, eine Bibliothek, dazu jede Menge Kneipen … Preiswert und gut essen kann man an vielen Orten. Wenn aus diesem Multikultisumpf irgendetwas Gutes entsteht, dann ein reichhaltiges Speisenangebot.

414

Ich habe hier alles, was ich brauche. Nein, das stimmt nicht. Ich vermisse die Nordsee. Den Wind in Ostfriesland. Den Wechsel der Gezeiten. Ebbe und Flut.

Und vor allen Dingen vermisse ich meine Beate.